विजय गौड़

विजय गौड़ का जन्म 16 मई, 1968 को देहरादून, उत्तराखंड में हुआ।

उनकी प्रकाशित कृतियाँ हैं—'सबसे ठीक नदी का रास्ता', 'मरम्मत से काम बनता नहीं', 'चयनित कविताएँ' (कविता-संग्रह); 'फाँस', 'भेटकी', 'आलोकुठि' (उपन्यास); 'खिलंदड ठाट', 'पोंचू' (कहानी-संग्रह)।

सम्प्रति : रक्षा संस्थान के उत्पादन विभाग में कार्यरत।

ई-मेल : vggaurvijay@gmail.com

आलोकुठि

विजय गौड़

राजकमल पेपरबैक्स

राजकमल पेपरबैक्स में
पहला संस्करण : 2023

राजकमल पेपरबैक्स : उत्कृष्ट साहित्य के जनसुलभ संस्करण

राजकमल प्रकाशन प्रा. लि.
1-बी, नेताजी सुभाष मार्ग, दरियागंज
नई दिल्ली-110 002
द्वारा प्रकाशित

शाखाएँ : अशोक राजपथ, साइंस कॉलेज के सामने, पटना-800 006
पहली मंजिल, दरबारी बिल्डिंग, महात्मा गांधी मार्ग, प्रयागराज-211 001
वेबसाइट : www.rajkamalprakashan.com
ई-मेल : info@rajkamalprakashan.com

बी.के. ऑफसेट
नवीन शाहदरा, दिल्ली-110 032
द्वारा मुद्रित

मूल्य : ₹299

ALOKUTHI
Novel by Vijay Gaur

ISBN : 978-81-19028-75-7

प्यारी बेटी पवि
और
उसके सबसे बड़े ताऊ—कथाकार, कवि, चिन्तक
ओमप्रकाश वाल्मीकि को

भूखा मानुष धरो बोई, ओटा तोमार हाथियार

बानी अब कहाँ है?

कोई यह न कहे कि बानी अब है नहीं। यह कहना तो किसी गुनाह से कम नहीं। दंडकारण्य भी एक जगह है। बानी सरीखे कितने ही हैं जहाँ-तहाँ। रेलवे लाइन के किनारे बसी हुई झोंपड़ियों का सत्य बहुत महीन नहीं, खँगालने से बचना ही चाहिए। वैसे बानी को ढूँढ़ने की ज़रूरत नहीं। देखिएगा, पहचान ली जाएगी। अपने होने को साबित करने के लिए कितने ही लोग थाना, कचहरी, तहसील के चक्कर काट रहे हैं। तादाद में कुछ ज़्यादा ही हैं, जहाँ-तहाँ कतार में लगे हुए। गणना के आँकड़े तो कतारों के बारे में ही अबूझ हैं। पानी की लाइन, बिजली की लाइन, गाड़ी के लिए प्रतीक्षारत यात्रियों की लाइन। उस लाइन को क्यों याद करें जिसने सपने तो दिखाए कुछ बेहतर के, लेकिन बदतर स्थिति में पहुँचा दिया था। रोज़ी-रोटी के लिए घर-बार छोड़कर निकले हुए कितने ही कारीगर अनिश्चितता का थैला उठाए उन परिजनों के पास लौटने को मजबूर हुए, जिनके पास न टका सेर भाजी थी, न टका सेर खाजा। कतारों का अन्त नहीं। वे इतिहास की गुफा से निकलकर वर्तमान तक जारी हैं। बानी के पास कतारों में खड़े होने का अच्छा तजुर्बा है। दम तोड़ती उम्मीदों के बाद भी लगवाई जाने वाली कतारें बानी सरीखों के जीवन का सत्य है। मर-खप गए जो, उनकी संख्या को तो अनुमानों की शून्यता पर भी गिनना मुश्किल है।

वह साल 1979 की प्रताड़ना थी। रजिस्टरों में सब कुछ दर्ज़ था—नाम, जाति, पेशा, जीने का तरीक़ा। राजनैतिक प्रतिबद्धता का गाया जानेवाला राग भी। अब इतने वर्षों बाद वह कौन-सा रजिस्टर होगा जो बानी की नागरिकता को परिभाषित कर पाएगा?

एक झूठ है। सुप्त। गहरे तक बसा हुआ, जिसके बीज को दफन करने की गाथाएँ अनन्त है। गहरे धँसा हुआ एक वृक्ष है। चहुँ ओर फैली बाँहें हैं। उसकी जड़ों पर मट्ठा डाल कर सुखा देने के तरीक़ों में संघर्षों का इतिहास है। समवायता में आकार लेने वाली सामाजिकता के बर्ताव का भी एक पहलू है, वह सुधारवादी है। बेशक, किसी डेनियल साहब की यात्रा में उसकी तस्वीर कुछ बदलाव की उम्मीदों से भरी हो सकती है, बल्कि थी ही। लेकिन ध्यान रहे कि ऐसे बदलावों का जीवन बहुत लम्बा नहीं। विभेदकारी दुनिया को बनाये रखने वाले ख़यालों को समुचित रूप से रौंदे बिना तो बदलाव के अंकुरण की प्रक्रिया भी मुश्किल है। डेनियल साहब की मृत्यु पर उठ खड़ी होने वाली सभ्यता, संस्कृति की महानता का राग अलापता भारतीय मिज़ाज अन्तिम सत्य है, विश्वगुरु हो जाना चाहता है। रजिस्टर का रंग लाल रहे, केसरिया, या ख़ुशनुमा सुबह बिखेरता हुआ, बँटवारे की चारख़ाना इमारत सामाजिक निर्मिति को अटल विधान बनाये रखने की ईश्वरीय वाणी है।

बानी के पास तो एवरेस्ट महाराज के समय का तैयार नक्शा उस वक़्त भी पास नहीं था, जब वह आलोकुठि में थी। यह भी नहीं जानती थी कि हावड़ा से हसनाबाद कैसे जाते हैं। एक बच्ची के लिए हावड़ा और हसनाबाद दो भिन्न संज्ञाओं से अलग कोई अर्थ हो भी नहीं सकती थी। सुनी गई वैसी ही संज्ञाएँ; जैसे बारीसाल,जसौर, खुलना। किसी जगह को जब उसके मूल नाम से भी मिटा दिया जाए तो दुनिया के नक्शे को बिछा करके भी उसे कैसे खोजा जा सकता है? प्राणी और वनस्पति जगत् ही नहीं, निर्जीव चीज़ें भी समय से पहचानी जा सकती हैं, भूगोल से नहीं। भूगोल तो उनके होने की अवस्थिति भर है। अपने होने को स्थिर रखना इतना ही आसान होता तो इतिहास से वर्तमान तक विचरण करने वालों की यात्राएँ थम गई होती। पर वह समय और था, मुसीबत की अप्रत्याशित मार से जान बचाने के लिए हर एक को दौड़ाता हुआ। निर्जीव चीज़ें भी, यदि वे अनन्त तक सलामत रह सकें, समय की धूल-धक्कड़ उन्हें एक ही रंग-रूप में रहने नहीं देती, बदल ही देती है। अब भी वैसा ही जंगल चारों ओर है, वैसे ही पेड़। जंगली जानवरों की हिंसकता भी वही। उसी तरह की उछाल मारती मछलियाँ अब भी नदियों को खदबदाती रहती हैं। बस, बदला है तो वतन और खींच दी गई दीवारों ने वातावरण को वैसा ही नहीं रहने दिया।

वही जंगल नहीं। समुद्र भी वही नहीं। वही जल नहीं। वही नदियाँ नहीं। नदियों में डोलती हुई खेया भी वही नहीं। हेमिल्टन इसी भूगोल में आया था, बेशक। वैसे

तो हेमिल्टन ने भी सब कुछ का वैसा ही नहीं रहने दिया एक दिन, जैसा ख़रीदते वक़्त पाया था। जंगल को साफ़ करने और वर्षा के शुद्ध और साफ़ जल को इकट्ठा करने के लिए लोगों को समूह की चेतना से भरा और अपने उद्देश्यों को अंजाम दिया। सुधार का विधान व्यक्ति केन्द्रित व्यवस्था होता है, चालाकियों और तिकड़म का अन्त नहीं। तिकड़म भरी सत्ता का मक़सद चालाकियों पर लगाम लगाने से यूँ भी परहेज़ करता है। वे फलती-फूलती रहती हैं। डेनियन हेमिल्टन के न रहने के बाद ज़माने की चालाकियों ने लोगों को नई और बिगड़ी हुई समझ की ओर प्रवृत्त होने में कोई कसर नहीं छोड़ी।

फिर वह एक द्वीप ही तो था। कोई तूफ़ान भी उसे नष्ट कर सकता था। किसी मोटर गाड़ी, ट्रेन से नहीं पहुँचा जा सकता था वहाँ। हाँ, हावड़ा स्टेशन की खचर-पचर से निकलकर और लांच पर चढ़कर बाबूघाट पहुँचें, बाबूघाट स्टेशन से गुज़रने वाली 9:45 की हसनाबाद सर्कुलर ज़रूर मिल सकती है। हसनाबाद सर्कुलर के जरिये उस दिशा को पकड़ा जा सकता है, जिधर उसके होने की सम्भावनाएँ रेलवे पटरियों से सटी कराहों में वास करती हैं। लेकिन उस वक़्त तो हसनाबाद सर्कुलर नाम की कोई ट्रेन भी नहीं थी, न पटरी ही थी। हसनाबाद ज़रूर किसी के जेहन में बसा हुआ गाँव रहा होगा, वरना भीड़ की भीड़ वहाँ क्यों पहुँचती भला? थोड़ा सँभलना होगा। जनसमूह को भीड़ कहना, सामूहिक साहस को नकारना होगा। गंतव्य का ज्ञान न होने के कारण बदहवास भगदड़ अपने को शोरगुल में बदल रही थी, लेकिन उस भगदड में किसी के गुम जाने पर ज़्यादा देर तक कोई विचलित रह सकता था, अपने रास्ते बढ़ना मजबूरी थी। उफ़नकर बहते दरिया को आर-पार करवाने वाली नावों के यात्री होकर, वे आगे बढ़ जाते थे। गर जो उस समय तक 9:45 पर चलने वाली सर्कुलर की पटरियाँ बिछ गई होतीं तो निश्चित ही एक पूरी भीड़ उस पर भी दौड़ सकती थी। इच्छामति के पार अपनी मातृभूमि को निकल जाने के लिए नहीं, बल्कि जान-माल और मान की रक्षा की ख़ातिर। शरणस्थली की खोज उन्हें जान बचाकर भागने के बाद से ही दौड़ाए थी। स्यालदाह-कैनिंग मार्ग पर दौड़ने वालों के भीतर की अनिश्चितता रुपेन हलदार के साथ होने से सँभली हुई थी, भरोसा था कि ठिकाने तक पहुँचने का रास्ता रुपेन जानता है।

मातृभूमि के प्रति किसके मन में अनुराग नहीं होता! उनके भीतर भी ज़रूर उमड़ा ही होगा, भटकते हुए जो हसनाबाद की ओर निकल गए। टॉकी के एक

छोर को छूकर गुज़रती, इच्छामति के दूसरे छोर ने चेताया ही होगा, 'ऐ पार बंगाल, ओ पार बंगाल'।

लोकसंगीत की क्षमता अनन्त होती है, लेकिन जान बचाने के लिए भाग रहे व्यक्ति के पास उस मधुरता में डूबने का अवकाश ही कहाँ रहता है? इच्छामति में डुबकी लगाकर पार निकल ही जाएँ, ऐसी कोई भी प्रेरणा किसी के भीतर शायद ही उपजी हो उस वक़्त। उनके भीतर की वितृष्णा को देशद्रोह क़रार नहीं दिया जा सकता था। वे तो मातृभूमि की चाह में ही थे। भाषा, संस्कृति की बाँहें इच्छामति में विलुप्त नहीं हो सकती थी। मातृभूमि की चाह में ही तो हसनाबाद पहुँच गए थे। वरना दंडकारण्य के जंगलों से भिन्न कौन-सी नई संरचना उनको मिल सकती थी?

मेहनतकशों को ढूँढ़ने के लिए डेनियल हेमिल्टन जसौर आया था। सोमेन हलदार भी उसी दिन डेनियल साहब के साथ चल दिया था। बहुत-से दूसरे लोग भी साथ थे। सोमेन हलदार ने तो अपने काकू भाई नरसिंग हलदार को भी कहा था, "चल नर्सिंग, मन नहीं लगा तो वापिस लौट आएँगे"। रुपेन हलादर के दादू नरसिंग हलदार अपने काकू भाई की बात कहाँ सुनने वाले हुए? साफ़ इंकार कर दिया। दादू को तो अपनी माटी, मानुष छोड़ना ठीक ही नहीं लगा। बेशक अपने को जसौर का बाशिन्दा बताने के लिए कोई जगह ज़मीन पास नहीं थी, पर ऐसी जगह जाकर वह बसना नहीं चाहते थे जहाँ दूसरे-दूसरे मुल्कों के बसाए गए लोगों के बीच उन्हीं की तरह रहना, बसर करना पड़ सकता था। वैसे एक रोज़ जसौर तो उन्हें भी छोड़ना पड़ा था, लेकिन उस स्थिति में भी दादू ने पदमा के वार ही रहना ठीक माना। बीरीशीरी में टिकने को वे उस तरह का विस्थापन नहीं मानते थे। वैसे दादू को भी यह बात उत्साहित तो करती थी कि डेनियल साहब की जोतदारी में किसी भी तरह का विभेद नहीं, पर मातृभूमि के प्रति लगाव उससे ऊपर ही रहा।

रुपेन हलदार ने डेनियल साहब को तो कभी नहीं देखा, बाबा से सुना भर। बाबा बताते कि उन्होंने भी डेनियल साहब के क़िस्से ही सुने थे। सोमेन दादू के बड़े लड़के बिश्बजीत से सुने हुए क़िस्सों को ही वे दोहराते रहते थे, "तेरा बिश्बजीत काका तो जब-तब बीरीशीरी आ जाता था। एक ही कथा होती उसके पास—'कैसा तो सुन्दर है सुन्दरबन का डेल्टा'!"

बिश्बजीत काका से बाबा का गहरा लगाव था। मिलने को आतुर हो जाने पर सीधे गोसाबा चले आते थे। उस वक़्त मिलों की दूरी भी उन्हें दूरी नहीं लगती थी। सुन्दरबन का सौन्दर्य उत्साहित किए रहता था। बाबा उस सौन्दर्य का जैसा वर्णन

करते, उसे सुनने के बाद देखने की चाह किसके भीतर पैदा न होती? रुपेन हलदार के लिए तो वह एक अवसर ही था जब सोमेन दादू की बाड़ी के लिए निकलते हुए बाबा ने उसे भी साथ ले लिया।

दादू की बाड़ी रांगाबेलिया में थी। जल ही जल के सैलाब से घिरा गोसाबा उस वक़्त से ही रुपेन हलदार की स्मृतियों में स्थाई हो गया था। तब विभाजन की बातें तो होती थीं, लेकिन कोई यह मानने को तैयार नहीं था कि विभाजन का वह काल-चक्र घट ही जाएगा। बाबा और काका के बीच का भाईचारा अटूट था। समय की अचल गति में न ही बाबा रहे और न ही काका। उनकी अनुपस्थिति को भरने के लिए ही आया हो मानो विभाजन। रह गई तो सिर्फ़ स्मृतियाँ। स्मृतियों में बिश्बजीत काका का आत्मीय व्यवहार और उनके साथ की घुमक्कड़ी में गोसाबा का विस्तार। स्मृतियों में यह भी बना रहा कि एक से भूगोल और एक सी संस्कृति का नाम है सुन्दरबन। कुछ इधर और कुछ उधर।

दुनिया भर के समुद्र धरती को अपनी दुम में झुलाए फिरते हैं
झूठ के रूप में उभरे हुए कूबड़ों का नाम नहीं है सुन्दरवन
जल और थल के विस्तार में फैली पृथ्वी
द्वीपों की निर्मिति का डेल्टा सत्य है।

दुःख क्या है? सुख क्या है, बानी ने ऐसे प्रश्नों पर कभी विचार नहीं किया।

कर्म में जुटे व्यक्ति के पास इस तरह के प्रश्नों पर विचार करने का वक़्त ही नहीं होता। दुःख आता है तो दुःख के आने का कारण भी पता लग जाता है। कर्मशील व्यक्ति उससे निपटने के लिए पहले से ज़्यादा सक्रिय हो जाता है। निवारण तक पहुँचने का यही सुगम मार्ग है, सुख के सागर में इस तरह भी पहुँचा जा सकता है। एक सचेत व्यक्ति को यह भी ध्यान रखना चाहिए कि सुख की दुनिया कर्म की गति को शिथिल करने लगती है और फिर एक रोज़ दुःख के अधीन हो जाना पड़ता है। किसी भी तरह से खींच दी गई कोई लकीर सत्य का पर्याय नहीं। सत्य का स्थूल रूप है, सत्य नहीं। आस्था को सर्वोपरि मानना और सत्य को तलाशने का प्रपंच ही धार्मिक अनुष्ठान है। किसी एक धर्म के भीतर व्याप्त ख़ामियों की वजह से पैदा होनेवाला कोई दूसरा धर्म भी कोई नया विचार नहीं। श्रेष्ठताबोध के झूठ में सनी कंठी-माला है। श्रेष्ठताबोध की शूंड बहुत ज़्यादा गन्दगी छींकती है। अफ़सोस की बात है कि इतिहास की गलियों का रास्ता गन्दगी से परहेज़ करने

वाली दुनिया को अभी तक शूंड विहीन नहीं कर पाया। श्रेष्ठताबोध की नई से नई शूंड हो जाने के साथ ही रहा आज तक।

अपने पूज्य पिता का श्राद्ध भद्र लोगों की तरह करने का साहस करनेवाला वह एक नामशूद्र था। इतिहास के एक नाजुक मोड़ में उसका कृत्य करवट लेती दुनिया से प्रेरित होते हुए भी उस धार्मिक आस्था का ही पक्ष बना, जो ग़ैर बराबरी के अमानवीय विचार से त्रस्त रहती है। इतिहास का यह अनुभव सत्य है कि कितने भी नए तरह का धर्म अपनी जड़ें पुराने तरह की धार्मिक आस्था वाली सड़ान्ध में ही डुबोए रहता है। ज्ञान अर्जन के लिए, बचपन में पाठशाला जाने वाला वह छात्र एम इतिहास पुरुष था। समझ नहीं आने वाली बातों के बारे में सवाल जवाब करनेवाला विद्यार्थी था। बेशक, आस्थाओं के जंजाल से मुक्त कर सकने वाले जवाबों के अभाव में उसके लिए भी पूरी तरह मुक्त होना सम्भव नहीं था। अपने बाबा का श्राद्ध वह उसी तरह करना चाहता था, जैसा भद्र समाज में होता था। गाँव भर के सभी धनी-मानी लोगों को उसने सामूहिक भोज के लिए आमंत्रित किया। अन्नदाता के रूप में ख़यात अपने मालिक को बहुत ही विनम्रता से न्यौता दिया।

अन्नदाता भद्र मानुष था। जाति श्रेष्ठता के बोध से भरा रहता था। एक नामशूद्र के घर श्राद्ध भोज जीमने से वह जातिच्युत नहीं होना चाहता था। मान रखने वाले झूठे व्यवहार को अपनाते हुए निमंत्रण को अस्वीकार भी नहीं सकता था। चालाकी भरा बर्ताव बरतने वाले किसी भद्र मानुषों की तरह पेश तो नहीं आया, पर गृहकारज में पहुँचकर पेश आने की बजाय उसने अनुष्ठान में उपस्थित होने से ही बचना चाहा। गया नहीं। भद्र मानुष मालिक का व्यवहार यजमान को चुभ गया। तिरस्कार की उस स्थिति में यजमान ने ख़ुद को अपमानित महसूस किया। छुआछूत बरतने वाली भद्र मानसिकता का विरोध करने के लिए वह डटकर खड़ा हो गया। मालिक की अभद्रता को हर किसी के सामने गा-गाकर उद्‌घाटित करना उसने ज़रूरी समझा। भद्र मानसिकता को निशाने पर रखने के लिए पूरे घटना-क्रम को अपने भाई-बन्धुओं के सामने रखा। भोजन के तिरस्कार की वह जघन्यता छुपी न रह सकी। हाड़-तोड़ मेहनत के बाद मालिकों के गोदामों को धन-धान्य से भरने में जुटे रहने वाले कामगारों ने मालिक द्वारा किए गए कृत्य को एक अकेले व्यक्ति का अपमान नहीं, बल्कि सकल नामशूद्रों का अपमान माना। विरोध की लहर उठ खड़ी हुई। जिसको जैसे समझ आया, उसने वैसा व्यवहार किया। नाव खेने वाले घाटों पर बैठे रहे, मरम्मत करने वालों ने अपने हाथ रोक दिए। मछुआरे के जाल

बिना मछलियों के उलझे रहे। घरों में जल पहुँचाने वाली मशकें सूखकर कड़कड़ी होने लगीं। मालिक के जीवन-रंग में भूचाल आ गया। सारे काम-काज ठप्प हो गए। लेकिन जाति अहंकार में भरा मानस तब भी अन्धा बना रहा। पुलिस-कचहरी करने लगा। कोई भी हथकंडा नामशूद्रों को डिगाने में कामयाब न हो सका।

इसे कथा कहें चाहे इतिहास, सच बात तो यह है कि अपने भीतर की कुलबुलाहट को समझाने के लिए रुपेन हलदार अक्सर ही बानी के साथ उस घटना-क्रम को बाँटते हुए गहरी साँस खींचकर कहता था, "काश कि उस संघर्ष की ज्वाला मंत्र जाप की अनुष्ठानिकता में न फँसी होती!"

बानी को रुपेनदा की बातें समझ नहीं आतीं। लेकिन बार-बार की बातों के सार से बानी उस शख़्स का नाम ज़रूर जान गई, रुपेन हलदार जिसका ज़िक्र बहुत आदर से करता था। चांडाल जाति में पैदा हुआ बारीसाल का बालक जोगेन मंडल। "है तो वो भी नामशूद्र ही, लेकिन वैसा धार्मिक नहीं। वह तो गुरु हरिचन्द ठाकुर की दीक्षा को ग्रहण कर चुका ऐसा नामशूद्र है, जिसने अपने जीवन सूत्र का विस्तार उस दिशा में ही रखा जिससे भद्र मालिक के जीवन-रंग में भूचाल आ गया। था।" भूखे रहते हुए भी शिक्षा को ग्रहण करने को प्रेरित करने वाली बातें जोगेन मंडल को ख़ूब भाती थीं।

"जानती हो बानी-जोगेन दा क्या कहता है?..." एक क्षण को वह बानी के चेहरे पर ताक़ता हुआ होता, फिर ख़ुद ही बोल उठता, "भूखा मानुष धरो बोई, ओटा तोमार हाथियार, यही कहता है जोगेनदा।"

चांडाल जाति में पैदा हुआ बारीसाल का बालक जोगेन मंडल उन पुरखों की राह पर ही बढ़ना चाहता था, चातुवर्ण्य के झांसे में फँसने की बजाय ख़ुद को नामशूद्र कहलाने में, जिन्होंने लगातार की लड़ाई लड़ी। धर्म-कर्म वाले विनीत व्यवहार की बजाय उसने क़ानून की पढ़ाई की। स्वराज की लड़ाई में एक नायक की तरह शामिल होने की कोशिशों के साथ रहा। उस पथरीली राह पर चलने से ही जान पाया था कि स्वराज की लड़ाई में कथनी और करनी का व्यवहार विसंगति भरा है। मनुष्य को मनुष्य से अलग करती जाति की फाँक वहाँ भी मौजूद थी। जोगेन मंडल उस फाँक को पाट देना चाहता था। क़ानून की शिक्षा ग्रहण कर चुका एक महार, कहीं सचमुच ही अपनी कथनी को करनी में न बदल दे, श्रेष्ठताबोध की शूंड सचेत थी और प्रपंच की छींकें छींकती ही रही। गृह प्रदेश मुम्बई से चुनाव हार जाने के बाद बाबा साहब भीमराव अम्बेडकर का संविधान सभा में रह पाना सन्दिग्ध हो चुका

था। मुम्बई के चुनावी नतीजों ने अम्बेडकर के अनुयायियों को निराश कर दिया था। वे तो डरते-डरते भी उस शूंड की नाक में बत्ती करने को तैयार होते जा रहे थे, लेकिन बाबा साहब के चुनाव हार जाने के कारण उम्मीदों की रोशनी के दीए उन्हें बुझते हुए दिखने लगे थे। संविधान सभा का सवाल महत्वपूर्ण था। संविधान सभा के सदस्यों के लिए ज़रूरी अहर्ता थी कि वे चुने गए प्रतिनिधि हो। भद्रता को नाक चिढ़ाता जोगेन मंडल सरीखा मानुष भी एक बार को विचलित हो गया था। प्रतिभाशाली वह भी कम नहीं था, लेकिन अपने नेता अम्बेडकर पर उसका यक़ीन अपने से भी ज़्यादा था। संविधान सभा में अम्बेडकर की सदस्यता उसे अपने सपनों को आकार देने में अहम नज़र आ रही थी। मुस्लिम लीग के साथ गठजोड़ कर वह राजनीति के नये अध्याय को पहले ही रच चुका था। दलित-मुस्लिम गठबन्धन पर उसका यक़ीन था। उम्मीदों की लौ जलती रहे और उजाला फैल पाए, यह विचार करते हुए ही उसने अम्बेडकर को खुलना-जसौर क्षेत्र से चुनाव लड़वाने का फ़ैसला कर लिया। चुनाव हुआ और अम्बेडकर जीत गए थे। भद्र राजनीति की आँखों में जोगेन मंडल किरकिरी की तरह चुभने लगा, लेकिन राजनीति की व्यूह रचना में जोगेन मंडल एक नायक की तरह उभर आया था।

आँख मिचौली जीवन की

एक अजीब क़िस्म का सनकपन दीवान पाठा के व्यवहार का हिस्सा था। ग़ुस्से की तुनकमिज़ाजी में वह कभी भी एवं कहीं भी मरने-मारने को उतारू हो जाता था। माहौल को ख़ून-ख़राबे में बदल देने में उसे कतई गुरेज़ नहीं था। शारीरिक रूप से बलिष्ठ लोग भी उससे बच निकलने में ही अपनी ख़ैर समझते थे। सामने वाले के लिए यह अनुमान लगाना ही मुश्किल हो जाता था कि कब वह बिगड़ जाए? प्रतिरोध को वह बरदाश्त नहीं कर पाता था। ज़रा-सी देर में ही आस-पास पड़ी हुई किसी भी चीज़ को हथियार में बदल सकता था—ईंट, बटखरा, डंडा, कुछ भी। हाथापाई और झगड़े-टंटे से बचने वाले लोग उसका नाम सुनकर ही दहशत खाने लगे थे। उत्तेज़ना से भरे रहने वाले उसके घेरे के युवा उसे 'पाठादा' कहकर पुकारते। संकीर्ण अस्मिताबोध से भरा उसका मानस हर वक़्त उसे झूठे आत्मगौरव में जीने

के लिए उकसाए रहता था। माँ, माटी, मानुष पर उसे बड़ा नाज़ था। किसी भी घटना को उसी नज़रिये से देखते हुए वह हर वक़्त बारूद की फँकी मारे रहता था।

मांस के उस व्यापारी के लिए धार्मिक विभेद कोई मायने नहीं रखता था। तरह-तरह के गठजोड़ से सत्ता हासिल करने वाली मुस्लिम लीग से उसे कभी कोई ऐतराज़ नहीं हुआ। जानता था कि चुनाव जीतने के लिए जोड़-तोड़ भरे गणित में उलझ चुकी राजनीति का कपड़ा ज़्यादा बड़ा झंडा है—सामाजिक एकरसता को बचाने की बजाय चुनावी गठबन्धनों से सत्तासीन हो जाने की लालसा के क्या कहने, शासकीय चेहरा हो जाना चाहती थी। लेकिन मुस्लिम लीग के साथ दलित गठजोड़ के जिस समीकरण को जोगेन मंडल ने अंजाम दे दिया था। दूसरे भद्र मानुषों की तरह वह भी जोगेन मंडल को दुश्मन मानने लगा था। पाकिस्तान की माँग के सवाल पर भद्र मानुष मुस्लिम लीग के ख़िलाफ़ थे। अम्बेडकर की जीत ने उनके ग़ुस्से को जोगेन मंडल पर केन्द्रित कर दिया था। चुनावी नतीजे ने उन्हें उस मिष्टी-मिष्टी भद्रता के चोले को उतार देने के लिए मजबूर कर दिया, श्रेष्ठताबोध की हिंसा जिसके भीतर स्थायी बनी रहती थी। भीमराव अम्बेडकर खुलना-जसौर के प्रान्तीय विधानसभा चुनावी क्षेत्र से जीत चुके थे। यह ख़बर इस बात को सुनिश्चित कर रही थी कि संविधान सभा में अब उन सवालों को दरकिनार करना मुमकिन नहीं था, जिनका वास्ता वर्षों के जाति उत्पीड़न में जी रहे लोगों की स्थिति को सामने रखता है। कॉलेज स्ट्रीट की सड़क पर लाठियाँ भाँजी जाने लगीं। अवसरों की तलाश में रहने वाले दीवान पाठा को मौक़ा इस मायने में अनुकूल लग रहा था कि एक नायक की तरह उभरकर वह अपने जातीय गौरव को हासिल कर सकता है। अपने शार्गिदों के साथ वह भी लाठी, डंडे लिये सड़कों पर था। राजवंशी, पौंड्र और नामशुद्रों के ख़िलाफ़ उगले जा रहे ज़हर में वह और भी ज़्यादा बढ़-चढ़ कर हिस्सा लेने लगा। उसे लग रहा था कि इस तरह ही वह उस प्रतिष्ठा को, परिस्थितिवश जिसे उसके पिता बिष्णुचन्द चट्टोपाध्याय न गँवा दिया, हासिल कर सकता है। उसके भीतर वास करती भद्रता हर वक़्त की उस बेचैनी से मुक्ति चाहती थी, जिसने उसे भद्र समाज से अलग किया हुआ था। जातीय पहचान को हासिल कर लेने की छटपटाहट उसके भीतर मौजूद थी। खस्सी के व्यवसाय के कारण गिर चुकी पारिवारिक प्रतिष्ठा का भान उसके भीतर हमेशा कचोट पैदा करता रहता था।

अपने पिता बिष्णुचन्द चट्टोपाध्याय से विरासत में मिली मांस की दुकान को चलाना उसकी मजबूरी थी। पिता की असमय मत्यु ने उसे मुसीबत में डाल

दिया था। घर में बड़ा होने के नाते परिवार की ज़िम्मेदारी का बोझ जब दीवानचन्द चट्टोपाध्याय के कन्धों पर था। उसे अहसास होने लगा था कि झूठ-मूठ की जातीय अकड़ में परिवार चलाना मुश्किल है। वह जान रहा था कि ख़ानदान की मान-प्रतिष्ठा पर जो बट्टा लग चुका है, उसे अब कारोबार बन्द करके भी आसानी से धोया-पोंछा नहीं जा सकता। हालाँकि जातीय अस्मिता एवं धार्मिक पहचान को मुख्य मानने वाले मुखर्जी महाशय की शागिर्दी, उसे खो चुकी मान मर्यादा को हासिल करने के लिए उकसा रही थी। खस्सी व्यापारी बने रहते हुए भी कान पर धागा चढ़ाकर फ़ारिग़ होने वाली श्रेष्ठता उसका पीछा करने लगी। मांस के कारोबारियों की तरह ऊँचे से थड़ पर बैठकर चापड़ हाथ में लेना और लटके हुए पाठा की बोटी-बोटी करके बेचने का काम उसे हीन लगने लगा, लेकिन न तो वह ख़ुद भूखा मरना चाहता था और न ही परिवार को भूखा देखना चाहता था।

पिता के न रहने पर उसे बन्द पड़ी दुकान को खोलना ही पड़ा। सामाजिक लांछनाओं के प्रति कान बन्द करके उसने मांस के कारोबार को नए सिरे से जमाना शुरू किया। तय किया कि सामान्य छागल या भेड़े का मांस बेचने की बजाय सिर्फ़ रेव्आ खस्सी (खस्सी-बकरा) का ही कारोबार करेगा। किसी भी दूसरे मांस की बजाय खस्सी के मांस के दाम ज़्यादा थे। कॉलेज स्ट्रीट बाज़ार के कुछ ही कसाई रेव्आ खस्सी का मांस बेचते थे, वह भी हमेशा नहीं, किसी पर्व और तीज-त्योहार पर ही, जिस दिन मांस की बिक्री सामान्य दिनों की अपेक्षा कई गुना बढ़ने की सम्भावना से भरी हो। हमेशा माछ-भात खाने को मजबूर जन-मानष उस अमुक दिन मांस-भात खाकर ही आनन्दित होने के साथ होता था।

एक ऐसे ही ऐतिहासिक दिन ने तो बिष्णुचन्द चट्टोपाध्याय को भी मांस का कारोबार शुरू करने के अवसर वाले हालात बना दिए थे। बंगभंग क़ानून के निरस्तीकरण की वह ख़ूबसूरत सुबह थी। बंगभंग क़ानून समाप्त किए जाने की घोषणा पहले ही हो चुकी थी। वह दिन किसी पर्व से कम नहीं था। रोशनी की झालरें आने वाली सुबह से पहली रात को ही झिलमिलाने लगी थीं। गली-मोहल्लों में सभाओं के आयोजन थे। सालों से बंगभंग का विरोध करने में जुटे हुए लोगों का उत्साह देखते ही बनता था। उस रात कई जगहों पर छोटी-छोटी सभाएँ आयोजित हुई थीं। अगली सुबह आयोजित होने वाले जलसे के पर्चे बाँटने की ज़िम्मेदारी बिष्णुचन्द चट्टोपाध्याय और अशरफ़ के पास थी। जलसे के-से माहौल वाली उस रात में पर्चे ज़्यादा लोगों तक पहुँचाये जा सकते थे, लेकिन अशरफ़ अपनी

उस ज़िम्मेदारी से भी बँधा था, जिसका तक़ाज़ा था कि तड़के ही मंडी पहुँचकर उसे बकरे ख़रीदने होते और फिर उन्हें अब्बा की दुकान तक पहुँचाना। कॉलेज स्ट्रीट में एक छोटी-सी दुकान पर अशरफ़ के अब्बा मांस बेचते थे। सुबह मंडी की ज़िम्मेदारी अशरफ़ को ही निभानी होती थी। किसी भी ख़ुशी के मौक़े में मांस की बढ़ जाने वाली बिक्री के दिन तो अब्बू को फ़ुर्सत ही नहीं मिलती कि मंडी भी जा पाएँ। अशरफ़ हर रोज़ दौड़ता हुआ खिदिरपुर के व्यापारी शमशूल की आढ़त पर पहुँचता था और मुंशी के सामने जा खड़ा होता। पाठाओं के व्यापारी शमशूल से अब्बू का क़रीबी याराना था। शमशूल ने अपने मुंशी को हिदायत दी हुई थी कि उसके यार का छेले-अशरफ़ आए, तो तीन पाठा रोज़ के हिसाब से उसके हवाले करके हिसाब को ख़ाते में लिख लिया करे।

"पैसों की हुज्जत अशरफ़ से करने की जुर्रत नहीं।" छोटी दुकानदारी के बावजूद त्योहारों के मौक़े पर अब्बू ने तीन के बजाय पाँच बकरों की ख़रीद की हिदायत पहले से ही दी हुई थी। बकरों की दुम को रास्ते भर ऐंठते हुए 'हुर्र-हुर्र' करता हुआ अशरफ़ दुकान पर पहुँचता था। शाम होने तक सारा मांस बिक जाता। रात होने में अभी समय रहता तो अब्बू कहते, "जा, दौड़ा चला जा अशरफ़ ज़रा खिदिरपुर। देख, कोई पाठा रुका हो तो खींच ला।" अशरफ़ जानता था कि पाठा तो क्या भेड़ा भी हाथ न लगेगा उस वक़्त। लेकिन अब्बू की बात के इंकार का मतलब उनसे जबान लड़ाना न मान लिया जाए, इसलिए चुपचाप निकल लेता। ख़ाली हाथ लौटता तो अब्बू मन मसोसकर रह जाते। अपने को कोसते हुए ही अशरफ़ पर ग़ुस्साते, "सुबह ही पाँच की जगह आठ बकरे क्यों न उठा लिए थे आज?" ग्राहकों की आवाज़ाही पर माल शेष हो जाने का जवाब देते-देते वे थक रहे होते।

पर्व-त्योहार के मौक़े वाले दिन मंडी में जानवरों की आमद तो अन्य दिनों की अपेक्षा ज़्यादा रहती, साथ ही बिक्री भी उतनी ही ज़्यादा बढ़ी हुई होती। मंडी में अफ़रा-तफ़री रहती। यदि समय से न पहुँच पाओ तो माल ख़रीद पाना मुश्किल। "सुबह मैं तेरे साथ मंडी चलूँगा न अशरफ़।"

बिष्णुचन्द चट्टोपाध्याय चाहता था, अशरफ़ साथ रहे तो पर्चे बाँटना आसान हो जाएगा। अपने दोस्त की व्यावसायिक ज़िम्मेदारियों से वाक़िफ़ था। रात भर के साथ के एवज़ में वह सुबह का साथी हो जाना के लिए अशरफ़ को आश्वस्त कर देना चाहता था और गुहार लगाने लगा। सौदे-व्यापार में अनुभवहीन विष्णु को अशरफ़ कैसे समझाता कि उसकी चिन्ताओं का हल दोस्ताने का साथ भर नहीं हो सकता है।

"तेरा साथ होना मेरी परेशानी कम नहीं कर सकता, बन्धु। तुझे मालूम नहीं ऐसे ख़ास दिनों में मांस की बिक्री इतनी होती है कि खस्सी कम पड़ जाते हैं। अगर जो मैं आठ से कम खस्सी लेकर दुकान पर पहुँचा न, अब्बू माफ़ नहीं करेंगे।"

"आठ छोड़, दस बकरे ठेल सकता हूँ, यार। पहले पर्चे बाँट लेते हैं, फिर रात खुलने से पहले ही मंडी पहुँच जाएँगे।"

बिष्णुचन्द चट्टोपाध्याय अपने दोस्त अशरफ़ के साथ वंचित नहीं होना चाहता था। भीतर से तो अशरफ़ का मन भी नहीं था कि बिष्णु को अकेले छोड़कर निकल जाए। साल भर से दोनों ही साथी बंगभंग के विरोध में धरने-जुलूस का हिस्सा एक साथ होते रहे थे। उस ऐतिहासिक रात में अशरफ़ ख़ुद भी अपने दोस्त के साथ पर्चों को बाँटने से मिलने वाली ख़ुशी से वंचित नहीं रहना चाहता था। जगह-जगह जलसे का-सा माहौल था। कभी इस सभा में, तो अगले कुछ मिनटों में दूसरी सभा में, दौड़-दौड़कर दोनों ही दोस्त रात भर पर्चे बाँटते रहे। पर्चे बाँटने की ज़िम्मेदारी का काम ख़ुशी-ख़ुशी निपटा देने के बाद भी वे थके नहीं थे। ख़ुशी ऐसी थी कि दोनों ही दोस्त उत्साह से भरे रहे।

उस ख़ूबसूरत दिन को रोशन करनेवाला सूरज बहुत जल्द ही अपनी रोशनी बिखेर देनेवाला था। बिष्णुचन्द चट्टोपाध्याय रात को किए गए वायदे से फिर नहीं सकता था। सुबह से ही जगह-जगह आयोजित होने वाले जलसों में शामिल न हो पाने का मोह भी उसे अपने दोस्त को अकेले छोड़ देने के लिए उकसा नहीं सकता था। पौ फटने के साथ ही दोनों दोस्त खिदिरपुर मंडी पहुँच थे। मंडी में बकरों की आमद रोज़ की अपेक्षा कुछ ज़्यादा थी।

"अब्बू बाद में दौड़ाएँ और तब कुछ हाथ न लगे, इससे अच्छा तो यही है कि अभी ही आठ पाठा ले चलो। ज़िन्दा जान है, न पड़ी ज़रूरत तो एक दिन का जीवन और बिता लेगा वो जिसकी क़िस्मत में जीना एक दिन और बचा होगा", अपने पूर्व अनुभव के हिसाब से अशरफ़ मन-ही-मन तय कर चुका था कि आज तो आठ पाठा ले लेने चाहिए। वह जानता था कि कलकत्तावासी ख़ुशी का जश्न किस तरह मनाएँगे? जल्द से जल्द मुंशी से मुख़ातिब होना चाहता था, लेकिन मुंशी को फ़ुर्सत नहीं थी। बकरों के झुंड के साथ वह ख़रीददारों से उलझा था। इन्तज़ार किए बिना ही अशरफ़ ने चिल्लाकर कहा, "मुंशी जी, आज आठ पाठा बाहर कर दो।"

"आज तो तीन भी मुश्किल है और तू आठ माँग रहा।" मुंशी तर्जुबेकार था। जानता था कि सामने वाले को दबाव में कैसे लाना है ताकि ख़रीददार नई माँग की

बजाय, रोज़ की लगी-बँधी सप्लाई की चिन्ता में ही उलझ जाए। अशरफ़ की ओर देखे बिना ही उसने जवाब दिया था।

"मुश्किल है? ठीक है फिर, शमशूल काकू को बोल देता हूँ—यह मुश्किल आज की ही क्यों रहे, हमेशा की ही न हो जाए?"

ज़माने की चालाकियाँ अशरफ़ ने भी ख़ूब सीखी हुई थी। मुंशी पर दबाव बनाने का उसे ख़ासा अनुभव था। मुंशी जानता था कि अशरफ़ उसके मालिक का मुँह लगा बच्चा है। दूसरे ख़रीददारों से फ़ारिग़ होकर दौड़ते हुए अशरफ़ के पास आया था, "अरे मुन्ना, इतना पिनक क्यों रहा? हम भी तो तेरे काकू लगें यार, मज़ाक़-सज़ाक़ हमें भी कर लेने दिया कर कभी-कभी।"

"मज़ाक़ की बात अलग है मुंशी जी और ब्यौपार की बात अलग। मालूम है न, आज बंगभंग क़ानून ख़त्म हो गया।"

"अरे इसीलिए तो मैंने भी तेरे से आठ पाठा की माँग पर छेड़ख़ानी कर ली। ख़ुशी तो मुझे भी है। तुझे मालूम नहीं हर रोज़ एक पाठा लेनेवाला भी आज पाँच की माँग रख रहा। पीछे से माल इतना पहुँचा नहीं। कहाँ से करूँ पूरा? वो जो तुझसे पहले खड़ा था न, वह भी आज चार पाठा और माँग रहा था। कहाँ से दूँ?"

"चाहे जो करो मुंशी काकू, आजके तो आमाके आठटा पाठा चाई, कमती नोई।"

"ए छेलेरा। अच्छा, एकटा काज करो। ऐई सोमय आठटा तो नोई, तुमि पाँचटा निये जाओ न।...अभी पाँच ले जा, पीछे से और माल आ गया तो मैं ख़ुद पहुँचा दूँगा।"

"किन्तु मुंशी काकू, आपनी अब्बू के जानेन न?...अब्बू की सख़्त हिदायत है पहले तो दस, नहीं तो आठ पाठा तो लाना ही है आज।"

चिरौरी करते हुए भी अशरफ़ व्यावहारिक बने रहना चाहता था। अनुभवी व्यापारी-सा व्यवहार करते हुए उसने आठवें बकरे को मज़ाक़-मज़ाक़ में ही खदेड़ लिया, जबकि सात बकरे मुंशी ने उसे पकड़ा ही दिए थे।

मुंशी पीछे से चिल्लाता रहा और ज़िद्दी बालक की-सी हरकतें करता हुआ अशरफ़ बकरों को दौड़ाते हुए दूर निकल गया। बिष्णुचन्द चट्टोपाध्याय भी पीछे-पीछे दौड़ लगाता रहा। खस्सी आगे-आगे और उनको दौड़ाते नटखट पीछे-पीछे। खिदिरपुर की सरहद को पार करके जब फ़ोर्ट विलियम के सामने वाले विशाल मैदान तक पहुँच गए तो बिष्णुचन्द चटर्जी ने पेड़ की छाया में बैठकर सुस्ताना

चाहा। अशरफ़ की साँस भी फूलने लगी थी। बकरे ख़ुद ही मैदान में चरने लगे थे। गाछ के नीचे बैठकर विश्राम करने की बजाय अशरफ़ का मन मैदान के एक ओर चल रहे उस निर्माण कार्य को देखने का हुआ जहाँ एक इमारत के निर्माण का काम चालू था।

"चल यार, उधर चलते हैं। सुना है कि अंग्रेजों की महारानी के लिए महल बन रहा है वहाँ। वह देख, जो मंच-सा दिख रहा न, वहाँ ख़ूब गहरा गड्ढा खोदा गया है। चल, चल न, चलके देखते हैं, कितना गहरा है गड्ढा?"

"सिपाही जाने नहीं देंगे उधर।"

"क्यों? अब तो बंगभंग भी खत्म हो गया...(ज़ोर की हँसी)। कुछ नहीं कहेंगे सिपाही। कौन-सा हम कोई सामान उठाकर भाग रहे? उस मंच पर खड़े ही तो होंगे। अगर तू नाच करेगा तो बोल?, मैं गान तो गा ही दूँगा।"

"सिपाही के डंडे से गान भी और प्रान भी एक साथ निकलता है, बच्चू।... वो देख, उधर कितने लोग हैं? उधर चल।"

मैदान का वह हिस्सा जो धर्मतल्ले के तालाब को छूता था, वहाँ भीड़ ही भीड़ नज़र आ रही थी। एक-दूसरे की कलाई में दोस्ताने की रस्म के धागे बाँधते हुए लोग एकीकृत बंगाल की उद्घोषणा का जश्न मना रहे थे। सामूहिक स्वरों में गाया जा रहा 'वन्देमातरम' मैदान के दूसरे छोर तक हिलोर मचा रहा था। बकरे मैदान में चरते रहे और दोनों दोस्त जश्न मनाने के लिए जुटे हुए उस हुजूम के बीच जा पहुँचे थे। बच्चे, बूढ़े, स्त्री, पुरुष, हर कोई उत्साह में था। उनकी कलाइयाँ गुच्छे-गुच्छे धागों से भरी थीं। बाँधने वालों ने अशरफ़ एवं बिष्णु की कलाइयों पर भी धागे बाँध दिए। दोनों की कलाइयाँ गुच्छे-गुच्छे धागों से भर गईं। मिष्टी खाते और गान गाते हुए समय का कोई भान ही नहीं रहा।

बाज़ार के खुलने का वक़्त हो चुका था। धर्मतल्ले की उस भीड़ से निकलकर अशरफ़ ने दौड़ लगाई और मैदान के दूसरे छोर पर घास चर रहे बकरों को खदेड़ने लगा। बिष्णुचन्द चटटोपध्याय भी पीछे-पीछे दौड़ पड़ा। दोनों ही दोस्त बकरों को दिशा देते हुए खदेड़ते रहे।

औज़ारों को धो-पोंछकर दुकान के आस-पास की जगह को जल से सींच दिया गया था। थड़ पर बैठ चुके अब्बू को अब अशरफ़ का इन्तज़ार था। बकरों को खदेड़कर लाते अशरफ़ और बिष्णु को देखकर अब्बू के लिए यह अनुमान लगाना मुश्किल नहीं रहा कि बेटे ने आज अक्ल का काम किया। रोज़ की तुलना

में ग्राहकों की ज़्यादा आमद होने की सम्भावना का उन्हें अच्छे से भान था, लेकिन बकरों की संख्या ने चौंका दिया था। ऐसे अवसरों पर भी ज़्यादा से ज़्यादा पाँच बकरों भर का मांस बेचने का तजुर्बा उनके पास था। बहुत गहराई से सोचने और समझने की बजाय अब्बू ने अपने बेटे के यार बिष्णु चन्द चट्टोपाध्याय से चुहल की।

"क्यों पंडीजी, तो अब तुमने भी शुरू कर दिया क्या यह कसाई का धन्धा?"

अब्बू ऐसा क्यों कह रहे हैं, न तो बिष्णुचन्द चट्टोपाध्याय के समझ में आया और न ही अशरफ़ ही कुछ समझ सका। प्रश्नातुर से दोनों ही अब्बू की ओर देख रहे थे। अब्बू ख़ुद ही ठहाका लगाने लगे।

"यह आज इतने खस्सी क्यों उठा लाया बे, अशरफ़?" अशरफ़ की ओर देखते हुए अब्बू ने सवाल दागा। "...ज़्यादा से ज़्यादा पाँच की जगह छै ले आता...", उनकी आँखों में फिर हँसी तैरने लगी थी, "...ओह, अच्छा, दो पंडीजी के हैं।" और फिर से हँसने लगे।

बिष्णुचन्द चट्टोपाध्याय को कुछ समझ नहीं आया कि क्या जवाब दे?

"काकू आपनी की बोलछेन, आमारा बूझते पाछी न।" (काका, आप क्या कह रहे, मेरी कुछ समझ नहीं आ रहा।)

"बूझने के लिए कुछ है भी तो नहीं रे, छेलेरा। आच्छा, एकटा काज करो। ऐ अशरफ़, सारे खस्सी पीछे बाँध। अभी तक दस गोराक लाइन दे गए हैं, जल्दी-जल्दी उतार खाल।...और सुन, पहले पंडीजी वाले इस काले चितकबरे को देख,... हू-ब-हू हमारे पंडीजी की तरह मस्त दिख रहा।" अपने साथी को ठेलने का खेल खेल रहे बकरे की ओर इशारा करते हुए अब्बू ने अशरफ़ को आदेश दिया और चेहरे पर हल्की-सी मुस्कान बिखेरकर बिष्णुचन्द चट्टोपाध्याय की ओर देखने लगे।

"...फिर पंडीजी के कारोबार का आज पहला दिन है न। अगर जो आज का माल निपट लेगा, तभी तो पंडीजी अगले दिन सौदा ख़रीद के लाएगा न मंडी से।" अब्बू चुहल करते हुए मुस्कराते रहे।

अशरफ़ ने बकरे को कान से पकड़ा और झुंड से अलग कर दिया। बिष्णु ने बकरे की पीठ पर हथेली का प्रहार किया और दोनों ही साथी उसे दुकान के पीछे ख़ाली पड़ी जगह पर ले गए। बकरों को बाँधने के लिए वहाँ खूँटे गाड़े गए थे। एक खूँटे पर पहले से ही बँधी रस्सी का एक सिरा बकरे के गले में डालकर अशरफ़ ने बकरे को खूँटे से बाँध दिया। बकरे को खूँटे से बाँधते हुए अशरफ़ ने बिष्णु को हिदायत दी, "बिष्णु उस घर में और भी रस्सियाँ रखी हैं, ज़रा तीन-चार

उठा ला तो।" आज्ञकारी बालक की तरह बिष्णु दुकान के पीछे वाले उस कमरे में चला गया, जहाँ जानवर को अपने जीवन से आँख मिचौली खेलनी थी। किसी दिन दुकान बढ़ाने तक अपनी बारी का इन्तज़ार कर रहा कोई जानवर जब एक दिन का जीवन और पा जाता तो उस आख़िरी रात के लिए वहीं बांधा जाता था। बकरे की वह रात ग्राहकों की मेहरबानी से तोहफ़े के रूप में मिली होती थी। बिष्णु को मालूम नहीं था, रस्सी कहाँ रखी थी?

"यहाँ तो एक भी रस्सी नहीं है, अशरफ़।"

"रस्सियाँ भौत है यार। वहीं किनारे पर देख ना, एक पूरा गुच्छा मिल जाएगा। देख, उधर किनारे रखे हथियारों के ढेर को खंगाल। उनके नीचे न दब-दबा गई हो कहीं।...अच्छा, दो ही रस्सी लाना।...इस अपने वाले कबरे को तो वहीं ले जाकर छोड़ दे। इससे तो बतियाना है न तुरन्त ही।" अब अशरफ़ भी अब्बू की तरह ही मज़ाक़ पर उतर आया था।

"ऐसे घूर कर मत देख, यार। मैं तो अब्बू की ही बात दोहरा रहा। अब्बू ने छै बकरे अपने खाते में और अतिरिक्त के दो तो तेरे ही खाते में डाले न? तेरे खाते के बकरों को छीननेवाला, यह अशरफ़ कौन होता है भला?" ऐसा कहकर वह दुगने ज़ोर-से खिलखिलाया था। अब्बू का-सा मज़ाक़ करने के अवसर अशरफ़ भी अक्सर ढूँढ़ता ही रहता था।

बिष्णु को भी अशरफ़ का साथ बहुत भाता था। रोज़ का साथ बना रहे, वह हर रोज़ मंडी जाने लगा था। अशरफ़ के साथ ही दिन भर दुकान में रहता। अब्बू उधर ग्राहकों से निपट रहे होते और इधर बिष्णु चन्द चट्टोपाध्याय और अशरफ़ बकरे को हलाक़ करने के बाद उसकी खाल उतारने का खेलते रहते। उघड़े हुए मांस को तरोताज़ा दिखाने के लिए अब वह अशरफ़ को भी मात देने लगा था। दुकान में मौजूद रहने वाले अब्बू को मालूम नहीं था कि दुकान के पीछे क्या खेल खेला जाता है। वे आश्चर्य करते कि आजकल अशरफ़ कितनी ख़ूबसूरती से माल तैयार करता है? कहने भर को भी खस्सी के बदन पर कहीं बाल नहीं दिखाई देते।

बिष्णुचन्द चट्टोपाध्याय जब भी अशरफ़ के साथ दुकान पर पहुँचता, अब्बू की ठिठोली शुरू हो जाती, "क्यों पंडितजी...? अब आए...?, अरे तुम्हारेवाला तो निपट लिया आज। अब ये तो अशरफ़ वाले टँगे हैं। जाओ, ऐश करो।"

धीरे-धीरे बिष्णुचन्द चट्टोपाध्याय भी अब्बू की मज़ाक़ का अभ्यस्त होने लगा था। अब उस तरह के अबूझपन में नहीं रहता था कि अब्बू की बात ही नहीं समझ

पाये। मुस्कराने लगता। बाज़ दफ़े जवाब भी देता, "लाओ, मेरे वाले माल के पैसे निकालो न, अब्बू।"

"अब पैसे तो सारे गल्ले में ही हैं। उसमें तेरे वाले माल के कौन से हैं, पहचानना मुश्किल है, पंडितजी। एक काम करो। यह जो टँगा है, जब कोई ग्राहक आए, काट-काट कर बेच लो और निकाल लो, जो भी मिले।" मांस के रूप में उल्टा लटकाए हुए बकरे की ओर इशारा करते हुए अब्बू ख़ूब ज़ोर-से खिलखिलाते और सामने खड़े बिष्णु चन्द चट्टोपाध्याय को कमर से पकड़कर अपने पास खींच लेते। अब्बू की हँसी-ठिठोलियाँ जारी रहतीं। कभी-कभी उसी वक़्त आ पहुँचे ग्राहक के लिए मांस के टुकड़े बनाते हुए बिष्णु चन्द चट्टोपाध्याय को भी कटे हुए टुकड़ों को धो-पोंछकर पैक करने के लिए कह देते। उस वक़्त बिष्णुचन्द चट्टोपाध्याय को अब्बू दुनिया के बेहद ख़ूबसूरत इन्सान नजर आते। अब्बू के अन्दाज़ को क़रीब से देखते हुए बिष्णुचन्द चट्टोपाध्याय को कसाई का काम भी बेहद हुनर का काम लगने लगा था।

अब्बू के मज़ाक़ जारी थे। लेकिन रोज़ का मज़ाक़ एक दिन सच की कथा हो जाएगा, इसकी कल्पना तो अशरफ़ भी नहीं कर सकता था। बगल की दुकान में एक बूढ़ा घड़ीसाज़ दिन भर खुर्दबीन में आँख गड़ाए रहता था। ख़राब पड़ी घड़ियों के पुर्जों में झाँकते-झाँकते ही घड़ीसाज़ एक दिन दुनिया को अलविदा कह गया। उसका कोई वारिस नहीं था। दुकान बन्द पड़ी रही। अब्बू चाहते थे कि अशरफ़ अब स्वतंत्र तरह से अपना कारोबार सँभाले और अपने परिवार की ज़िम्मेदारी निभाये।

पारिवारिक ज़िम्मेदारियों का बोझ बिष्णुचन्द चट्टोपाध्याय पर भी कम नहीं था, अशरफ़ इस बात को अच्छे-से जानता था। अब्बू की तर्ज़ पर ही अशरफ़ ने उस दिन एक असलियत को मज़ाक़ के लहज़े में कह दिया था, "अब्बू, घड़ीसाज़ की ख़ाली पड़ी दुकान में पंडीजी के बकरे ही क्यों न टँगवा दिए जाएँ?" अब्बू कहाँ जानते थे कि अशरफ़ ने जो बात मज़ाक़ में कही और जिस पर अब्बू ने भी उतने ही खिलखिलाकर हामी भर दी थी, बिष्णुचन्द चट्टोपाध्याय को स्वीकार हो जाएगी।

"ठीक है, कल से मैं भी यहाँ थड़ लगाता हूँ।"

बिष्णुचन्द चट्टोपाध्याय को रोज़गार की ज़रूरत तीव्रता से थी। अगले दिन दुकान उसकी हो गई। उसने भी वहाँ मांस बेचना शुरू कर दिया। मांस बेचने के कारोबार में शामिल होते ही बिष्णुचन्द चट्टोपाध्याय ने जाति आधारित सामाजिक विभाजन रेखा को पार करने का दुस्साहस तो कर दिया था, लेकिन सामाजिक रूप

से वह इस क़दर अकेला हो गया कि नाते-रिश्तेदारों ने ही नहीं, घर-परिवार के लागों ने भी उससे किनारा कर लिया। बिष्णुचन्द चट्टोपाध्याय से ख़ुद के सम्बन्धित को उद्घाटित करने में वे शर्मिन्दगी महसूस करने लगे थे। भद्रपन पर लग रहे दाग़ से ख़ुद को बचाने के लिए परिवार के लोगों को कोई विकल्प नहीं दिखाई दे रहा था, लेकिन वे उस पेशे को स्वीकार नहीं पा रहे थे। भीतर ही भीतर घुटते हुए और नाते-रिश्तेदारों के किनारा करते जाने के कारण अकेलेपन का शिकार होने लगे। जान-पहचान के लोग पूरे परिवार को ही 'पाठा चटर्जी का परिवार' पुकारने लगे। सामाजिक अकेलेपन की उस दासता को झेलते हुए ही बिष्णुचन्द चट्टोपाध्याय उम्र से पहले बूढ़ा हो गया। शरीर से अस्वस्थ रहने लगा। खाँसी, बलग़म और तकलीफ़ की जानलेवा स्थितियों के साथ एक रोज़ वह असमय ही दुनिया को छोड़ गया।

ग़ुस्सैल मिज़ाज या कि श्रेष्ठताबोध का पागलपन

बानी को बाबा से कभी भी किसी भी तरह का प्रेम उपजा ही नहीं।

अमूर्तता प्रेम नहीं उपजाती है। मूर्तता अपने शिल्प में तस्वीर का एक रूप ही होती है। व्यक्ति विशेष की अनुपस्थिति में उसका ख़याल अमूर्तता ही है। ऐसे ख़याल तो प्रेम का झूठ रचने में माहिर होते हैं।

जिसे देखा नहीं और न ही देखा जा सके, छुआ नहीं और वैसी कोई सम्भावना भी न हो, उसकी तस्वीर बनाना तो मुश्किल है। शक़्ल-ओ-सूरत की कल्पना की जाए तो भी जीवन्त मनोभाव को मूर्त नहीं किया जा सकता। आलिंगन से गुम्फित प्रेम के न होने की स्थितियों के कोई मायने नहीं। नफ़रत तो केवल सुने-सुनाए से भी पैदा हो जाती है और घटना की अनुपस्थिति के बावजूद ख़बरों की निरन्तरता में भी स्थायित्व ग्रहण करती रहती है। आघातों से भरा जीवन जब लगातार की स्थिति हुआ जाता हो तो उभरने वाले भावों में रल-मलकर प्रकट होती है, पर प्रेम...?

बाबा के बारे में माँ जब कोई कथा बताती तो एक तस्वीर कल्पनाओं में उभरती थी। लेकिन उससे जो भाव बनते, प्रेम की बजाय एक तरह की नफ़रत ही उनमें आकार लेती रहती। यूँ उन्हें पूरी तरह से नफ़रत के भाव भी नहीं माना जा सकता था, खासतौर से जब माँ के साथ ही वह विषय छिड़ा हो। माँ हर वक़्त अपने स्वामी

के प्रति श्रद्धा से भरी रहती। बाबा के प्रति बानी के भीतर उपज रही नफ़रत पर माँ का वह रूप ही लगाम कसता रहता था। बाबा का होना बानी को झूठ ही लगता था, जबकि वह जीव की उत्पत्ति के कारणों को अच्छे से समझती थी। जानती थी कि माँ के गर्भ में वह भी यूँ ही नहीं आ गई होगी। बाबा के होने का ख़याल ही उसे झूठ लगता। सोचती रहती कि बोनदेबी से प्रार्थना करते हुए यदि कुछ माँगा जा सकता है तो यही माँगूगी कि स्त्रियाँ स्वयं अपने भ्रूण की जन्मदात्री हो सकें। पुरूष के संसर्ग की ज़रूरत ही न रहे। यह कैसा विधान है कि बच्चा सिर्फ़ पिता के जातिनाम का वारिस हो जाए?

ओह बानी, तू भी पगली ही है। स्त्री का भी कहीं कोई अपना जातिनाम होता है। कुँआरी होती है तो पिता से, विवाहित हो जाने पर पति से अपने नाम को उसे जोड़ना ही पड़ता है। ज़माने के बदलते क़ायदे हो सकता है, कभी ऐसे पेंचीदा न रहें, लेकिन कब?

तमाम कुतर्कों के साथ भी जाति को बचाए रखने वाले उदार क़िस्म के लोग, ज़माना यदि उदार हो गया तो, हो सकता है कुछ ऐसा कर दे कि काग़ज़ों में सिर्फ़ नाम ही दर्ज़ हो कुँआरी कन्याओं का—बिना जातिनाम के ताकि ब्याही जाने पर उसे बदलने का सिलसिला भी तो ज्यों का त्यों बना रहे। विमर्श के झूठ में भी बानी उस बाबा को माफ़ नहीं कर सकती जिसके होने के झूठ को माँ ने अपने नाम के साथ कुछ नये अन्दाज़ में टाँगना शुरू कर दिया था—रुक्मी चंडाल बागची।

माँ की बातों को आधार बनाकर बानी ने जब भी बाबा का चेहरा याद करना चाहा, बहुत धुँधली-सी छवि ही बनी। लम्बी क़द-काठी वाले बाबा की बाँहों में झूलती हुई एक छोटी बच्ची, लेकिन वह छोटी बच्ची बानी थोड़े थी? वह तो कोई दूसरी थी, जिसे काल ने डस ही लिया था, जो इस दुनिया को अलविदा कह गई। बानी की पैदाइश तो बहुत बाद की ठहरी। इतनी बाद की, जब सुरक्षित ठिकाने की तलाश में निकले बाबा का वापिस लौट पाना भी सम्भव नहीं रहा।

माँ बताती, यदि तेरी दीदी बच गई होती तो दादा से भी ज़्यादा लाड़ बाबा उसे ही करते। दीदी ही क्यों, दीदी के बाद दो और भाई भी तो होते, अगर जो नवजात शिशुओं का जीवन सलामत रहता। दो-तीन दादा (भाई) होते तो ऐसा न हो पाता कि बाबा सबको ही ठाकुर-बाबा और दादू के साथ भेज देते। किसी को तो माँ के साथ छोड़ते ही। बानी को भी यूँ अकेले न रहना पड़ता। बड़े दादा का साथ मिलता, बेशक सौतेले सही।

माँ की बातों से एक आत्मीय छवि ज़रूर बनती बड़े दादा की—बाबा की बाँहों में झूलने की ज़िद करता हुआ बच्चा।

बड़े दादा के बाद ही थी दीदी। एक ही साथ दोनों को कैसे झुलाते बाबा?

दीदी को माँ की गोद में पकड़ाकर दादा को झुलाने लगते, लेकिन इस कारण से तो वह बाबा से नफ़रत नहीं कर सकती। नफ़रत तो यूँ भी नहीं कर पाती बाबा से। बस, माँ को ख़ामोश सुनती रहती।

माँ बताती, बाबा ऐसे, बाबा वैसे।

माँ की बातों का तर्जुमा किया जाए तो किसी भी तरह की ख़ामोशी के विरुद्ध तनी हुई भृकुटिवाला मिज़ाज बाबा की विशेषता होना चाहिए। अनुमान लगाना मुश्किल कि कब किस पर बिगड़ जाएँ? कब लाड़ करने लगें? ग़ुस्सा जाएँ तो न बच्चा देखते और न बूढ़ा। बड़े होने के कारण ज़िद करने पर मार भी किसी को पड़ती तो दादा को ही। जिस वक़्त बाबा दीदी को झुलाते हुए खेल रहे होते, वह उसी वक़्त झूलने की ज़िद करता। बाबा बिगड़ जाएँ तो चीत्कार कर बिगड़ते, "यह जो रुपेन है न बीरीशीरी के हलदारों का छेले,...बिलकुल तेरे बाबा की तरह चीत्कार करता है। मुँह मत लगा कर उसके।"

रुपेनदा के व्यवहार में माँ को कुछ-कुछ बाबा की छवि ही दिखती। कहती, "एकदम तेरे बाबा का-सा ब्योहार है। क्षण में सूरज, क्षण में जून।"

बाबा के बारे में बताते हुए माँ, रुपेनदा के ग़ुस्सैल व्यवहार का ज़िक्र ज़रूर करती। ऐसा नहीं कि माँ को रुपेनदा से कोई नाराज़गी रहती। रुपेनदा से तो वह कभी नाराज़ हो ही नहीं सकती थी। रुपेनदा तो उनके लिए हमेशा बीरीशीरी का छेले ही रहा। वह तो बाबा के प्रति प्रेम से भरी होते हुए उनके ग़ुस्से को इलाक़े की पहचान ही मानने की भूल-भूलैयाँ में रहती थी। रुपेनदा से माँ की पहली बार मुलाक़ात कैम्प में ही हुई थी।

रुपेनदा 'उदबास्तु उन्नयन समिति' का सदस्य था। 'उदबास्तु उन्नयन समिति' शरणार्थी कहलाए जाने वाले बंगभाषियों की संस्था थी। विभाजन की त्रासदी में मजबूर लोगों को जब बंगाल के बाहर, किसी अपरिचित भूगोल में भेजा जा रहा था, उस वक़्त एकमात्र सहारा समिति का ही था। दूसरे मुल्क में विस्थापित किए जाने के विरुद्ध समिति के लोग लगातार संघर्ष कर रहे थे। समिति लोगों की आवाज़ थी। थोड़े परिचित एवं समान भाषा-संस्कृति वाले भूगोल की चाह रखने वालों के साथ थी। माँग मान ली गई होती तो संघर्ष क्यों होता भला? संघर्ष जारी था। समिति का

कार्यकर्ता रुपेनदा जानता था कि सुन्दरबन डेल्टा में फैले निर्जन दलदलों की कमी नहीं। न सही कोई ठीक-ठाक उजियाला, तटों पर उगी सुन्दरी गाछ की झाड़ियों और भीतर तक फैलते घने जंगल के अँधियारे से घिरा निर्जन ही सही।

रुपेनदा के ग़ुस्साने वाले व्यवहार को नजरअन्दाज़ कर दिया जाए तो उनके भीतर वास करता घनघोर आत्मीय व्यक्ति हर किसी को दिखाई देता था। दूसरों की परेशानी में ख़ुद को शामिल कर लेने के शऊर से भरा। माँ भी ऐसा ही मानती थी। कोई किसी भी तरह की परेशानी महसूस न करे रुपेनदा के रहते, लेकिन यह भी ध्यान रखे कि निकम्मई बरदाश्त नहीं रुपेनदा को। उसकी निगाह से यह छुपा रहनेवाला नहीं कि काम करने में सच में ही परेशानी आ रही या कोई झूठा बहाना असमर्थता ज़ाहिर कर रहा। रुपेनदा की मंशा रहती कि हर व्यक्ति अपना काम स्वयं करे। काम करना नहीं आता तो सीखने की कोशिश करे। फिर भी मुश्किल है तो किसी से मदद माँग ले। कोई परेशानी है तो ख़ुद रुपेनदा से ही पूछ लो, लेकिन चाहेगा कि जिसका काम है, पहले वह अपने से करके देखे। समझाएगा भी अच्छे से—ऐसे करो, ऐसे करो।

सारे काम सभी लोग तो नहीं कर सकते न? कोई किसी एक काम में दक्ष हो सकता है, लेकिन दूसरे काम के बारे में कुछ भी नहीं जानता हो, ऐसा तो हो ही सकता है। लेकिन यह मुश्किल बात रुपेनदा को जैसे समझ ही नहीं आती। वह तो अपने से बराबरी करने को मजबूर करेगा किसी को भी। 'ऐसे करो, ऐसे करो', बताने पर भी ग़लतियाँ होतीं और हर ग़लती रुपेनदा के भीतर ग़ुस्सा पैदा करती। ग़ुस्साए न अगर तो रुपेन को कौन बोले 'रुपेनदा'? कौन करे चिरौरी ऐसे हेकड़ीबाज की? जो कभी यह भी नहीं सोचेगा कि कोई काम बताने भर से ही नहीं सीखा जा सकता। ऐसे ही हो जानेवाला होता तो अगला कर ही न लेता क्या? बल्कि उस वक़्त तो ग़लतियाँ कर रहे व्यक्ति के भीतर डर की कम्पन भी बढ़ जाती। पहले तक जो कुछ ठीक से किया भी जा पा रहा था, अब तो उसको भी करना मुश्किल। रुपेनदा के निर्देश बेशक वाजिब ही मिल रहे हों चाहे। अब शुरुआत से ही ग़लतियों पर ग़लतियाँ होने लगतीं। उधर, तनी हुई भृकुटियों का कोलाहल शुरू। रुपेनदा गाला-गाली करने लगता। ग़ुस्से से ऐसा थरथराता कि पूरा पृथ्वीलोक काँप उठे। सीखना-सिखाना एक तरफ़, रुपेनदा दूसरी तरफ़। सिटपिटाया-सा खड़ा व्यक्ति हताश। लेकिन वह हताशा रुपेनदा की आँखों से छुप नहीं रही होती। वह जान जाता कि निकम्मई नहीं, अक्षमता ही आड़े है। फिर तो अपना ज़रूरी काम भी

छोड़-छाड़कर उस असहाय के काम को पूरा करने में आ रही अड़चनों को अपने सिर ले ले। ग़लतियों पर लताड़ खाते जा रहा अमुक ढंग से हैल्परी करने में भी अक्षम साबित होता रहे चाहे। लताड़ खाते हुए भी कभी कुछ सीखा जा सकता है क्या? ग़लतियाँ होती ही रहतीं। चीत्कार और गालियों की बौछार के साथ रुपेनदा काम को निपटाता जाता।

हो न हो, माँ को रुपेनदा के व्यवहार का यह श्रेष्ठताबोध ही प्रिय हो। वैसे रुपेनदा के भीतर वास करते श्रेष्ठताबोध की तुलना बाबा से नहीं की जा सकती थी। बाबा के भीतर जो श्रेष्ठताबोध था, वह भद्रलोक की निर्मिति में वास करती जाति श्रेष्ठता से पोषित था।

बाबा भद्र मानुष थे। ब्राह्मण। माँ, नमोशूद्र।

रुक्मी से क़रीब-क़रीब बारह-पन्द्रह वर्ष बड़े रहे नीरेन्द्रनाथ बागची। अन्तर ज़्यादा भी हो सकता था, ठीक-ठीक हिसाब लगाने का एक मात्र आधार यही कि माँ सोच-सोचकर बताये कि उस वक़्त कौन-सी घटना घटी थी? वह कौन-सा समय था जैसी सोचनीय मुद्रा में समय घटनाओं के रूप में ही आता। घटना-क्रमों की स्मृतियाँ ही माँ को ख़ामोश कर देने वाली हो जाती रहीं। हर वक़्त ग़ुस्से से भरे रहने वाले बाबा से माँ बेहद डरती थी। माँ ही क्यों, परिवार का हर कोई सदस्य बाबा के ग़ुस्सैल व्यवहार के कारण उनके सामने ख़ामोशी ओढ़े रहता। दादू (नाना) ही नहीं, ठाकुरदा (दादा) भी बाबा के सामने ख़ामोश होने को मजबूर रहते।

ठाकुरदा के तीन लड़को में दूसरे नम्बर पर रहे बाबा, पर धौंस-पट्टी में नम्बर एक। माँ से जब विवाह किया, किसी की हिम्मत नहीं हुई कि विरुद्ध कुछ बोल सके वरना नीच बनाई गई जाति के किसी व्यक्ति के पाँव भी आँगन में पड़ जाने से पूरे घर को अपवित्र मान लेने वाली ठाकुर माँ को भी ख़ामोश न हो जाना पड़ा होता। ठाकुर माँ भद्र महिला रहीं और अपनी भद्रता को बचाने के लिए पूरी तरह से ख़ामोश हो जाना उन्हें भीतर से कचोटनेवाला हुआ, "हम बारेन्दार ब्राह्मण हैं रे, मूरख। कुछ तो लाज रख।"

बाबा के लिए क्या तो ब्राह्मण और क्या जी कोई और जात। स्वराज़ी आदमी ठहरे। ठाकुर माँ (दादी) के सामने ख़ामोश हो गए, लेकिन अपने फ़ैसले से डिगे नहीं। भद्र महिला को भी अपने ज़िद्दी बेटे के सामने हार माननी पड़ी। उनका पूरा जीवन बाड़ी को गोबर-पानी से शुद्ध करते-करते ही बीता। माँ की उपस्थिति भी ठाकुर माँ के लिए जब-तब की अपवित्रता थी।

परिवार और नाते-रिश्तेदारों ने माँ और बाबा के विवाह के वक़्त विरोध का बहुत हो-हल्ला नहीं किया तो इसलिए भी कि चाहे नमोशूद्र ही सही, कम-से-कम अनाथ बच्चे को सँभालने के लिए एक माँ तो मिल ही रही थी। दादा (बड़ा भाई) उस वक़्त 6 वर्ष का ही था, बड़ी माँ असमय ही काल कवलित हो गई। बड़ी माँ के न रहने पर बाबा तय कर चुके थे, चाहे जो हो जाए, विवाह नहीं करेंगे। दादा को वे सौतेली माँ की प्रताड़ना झेलने को मजबूर नहीं करना चाहते थे। माँ के व्यवहार में ईर्ष्या-द्वेष की वैसी कोई भावना होती तो बाबा और माँ के बीच का सम्बन्ध बेशक चाहे जो रंग लेता, पति-पत्नी के रूप में नहीं ढल सकता था। बागची परिवार के बड़े-बूढ़े इस बात को अच्छे-से जानते थे। इसीलिए न चाहते हुए भी एक दिन माँ को मझली बऊ स्वीकारना ही पड़ा। लेकिन स्वीकारोक्ति की उस मजबूरी के बाद भी श्रेष्ठताबोध की भद्रता माँ के जीवन में विषमताओं के काँटों के दंश चुभाने से पीछे कभी नहीं हटी। उनका तीखापन कभी कम न हुआ।

माँ के पास उन दंशों की स्मृतियाँ थीं तो सही, लेकिन किसी दूसरे से साँझा करने के लिए नहीं। ज़िन्दगी का रोना अपनी घुटन में। अनुभव जनित ज्ञान को जीवन दर्शन की तरह बानी से साँझा करने का मायने भी बस इतना था कि क़दम दर क़दम बड़ी हो रही बेटी को उस ज्ञान से सम्पूर्ण कर दे कि जीवन का फ़ैसला लेने में किसी तरह का कोई किन्तु-परन्तु कभी अपने घेरे में बाँध न ले।

"दुनिया कुछ नहीं कर सकती तुम्हारी परेशानियों का। अपनी ही मुसीबतों से निपटना जब मुश्किल हो तो दूसरे की मदद करने की सुध ही कहाँ रहती है? दूसरे के सामने रोना मतलब, उसे भी उसकी परेशानियों में डुबोना।"

अपने प्रति बाबा के अनुराग को महसूस करती माँ, इस विश्लेषण को स्वीकार नहीं कर सकती थी कि बड़े दादा को एक माँ का प्यार मिल सके, सिर्फ़ इतने के लिए ही नीरेन्द्रनाथ बागची ने रुक्मी चंडाल से विवाह किया। माँ की बातों से अनुमान लगाया जा सकता था कि माँ और बाबा के बीच उस वक़्त पहला प्यार पनपा जब माँ, दीदी माँ (नानी) के साथ बाबा के खेतों से अनाज के गट्ठर लेकर बागची परिवार के कोठार में रखवाती थी। खेती-बाड़ी का काम नीरेन्द्रनाथ बागची के ज़िम्मे था। बाबा से बड़े सुबलनाथ बागची, वकालत करते थे और छोटा भाई त्रिलोकीनाथ बागची स्वास्थ्य विभाग में चाकरी करता था। खेतीबाड़ी के अलावा बाबा स्वराज करते थे। स्वराजियों के संग-साथ से ही बाबा एक हद तक जाति श्रेष्ठता से मुक्त हो चुके थे। अब उन्हें इस बात से फ़र्क़ नहीं पड़ता था कि उनकी

बऊ किस जाति की हो? उनकी ससुरबाड़ी कहाँ है? साला-भाई क्या काज करते हों? बऊ मायके से ससुराल या ससुराल से मायके तक कैसे आए-जाए, यह बात भी उनके लिए ख़ास महत्व नहीं रखती थी।

टुकू मंडल के अलावा बीरीशीरी के और भी कई छोटी जात मानुष और मुस्लिम लोग ही बागची परिवार के खेतों में जुताई-बुआई का काम सँभालते थे। टुकू मंडल की जवान होती सुन्दर मेय (लड़की) रुक्मी के रूप पर जाने कब फिसल गए नीरेन्द्रनाथ बागची। यह ऐसा संयोग था जिसमें हँगामा होना ही था। हुआ, पर आवाज़ों के शोर ने घर की देहरी नहीं लाँघी और बाबा माँ का हाथ थाम कर सहजीवन की ओर बढ़ने लगे।

मझले, नीरेन्द्रनाथ की बऊ के जिम्मे उसी तरह के घरेलू काम आए, जिनसे परिवार की जाति शुद्धता बची रह सकती थी। कभी ग़लती से बऊ ने कुछ ऐसा-वैसा काम कर भी दिया तो ठाकुर माँ का गोबर-पानी शुद्धीकरण के लिए तत्पर रहता। ठाकुर माँ को शुद्धि मंत्र का जाप करने से कोई नहीं टोक सकता था। माँ को उस वक़्त बुरा भी लगता तो ठाकुर माँ से कुछ नहीं कह सकती थी। कभी-कभार बाबा से ज़िक्र कर देती तो जवाब तैयार मिलता, "तुई सेटा मोने राखीस न रुक्मी, आमि तो तोर जात तुले दिलाम रे। तोर आर दरकार की?" मैंने तो तुझसे विवाह करके तुझे उच्चवर्णीय बना दिया रुक्मी, तू क्यों चिन्ता करती है। अब और क्या चाहिए तुझे?

बाबा के मुँह से बार-बार सुना जाने वाले यह जवाब माँ को तसल्ली देने के बजाय भीतर तक छील देता। गहरे घाव बनाता रहता। माँ के पास बाबा के कहे के जवाब में कुछ कहने को नहीं रहता था। अपने स्वामी के साथ वह किसी पराये मर्द की तरह पेश नहीं आ सकती थी। बात झगड़े-तमाशे तक बढ़ सकती है, यह आशंका माँ को ख़ामोश किए रहती। वह मानती थी कि बाबा स्वभाव भद्र मानुषों जैसे तो नहीं। यह सोचकर ऐसी कितनी ही बातें बर्दाश्त करती रहती थी, जिनके दंश जब-तब लगते रहते थे। माँ के साथ बाबा आदर से ही बात करते जबकि बागची परिवार की दूसरी बहुओं की स्थिति भी माँ से छुपी हुई नहीं थी। उनके स्वामियों के व्यवहार से भी परिचित थी। बाबा को वह उनसे भिन्न ही पाती।

माँ को बाबा की बात पर यक़ीन था, लेकिन एक टीस फिर भी यदा-कदा उठ जाती थी। उस टीस के उठने की वजह और कहीं नहीं बल्कि बाबा के व्यवहार में ही थी। वजह जो भी हो, असलियत थी कि मामा की बाड़ी जाते हुए बाबा हमेशा

आनाकानी करते। जाने से बचने की कोशिश करते। बाबा की यह बात माँ को बहुत खलती थी। सोचती भी थी, उसका स्वामी अपने ससुर बाड़ी जाने से क्यों कतराता है?

मंडल परिवार के लिए बागची महाशय ब्राह्मण होने के नाते तो पहले ही पूज्य थे, फिर अब तो जमाई बाबू ही हो गए थे। जवाई-षष्ठी के दिन दादू को बाबा और माँ का बेसब्री से इन्तज़ार रहता। नानी अपनी तरफ से भरपूर ख़ातिरदारी करने को उतावली रहती। जमाई के बाबू के लिए नये जामा-धोती का उपहार उनके हाथों में उछल रहा होता। रुक्मी का विवाह हो जाने के बाद जब पहली बार जमाई बाबू साथ आए तो सोहाग-भागा की ख़ातिर नानी सिर पर सूप रख कर खिलखिलाते हुए पूरे गाँव भर में एक-एक बाड़ी गई। नानी की एक सखी ने ठिठोली करते हुए गगरी थमा दी। नानी ने गगरी कमर में फँसाई, एक हाथ से सूप और दूसरे हाथ से जलसे भरी गगरी को थाम कर भी सिन्दूर, धान और अक्षत का दान जुटाती रही।

नीरेन्द्रनाथ बागची को अपनी सास का इस तरह से दान जुटाने निकलना अच्छा नहीं लगा, लेकिन मन मसोसकर रह गए। दादू माँ फिर कोई ऐसी रस्म न शुरू कर दे, जिससे नीरेन्द्रनाथ बागची के अहम पर चोट लगे, यही सोचकर बाबा अपनी ससुर-बाड़ी जाने से कतराने लगे, लेकिन दादू, नानी, मामा, मामी को बाबा का ऐसा करना कभी बुरा न लगा। उन्हें तो उस वक़्त भी असहजता न लगती जब जवाई बाबू जवाई-षष्ठी के दौरान अपनी ससुराल में ख़ास मेहमान होते हुए भी भोजन बाहर ही करते। खिलाई की दक्षिणा टुकू मंडल ख़ुद ही बाबा के हाथ में नक़द पकड़ा देते। माँ को यह सब भी ठीक नहीं लगता, लेकिन दादू को कुछ कह नहीं सकती थी। दादू (नाना) के आगे तो ज़बान ही नहीं खोल पाती। संस्कारों में मिली हुई शिक्षा ने माँ को हमेशा ही बाबा के सामने भी ख़ामोश किया, बाबा के व्यवहार से क्षुब्ध होने के बावजूद। अपने भीतर तो माँ भी श्रेष्ठताबोध से भरी रहने वाली हुई। जब भी कोई ऐसी-वैसी बात होती, माँ की जबान में तुरन्त होता, "शोमेषवारी के जल में बड़ा प्रताप है।"

माँ के भीतर, गाँव की नदी का यह प्रताप, वैसे बाबा के संग साथ ही पनपा था। बाबा ने ही जब-तब माँ को बताया था, "तूने तो शोमेषवारी का जल खाया है, रुक्मी। शोमेषवारी के जल में बड़ा प्रताप है। न तो बीरीशीरी के लोगों के छूने से और न ही बड़तला के लोगों के छूने से कभी अशुद्ध होता है जबकि बड़तला में

तो केवल नामशूद्र ही नहीं, मालो और पौंड्रों के परिवार भी हैं और शोमेषवारी के जल में वो लोग भी नहाते-धोते हैं।"

जल के प्रताप का पहला पाठ बाबा ने माँ को उसी दिन पढ़ाया था, जब एक रोज़ काकुली पीशी के व्यवहार से माँ बेहद क्षुब्ध हो गई थी। माँ ने गागर से खाबर जल (पीने का पानी) निकाला ही था कि काकुली पीशी दौड़कर आई और माँ को बुरा-भला कहने लगी। उस रोज़ तो बाबा के लिए भी मुश्किल हो गया कि कैसे तो शान्त करे रुक्मी को? बाबा शान्त करना चाह रहे थे, पर माँ तो जैसे साक्षात् काली हो चुकी थी। उस वक़्त बाबा को ही शान्त हो जाना पड़ा था। फिर अकेले में बाबा ने शोमेषवारी के जल की महिमा माँ के सामने बखानी थी, "यह काकुली तो पगलेट ही है। इसकी बातों पर कान क्यों धरती है? बताती क्यों नहीं उसे, शोमेषवारी का जल खाने वाले लोग कहने भर को नामशूद्र होते हैं वरना तो किसी ब्राह्मण से कम नहीं।...एक गागर का जल किसी के छूने भर से अशुद्ध हो जाता है तो पूरी शोमेषवारी फिर कैसे शुद्ध है?...कोई दूसरा तो ऐसा नहीं कहता कि भई बड़तला वाले जिसमें कूद-कूदकर स्नान करते हैं, दुर्गापुर पहुँचनेवाला वही जल दुर्गापुर के सारे भद्रलोक अपनी गागरों में भर-भरकर क्यों ले जाते हैं? उसी से रान्ना (रसोई) करते हैं। क्या तो ब्राह्मण और क्या तो सेन? सभी तो अपनी गागर लेकर दौड़े-दौड़े जाते हैं कि नहीं?"

बाबा की बातें माँ के भीतर भी एक तरह के श्रेष्ठताबोध के पौधों की निराई-गुड़ाई कर रही होतीं। रुक्मी यह भी नहीं सोचती कि मन बहलावन के ये तर्क कितने ख़तरनाक होते हैं, जो प्रताड़नाओं को झेलने वालों को अँधेरी गलियों में ही घूमते रहने को मजबूर कर देना चाहते हैं। नैतिकता और आदर्शों की प्रेरणा के साथ हमेशा ऐसे विचार को ही पुष्ट करते हैं, मार झेल रहा व्यक्ति जिसे स्वाभाविक सत्य मानने लगता है—'निम्न और उच्च वर्ण के बीच भेद तो एक स्वाभाविक बात ही है'।

श्रेष्ठता बोध एक अमानवीय अवधारणा है। झूठे श्रेष्ठाताबोध ने ही तो माँ को बुरी स्थिति में रहने को मजबूर किया। दादा (बड़े भाई) का उपनयन संस्कार होना था। घर में माँ की उपस्थिति हर किसी की आँखों में अखर रही थी। माँ को यह बात समझ आने लगी थी। इसी वजह से उस वक़्त तो वह यह भी नहीं कह पाई थी कि अपने छेले (बेटे) का उपनयन संस्कार है तो वह भी अपने दादा-बाबा को बुलाएगी। मन मसोसकर रह गई। बाबा से कहने की कोशिश की तो उस दिन भी बाबा ने माँ को अपनी तरह समझाया था और खेती-बाड़ी के हर्ज़ाने का हवाला

देते हुए इस बात के लिए मनवा लिया था कि क्यों ही मामा की बाड़ी से किसी को बुलवाया जाए। "फ़सल कटनी है, टुकूदा का तो वहाँ रहना ज़रूरी होगा, रुक्मी। इधर जो काज है, उसमें तो वैसे भी किसी को क्या जी करना है? आचार्यजी और छेले को ही निपटना है। मैं तो ख़ुद ही नहीं रहूँगा उस दौरान। कलकत्ता जाना है।"

दादू और मामा के होने पर माँ अपने में हिम्मत महसूस करतीं। इस चिन्ता-भावना से ही चाहती थी कि घर के सभी लोग रहें। माँ होने का बोध उसे भीतर से कमज़ोर किए हुए था। उस वक़्त तक मातृत्व का कोई साक्षात् अनुभव भी था नहीं। बड़ी माँ तो दादा के पैदा होते ही चल बसी थी। रुक्मी की गोद ही दादा के लिए अपनत्व भरी थी। माँ को तो कुछ मालूम ही नहीं था कि बेटे के उपनयन संस्कार के वक़्त उसे क्या-क्या करना होगा?

घर-बाड़ी और खेत-खलिहान में काम करने वालों को तो यूँ भी यह अवसर इसलिए नसीब नहीं हो सकता कि उस दौरान तो उन्हें घर-बाड़ी के कारज से दूर ही कर दिया जाता है। आस-पास रहने तक की भी सख़्त मनाही हो जाती है। धर्मकार्य के लिए संस्कारित किए जाने वाले विधान की प्रक्रिया किसी शूद्र के सामने सम्पन्न हो ही नहीं सकती। रुक्मी तो इतना भर ही जानती थी कि छेले के उपनयन संस्कार की प्रक्रिया के दौरान भद्र लोगों के घरों की मालकिनों के दर्शन तो कोई भी नहीं कर सकता है। घर में आए हुए मेहमानों तक को नहीं पता होता है, कहाँ है मालकिन? किसी के लिए भी आसान नहीं होता कि वे उस माँ से मिल सकें जो हर क्षण बेटे के संग-साथ ही बनी रहती है। माँ यह भी कहाँ जानती थी कि भद्र लोगों की संस्कृति अपवित्र हो जाने के भय से हर वक़्त काँपती रहती है। किसी संकट के दौरान आई मजबूरी की अपवित्रता को धो देने के लिए पूरा जीवन ही कर्मकांडों को अपनाये रहता है। वे कर्मकांड, जो किसी एक अपवित्रता के लिए ज़रूरी कार्रवाई हुए हो हमेशा के खेवनहार नहीं हो पाते हैं। इसी कारण उनके जीवन का हर क्षण नई स्थिति के सामाजिक विभेद के साथ अपने तरह के प्रपंच रचता रहता है।

रुक्मी जब पहली बार गर्भ से थी, एक रोज़ ठाकुर माँ स्वप्न में फुँफकारते साँप से डरकर नींद के टूट जाने पर अचानक से उठकर बैठ गई। ठाकुरबाड़ी का हर व्यक्ति ठाकुर माँ के पास जा पहुँचा था। थोड़ा सहज होने के बाद ठाकुर माँ ने उस डरावने स्वप्न का वृतांत सुनाया था। अगले दिन सुबह-सुबह ही ठाकुर दा ने स्वप्न-विचार के लिए ज्योतिष जी को बुलवा लिया। ज्योतिष जी ने स्वप्न विचार किया और उनकी आँखों में ख़ुशी की लाली तैरने लगी।

"यह चिन्ता की नहीं, ख़ुशी की ख़बर है, बागची महाशय।" अपनी निगाहें तीनों बहुओं की ओर डालते हुए ज्योतिष मन्द-मन्द मुस्काए और बागची महाशय पर निगाह फिराते हुए वकील बाबू की आँखों में आँखें डालते हुए बोल, "बकील बाबू अब नीरेन्द्र बाबू को तो क्या जी बोलूँ? इन्हें तो सौराज से ही फुर्सत नहीं। तुम ही सुन लो—भंडारा लगाओ। घर में पुत्र रत्न आने को है।"

स्वप्न-विचार को व्याख्यायित करते हुए वे परिवार में शिशु जन्म की ख़ुशी का सन्देश छोड़ रहे थे। बहुत ही गर्वीली आवाज़ में बोले, "साँप का स्वामी कौन?", और फिर ख़ुद ही जवाब देने के अन्दाज़ में चहक उठे, "यानी पुत्र रत्न।"

यह ऐसी ख़बर थी जिसने हमेशा की उपेक्षित माँ को परिवार के केन्द्र में ला दिया था। बागची-बाड़ी में उलूक ध्वनियाँ गूँज उठी थी। माँ भी ख़ुशी के आँसुओं से भीग गई। 'उस वक़्त ठाकुर माँ की आँखों में बहू के लिए उमड़ते प्यार का वर्णन करना असम्भव है।' ठाकुर माँ के चेहरे पर दिखी ख़ुशी के उन क्षणों की तस्वीर तो आशंका के अपशकुन के उस ख़याल से भी धुँधली नहीं हो सकती, जिसने पूरे बागची परिवार के माथे पर लकीरें खींची हुई थी—'पहली सन्तान के लिए तो बेटी को पिता के घर ही जाना होगा। मायके का सौर गृह ही शकुन है।' एक ब्राह्मण पुत्र नामशूद्रों के सौर गृह में जन्म ले, बागची परिवार के लिए यह संकट गहरा था। पुत्र के ब्राह्मणत्व को बचाया कैसे जाए?

सवाल जितना कठिन था, ज्योतिष जी के पास जवाब उतना ही आसान था। प्रकांड पंडित बिशम्भर दत्त मुखोपाध्याय ने आँखें बन्द कीं। आचमनी से गंगाजल ग्रहण किया। ठाकुर माँ की आँखों में झाँका और बहुत ही गम्भीर आवाज़ में कहा, "गर्भ के आठ मास तक बऊ पिता की बाड़ी में ही रहे। नवें मास की शुरूआत से ही गर्भवती को पिता की बाड़ी से दूर, एक अलग स्थान पर, अकेले गृह में रख दिया जाए। वह गृह, जिसमें किसी की छाया न पड़े। भोजन-पानी गर्भवती को उसी गृह में ही पहुँचाया जाए। सन्तान के जन्म दिन तक प्रसूता उस सौर गृह में ही रहे और वहीं प्रसूति का विधान सम्पन्न हो। प्रसूति के सामने दिन की रात्रि में ही जच्चा-बच्चा को घर ले आया जाए, लेकिन अब भी जच्चा–बच्चा को बागची परिवार दस दिन तक एक वैसे ही किसी दूसरे सौर गृह में रखे। इन दस दिनों तक सौर गृह के कपाट निपट बन्द रहें और ग्यारहवें दिन ही सौर गृह के कपाट को सार्वजनिक तौर पर खोला जाए। उसी दिन विधिवत् पूजा-अनुष्ठान के साथ शुद्धि

पाठ के मंत्र पढ़े जाएँ। यज्ञ किया जाए। पूजा-अर्चना की जाए। ठाकुर अनुष्ठान हो। बालक या बालिका के दूषित बालों को उतार दिया जाए और उसके साथ ही नामकरण अनुष्ठान सम्पन्न हो।"

हिदायत के तौर पर यह सीख भी दे देना ज्यातिष जी ने अपना फ़र्ज़ समझा, "शिशु यदि बालक हो तो उसका यज्ञोपवीत भी मुंडन की उम्र में कर देना होता है।"

जो असल बात थी और जिसे माँ की उपस्थिति में ज़ाहिर नहीं किया जा सकता था, ज्योतिष जी ने बहुत ही कानाफूसी की तरह बाद में कहा था, "यज्ञोपवीत के समय शूद्र माता की छाया से भी बालक को बचाना होगा।"

संस्कारित होने वाले बालक पर घात लगाए रहने वाली अला-बलाओं वाली कथाओं के सार एक माँ को इस ज़िम्मेदारी से बाँधे होते हैं कि वह संस्कार के सम्पन्न होने तक बालक की छाया-सी बनी रहे। बालक को अकेला पाकर अला-बलाएँ उस पर झपट सकती हैं। माँ का मानना रहा कि उन्हीं अला-बलाओं ने ही मृत शिशु को जन्म दिया था। वह बाल शिशु नहीं बचा।

बड़े दादा के यज्ञोपवीत के समय भी माँ उस मृत पैदा हुए शिशु की याद से मुक्त नहीं हो सकती थी, गर जो दादा के यज्ञोपवीत के वक़्त बागची परिवार उन्हें माँ होने का दर्ज़ा अता कर ही देता। माँ यह तो जानती थी कि पंडित जी मंत्र पढ़कर कहीं कुछ रखने और कहीं कुछ उठाने को कहें, तो माँ को ही बालक के साथ जहाँ-तहाँ रहना होगा। सुहागिनें जोकार दें, उसकी शुरूआत भी तो माँ को ही करनी होगी। रुक्मी का मानना था कि एक माँ की उलूक ध्वनि की गूँज में वह शक्ति होती है जो यज्ञोपवीत को धागे की लड़ी भर नहीं रहने देती, संस्कारों का प्रतिमान बनकर बेटे की शोभा हो जाती है। अनुष्ठान के सम्पन्न होने तक एक माँ ही तो अपने लाल को 'किस-किस' की छूत से बचाती है, लेकिन सुनी-सुनाई बातों के कारण ख़ुद की छाया ही उसे भीतर ही भीतर डराए हुए भी थी। कौन जानता है कब किस की छाया पड़ जाए? यह सब माँ ने सुना हुआ था।

बाबा ने माँ को चिन्ता मुक्त रहने का मंत्र देते हुए कहा था, "तू चिन्ता मत करना, बौदी रहेगी तेरे साथ। जैसा-जैसा वो करेंगी, वैसा-वैसा तू भी करती रहना।"

वह वही साल था जब जोगेनदा ने मुस्लिम लीग से गठजोड़ कर लिया था। चुनाव में मुस्लिम लीग की जीत हुई थी। निज़ाम की ज़िम्मेदारी लीग के पास थी। गठबन्धन करने के कारण जोगेनदा तो भद्रलोक के दुश्मन ही हो गए थे। कौन

नहीं जानता, देश में चुनावों का सिलसिला जब से शुरू हुआ, ऐसे गठबन्धन होते ही रहे। लेकिन उन गठबन्धन करने वालों को कभी वैसा दुश्मन नहीं माना गया, जैसा जोगेन मंडल को।

सुभाषदा जिस वक़्त जापानी सेना के साथ मिलकर हमला बोल चुके और आगे बढ़ते ही जा रहे थे, अंग्रेज़ों को पूरी तरह से देश से बाहर खदेड़ देने का बिगुल बज ही उठा था। ब्रिटिश शासन की गुलामी करने वाले भद्र लोग तो उस वक़्त मुस्लिम लीग से गठबन्धन किए हुए ही थे। फिर भी हमेशा के पूजनीय ही रहे।

जेठा मोशाय सुबलनाथ बागची वकील थे। उनका सबसे बड़ा छेले अनिरबान बागची तो पहले ही ग्यारहवें वर्ष में प्रवेश कर चुका था, लेकिन उसका उपनयन संस्कार टाल दिया गया था। छोटे काकू त्रिलोकीनाथ बागची के प्रस्ताव पर पूरा परिवार एकमत था। ठाकुर दा ने अपना निर्णय सुना दिया था, "नीरेन्द्रदा का छेले भी अगले माह पाँचवें में लग रहा है, अनिरबान का तो तब भी ग्यारहवाँ ही चलेगा। पंडित जी से उसके बाद का ही कोई मुहूर्त निकलवाया जाए।" यानी काका-बाबा के दोनों बेटों का उपनयन संस्कार एक साथ कर दिया जाए।

अनुष्ठान से कई दिन पहले ही घर में चहल-पहल बढ़ गई थी। माँ को उस वक़्त ही मालूम हुआ था वह घर मात्र एक घर नहीं, हवेलीनुमा विस्तार था। अपनी कोठरी में रहते हुए ही कहाँ जान सकती थी कि बाड़ी में तो इतने कमरे हैं कि एक पूरी बारात रुक जाए। कुमिल्ला में ब्याही गई छोटी पीशी (बुआ) का परिवार और उनके रिश्तेदार सबसे पहले पहुँचे थे। ताई और चाची के रिश्तेदार कुछ दिन बाद पहुँचे। बागची बाड़ी में बच्चों की धमाचौकड़ी जम गई। पहुँचे हुए मेहमानों के बीच माँ की जाति को लेकर खुसुर-पुसुर जहाँ-तहाँ थी। बागची परिवार के लिए वह चिन्ता की घड़ी थी, मामला शुभ कार्य का था। बालकों के उपनयन की क्रिया को विधिपूर्वक और पूरी शुद्धता से सम्पन्न किए जाने के लिए जेठा मशाय एवं ताई का रोष इस बात पर बढ़ने लगा कि माँ के मौजूद रहते हुए बालकों को एक शूद्र की छाया से बचाया नहीं जा सकता।

"नीरेन्द्र इन्क़लाबी हैं तो क्या? परिवार अपना धर्म-कर्म और संस्कार भी भूल जाए?" बाबा को इतनी फुसर्त भी कहाँ थी कि परिवार में होने वाली ऐसी बातों पर समय ज़ाया करें। उस दिन कलकत्ता में स्वराजियों और इन्क़लाबियों की एक संयुक्त सभा होनी थी। बाबा को कलकत्ता जाना था। वे निकल ही गए। बाबा के जाने के अगले रोज़ नबल मामा बागची बाड़ी पहुँचे थे और माँ को यह कहकर

लिवा ले गए कि दादू कि तबियत अचानक से बहुत बिगड़ गई है, माँ को देखने की ज़िद किए जा रहे।

माँ और बाबा के बीच अस्थायी विभाजन की एक क्षीण रेखा तो रैडक्लिफ़ के खिंचने से पहले ही मौजूद रही। वही रेखा, जिसने मनुष्यता को शर्मसार किया। तमाम प्राकृतिक संसाधनों पर क़ब्ज़ा कर लेने वाले जिसके सहारे न जाने कब से ख़ुद को श्रेष्ठ और अन्यों को निम्न में विभाजित किए हैं। बेशक, बाबा के उत्साह और साहस ने उस रेखा के गाढ़ेपन को थोड़ा हल्का ज़रूर किया था, पर सामाजिक रूप से खोदी हुई खाई को पूरी तरह पाटने के लिए वे भी तैयार रहे हों, ऐसा माँ की बातों से लगा नहीं। किसी अकेले व्यक्ति के लिए उसको मिटाना सम्भव भी नहीं। माँ को पत्नी स्वीकार लेने के बाद भी सामाजिकता को विभाजित करने वाली रैडक्लिफ़ लाइन को स्थायी और गाढ़ा बनाये रखने वालों की ज़िद के आगे बाबा भी हथियार डाले हुए ही रहे। माँ की ग़लती नहीं, जो तब भी, केवल रैडक्लिफ लाइन को ही पूरी तरह से दोषी ठहराती रही। मालूम नहीं बाबा उस रेखा को अपने से मिटाने के लिए किसी तरह की कोशिशों का हिस्सा रहे या नहीं, पर माँ ने उस रैडक्लिफ़ को ही टापने की चेष्टा की। गर जो माँ ने वह जोखिम न उठाया होता तो नतीजा चाहे जो भी होता, लेकिन दर-दर भटकना तो न ही हुआ होता। पैदा होने के समय से ही अस्वस्थ रही दीदी की कथा में माँ के भीतर के इस दर्द को जानना बानो के लिए मुश्किल नहीं रहा।

माँ को भी दोष देना उचित नहीं। आजादी के पहले साल से ही मार-काट और अफ़रा-तफ़री का जो माहौल बना, उसने धनी-मानी हिंदू परिवारों को इस बात के लिए सचेत हो जाने का मजबूर कर दिया कि वक़्त-बेवक़्त की स्थितियों के समय ठौर के लिए किसी सुरक्षित जगह पर ठिकाना बना ही लें।

राष्ट्रवादी हिंसा और तेरे-मेरे विभाजन का टीकाकरण अभियान

कारोबार के मामले में दीवान पाठा का अन्दाज़ दूसरे कसाइयों से एकदम भिन्न था। मांस बेचने के तरीक़े में भी उसने कुछ लक्ष्य निर्धारित किए। अपनी योजनाओं के तहत ही उसने दुकान के माथे पर चमचमाते बोर्ड को जगह दी—'दीवानचन्द का

रेव्आ खस्सी सेंटर'। मांस की बोटियाँ करने के लिए एक युवक को उसने काम पर रख लिया और गल्ला ख़ुद की ज़िम्मेदारी में रखा।

ज़्यादातर रसूख़दार लोग ही खस्सी के मांस के लिए दुकान में पहुँचते थे। ऐसे लोगों का वह विशेष ध्यान रखता। लगातार के ग्राहकों को दीवानचन्द अच्छे-से पहचानने लगा था। तहज़ीब से पेश आता। जैसी भी ज़रूरत हुई, अतिरिक्त सेवा देने को तत्पर रहता। जाति श्रेष्ठता का बोध का अहसास उसके भीतर यह भाव जगाए रहता था कि जाति से कसाई तो नहीं। यह आत्मविश्वास ही उसे रसूख़दार ग्राहकों से थोड़ा क़रीबी सम्बन्ध बनाने को उत्साहित किए रहता। मुखर्जी महाशय की शागिर्दी का सौभाग्य वह इसी तरह पाए हुए था। हालाँकि, मुखर्जी महाशय तो यूँ भी पुराने ग्राहक थे, बाबा के समय से। उस दौरान भी, वे जब दुकान पर आते, बाबा से कम, दीवानचन्द पाठा से ही ज़्यादा बतियाते थे। अखाड़ा चलानेवाला वह दोस्त जो 'डाइरेक्ट एक्शन' के दिन उसकी 'शौर्यगाथा' का सहभागी हुआ, पहले-पहल खस्सी का ग्राहक होने के कारण ही सम्पर्क में आया था। सम्बन्धों के विस्तार दीवानचन्द चट्टोपाध्याय को सामाजिक ताक़त देते रहे। उस ताक़त का उपयोग वह अपनी तरह से करने लगा। उसकी धाक दूसरे इलाक़ों की सीमा तक पाँव पसारने लगी थी। कारोबार पहले से बेहतर हो गया। वह जानता था, खनकती जेब वाले रेव्आ खस्सी का मांस ही पसन्द करते हैं। खाते-पीते भद्र लोगों में रेव्आ खस्सी पसन्द करने वाले बहुतायत में थे, मांस ख़रीदने वालों की कमी नहीं थी। 'महँगा है तो क्या हुआ, स्वाद भी तो है', कमज़ोर आर्थिक स्थिति वालों के लिए यह तर्क ललचाऊ चाह बना रहता था। धीरे-धीरे रेव्आ खस्सी के शौक़ीनों के लिए उसकी दुकान एक विश्वसनीय सेंटर होने लगी।

दीवानचन्द चट्टोपाध्याय ने रेव्आ खास्सी (खस्सी) के व्यापारी अब्दुल रज़ाक़ से कबूल करवा लिया था कि चाहे माल कम आए या न भी आए, अब्दुल भाई किसी भी स्थिति में अपने दोस्त दीवानचन्द के लिए पाठा की कमी नहीं होने देगा। अब्दुल रज़ाक़ व्यापारी था। दीवानचन्द चट्टोपाध्याय को 'दीवान पाठा' कहकर पुकारता था। अब्दुल भाई का इस तरह पुकारना दीवान पाठा को आत्मीयता से भर देता था। वह उस प्रेम के ताप को महसूस करता, अब्दुल रज़ाक़ अक्सर जिसे अपने माल पर न्योछावर करता था। शाम को वसूली के लिए अब दीवान पाठा की दुकान ही अब्दुल रज़ाक़ का ठीया होने लगी थी। बऊ बाज़ार नहीं जाना उसने छोड़ दिया था। सुबह मंडी से उधारी में माल लेकर निकले हुए कारोबारियों को

वह वहीं मिलने की हिदायत देता। दूसरे बाज़ारों के कारोबारियों के लिए तो यह सुविधा भी मुहय्या नहीं थी। मंडी में ख़ाता लेकर बैठे हुए अब्दुल रज़ाक़ के मुंशी के पास शाम तक पैसा उन्हें ख़ुद पहुँचाना पड़ता था, ताकि अगले दिन माल उठाने की अड़चन न रहे।

दीवानचन्द चट्टोपाध्याय की बढ़ती शोहरत से रश्क़ करने वालों की कमी नहीं थी। अपनी कुंठाओं को निकालते हुए वे उसे 'पाठाचारजी' ही पुकारते थे। दीवानचन्द चट्टोपाध्याय को 'पाठा' नाम पर कोई ऐतराज़ नहीं था बल्कि एक आत्मिक बोध उसे गर्व से भर देता था। 'राय बहादुर' कहलाए जाने वाले अपने किसी चचेरे, फुफेरे, ममेरे सरीखे भाई-बन्धुओं के बरक्स उसे अपना नाम भी ख़ास उपाधि से विभूषित ही लगता था। पारिवारिक रूप से सम्बन्ध-विच्छेद किए बैठे ऐसे रिश्तेदारों तक अपने नाम की अनुगूँज पहुँचाने के लिए वह ख़ुद ही चाहता था कि इलाक़े का हर शख्स उसे 'दीवान पाठा' के नाम से ही पुकारे, क्या बच्चा, क्या बूढ़ा?

संगी-साथियों के बीच वह स्वयं ही बात-बेबात पर ताल ठोकू अन्दाज़ में पेश आता, "दीवान पाठा की जुबान है यह, कान खोलकर सुन लो। दीवान पाठा अपनी जुबान से फिरता नहीं है कभी।"

अब्दुल रज़ाक़ से दीवान पाठा का याराना गहरा था बल्कि सच तो यह है कि अपने साथी कसाई दुकानदारों से भी वह वैसी कोई नफ़रत नहीं रखता था, वरना ऐसा कैसे होता कि रज़ाक़ के बेटे फ़रीद को पीट देने वाले वे बदमाश, जो ख़ुद उसके गुरु मुखर्जी महाशय के चेले थे, वह उन पर पिल पड़ा। एक रोज़ मीट ख़रीदने आए एक ग्राहक से रज़ाक़ काकू के बेटे फ़रीद की कुछ कहा-सुनी हो गई। ग्राहक युवा था और उत्तेज़क भी। उस वक़्त तो मामला लोगों के बीच-बचाव से निपट गया, लेकिन युवा ग्राहक ने अपने भीतर सुलग चुकी दुश्मनी की ज्वाला बुझने नहीं दिया, धधकाता ही रहा। दो-एक रोज़ बाद वह अपने हथियारबन्द साथियों के साथ दुबारा रज़ाक़ काकू की दुकान पर पहुँचा था। दोपहर के समय में जब बाज़ार में मरघट-सा सन्नाटा था, फ़रीद दुकान में अकेला था। वे हथियारबन्द बदमाश दुकान के भीतर घुस गए और फ़रीद पर टूट पड़े। बाँस के डंडे और हॉकियाँ उनके पास थी। हॉकी के तेज़ प्रहार पर फ़रीद के सिर से ख़ून बहने लगा था। फ़रीद ज़ोर-से चीख़ा, लेकिन सहायता की पुकार सुननेवाला कोई नहीं था। बदमाश लड़कों का झुंड टीन की चादरों वाली दुकान पर लाठियाँ बरसाने लगा। दर्द से कराहती आवाज़ में फ़रीद गालियाँ देने लगा। अजीब से शोर में रली-मिली आवाज़ें जब

दीवान पाठा के कानों में पड़ी, दीवान पाठा के लिए अनुमान कर लेना मुश्किल नहीं रहा कि मामल क्या हो सकता है। चापड़ को हवा में लहराते हुए वह अपनी दुकान से बाहर निकला। तेज़ आवाज़ में गाली देता हुआ सीधे रज़ाक़ काकू की दुकान की ओर दौड़ा। हाथ में हथियार लेकर बदहवास से दौड़कर आते दीवान पाठा को देखकर हमलावर भाग खड़े हुए। दीवान पाठा उनके पीछे दौड़ने लगा। बदमाश दूर जा चुके थे। भागते ही जा रहे थे। दीवान पाठा का निशाना अचूक था। चापड़ को उसने फेंककर ऐसा मारा कि धार सबसे पीछे दौड़ रहे लड़के के पाँव को छू गई। लड़का एकबारगी लड़खड़ाया, लेकिन संकट की उस घड़ी में किसी भी तरह से भाग निकलने के अलावा कोई दूसरा विकल्प उसके पास नहीं था। आगे निकल गए अपने साथियों से मदद की गुहार लगाते हुए भी वह लँगडा-लँगड़ा कर दौड़ता ही रहा।

दुश्मनी का वह सिलसिला वहीं ख़त्म होनेवाला नहीं था। ख़त्म हुआ भी नहीं। वे गुंडे कुछ दिनों बाद फिर से आए, हथियारों से लैस। रज़ाक़ काकू की दुकान के उन्होंने परखच्चे उड़ा दिए। लूटने-उखाड़ने के लिए दुकान में कटे हुए बकरों को लटकाने वाली खूँटियों के अलावा कुछ नहीं था। हमलावरों ने उन्हें भी उखाड़कर सड़क में फेंक दिया गया। बगल की दूसरी दुकानों पर लाठी-डंडों के प्रहार किए। लेकिन दीवानचन्द के रेव्आ खस्सी सेंटर पर प्रहार करने की हिम्मत किसी ने नहीं की। मांस की बोटियाँ बना रहे कसाई के लड़के को ज़रूर चोट लगी। दीवानचन्द चट्टोपाध्याय उस वक़्त सेंटर में नहीं था। लौटा तो बाहर से आए हमलावरों द्वारा अगल-बगल की दुकानों में की गई तोड़-फोड़ ने उससे ग़ुस्से से भर दिया। दीवान पाठा के लिए यह अपमान की बात थी कि उसके इलाक़े में घुसकर दूसरे पाड़ा के लड़के तोड़-फोड़ कर जाएँ। वह ख़ामोश नहीं रह सकता था। हमलावर कहाँ रहते हैं, यह पता लगाना उसके लिए मुश्किल नहीं था। सिर उठा रहे ऐसे बदमाशों को सज़ा देने के अपने चिर-परिचित अन्दाज़ में उसने उन्हें बन्धक बनाकर घरों से उठवा लिया था और सरे बाज़ार दुकानदारों के सामने ला पटका। चाहता तो ख़ुद निपट लेता, लेकिन बन्धक बनाए गए लड़कों को रज़ाक़ काकू के सामने प्रस्तुत करके उसने हुक्म दिया कि सबसे पहले फ़रीद एक-एक थप्पड़ सबको रसीद करे। बदमाश किसी तरह की चूँ-चपड़ न करें, दीवान पाठा सामने खड़ा रहा। इतने पर भी वह हमलावरों को माफ़ करने को तैयार नहीं था। रज़ाक़ काकू और दूसरे उम्रदराज लोगों की सलाह पर वह इस बात पर मान गया कि बदमाश लड़के रज़ाक़ काकू

से माफ़ी माँग लें। अपमान का घूँट पीते हुए बदमाशों को माफ़ी माँगनी ही पड़ी। उस वक़्त दीवान पाठा नहीं जानता था कि वे लड़के तो उसी तरह मुखर्जी महाशय के शार्गिद हैं, जैसा वह स्वयं।

अपमानित होकर लौटने के बाद जब बदमाशों ने घटना का सार मुखर्जी महाशय को बताया, तो मुखर्जी महाशय ने अपने एक चेले को तुरन्त दौड़ाया। चेला सीधे दीवान पाठा के पास पहुँचा और गुरूजी का सन्देश उसने दीवान पाठा को पहुँचा दिया, "शाम को मिलो।"

शाम के वक़्त दीवान पाठा जब गुरुजी के अड्डे पर पहुँचा, मार खाए बदमाशों में से एक लड़का उसे सामने ही टकरा गया। दूसरे भी वहाँ मौजूद थे। मुखर्जी महाशय ने दीवान पाठा को भीतर ही बुला लिया। बिना किसी भूमिका के गुरुजी ने दीवान पाठा का कन्धा थपथपाया और शाबाशी का हाथ कन्धे पर टिकाये हुए उसकी सराहना करने लगे, "यही जोश होना चाहिए एक युवक में अपनी स्थानीयता, अपने राष्ट्र और अपनी जाति के लिए।" दीवान पाठा को समझ नहीं आया कि मुखर्जी महाशय के कहने का आशय क्या है? बिना सन्दर्भ उत्साहवर्द्धन करती आवाज़ के मायनों से संगति बैठाना मुश्किल था। वह नहीं जानता था कि मार खाए लड़कों की शिकायत पर ही गुरुजी ने उसे बुलाया है। गुरुजी जी की शाबासी और वहीं पर मौजूद कुछ अनजाने युवा चेहरों की मौजूदगी से वह तीक्ष्ण बुद्धि मांस-व्यापारी तुरन्त समझ गया कि माज़रा क्या हो सकता है, लेकिन उसे समझ नहीं आया कि किस तरह से प्रतिक्रिया ज़ाहिर करे? लड़कों के साथ की गई मारपीट के कारण अब शर्मिंदगी का एक हल्का-सा भाव उसके भीतर उठने लगा था। उसे लग रहा था मानो उसने कुछ ऐसी ग़लती कर दी है, जिसका ज़िक्र करना भी मुखर्जी महाशय को ठीक नहीं लग रहा। दीवान पाठा की निगाहों में उभरे शर्मिंदगी के भावों को मुखर्जी महाशय ने पढ़ लिया था—

"यह शर्मिंदगी की बात नहीं है, मेरे बच्चे। तुमने जिस बहादुरी का परिचय दिया वह इसलिए उल्लेखनीय है कि तुम ख़ुद के लिए नहीं लड़ रहे थे। तुम तो अपने स्वाभिमान के लिए लड़ रहे थे। मुझे मालूम है, तुम इनमें से किसी को भी व्यक्तिगत रूप से नहीं जानते, न ही पहले कभी तुम्हारी इनसे कोई कहा-सुनी है। तुम्हारी लड़ाई तो अपनी उस अस्मिता की लड़ाई थी, जिसे इन बालकों ने हमलावर होकर ध्वस्त करने का प्रयास किया था। हिंसा तो इनके भीतर थी। तुमने तो उसे प्रतिहिंसा से परास्त करने की हिम्मत जुटाई। एक सच्चे राष्ट्रवादी को इस रूप में ही

ख़ुद को तैयार करना चाहिए। आत्मगौरव की स्थापना के लिए उसे अपने इतिहास के प्रति भी ऐसा ही नज़रिया रखना चाहिए। इस दृष्टि से ही वहाँ झाँकते रहना चाहिए। तब ही वह उन हमलावरों को पहचान सकता, राष्ट्र की अस्मिता पर जो बार-बार हमलावर होते रहे। एक सच्चा हिन्दू होने के लिए इतिहास के उन हमलावरों को ठिकाने लगाना प्राथमिक कर्तव्य होना चाहिए। सिर्फ़ अवसरों की तलाश नहीं करनी चाहिए, जैसा इन बालकों ने की। राष्ट्रवाद की नींव हमले के अवसरों को ढूँढ़ने से पुख़्ता नहीं हो सकती। उसे तो तुम्हारे जैसे नौजवान अपने जीवन के गारे-मिट्टी से मज़बूत बना सकते हैं।" दीवान चन्द चट्टोपाध्याय को समझना मुश्किल हो रहा था कि मुखर्जी महाशय सच में उसकी तारीफ कर रहे हैं या परिहास उड़ा रहे हैं? मार खाए लड़के भी मुखर्जी महाशय को सुनते हुए कुछ आश्चर्य के भावों के साथ थे। शर्मिन्दगी उनकी आँखों में भी तैरने लगी थी। दीवान पाठा एकटक होकर सिर्फ़ सुन रहा था। उसका भीतर कुछ ऐसा तय करता रहा, जिसकी परिणति मुखर्जी महाशय से विरोध की तो नहीं कही जा सकती थी लेकिन भविष्य में जिसका सामना करना उसको मुश्किल लग रहा था। मुखर्जी महाशय के अन्दाज़ में एक तरह का शिष्यत्व भाव, जो हमेशा रहता था, उस वक़्त भी प्रबल था। उसके निषेध में ही दीवान पाठा वहीं खड़े-खड़े स्वतंत्र रूप से काम करने का मन बना चुका था। न चाहते हुए भी उस रोज़ के बाद उसने मुखर्जी महाशय से दूरी बना ली। अपने भीतर के प्रेत को जाग्रत रखने की कोशिश में उसने मुखर्जी माहशय से मिलना तो छोड़ दिया, लेकिन उनके आदर्शों की राह पर ही आगे बढ़ते हुए उसने 'जातीय संघ' नाम के संगठन का गठन कर लिया। अब बदले हुए रूपवाला दीवान पाठा भद्र लागों के बीच अचानक से महतत्त्वपूर्ण हो उठा था। अपने प्रति लोगों के बदलते व्यवहार ने दीवान पाठा को एक महत्वपूर्ण व्यक्ति होने के गर्व से भर दिया। ख़ुद को नायक के रूप में देखने की ललक उसके भीतर पैदा होने लगी थी।

नियति का चक्र सम्भावित आज़ादी के रास्ते पर बढ़ रहा था। दबाव की राजनीति विभाजन की माँग के साथ थी और 16 अगस्त 1946 का दिन 'सीधी कार्रवाई' के लिए मुक़र्रर हो गया। सरकारी तौर पर एक जलसे की तरह मनाए जाने के वायदे से भरा वह मनहूस दिन था।

दुनिया की कोई भी घटना और विचार बिना किसी परिप्रेक्ष्य के उत्पन्न नहीं होता। उसके विस्तार की सम्भावना-भूमि के उर्वरा बने रहने या बंजर होते जाने की वजह भी उस परिप्रेक्ष्य की प्रासंगिकता के साथ अस्तित्वमान होती है। स्वतंत्रता

का अपना परिप्रेक्ष्य होता है वरना किसी भी तरह की गुलामी के झूठ को वर्षों तक स्वतंत्रता के राष्ट्रगान की तरह गाते हुए सावधान-विश्राम करने वाले हर ओर दिख जाएँगे। धार्मिक उन्माद के जो बीज वातावरण में छितराए हुए थे, भारतीय जातीय वाहिनी के खेत में लहलहाने को आतुर होने लगे। अपने साथी दुकानदारों पर हमला करने वाले जिन लड़कों पर दीवानचन्द चट्टोपाध्याय एक रोज़ हमलावर हुआ था, अब वे ही उसके सबसे क़रीबी घेरे का हिस्सा होने लगे थे। पाठादा की शागिर्दी में आ जाने के बाद भी उन बदमाशों ने दुकानदारों से अपनी दुश्मनी को ख़त्म नहीं किया था, बल्कि वे उन्हें स्थायी शत्रु के रूप में ही देखते थे। हर क्षण अपमान का बदला लेने के लिए कुलबुलाते रहते थे, पर जानते थे कि उनका नायक पाठादा बेशक पूरे कलकत्ते के मुसलमानों को ठिकाने लगा दे, लेकिन अपने बऊ बाज़ार की हिफ़ाज़त में ख़ुद खड़ा हो सकता है, यही सोचकर ख़ामोशी बरते रहते थे।

'सीधी कार्रवाई' के दिन का मतलब था, बाज़ार बन्द। बऊ बाज़ार में अधिकांश दुकानदार लीग के समर्थक थे। वे माने बैठे थे कि लीग का सबसे बड़ा विरोधी दीवान पाठा तो उनका साथी ही है। दुकानें बन्द कर माहौल का जायज़ा लेने के लिए इधर-उधर झुंड में खड़े थे। दुस्साहस के चरम में पहुँचे हुए दीवान पाठा को अपने साथी दुकानदारों की हरकत ठीक नहीं लगी रही थी, लेकिन वह उनसे उलझने से बचना चाहता था। ग़ुस्से को भीतर ही दबाये होने के कारण वह और भी खूँखार नजर आ रहा था। ग़ुस्से के अँगारे दबाये वह वहाँ से मल्लिक बाज़ार की ओर निकल गया। अपने साथियों के एक झुंड के साथ मल्लिक बाज़ार की बन्द पड़ी दुकानों को पीटने लगा। विरोध और समर्थन की झड़पों से निपटने के लिए उसके शागिर्दों के हाथों में थमी हॉकियाँ और डंडे हरकत में आने से चूक नहीं रहे थे।

मौक़े और दस्तूर का फ़ायदा उठाकर उसके शागिदों का वह झुंड भी, जो अपमान का बदला लेने के लिए उतवाला रहता था, जुलूस की शक्ल में बीडन स्ट्रीट से होता बऊ बाज़ार तक बन्द पड़ी दुकानों को खुलवाने के लिए निकल पड़ा। 'वन्देमातरम्' के नारे लगाते हुए वे बन्द दुकानों के दरवाज़ों पर डंडों से प्रहार करते हुए आगे बढ़ रहे थे। इधर-उधर झुंड में खड़े दुकानदारों को चिढ़ाने के लिए अश्लील गालियों का प्रयोग कर रहे थे। क़ौमी पहचान की हिंसा में भरे उनके नारे विधर्मियों को 'गद्दार' पुकार रहे थे। बीडन स्ट्रीट से शुरू हुआ वह ज़लज़ला जब बऊ बाज़ार पहुँचा तो बाज़ार के माहौल में तनाव पैदाव हो गया। कौमी पहचान

हर किसी के भीतर जागृत हो उठी। मांस का व्यवसाय करने वाले उन कसाइयों को भी मुस्लिम हो जाने में देर नहीं लगी। उनकी एक जुटता का रंग भी आक्रामक तरह से पेश होने को तैयार था। जैसे ही लड़कों ने रज़ाक़ की दुकान पर लोहे के सरिये का प्रहार किया, अशरफ़ का छोटा लड़का बदरू हमलावरों की ओर दौड़ पड़ा। लाठी-डंडों के प्रहार शुरू हो गए। एकाएक बऊ बाज़ार का सन्नाटा भंग हो गया। भगदड़ शुरू हो गई। बदले की भावना से भरा बदरू हाथ में चापड़ लिये था। गली के भीतर सवारी को उतारने के बाद वापिस लौट रहा एक रिक्शेवाला भगदड़ की चपेट में आ गया था। अपने पीछे दौड़ पड़े बदरू से बचने के लिए हमलावर ने रिक्शे की ओट में हो जाना चाहा। रिक्शेवाले को बदरू की ओर धक्का देकर वह बदमाश तो बच निकलने में कामयाब हो गया, लेकिन धक्का-मुक्की के उस खेल में बदरू का चापड़ रिक्शे वाले के पेट में उतर गया। उस कोलाहल के बीच भी रिक्शेवाले की चीख़ का स्वर इतना ऊँचा था कि बदरु घबरा गया। चापड़ को उसने जैसे ही खींचा, वह रिक्शेवाले की अन्तड़ियों को बाहर खींच लाया। रक्त की तेज़ धार फूटी और चपेट में आ गया रिक्शेवाला छटपटाकर वहीं अचेत हो गया। किसी की भी कुछ समझ नहीं आया कि क्या करें? माहौल में दहशत फैल गई। रिक्शेवाले को तड़फता हुआ छोड़कर जो जिस तरह से अपने को ग़ायब कर सकता था, ग़ायब हो गया। एक मुर्दानी-सी शान्ति छा गई। छितराए हुए ख़ून के छींटों के बीच रिक्शेवाले का मृत शरीर सड़क पर पड़ा रहा। हमले की ख़बर पाकर तेज़ सायरन बजाती पुलिस की गाड़ी घटना-स्थल पर पहुँच चुकी थी।

हत्याकांड की ख़बर इतनी तेज़ी-से चारों ओर फैली कि पाकिस्तान की माँग के समर्थन में ऑक्टरलोनी के स्मारक पर आयोजित सभा समाप्त कर दी गई। हत्या की उस ख़बर ने दीवान पाठा को पूरी तरह अन्धा कर दिया। उसके भीतर मौजूद जातिगत हीनताबोध की सुप्त ग्रंथि जाग उठी। खोई हुई श्रेष्ठता को हासिल करने के लिए हिन्दुत्व का बाना वह पहले ही पहने हुए था। अब तो हमेशा के साथियों पर भी उसकी बन्दूक़ की नाल गोलियाँ बरसाने में हिचक नहीं सकती थी। दीवान पाठा के पास दो अमेरिकी पिस्तौल थीं। वे पिस्तौलें उसने अमेरिकी सेना के एक नीग्रो सिपाही से ख़रीदी थीं। द्वितीय विश्व युद्ध के दौरान अमेरिकी सेना के नीग्रो सिपाही कलकत्ता में थे। शराब के बदले पिस्तौल और कारतूस बेच देने में वे हिचकते नहीं थे। दीवान पाठा ने उन पिस्तौलों से ख़ूब अभ्यास किया हुआ था। पिस्तौल उसने हाथ में निकाल ली थी।

ऐन उसी वक़्त मल्लिक बाज़ार का गुंडा अजमीरी सामने से आता दिखाई दिया। अजमीरी, लीग की छात्र शाखा—मुस्लिम नेशनल गार्ड का नेता था और जाना-माना बॉक्सर था। बन्दूक़ या तलवार के ज़ोर से नहीं, लात-घूँसों की जुबान से बात करने में माहिर था। बाँस के लट्ठों को हाथों से पकड़कर तोड़ सकता था। मार-पीट में उसका मुक़ाबला करना आसान नहीं था। अजमीरी को देखते ही उसके शागिर्दों के हाथ रुक गए। केरोसीन का डिब्बा, जिसे वे साथ लिये थे और दुकानों पर उड़ेल कर आग देना चाहते थे, ठिठक गए। अजमीरी को देखते ही एकबारग़ी दीवानपाठा की सिट्टी-पिट्टी भी गुम हो गई। अजमीरी की बलिष्ठ भुजाएँ उसको भयभीत कर रही थीं, लेकिन दीवान पाठा के हाथ में पिस्तौल को देखकर अजमीरी भी भीतर से काँप रहा था। धैर्य से काम लेते हुए उसने फिर भी दीवानपाठा को ललकारा, "तुम लोगों को सिर्फ़ इसलिए पीट रहे हो कि वे मुसलमान हैं?"

"नहीं, हम हमलावरों को खोज रहे हैं। मारे गए बिहारी रिक्शेवाले का बदला लेने निकले हैं। तुम जाओ, हम यहाँ किसी को कुछ नहीं कहेंगे।"

अजमीरी दीवान पाठा को घूरकर देखता रहा। आँखें चुराते हुए दीवान पाठा ने आगे बढ़ जाना ही ठीक समझा। अजमीरी भी वहाँ से चला गया। अजमीरी के जाते ही दीवान पाठा फिर अपनी सनक के हवाले हो गया। उसके शागिर्द अपनी हरकत में आ गए। पूरा मल्लिक बाज़ार आग की लपटों से घिर गया। विरोध की आवाज़ों को ख़ामोशी में सुला देने के लिए उसकी पिस्तौल दनदनाने को उतावली होती रही। मल्लिक बाज़ार की सड़क ख़ून से लाल होने लगी। घायलों के हौसलें पस्त होने लगे। जान बचाकर भागनेवालों को केरोसीन के डिब्बे अपनी धार से लपकने लगे। चारों ओर फैल चुकी आग की झाड़ियों से बच निकलना सम्भव नहीं था। आग की लपटों में सने ज़िन्दा शरीरों की उछल-कूद भय के रंग को गाढ़ा कर दे रही थी। ख़ुद को समाज के रक्षक के रूप में पेश करते हुए दीवान पाठा अपने शागिर्दों को उकसाता जा रहा था। हत्याएँ भी उसके लिए मानक गढ़ देने जैसी प्रेरक कार्रवाई हो गई। घोषणा करने लगा कि एक हत्या पर दस रुपए इनाम मिलेगा। अधमरा करने पर पाँच रुपए। उसकी प्रेरणा की बौछारें चाकू, छूरे, चापड़ और तलवार के रूप में चमकने लगीं। दंगे-फ़साद का जो दहशत भरा माहौल बना हुआ था, वह और गाढ़ा होता चला गया।

बऊ बाज़ार, कॉलेज स्ट्रीट, काला बागान और हाशिम ख़ाँ बस्ती में पूरी तरह सन्नाटा फैल गया। दुकानों के कपाट तोड़कर लूटपाट शुरू हो गई। अफ़वाहों का

बाज़ार गर्म हो गया। धार्मिक उन्माद के रंग में रँगे जुलूस पूरे कलकत्ते में जहाँ-तहाँ निकलने लगे। मुस्लिम लीग कार्यकर्ताओं के झुंड भी दुकानें बन्द करवाने को उतावले थे। जगह-जगह झड़पें होती रहीं। जहाँ दो जुलूस आमने-सामने हो जाते, हमले की स्थितियाँ ख़ुद-ब-ख़ुद बन जातीं। झड़पें बढ़ती रहीं और लाशें गिरती रहीं।

हत्यारे इरादों के लिए वह दिन अवसरों की पोटली खोल रहा था। डरे-सहमे लोग जान की भीख माँग रहे थे। धार्मिक पहचान का सामुदायिक जमावड़ा झूठी सुरक्षा का घेरा बन रहा था। झगड़ा कलकत्ते तक ही सीमित नहीं रहा। दिन बीतते-बीतते समूचा बंगाल उसकी ज़द में आ चुका था। धार्मिक रूप से अल्पसंख्यक हो जाने का भय हर किसी को सताने लगा था। धार्मिक विद्वेष की आग से समूचा बंगाल जल रहा था। आँच दूसरे प्रान्तों तक भी जाने लगी थी।

आजादी की बला आते-आते पूर्वी बंगाल में गाँव, घर ही नहीं, शासन-प्रशासन की व्यवस्थाओं के क्षेत्र, जैसे दफ़्तर, स्कूल भी सन्नाटे के संगीत में डूबने लगे। धन-धान्य से सम्पन्न भद्र मानुष नक़दी और ज़ेवरातों की पोटलियों को लुकाते-छुपाते हुए सुरक्षित जगहों को तलाशने लगे। लड़खड़ाते हुए उस माहौल को सहारा देने की कोशिश कलकत्ता से नोआख़ाली तक होती रही, लेकिन कुछ ही दिनों बाद ब्रिटिश शासकों ने विभाजन की त्रासदी का वह काला अध्याय भी लिख ही दिया, जिसको पहले ही कल्पित कर चुके थे। एककीकृत भूगोल का राजनैतिक विभाजन कर देने वाली रैडक्लिफ़ लाइन वह दंश दे रही थी, जिन्हें पीढ़ियों तक को भुला पाना आसान नहीं। आजादी के स.ाथ विस्थापन का हाहाकार मच उठा। गाँव के गाँव ख़ाली होते जा रहे थे, लेकिन सामाजिक रूप से श्रेष्ठता के आसान पर बैठी भद्र मानसिकता राष्ट्रीयता का राग अलापाती रही। धार्मिक विद्वेष की लपटें हर ओर फैलने लगीं। जहाँ जिसका पलड़ा भारी, वहाँ उस समुदाय के वीर बाँकुरे हत्या करने लगे। हिंसा को उकसानेवाला राष्ट्रवादी राग कर्कश आवाज़ों के रूप में हर ओर सुनाई देने लगा।

स्वराज का वह उपहार हिंसा और उन्माद के रंग में रँगा होने के कारण उदासी का तराना बन गया। जश्न की बजाय काल बैसाखी के अन्धड़ उठने लगे। हत्या, लूटपाट और हिंसा ने क़बीलाई युग को ज़िन्दा कर दिया। जिनके पास अवसर था, वे तुरन्त निकल भागे। जसौर, फ़रीदकोट, खुलना वालों के लिए कलकत्ता सबसे नज़दीक था। सिलहट वाले अन्त-अन्त तक दुविधा में रहे कि वे भारत के नागरिक कहालएँगे या पाकिस्तान के? अन्तिम फ़ैसला पाकिस्तान के हक़ में हो जाने के बाद

वे भी सीमा रेखा पार कर असम में ढुकने लगे। ढाका, कुमिल्ला वाले त्रिपुरा की ओर सरकने लगे। रोज़ी-रोज़गार का प्रबन्ध कर लेना जहाँ भी सम्भव था, सधन, सम्पन्न लोग वहीं ज़मीन-जायदाद कीनने (ख़रीदने) लगे। जो जितना सम्पन्न था, वह उतना जल्दी सुरक्षित हो जाना चाहता था। डर के भावों को नापने का कोई पैमाना होता तो सदियों से श्रेष्ठता की हिफ़ाज़त में मशगूल रहने वाली तिकड़मी भद्रता को अव्वल ठहराने के लिए श्रेष्ठता के भ्रमजाल में अटके हुए किसी टीकेदार का उदाहरण पेश करने की ज़रूरत नहीं।

टीकेदार काकू का ज़िक्र फिर कभी। उनका परिवार तो पहले से ही कलकत्ता जा बसने की सोचता रहता था। टीकेदार काकू भी नमोशूद्र थे, लेकिन जब से अंग्रेज साहब बहादुर ने रंगनाथ दलोई को 'टीकेदार' कहना शुरू किया, बीरीशिरी के बच्चों के लिए रंगनाथ दलोई, टीकेदार काकू हो गया। रंगनाथ दोलोई अपनी बीरादरी में काफ़ी सम्मानित व्यक्ति था, खासतौर पर हम उम्र साथियों के बीच। जब टीका विभाग एक सरकारी संस्था हो गया और रंगनाथ दोलोई भी सरकारी मुलाज़िम हो गया। आए दिन टीकाकरण अभियान में कभी ढाका, कभी कुमिल्ला तो कभी कलकत्ता जाने लगा। अधेड़-हमउम्र लोग आश्चर्य करते और जानना चाहते थे कि साहब बहादुर ने ऐसी क्या योग्यता देखी थी रंगनाथ दोलोई में जो उसे टीका लगाने के काम में रख लिया।

टीकाकरण अभियान में गोरे साहबों की हैलपरी करते-करते रंगनाथ दलोई को भी 'टीकेदार' कहलाना अच्छा लगने लगा था। 'सरकार बहादुर' कहलाए जाने वाले गोरे साहबों का वह जुदा तरीक़ा जो काम के बदले वेतन देनेवाला था, टीकेदार महाशय के भीतर सम्मान जगाता था। गोरे शासकों की दया पर टिके लोगों आशाएँ अपनी अनुनय साहब तक पहुँचाने के लिए उनके मातहत टीकेदार महाशय तक पहुँचने के लिए भी सहारा चाहने लगी थीं। जब-तब कोई न कोई स्वर रंगनाथ दलोई के कानों में भी पड़ जाता था, "ऐ, टीकेदार महाशय से बोल न, हमारी बाड़ी भी ले चल गोरा साहब को। बच्चा-खच्चा को भी लगवाना है न टीका।"

"टीकेदार साब, इनके घर भी चले जाओ।"

गोरे साहबों को भी सम्बोधन जँच गया था। उन सरकार बहादुरों के लिए एक पद सृजित कर देना कोई मुश्किल नहीं था। हैल्परी करने वालों के लिए टीकेदार पद सृजित हो गया तो ठाकुरदा त्रिभंगी दलोई के ज्येष्ठ पुत्र रंगनाथ दलोई ने अपने को सचमुच का टीकेदार ही मान लिया। जाति के जालों के भीतर से दिख जाने

वाली शुद्रियत को छुपा लेने के लिए ही उसे अपनी मातृभूमि का परित्याग कर देना भी ज़रूरी लगने लगा था।

रंगनाथ दोलोई को मालूम था कि लोग उसके बारे कुछ-कुछ बातें बनाते हैं। इसलिए गाहे-बगाहे हेकड़ी जमाते हुए वह कई बार अपने हुनर का बखान करता, "है कोई जो बिना चीरा दिए टीका लगा दे? रंगनाथ दोलोई के अलावा कोई कर नहीं सकता ऐसा।"

बिना चीरा लगाए टीका लगाने वाले हुनर का ही कमाल था कि बच्चे भी रंगनाथ काकू से टीका लगवा लेते, वरना चीरे के डर से कोई भी व्यक्ति टीका लेने से बचता था। अपनी तारीफ भी टीकेदार को स्वयं करनी पड़ती थी। वैसा न करता तो जीवन कैसे चलता। टीका लगाने से जो टका मिलता था, उसी से घर चलता था। ऐसे में ही रंगनाथ ने उस हुनर को अर्जित कर लिया था, जिससे ज़्यादा से ज़्यादा लोग टीका लगवाने के लिए तैयार रहें। टीका लगाने के लिए लोगों को प्रेरित करते हुए कहता था, "जल-बसन्त एक रोग है, भाई और रोग का इलाज तो औषुध ही होता है। यह टीका लगाने से मानुष जात को रोग नहीं पकड़ता जीवन भर।" डरे-सहमे लोगों को शीतला माता को रोग बताने वाले टीकेदार पर ग़ुस्सा आता था, लेकिन आमने-सामने की स्थिति में कोई कुछ नहीं कहता। पीठ पीछे की अड्डेबाज़ी में रंगनाथ दोलोई चर्चा के केन्द्र में रहता और हर कोई बढ़-चढ़कर अपने-अपने अनुभव के आधार पर उसके व्यवहार में मौजूद अहंकार को तलाशने की कोशिश करता। उसे साहब लोगों का गुलाम चिह्नित किया जा रहा होता और हिक़ारत के रूप में उसके नाम को लेने की बजाय टीकेदार की उपाधि से विभूषित किया जाता।

संज्ञा के रूप में 'टीकेदार' शब्द आदर का नहीं, उपेक्षा का पर्याय था। रंगनाथ के कानों में यह बात पड़ने लगी थी कि पीठ पीछे लोग उसे 'टीकेदार' कहते हैं। लोगों की उपेक्षा को वह आदर में बदल देनेवाला शख़्स रहा। 'टीकेदार' शब्द से उसे मोह होने लगा था। जब टीका देने के लिए निकला होता तो जाति पहचान के नाम की बजाय हर जगह पुकार में सुननेवाला यह शब्द उस असलियत को छुपा लेने में भी सहायक हो जाता था, जो भद्र मानुषों के यहाँ एक नामशूद्रों के चरणों के पड़ जाने पर गोबर-पानी हो जाती थी। लोग जब उसे 'टीकादार', पुकारते तो उसे गर्व की अनुभूति होती। यदा-कदा कहीं कोई ऐसी बात हो जाती जहाँ उसे किसी चुनौती को स्वीकारना होता तो गर्व से कहता, "यह टीकेदार की ज़बान है, साहब बहादुर के टीकेदार की।"

विश्वयुद्ध अनेक बीमारियाँ लेकर आया था। समाज ही नहीं व्यक्ति भी चपेट में था। युद्ध के समाप्त हो जाने के बाद तो बीमारियाँ महामारी की तरह फैल रही थीं। टीकेदार को लोगों की जली-कुटी सुनने की फुर्सत नहीं थी। आज यहाँ, तो कल कहीं और। उन अभियानों में ही कई बार कलकत्ता आना-जाना रहा। कलकत्ता में उसका मन रमने लगा था। वह उस वक़्त भी कलकत्ता में था, जब मनुष्य को मनुष्य से बाँटने वाले ज़लज़ले का एक सैलाब आया था।

एक-एक कर कितने ही सम्पन्न परिवारों ने अपने-अपने हिसाब से सुरक्षित माने जा रहे दूसरे इलाक़ों में लिए ठौर ढूँढ़ ली थी। पैसे-कौड़ी से ख़ाली भद्र समाज की मजबूरी कलकत्ता होता रहा। हालात के सुधरने पर लौटने की आशा लिये वे जैसे-तैसे निकल भाग जाना चाहते थे। दिन भर की सुनसान सड़के अँधेरी रातों में गुँजायमान होने लगीं। जीवन की आपाधापी से लदी-फदी डार की डार नावें नदियों के जल को डोलाने लगी थीं। ज़मीन-बाड़ी छोड़कर कलकत्ता भागने की छटपटाहट हर जुगत करने को मजबूर कर रही थी। झुंड के झुंड बास्तुहारा कलकत्ता पहुँचते रहे। बंजर पड़ी ज़मीनों को दख़ल करने और तम्बू गाड़ने के लिए न रात को चैन था और न दिन में विश्राम। बास्तुहाराओं की कालोनियाँ कलकत्ता की शक्ल बदलने लगीं। स्थानिक और बाहरी के अन्तरविरोध की खाई क्षेत्रिय गड्ढों में उतरने लगी।

मोहर्रम का ताज़िया, न घोटी, न बंगाल

टीकेदार के कलकत्ता जा बसने की कहानी का वास्ता विस्थापन की उस अफ़रा-तफ़री से उतना नहीं था, जो भद्र मानुषों के बीच कहीं ज़्यादा थी। श्रेष्ठता के नशे में डूबे टीकेदार काकू तो किसी भी तरह अपने सगे-सम्बन्धियों से जल्द से जल्द दूर भाग जाना चाहते थे। अपनी नई पहचान के साथ किसी ऐसी अनजान जगह में बस जाना चाहते थे ताकि ज़लालत भरे जीवन की फाँस को काट सकें वरना दूसरे लोगों की तरह जोगेन मंडल पर टीकेदार का भरोसा भी कम नहीं था। उसकी उम्मीदों का सितारा जोगेन मंडल, भूभाग के विभाजन के साथ रातोरात पैदा हो गईं दो अलग-अलग सत्ताओं में से पाकिस्तानी हुकूमत का क़ानून मंत्री था। टीकेदार

काकू मानता था कि हुकूमत को ज़्यादा जनतान्त्रिक और ज़्यादा मानवीय बनाने की कोशिशें ज़रूर सफल होंगी, लेकिन अफ़सोस कि दोनों ही हुकूमतें अपने-अपने तरह से भय पैदा कर रही थीं। ख़तरे की आशंकाओं में इधर से उधर बदहवास दौड़ रहे नागरिकों के लिए निश्चिन्तता भरा सहारा किसी ओर भी नहीं था। भद्र समाज अफ़रा-तफ़री के दौर से गुज़र रहा था। उच्चवर्ण के ज़्यादातर लोग शहरों के बाशिन्दे थे। विभाजन पूर्व ही एक तरह का सन्नाटा शहरों में फैलने लगा था। दफ़्तर ख़ाली होते जा रहे थे। स्कूल मास्टर विहीन होने लगे। कॉलेज बन्दी के कगार पर थे। अस्पतालों में सफ़ाई कर्मचारी और उसी तरह के काम करने वाले लोग ही बीमारों के लिए डॉक्टर होने लगे। डाकघर तो बन्द किवाड़ों वाले घर ही हो गए। न पत्रों की ठीक से निकासी थी और न ही पावती के पत्रों को गन्तव्य तक पहुँचाने की व्यवस्था ही बची थी। किन्हीं भी कारणों से, जो कर्मचारी अभी तक शहर में बने हुए थे, निकल भागने की जुगत में थे। चिन्ताओं में डूबे, जब मन हुआ दफ़्तर चले आते और जब मन हुआ, घर चले जाते। कौन व्यक्ति कल ड्यूटी पर होगा ही, इस बात को तो पक्के यक़ीन से वह भी नहीं कह सकता था जो अगले दिन से ग़ायब नज़र आता था। यह अनुमान लगाना भी उतना ही मुश्किल था कि कहीं कल से डाकघर की चाबी रखने वाले पोस्टमाटर बाबू ही न निकल लें कलकत्ता और डाकघर ही न खुले।

सुबलनाथ बागची का बक्सा ढाका के कोर्ट में था। ढाका में ही एक बाड़ी भी वे ख़रीदे हुए थे। हफ़्ते-हफ़्ते के बाद घर लौटना होता था। काम की अधिकता को ध्यान में रखते हुए उन्हें बाड़ी करनी पड़ी थी ताकि वक़्त-बेवक़्त की स्थिति में रुकने के लिए व्यक्तिगत ठौर रहे। एक कमरे में दफ़्तर सज़ा कर यदा-कदा वे पूरा सप्ताह ही बिता देते थे। हालात बेकाबू होने लगे तो ढाका-बाड़ी में रुकने की बात तो दूर, वे ढाका जाने से ही बचने की कोशिश करने लगे। हालाँकि वकील के पेशे से हासिल सामाजिक रुतबा उनकी निधि था और वही धरोहर उन्हें एक समय तक भयभीत होने से बचाए थी, लेकिन साथी वकीलों के साथ की बैठकों में होने वाली बातचीत जब उन्हें भी भयभीत करने लगी तो सुबलनाथ बागची को भी लगने लगा कि कुछ समय के लिए परिवार के लोगों को लेकर कलकत्ता चले जाएँ। वे निष्फिक्र होकर जीने का कोई सहज रास्ता तलाशना चाहते थे। उसी मानसिक अवस्था में वे ढाका-बाड़ी बेच-बाच कर गाँव चले आए।

कुछ दिन घर पर ही रहकर स्थितियों का जायज़ा लेने के बाद सुबलनाथ बागची

को लगा कि ढाका-बाड़ी बेचने में उनसे चूक हो गई। खामख़्वाह ऐसा फ़ैसला ले लिया। वैसी कोई भी स्थिति गाँव में नहीं थी, जिसके भय से ढाका छोड़ा था। कामगार खेतों में जुटे थे। सुबलनाथ बागची की वकील बुद्धि को चैन नहीं था। आस-पास के इलाक़े से लौट कर आते तो कोई न कोई ऐसा क़िस्सा उनके पास ज़रूर रहता। एक न एक परिवार का अपनी घर-बाड़ी छोड़कर कलकत्ता निकल लेने का क़िस्सा तो सबसे सामान्य ख़बर रहती। परिवार के लोगों से क़िस्से बाँचते हुए उनकी आवाज़ का स्वर उस दिन ज़्यादा तीव्रता का ग्राफ खींचने लगा जिस दिन एक जमघट में उन्होंने सुना कि उनकी ढाका-बाड़ी के बाहर दिन-दहाड़े ही बदमाशों ने दो भद्र लोगों की जान ले ली। उस दिन उन्हें पहली बार अपनी ढाका-बाड़ी बेच देने का फ़ैसला एकदम ठीक लगा था। अगले दिन की ख़बर में किसी एक गाँव के लोगों का रातोंरात निकल भागना उसी जमघट की ख़बरों की सुर्ख़ी था, जहाँ पहुँचकर दूर-दराज़ के इलाक़ों की ख़बरों के बारे में जानना सुबलनाथ बागची को ज़रूरी लगने लगा था। आस-पास के इलाक़े में बेशक सब कुछ शान्त है, लेकिन यह शान्ति असल सत्य नहीं हो सकती। अड़डे की ख़बरों को सुनने के बाद सुबलनाथ बागची का मन अब जैसे-तैसे कलकत्ता निकल जाने की राह पर बढ़ने लगा था, लेकिन ठाकुरदा गाँव छोड़ने के पक्ष में नहीं थे। सुबलनाथ बागची के दैनिक समाचारों के प्रभाव में परिवार में कई सदस्य ऐसे सवालों से ज़रूर टकराने लगे कि कहीं वे लोग ही अकेले न छूट जाए। आस-पास के हालातों के सामान्य होने के बावजूद गाँव छोड़कर जाने वाले परिवारों का सिलसिला रोज़ का था। आस-पास के गाँव भी ख़ाली होते जा रहे थे। इलाक़े में चहल-पहल कुछ कम होती जा ही रही थी। हर रात कोई न कोई परिवार निकल भागता जा रहा था। सुबह जब ख़बर लोगों तक पहुँचती तो चिन्ता का एक भाव कानाफूसी करने लगता, "ख़बरें ठीक नहीं हैं।"

दंगे-फ़साद के घटना-क्रमों से भरा कलकत्ता भी सुबलनाथ बागची की ख़बरों में मौजूद रहता, लेकिन उन ख़बरों को बाँचते हुए वे ख़बरनवीस मात्र नहीं रह रहे होते बल्कि उन घटनाओं के व्याख्याकार होते हुए उन्हें तो बस उस सामाजिक अन्तरविरोधों वाले 'घोटी' और 'बंगाल' के रूप में आम था। ऐसी गाँठें तो किसी भी भद्र मानुष के नाते-रिश्ते के धागों में भी हमेशा की थीं। 'लगातार बढ़ती जा रही भीड़ के कारण वहाँ के लोगों को दिक़्क़त होगी तो ऐसी बातें उठ ही सकती हैं', सामाजिक अन्तर्विरोध के उन कारणों को वे ऐसे रखते ताकि परिवार के वे लोग

जो उनके मन के क़रीब होते जा रहे थे, कहीं बदलने न लगें। छोटे भाई त्रिलोकी ने फिर भी उनकी व्याख्या पर प्रश्नचिह्न लगा ही दिया था। अपने दादा की व्याख्याओं से सहमत त्रिलोकी ने जब एक जमावड़े के बीच कलकत्ता के घटना-क्रम पर अपना आख्यान रखा था तो क़िस्सागो टीकेदार काकू की कहानी को बयाँ करते हुए त्रिलोकी को चुप करा दिया था, "ओखाने, अंजान लोगों से तो कोई बात ही नहीं कर रहा, बागची महाशय। देखना, जो गए हैं न, फेरोते होबे अपनी-अपनी बाड़ी।" आश्वस्ति का यह तर्क उन ख़बरों के जवाब में था कि कलकत्तावासी अब पूरी तरह से चौकन्ने हैं और किसी को भी अच्छे से जाने पहचाने बिना शरण देने से बच रहे हैं।

"कोई किसी की मदद करने को तैयार नहीं है कलकत्ता में बल्कि हर जगह ही हालात एक से हैं। किसी अनजान से मेल-मिलाप करने से लोग बचने लगे हैं। मुसीबत के मारों के लिए एक सुरक्षित ठौर-ठिकाना ढूँढ़ना ही मुश्किल है। परदेश में बेचारे बेसहारा हैं।"

तरह-तरह की अफ़वाहों के अनेक संस्करण सुनाई दे रहे थे।

"किराये का मकान तक मिलना मुश्किल है।"

"पश्चिम बंगाल के बाशिन्दे किसी पर यक़ीन ही नहीं कर रहे।"

"यक़ीन करें भी क्यों? अपने रंगनाथ दोलोई का क़िस्सा छुपा है क्या किसी से? रंगनाथ टीकेदार होकर रह रहा।"

छोटी जाति के लोगों की छुवन से ध्वस्त हो जाने वाली भद्रता की चिन्ताएँ तो बागची परिवार को भी सताए रहती थीं। रंगनाथ दलोई के क़िस्से ने सुबलनाथ बागची को भी ग़ुस्से से भर दिया था। त्रिलोकी की जुबान से कही गई गल्पकार की बातों के आशय स्पष्ट थे कि बहुत-से लोग अपनी जाति छुपा कर धोखा दे रहे हैं ताकि ठिकाना मिल सके।

ऐसे में सुबलनाथ बागची का यह सोच लेना मुनासिब था कि वे भी जब वहाँ पहुँचकर किसी अपरिचित को ख़ुद का परिचय 'बागची' उपनाम के साथ देंगे तो ज़रूरी नहीं कि मदद मिल ही जाए। जिनकी गाँठ में रुपया था, किसी स्थानिक से परिचय के अभाव में वे लोग कैम्प में ही शरण लेने को मजबूर थे। रंगनाथ दोलोई के बारे में अफ़वाह बहुत पहले से ही फैली हुई थी कि बैरकपुर के पास टिटलागढ़ में वह ऐसे ही एक किराये के मकान में रहने लगा था।

"घोष परिवार की एक अकेली बुढ़िया की बाड़ी है। वहीं रहकर ही तो वो

महीने भर से आस-पास लोगों को टीका दे रहा था।"

अपनी सूचना को विश्वसनीय बनाने के लिए कथावचक का दावा था, "देखना, किसी रोज़ रात-बेरात वो बोकाचोदा टीकेदार का पूरा परिवार ही गाँव छोड़ देगा।"

जेठा मशाय यानी वकील साहब की राय तो अब और भी दृढ़ता भरी थी कि समय रहते कलकत्ता में एक बाड़ी कर ली जाए। बागची महाशय-ठाकुरदा के लिए वह निर्णायक घड़ी थी। मन से चाहते तो सुबलनाथ को डाँट देते, लेकिन नीरेन्द्रनाथ की हरकतें उन्हें ठीक नहीं लग रही थीं। स्वराज का नशा ठाकुरदा को भी भा नहीं रहा था। उनकी चिन्ताएँ दोहरी थीं। ज़मीन-बाड़ी को बचाएँ या कपूत नीरेन्द्रनाथ के सिर पर चढ़े नशे को उतारें? 'रोज़ के संगी-साथियों से दूर हो जाए तो हो सकता है, कुछ सँभल जाए।'

संगी-साथी भी कौन? वही खेतिहर मज़दूर और आस-पास के जोतदारों के हमउम्र लड़के। वकील महाशय का मानना था कि बँटाईदारों को काबू करने की बजाय ख़ुद उनसे मिलकर घर का भेदी हुआ जा रहा नीरेन्द्र। नीरेन्द्रनाथ ने खेतिहर मज़दूरों के साथ मिलकर उस कारनामे का अंजाम दे दिया था, जब बँटाईदारी का मामला सामने आया था।

तालुकदार इफ़्तार हाज़ी के बँटाईदार फ़सल को काटकर गोदाम में पहुँचाने की बजाय अपने घरों को ले गए। तालुकदार को जब इस बात का पता चला तो ग़ुस्से से लाल-पीला होने लगा। उसे उम्मीद नहीं थी कि दूसरे गाँवों के बँटाईदारों की तरह उसके कामगार भी फ़सल को अपने क़ब्ज़े में कर लेंगे। दूसरी जगहों की ख़बरों को सुनने के बाद ही उसने नीरेन्द्रनाथ से इस बाबत सलाह-मश्विरा कर लिया था कि इस बार बागची महाशय से बात करके हम लोग ख़ुद ही अपने-अपने कामगारों को बँटाई की फ़सल पहले सालों की अपेक्षा कुछ ज़्यादा दे देंगे ताकि तेभागा वाली बँटाईदारी की आग से बचे रह सकें। कामगारों से नीरेन्द्रनाथ का सम्बन्ध गहरे दोस्ताने का है, इस बात को वह अच्छे-से जानता था। नीरेन्द्रनाथ ने तालुकदार की बातों को ध्यान से सुना और ख़ामोश बना रहा। उसकी ख़ामोशी के मायने तालुकदार के लिए स्पष्ट थे कि नीरेन्द्र की सहमति है, 'बँटाईदार तो उसके भी वही हैं, जो अपने। इसलिए नीरेन्द्र ख़ुद भी तो चाहेगा कि अपने यहाँ कोई गंडगोल न हो'। तालुकदार नहीं जानता था कि कामगार फ़सल को किस तरह से अपने क़ब्ज़े में करें, इसका योजनाकार ख़ुद नीरेन्द्रनाथ बागची ही होगा।

बँटाईदारों के द्वारा फ़सल क़ब्ज़े में कर लिये जाने के बाद ग़ुस्से में फनफनाते हुए ही वह सीधे कमरूल के घर जा पहुँचा था। कमरूल, टुकू मंडल और दूसरे बँटाईदारों के साथ नीरेन्द्रनाथ को भी वहाँ देखकर सकपका गया था। चौकड़ी जमी हुई थी और नीरेन्द्रनाथ बँटाईदारों को समझा रहा था कि किस तरह से निपटना है अपने अन्नदाताओं से। पहले-पहल तो तालुकदार को यह समझ ही नहीं आया कि नीरेन्द्र इस चौकड़ी में क्या कर रहा है, लेकिन जब उसने कामगारों को हड़काते हुए फ़सल अपने गोदाम में पहुँचाने के लिए कहा तो जोतदारों के जवाब देने से पहले नीरेन्दनाथ ही बोल पड़ा, "चिन्ता न करो तालुकदार, मैं अभी इनसे बोलता हूँ कि अपना हिस्सा निकालकर हमारी फ़सलें गोदामों तक पहुँचा दें।"

"अपना हिस्सा मतलब? इनका हिस्सा तो हम ही देंगे न, यही तो तय किया था हम दोनों ने।"

"तय तो हम दोनों ने किया था न। उस वक़्त तुम और मैं ही थे। ये लोग तो थे नहीं उस तय करने में। अब ये लोग फ़सल उठा लाए हैं तो इन्हें ही तय कर लेने देते हैं।"

तालुकदार को नीरेन्द्रनाथ की बातों के सार समझना मुश्किल हो रहा था, लेकिन यह गन्ध उसे लग रही थी कि ख़ुद नीरेन्द्रनाथ ही बँटाईदारों के साथ मिला है। "अपना नुकसान करे तो करे। मैं इसकी क्यों सुनूँ?"

वहाँ उलझने की बजाय वह सीधे बागची महाशय के पास जा पहुँचा। बागची महाशय के लिए यह ख़बर ही नई थी कि फ़सल गोदाम तक पहुँचने की बजाय बँटाईदारों के घरों में है।

"ए सुबल, बाहर आ तो। देख उस कपूत के लक्षण—कल तक कह रहा था कि अभी सब तालुकदार के खेतों में जुटे हैं, वहाँ से निपटे तो कटाई करवाता हूँ। हराम का बच्चा उन छोट्टे लोगों का नेता बना घूम रहा। भाग-चास चाई तादेर के। और यह घर का भेदी। यही है इसका सोराज। हिस्से-क़िस्से से अलग कर दूँगा तब बनेगा सोराज़ी।" सुबलनाथ बागची का ग़ुस्सा भी सातवें आसमान पर था। तालुकदार आश्वस्त था कि फ़सल को अब गोदाम में पहुँचने से कोई नहीं रोक सकता। तालुकदार कहाँ गया होगा, नीरेन्द्रनाथ इस बात को अच्छे-से जानता था। यह भी जानता था कि मामले का खुलासा होने पर सुबलदा और बाबा के सामने तो उससे भी कुछ कहते नहीं बनेगा, यह सोचकर ही उसने वहाँ से निकल जाना ठीक समझा था। बँटाईदारों को बिना कुछ कहे वह मैमनसिंह की ओर निकल गया।

बँटाईदार नहीं जानते थे कि मामले से कैसे निपटना होगा? ग़ुस्से से थर्राते सुबलनाथ बागची के सामने उनकी घिग्घी बन्द गई। बिना कोई प्रतिवाद करते हुए उन्होंने कटी हुई फ़सल की पुलियाँ उठाईं और गोदामों में ले जाने लगे।

मन मसोसकर कामगारों ने फ़सल गोदामों में पहुँचा दी और अब वह उस स्थिति से आशंकित थे कि जाने क्या घटे? नीरेन्द्रनाथ बागची से उनका भरोसा उठ गया। हालाँकि पहले भी वे ऐसा धोखा खाए हुए थे। जब नीरेन्द्रनाथ के कहने पर ही मोहर्रम के ताज़िये सिराए गए थे।

आमजन के लिए देश की आजादी उस वक़्त एक स्वप्न की तरह थी। हालाँकि अंग्रेज़ राज के समाप्त हो जाने की उम्मीदें स्वराजियों को उत्साहित किए थीं। नैतिकता और आदर्श के साथ वे स्वराज की कल्पना करने लगे थे। सामाजिक विसंगतियों को मिटा देने की राय कार्यकर्ताओं को निजी कमज़ोरियों का परित्याग करने के लिए प्रेरित कर रही थी। नीरेन्द्रनाथ बागची व्यक्तित्व के बदलाव के उसी दौर में था और बाबा एवं परिवार के लोगों से असहमति की तक़रारों से वाबस्ता था।

मोहर्रम के ताज़िये जिस माठ में सिराए जाते थे, उसका मालिकाना बागची परिवार का था। 1946 के दिसम्बर का आशुरा मानो किसी अपशकुन के साथ आया था। अपशकुन की छाया मोहर्रम का महीना शुरू होते ही बागची महाशय के भीतर डेरा डालने लगी थी। आशुरा के दिन से पहले ही उन्होंने ऐलान कर दिया कि इस बार माठ में किसी को भी ताज़िया सिराने नहीं दिया जाएगा। बागची महाशय के फ़ैसले की गूँज कामगारों के कानों में पड़ी तो एक सुगबुगाहट उनके भीतर जन्म लेने लगी।

शोमेशवारी उस माठ (मैदान) के एक पास से बहती थी। बाँह फैलाकर बहता जल तटों की बालू को अपने आग़ोश में लेता रहता था। नदी का बहाव मैदान के किनारे को एकसार नहीं रहने देता था। कभी कोई हिस्सा बह जाता तो कभी बहाव के साथ आने वाली बालू किसी हिस्से को नया रूप दे देती। माठ की सीमा के बदलते रहने की लगातार जारी गति से माठ की पैमाइश का कोई मायने नहीं था। शहीदों की मिट्टी को अपने में समेट लेने का कोई भभ्भड़ उफ़ान, लेकिन पहले कभी नहीं आया था। शहीदी याद के वे ताज़िये माठ के दूसरे छोर में सिराए जाते थे। उस याद को विनम्रता से नमन करना शोमेश्वारी के बहाव की सहजता के रूप में मौजूद रहा। एक ओर के तटों को तोड़ देने वाले बहाव ने कभी दूसरी ओर के

किनारे की ज़मीन के भीतर सो रहे काल्पनिक शहीदों तक को बहा ले जाने की गुस्ताख़ी नहीं की मानो, बहाव का अलहड़पन शहीदों के आत्मीय जनों के भीतर बैठे उस विश्वास को खंडित न होने देना चाहता हो, जिसके आशय स्पष्ट थे कि दुनिया में एक दिन ऐसा ज़लज़ला आएगा, सदियों से कब्र में सोए हुए पुरखे ख़ुद ब ख़ुद जाग जाएँगे।

मिट्टी और गाद के कारण शोमेश्वारी से लगते किनारे का उपजाऊपन बागची परिवार को बख़ूबी मालूम था। जम कर फ़सल देने वाले उस माठ के ही दूसरे छोर पर मोहर्रम के ताज़ियों को सिराने की रस्म पर कभी किसी को कोई ऐतराज़ न रहा। उबड़-खाबड़ और पथरीला विस्तार माठ के दूसरे किनारे पर पसरा रहता। आशुरा के दिन निकलने वाले ताज़ियों के जुलूसों की भीड़ से वही रेतीला किनारा गमगमाने लगता था।

नीरेन्द्रनाथ को बाबा का फ़ैसला जँच नहीं रहा था। जान रहा थे कि मामला फ़साद बन सकता है, लेकिन जेठा बागची भी बाबा के स्वर में स्वर मिलाते दिखे तो नीरेन मन मसोसकर रह गए। 'न सही दूसरे लोगों को लेकिन अपने कामगारों के लिए तो बाबा को छूट देनी ही चाहिए', वे ख़ुद से ही कहते रहे। मौक़ा निकाल कर बहुत दबे स्वर में बाबा से कहा भी, लेकिन बाबा पर ज़रा भी फ़र्क़ नहीं पड़ा।

कामगार जानते थे कि नीरेन्द्रनाथ स्वराज़ी है। बागची महाशय की तरह नहीं सोचता है। ज़रूर अपने बाबा को समझा लेगा। वे स्वराज़ी नीरेन्द्रनाथ बागची से मिन्नतें करने लगे। आशुरा के दिन से पहले तक वे उम्मीद लगाए रहे कि नीरेन्द्रनाथ ज़रूर कोई-न-कोई हल निकाल लेगा। ताज़िये सज़ाए जाने लगे थे, लेकिन नीरेन्द्रनाथ किसी भी तरह कोई जवाब देने की स्थिति में नहीं थे। नीरेन उस असहमति को भी कामगारों के साथ बाँट नहीं सकते थे जो बाबा के फ़ैसले से उनके भीतर उपज रही थी। स्वराज़ी नीरेन्द्रनाथ की ख़ामोशी कामगारों की समझ से बाहर थी।

कोई कारण नहीं था कि कामगार नीरेन्द्रनाथ बागची को बागची बाड़ी से सुनाए जा रहे फ़ैसले से अलग मानें। फुसफुसाहटें नीरन्द्रनाथ को भी बागची महाशय के फ़ैसले के साथ ही मान रही थीं। नीरेन्द्रनाथ की ख़ामोशी को वे 'मौनी बाबा की ख़ामोशी' की तरह परिभाषित करने लगे थे।

"मौनी बाबा कुछ न कहेंगे। कामगारों के विरुद्ध परिवार ने आगे भी कभी जो फ़ैसले लिए, कभी उन पर कुछ कहा हो तो आज कहेंगे।" कमरूल ने कामगारों

को ऐसे बहुत-से वाक़यों की याद दिला दी थी, जब-जब कामगारों ने नीरेन्द्रनाथ को भी ख़ामोश होते देखा था। नाजुक घटना-क्रमों के ऐसे प्रकटीकरण में ही स्वराज़ी नीरेन्द्रनाथ 'मौनी बाबा' के नाम से विभूषित किए जाने को अभिशप्त थे।

"ऐसे स्वराज़ी ही तो देश का बँटवारा होने देना चाहते हैं। बँटवारे का यह मौनी विधान एक तरह का षड्यंत्र ही है। इस षड्यंत्र का ख़ामियाज़ा कौन भुगतेगा? किसी मौनी बाबा को इससे कोई लेना-देना भी है?"

स्वयं नीरेन्द्रनाथ बागची इस चिन्ता में घुले जा रहे थे कि किस तरह से बागची महाशय को समझा-बुझा लें? कोई हल दिखाई नहीं दे रहा था। नीरेन्द्रनाथ बागची का मन हुआ कि कमरूल को ही समझा दें कि ताज़िये का भसान कर दें, लेकिन यह आशंका मन में उठ रही थी कि ताज़िया का भसान करना क्या धार्मिक अनुष्ठान के अनुरूप होगा भी कि नहीं? अपने मन की बात वे टुकू मंडल से ही कह सकते थे।

"न-न बागची बाबू, ताज़िये का भसान तो आज तक किसी ने नहीं किया। भसान तो ठाकुर प्रतिमा का ही होता है। मुसलमान लोग ताज़िया सिराजते हैं। ऐसा कहना भी नहीं किसी से। कोई क्या सोचेगा?"

बहस-मुबाहिसें थीं। आरोप-प्रत्यारोप थे, लेकिन सामने खड़ी समस्या का हल किसी के पास नहीं थ। कामगारों की ओर से कमरूल ने ज़िम्मेदारी ली कि बागची बाड़ी जाएगा और बागची महाशय से दरख़्वास्त करेगा। यद्यपि वह ख़ुद भी जानता था कि बागची महाशय को उनके फ़ैसले से डिगा पाना उसके लिए क्या, किसी के लिए भी, मुश्किल ही है। ज़िद्दीपन की भद्रलोगी सनक और उससे नाइतिफ़ाक़ी पर तुरन्त तमतमा जाने वाले चेहरे से दुर्गापर और आस-पास के गाँव-गिराई ही नहीं, दूर—मैयमन सिंह तक के बाशिन्दे भी वाकिफ थे। एक उम्मीद उसे फिर भी थी, "न सही हर किसी को, लेकिन अपने कामगारों को तो शायद बागची महाशय छूट दे ही दें।" गर जो मन फिर गया तो बोल ही सकते हैं, "ठीक है, केवल तुम लोग सिरा लेना।" कमरूल ने साथियों के साथ अपने मन को साझा कर दिया, "चलो, सब बड़ोबाड़ी चलते हैं। बागची महाशय से मिलकर दरख़्वास्त करेंगे।"

"कहीं बागची महाशय मान गए और मानते हुए शर्त लगा दी कि ठीक है तुम लोग सिराओ, लेकिन किसी दूसरे गाँव वालों को रोकना तुम्हारी ही ज़िम्मेदारी होगी, तब क्या कहेगा तू?"

"किस-किस गाँव के मिछिल को रोक लेगा तू?"

"चाहकर भी रोक पाएगा क्या?"

"उस भीड़ को रोकने का साफ़ मतलब होगा, ग़मी का अनुष्ठान नहीं बल्कि सचमुच की ग़मी को दावत देना—लाठी, डंडे चलेंगे। सिर फूटेंगे।" आशंकाएँ ज़्यादा थीं, समाधान कोई नहीं। लगातार की ऊहापोह के बीच होते हुए भी कमरूल ने तय कर लिया था कि वह अकेले ही बड़ोबाड़ी जाएगा और बागची महाशय से मिलेगा। यदि बागची महाशय ने राज़ी होते हुए वैसा कुछ कह ही दिया जिसकी आशंका साथियों ने ज़ाहिर की तो कुछ न कुछ ऐसा कह देगा कि साँप भी मर जाए और लाठी भी न टूटे। मन ही मन में वह बागची महाशय के काल्पनिक सवालों का जवाब तलाशने लगा। "जो आप कह रहे, वह तो हम करेंगे ज़रूर, पर अन्नदाता (अनचाहे शब्द के कारण जुबान पर उभरने वाली लड़खड़ाहट अचानक से उभर आई थी), ग़मी के अनुष्ठान में डूबे लोगों को ही यह होश कहाँ रहेगा कि दूसरे गाँव वालों को ताज़िया सिराने से रोकना है। वे तो ये देखने की स्थिति में भी शायद हों कि उनके अलावा दूसरे कौन-कौन गाँव के लोगों के ताज़िये पहुँचे हुए हैं? जब तक होश आएगा तब तक तो कुछ भी वैसा घट सकता है, जिसका दोष हमारे सिर हो जाएगा।"

"झूठा दोष लगाना भद्र मानुषों का धर्म नहीं। यह बोल न मलेच्छों की जुबान का कोई भरोसा नहीं।"

"आप मालिक है। आपका जो कुछ कहें—हम सिर झुकाकर स्वीकार करेंगे। बस, कृपा करके थोड़ा अवकाश तो दें अन्नदाता, कोई उत्सव नहीं, मातमी अनुष्ठान का दिन है मोहर्रम तो। पालनहार की शरण नहीं मिले तो किसके दालान-टालान में जाकर सिर टिकाएँ?"

कमरूल नहीं जानता था कि बागची महाशय के ज़ेहन में अपने-पराये की पहचान सिर्फ़ धार्मिक रूप के साथ ही जगह ले सकती थी। उसे साथियों की कही बात याद आ रही थी। 'विभाजन की आग का ईंधन धार्मिक विभेद के अँगार पर ही सुलगा है, कमरूलदा।'

बागची महाशय के लिए ताज़िया का मतलब विधर्म हो चुका था। वही धर्म, जिसने अगस्त माह की मार-काट को अंजाम दिया था। कलकत्ता से लेकर नोआख़ाली तक वातावरण को दहशत से भर दिया था। उनके भीतर का धर्म दहशत के उस ख़ौफ़नाक मंज़र को अंजाम देने वाली स्थान विशेष की बहुसंख्यक भीड़ को भी अपने क़रीब देखने के लिए प्रेरित नहीं कर सकता था। ख़ुद को ज़्यादा नैतिक और मानवीय मानने वाले धार्मिक विश्वासों वाली समझदारी उन्हें स्वयं भी

किसी भीड़ का हिस्सा बना सकती थी, ऐसा मानने को भी वे तैयार नहीं हो सकते थे। मानते थे कि वेदपाठी न सही, लेकिन बारेन्द्र ब्राह्मणों का लहू उनकी सासों की लय को धारण किए रहता है।

स्वयं की श्रेष्ठता और विधर्मियों के प्रति घृणा का मूल मंत्र ही अन्ततः धार्मिक विधान है। ज़माने के अनुभव ने यदि कमरूल को ही यह समझ अता की होती तो ताज़िये का झंझट ही क्यों उपजता भला? धर्म ने उसे भी, अपनी परेशानियों का कोई वास्तविक हल न ढूँढ़ पाने वालों की तरह भीड़ हो जाने की हद तक जकड़ा हुआ ही था।

कमरूल को सुनने और कुछ देर के लिए ही सही, मन से कृपालु हो जाने की बजाय बागची महाशय ने त्यौरियाँ चढ़ा दी थीं।

"चल निकल, निकल। बड़ोबाड़ी आने की तेरी हिम्मत कैसे हुई, मलेच्छ? चल निकल तुरन्त, निकल।"

जानवर को भी दुत्कारते जाते वक़्त कोई उतना असंयत क्या ही होता होगा? बागची महाशय की आवाज़ की कर्कशता को कोई उपमा नहीं दी जा सकती थी। वे चीत्कार कर रहे थे। लज्जित और पिटा-पिटा-सा महसूस करते कमरूल के पाँवों में मानो ताक़त ही न बची थी। वे वापिस होने को मुड़ चुके थे, लेकिन क़दम दर कदम उनको उठाने में कमरूल को बहुत भारी और बोझिल लग रहे थे।

आशुरा के दिन सुबह से ही माठ की चौकसी को चाक-चौबन्द कर लेने में सुबलनाथ बागची ख़ुद सामने थे। मंडल, दलोई, दास, डोले सरीखे कामगारों के हाथ में लट्ठ पकड़ा दिया गए थे।

"ध्यान रखना, कोई मलेच्छ का बच्चा भी आज इधर न फटके। ताज़िये के जुलूस माठ में फटकने भी नहीं चाहिए।" रोज़ के साथियों से भिड़ने की आशंका हर किसी को विचलित किए थी। हमेशा की तरह उनके साथ ताज़िये के जुलूस में शामिल होते हुए माठ में उन्हें सिराने का जो सुख था, उस अनुभव का हिस्सा होने की बजाय चौकीदार हो जाना पीड़ादायक था, लेकिन बागची महाशय के आदेश का पालन करने की कोताही तो कोई भी नहीं कर सकता था। बाबा के आदेश पर नीरेन्द्र की जगह सुबलनाथ बागची ने ले ली थी। मोहर्रम की छुट्टी के कारण कोर्ट में अवकाश था। वकीलाना कोट डाटे हुए वे चौकसी के लिए तैनात कामगारों को धर्म के नाम हो रही मार-काट के क़िस्से सुना रहे थे। विधर्मियों के प्रति नफ़रत फैलाने में वे एक हद तक सफल थे। वकील साहब की सिखावन ही चौकीदार

को ख़ुद का हित नज़र आ रही थी। वे उत्साहित थे। लाठियाँ फटकारी जाने लगीं और माठ की धूल कब्रों के गड्ढे खोदे जाने के बिना भी आकाश तक उठती रही।

आपद-बिपद राष्ट्रीय राहत केन्द्र

बँटाईदारों की घटना ने ठाकुरदा के भीतर मोहर्रम की याद को भी ताज़ा कर दिया था। घटना घट चुकी थी और बागची महाशय की चिन्ताओं में नीरेन्द्रनाथ को अपने रास्ते में लाने का इज़ाफ़ा कर गई थी। न चाहते हुए भी वे तब से ही कलकत्ता निकल चलने का प्रस्ताव दे रहे सुबलनाथ से अब असहमत नहीं हो सकते थे, लेकिन सहमति के मौन तक पहुँचने में भी उन्होंने एक लम्बा वक़्त साधा। आज़ादी की वेला आ जाने और उसके साथ ही शुरू हो गई हिंसा के एक दौर तक को बीत जाने दिया। उसके बाद ही वे सुबलनाथ के प्रस्ताव पर एक प्रकार की मौन सहमति की मुहर लगाने की स्थिति में पहुँच थे। नीरेन्द्रनाथ के सिर से स्वराज का नशा उतारने के लिए उन्हें कलकत्ता में बाड़ी कर लेना सबसे सस्ता उपाय लगा था।

बाबा की सहमति अभी पूरी तरह से नहीं मिली थी। 'कहीं ऐसा न हो फिर बदल जाएँ', यही सोचकर सुबलनाथ बागची को लग रहा था कि कलकत्ता निकल ही जाना चाहिए। हालाँकि ख़बरों में सुनाई दे रहे कलकत्ता के हालात भी ठीक नहीं थे। सुबलनाथ बागची ने मन बना लिया था कि कलकत्ता में रहने वाले परिमल घोष से मदद माँग लेगा। कॉलेज के सहपाठी मित्र परिमल घोष को परिवार का हर व्यक्ति जानता था। उसके हवाले से ही सुबलनाथ ने बाबा के सामने प्रस्ताव रखा था, "कलकत्ता होकर आ जाता हूँ।"

परिमल घोष की याद बागची महाशय को भी थी, लेकिन सहमति व्यक्त करने की स्थिति में बागची महाशय फिर भी नहीं थे। कलकत्ता की भीषण स्थितियों का अन्दाज़ा उन्हें भी था। 'घोटी-बंगाल' वाला हमेशा का अन्तरविरोध उन्हें सताता ही रहता था। 'बंगाल' मानुष को देखकर कलकत्ते वालों के भीतर उठने वाली खीझ और ग़ुस्से की कल्पना उन्हें सुबलनाथ को यह अनुमति देने के लिए तैयार नहीं हो पा रही थी कि कलकत्ता चला जाए कोई ठिकाना ढूँढ़ने। सुबलनाथ बागची के मन की आशंकाएँ साक्षात् हो गईं। वे मन मसोसकर रह गए, लेकिन हालात इस क़दर

नाजुक थे कि कब क्या घट जाए और कब किसे अपना फ़ैसला बदलना पड जाए, इस बात कोई नहीं जानता था।

स्थितियाँ दिन-प्रतिदिन बदलती जा रही थीं। विभाजन की आग से धुँधवाते बंगाल पर मानो कहर ही कहर थे। प्रकृति भी अपना कहर बरपाने से चूकना नहीं चाहती थी। अकाल के हालात थे। अकाल की मार से हर गरीब पीड़ित था। जनमानस भूख से लड़ने को मजबूर था। बन्द पड़े भद्र लोगों के मकानों के ताले तोड़कर रुपया, पैसा, अनाज, जो मिल सकता था, उसे पा लेने के जोखिम उठाना मजबूरी थी। नामशूद्र और निम्न जाति के मुसलमानों के बीच ठाकुरों के घरों में अनाज होने की बातें ख़ूब हो रही थीं। सेंध मारकर चोरी कर लेने की योजनाएँ बनतीं, पर योजनाओं के अंजाम तक पहुँचने से पहले ही भंडाफोड़ हो जाता।

चोरी में हिस्सेदार गोपी बारूई और मंसूर हालिया बागची परिवार के जोतदारों के लड़के थे। बागची बाड़ी के भंडार घर का उन्हें अन्दाज़ा तो था, लेकिन अपनी योजना के मुताबिक़ भंडार घर का रहस्य वे दोनों भी भेद नहीं पाये थे। गोपी बारूई और मंसूर हालिया ने बड़ोबाड़ी के पिछवाड़े ज़मीन को खोदते-काटते हुए सेंध मारना शुरू किया। पिछली दीवार का एक हिस्सा टूटकर गिर गया था। दीवार के टूटने का शोर इतना ज़्यादा था कि शिव मंडल, भीकू मल्लिक और सागर अली जाग गए थे। ठाकुर बाड़ी में रोज़ के कामों के लिए उनकी तैनाती बागची परिवार ने पहले से ही की हुई थी। ठाकुर बाड़ी से लगती हुई झाड़ियों वाले हिस्से में वे तीनों लोग उन दिनों उस एकमात्र कोठरी में रहते थे, जहाँ सामान्य दिनों की वक़्ती डयूटी में उनको अकेले-अकेले होना होता था। वहाँ रहने की छूट इस बात की सुनिश्चितता थी कि ज़रूरत पड़ने पर ठाकुर बाड़ी के लोग उन तक ख़बर पहुँचा सकें। किसी भी काम को वे तुरन्त कर देने वाले बड़ोबाड़ी के सहायक थे। तीनों ही ठाकुर बाड़ी के सबसे विश्वसनीय कामगार। चोरी की घटनाएँ जब ज़ोर पकड़ने लगीं तो तीनों को ही रात में वहाँ रुकने का आदेश पहले से ही मिला हुआ था।

बड़ोबाड़ी के पिछवाड़े से आई आवाज़ पर तीनों ही बिलबिलाकर उठ गए थे। सेंध मार रहे गोपी बारूई और मंसूर हालिया बचकर भागने की कोशिश करते, हाथों में लाठियाँ लिये वे 'चोर-चोर' चिल्लाए और दो हत्थड़ लट्ठ चलाने लगे। नीरेंद्र नाथ और त्रिलोकीनाथ जाग चुके थे। दौड़कर वे भी पिछवाड़े पहुँच गए।

दोनों ही बागची बन्धुओं ने तय कर लिया कि गोपी बारूई और मंसूर हालिया को ऐसा सबक सिखाएँ कि फिर कभी बागची बाड़ी में चोरी की हरकत करने की हिम्मत कोई दूसरा भी न कर सके। रात-भर जमकर पिटाई करने के बाद दोनों को ही पुलिस को सौंप दिया।

वैसे नीरेन्द्रनाथ का मत था कि मामले को पुलिस में देने की बजाय गाँव में ही निपट लिया जाए, लेकिन जेठा मशाय वकील बाबू अपने तजुर्बे और तर्क में क़ानूनची हो चुके थे। बारुई का बाप सुरलू बारूई और मंसूर का चाचा नीरेन्द्रनाथ के चरणों में लोट रहे थे। चाहते थे कि जैसे भी हो, लड़कों को छुड़वा लिया जाए। मामला फ़ौजदारी का हुआ तो अच्छी-खासी फ़ज़ीहत होगी। वे उस सज़ा को भी कबूल करने के लिए तैयार थे जिसे ऐसे मामलों में दिए जाने का चलन था—एक फ़सल बिना मजूरी के काम करना।

नीरेन्द्रनाथ सोच रहे थे पिटाई तो अच्छी-खासी हो चुकी है चोरों की। इस बार के लिए इतना ही सबक़ क़ाफी है, लेकिन ठाकुरदा ने भी जेठा मशाय वकील बाबू की राय पर ही हामी भरी। ठाकुरदा ने सदियों के ज्ञान से हासिल अपना फ़लसफ़ा ज़ाहिर करते हुए बोले, "साँप को अधमरा नहीं छोड़ा जाता।"

निम्न वर्ग के लोगों के बारे में उनकी राय रहती, "साँप के बच्चे ही होते हैं ये लोग, कभी भी डस लें जो। ठाकुर लोग तो उनकी पूजा ही करते रहेंगे हमेशा—फ़सल काटकर खलिहान में आए तो एकमुश्त फ़सल दो, पूजा-त्यौहार मौक़े में परिवार भर को जमा कपड़ा दो, कोई भात-बरात हो तो सेर-सेर भर अनाज, माछ-भात और मिष्टी। इतना सब करो तब भी खेत बनाने में कोताही। गुड़ाई करने में कोताही। पानी लगाना हो तो कोताही।' नीरेन्द्रनाथ को उन्होंने पूरी तरह से झिड़क दिया।

"इतने समय से तो तू ही संवाद कर रहा है इनसे...तब भी समझ नहीं आया तुझे!"

ठाकुरदा के कहे को अपने ढंग से सुनाते हुए सुबलनाथ बागची भी पीछे नहीं रहे, "आगे से भंडारा भी बन्द करो।"

अकाल के दौरान नीरेन्द्रनाथ की राय पर ही बागची परिवार ने अपने मातहतों के लिए खाने की व्यवस्था एक लँगरख़ाना लगाकर की हुई थी। आस-पास के गाँव के बहुत-से लोग भंडारे में पहुँच ही रहे थे। गोदाम में रखे हुए अनाज का एक बक्सा ख़ाली हो चुका था। ठाकुरदा उस बात से भी ख़फ़ा थे। मामला पुलिस के सुपुर्द होते ही दादू टुकू मंडल भी भीतर तक काँप गए। तुबलू मामा के लक्षण भी

उन्हें ठीक नहीं दिखते थे। गाँव के वैसे ही लड़कों के साथ मामा का उठना-बैठना था, जो चोरी की योजना बनाने में शामिल थे।

वह निर्णायक होता हुआ क्षण था। नीरेन्द्रनाथ बागची को भी अपने दादा सुबलनाथ बागची की ज़िद के आगे हथियार डाल देने पड़े। निर्णय हो गया कि सारी जायदाद बेच दी जाए और यहाँ से निकलकर कलकत्ता में बसेरा किया जाए जबकि इस पार हो चाहे उस पार, साम्प्रदायिकता की आग एक ही तरह से सुलग रही थी। जो जहाँ अल्पसंख्यक, वह वहाँ उठती हुई लपटों को देख सकता था और चपेट में आने को मजबूर था। जान-माल की सलामती के लिए एक अफ़रा-तफ़री दोनों ही ओर मची हुई थी, लेकिन नीरेन्द्रनाथ बागची के भीतर विश्वास की एक डोर कायम थी। उसका आधार समाज का वह ताना-बाना था, जिसमें धार्मिक भिन्नता के बावजूद आपसी रिश्तों में सौहार्द था। उनका मानना था कि चाहे कितना ही कुछ हो जाए, अपने गाँव में हालात फिर भी हमेशा की तरह ही रहेंगे।

'फिर अपना घर, अपना ही घर होता है। ज़्यादा सुरक्षित। प्रदेश में तो कोई अपना नहीं। यहाँ तो फिर भी चार लोग ऐसे निकल ही जाएँगे जो किसी भी हालत में पहचान लेंगे। कलकत्ता भी एक प्रदेश ही तो है।'

लेकिन उनके इस तर्क में अब वह वज़न नहीं रह गया था कि सुबलनाथ बागची के फ़ैसले के आगे अवरोध बन सके। ठाकुरदा ही नहीं, पूरा परिवार ही वकील साहब की राय पर एकमत था। बिगड़ते हालात ने परिवार के हर सदस्य को चिन्ता में डाला हुआ था। ठाकुर माँ भी अब बेटे के पक्ष में थी। माँ की सहमति को प्राप्त करने से पहले सुबलनाथ बागची यह आश्वस्त कर पाये थे कि एक बार वे अकेले ही कलकत्ता होकर आते हैं। यदि कोई तिकड़म लड़ गई तो फ़ैसला करने से पहले परिवार के दूसरे लोग भी चाहें तो फिर अपने-अपने स्तर पर जाँच लें। वह वक़्त ऐसा ही था कि किसी के आगे भी मदद की गुहार लगाना कोई गुनाह नहीं, इस तर्क के सहारे ही सुबलनाथ बागची ने बहुत ही चुपके-से माँ को आश्वस्त किया था, "तुम चिन्ता न करो माँ, कलकत्ता में एक दूर के रिश्तेदार हैं। अपने बाबलू के मामा लगते हैं। न हुआ तो उन्हीं के यहाँ रुक जाऊँगा। बहुत नामी लोग हैं। उनसे कहूँगा तो कहीं न कहीं एक अच्छी-सी बाड़ी वे हमारे लिए कर ही देंगे।"

माँ ने भी बेटे से सवाल नहीं किया कि ऐसे कौन से रिश्तेदार कलकत्ता में हैं जिन्हें पोता मामू कह सकता है, जिसका पता न तो रिश्ता करते वक़्त बऊ के परिवार वालों ने दिया और न ही बेटे के विवाह के इतने वर्षों के बाद तक भी उन्हें

पता चला। बेटे ने जिस ख़ामोशी भरी खुसफुसाहट में कहा, उसके कारणों को तो वह भी खोज नहीं पाईं, लेकिन इतना मान चुकी थी कि बेटे ने जिस ख़ामोशी से उसे बताया है तो उस पर यक़ीन किया जा सकता है। वैसे सुबलनाथ बागची भी भीतर से तय कर चुके थे कि यदि माँ ने ज़्यादा ही खोजबीन लगाई तो अचलेन्द्र चट्टोपाध्याय का नाम ले दूँगा। हालाँकि पत्नी के मुँह से जब अचलेन्द्र चट्टोपाध्याय का नाम ख़ुद उन्होंने पहली बार सुना था तो उस नामी-गिरामी प्रोफ़ेसर के साथ पुछल्ला-सी लगी उस दुकान के बाबत तो उन्हें भी ठीक से रिश्तेदारी का मालूम नहीं था। लेकिन ऐसी बातें ज़्यादा दिनों तक छुपी नहीं रह सकतीं। कहीं न कहीं ज़िक्र हो जाने का ख़तरा तो था ही कि अचलेन्द्र चट्टोपाध्याय के दादा का छेले ही कॉलेज स्ट्रीट में खस्सी की दुकान चलाता है। अचलेन्द्र चट्टोपाध्याय के काकू के बड़े छेले बिष्णुचन्द चट्टोपाध्याय का छेले दीवानचन्द चटटोपाघ्याय। वकील साहब ख़ुद भी जानते थे कि विवाह से पहले ही यदि ऐसी बात की भनक माँ-बाबा को लग गई होती तो तय था कि बागची परिवार वैसी रिश्तेदारी वाले चट्टोपाध्यायों की लड़की को तो बहू कतई नहीं बनाता। उस वक़्त तक सुबलनाथ बागची की उम्र भी कोई ऐसी नहीं थी कि दो-चार वर्ष और विवाह न हो तो मानो बहुत देर हो जाएगी। ज़मींदार बागची मोशाय को यदि लगा था कि छेले जवान हो चुका है और विवाह कर ही देना चाहिए तो सिर्फ़ इसी बिना पर कि धन-मान से सम्पन्न परिवार की ओर से मिले रिश्ते के प्रस्ताव को वे हाथ से जाने नहीं देना चाहते थे। ऊपर से प्रस्ताव भी कुलीन ब्राह्मण परिवार से मिला था। सब कुछ बढ़िया-बढ़िया था। जो नहीं मालूम था और न ही बताया गया था तो वह यही कि बड़ा बाज़ार के बीच खस्सी की दुकान करनेवाला वह बिष्णुचन्द चट्टोपाध्याय भी इसी परिवार का ऐसा होनहार है, जिसके कारनामों ने तो पूरे परिवार के मान-सम्मान को ही गोबर पुतवा दिया।

वकील साहब उस रिश्ते के बाबत परिवार के किसी भी सदस्य से ज़िक्र नहीं कर सकते थे। वकालत के ओहदे ने जो रुतबा घर-परिवार के बीच दिया हुआ था, वह तो दरकता ही दरकता, समाज में पूरे परिवार की मान-मर्यादा पर भी बट्टा लग जाने का ख़तरा उन्हें ख़ामोश किए था।

सुबलनाथ बागची ने मन बनाया हुआ था कि कलकत्ता पहुँच कर दीवान पाठा से अपने परिचय की गाँठ को खोल ही देंगे। 'मदद लेने में क्या हर्ज़', ऐसा सोचते हुए उनका मन द्विविधा से घिरा था। बचपन के दोस्त परिमल घोष का सहारा न

होता तो खस्सी की दुकान पर पहुँच ही जाते। कलकत्ते में परिमल घोष की वकालत के चर्चों से वे ख़ूब वाक़िफ़ थे। 'पता नहीं परिमल पहचाने या नहीं?' एक आशंका ने जन्म लिया। फिर भी दीवान पाठा से मदद लेने की बजाय बागची महाशय ने परिमल घोष से मिलना ही उचित समझा।

सुबलनाथ बागची कलकत्ता से लौटे तो पूरे उत्साह में थे। घरवालों को उन्होंने आशवस्त कर दिया कि ठिकाने का अच्छा बन्दोबस्त हुआ है, लेकिन दो-चार रोज़ में ही हम लोग कलकत्ता नहीं पहुँचे तो वह ठिकाना हाथ से निकल भी सकता है। क़ीमती सामानों की गठरी बँधना शुरू हो गई।

नीरेन्द्रनाथ बागची भीतर से बेचैन थे। वकील साहब की सलाह के फ़ैसले को अन्तिम मानते हुए बाबा उदास थे। उदासी के उन भावों के साथ ही बाबा ने माँ से कहा, "देश छोड़ने का वक़्त आ गया, रुक्मी।"

माँ के लिए ख़बर चौंकाने वाली थी। भद्र परिवार की बऊ होते हुए भी माँ के भीतर भद्रता भरी ख़ामोशीवाला ठहराव तब भी घर नहीं कर पाया था। माँ इस तरह सबकुछ छोड़-छाड़कर निकल भागने के पक्ष में नहीं थी। माँ ने दीदी को गोद में उठाया, दादा को काँख में बाँधा और स्वामी से गुहार लगाई, "कोथाय जाबो? कहाँ जाएँगे अपना देश छोड़कर? यहाँ ही तो सब कुछ है।"

"कुछ नहीं बचेगा। यहाँ रहने का मतलब मुसलमान होकर ही जीना हो जाएगा। जाना ही होगा, रुक्मी। दादा-बौदी, माँ-बाबा, सभी तय कर चुके हैं कि जैसे ही मौक़ा मिलेगा, निकल लेना है। तुम बचकानापन न करो अब। पहले धन, मान और प्राण बचाना ज़रूरी है, फिर दिन अच्छे आ गए तो लौट आएँगे..."

माँ के हाथ में टिके हुए दादा के हाथ को अपने हाथ में पकड़ते हुए बाबा ने दादा को अपने क़रीब खींच लिया। माँ के माथे पर दुविधाओं की रेखाएँ खिंच गईं। बाबा को भी कुछ समझ नहीं आ रहा था क्या करें, फिर भी बोले जा रहे थे—

"तुम्हें मालूम नहीं रुक्मी, मैं कल ही नरैल सबडिविज़न गया था, दफ़्तर पूरा ख़ाली। मुर्दनी-सी छाई हुई है सारी जगह। हम लोग तो फिर भी पीछे हैं, ज़्यादातर लोग कलकत्ते जाकर ठौर-ठिकाना बनाकर बैठ चुके हैं।" बाबा उस वक़्त माँ से जो कुछ भी कह रहे थे, वह ख़ुद उस पर यक़ीन नहीं कर सकते थे। परिवार के फ़ैसले का दबाव उन्हें पत्नी को झूठी आशंकाओं में डालकर परिवार के साथ चल

पड़ने की कोशिश का ही प्रतिफल था। हालाँकि सुबलनाथ बागची ने जिस दोस्ताने के हवाले से ठिकाना तलाशने की बात कही थी, बाबा को उस पर भी यक़ीन नहीं था। वे जानते थे कि परिवार को दिलासा देने के लिए सुबलनाथ बागची ने जो हालात के सँभलने पर वापिस लौटने की बात कही, वह झूठ ही है जबकि वे ख़ुद देख रहे थे कि कलकत्ता में बाड़ी कर लेने का मतलब सब कुछ छोड़-छाड़ कर जाना ही हो जा रहा था। ज़मीन-जायदाद, घर-बार छोड़-छाड़कर कलकत्ता निकल गए ऐसे कितने ही परिवारों के क़िस्से उन्हें अपने भीतर ही सवाल करने को मजबूर कर रहे थे।

माँ नहीं मानी तो बाबा ने दादू टुकू मंडल का सहारा लेना उचित समझा, लेकिन दादू ख़ुद ही गाँव घर छोड़ने की स्थिति में नहीं थे तो जंवाई नीरेन्द्रनाथ को ही कैसे आशवस्त कर देते कि मेय को समझा लेंगे। मुस्लिम और दलितों की आर्थिक स्थिति कमोबेश एक-सी थी, छोड़-भागने के लिए पास कुछ था नहीं। सामाजिक सौहार्द की यक़ीनी उनमें सबसे ज़्यादा थी। न तो कोई दलित किसी मुस्लिम से भय खा रहा था और न ही मुस्लिम समुदाय के लोगों को दलितों से किसी भी तरह का भय लग रहा था। सरकार में जोगेन मंडल की मौजूदगी छोटी जात वाले लोगों का भरोसा बनी हुई थी। अपना गाँव-घर छोड़कर भाग जाने के पक्ष में वे नहीं थे। उनके लिए जोगेन मंडल उस प्रतीक की तरह थे जिसके कारण ग़ैर मुस्लिम समुदाय का तबका सत्ता में अपनी भागीदारी को महसूस करता रहे। मंत्री मंडल में जोगेन मंडल की उपस्थिति पाकिस्तान सरकार को धर्मनिरपेक्ष चेहरा प्रदान कर रही थी। जोगेन मंडल क़ानून मंत्री के रूप में पदासीन थे, इस उम्मीद के साथ कि पाकिस्तान के अन्दर दलित और मुस्लिमों को आगे बढ़ने का समान अवसर मिलेगा। धनपति-भद्र लोगों के अत्याचारों पर लगाम लगेगी। व्यक्ति स्वतंत्रता का राज क़ायम होगा। अपने धर्म और पूजा प्रार्थना की अपनी स्वतंत्रता बनी रहेगी। जाति और धर्म की भिन्नता के बावजूद साँस्कृतिक एकता, देश का नक्शा होगी। भाषाई पहचान होगी। किसी तरह का कोई भेदभाव नहीं रहेगा। पुश्तैनी रोज़गार को जारी रखना सम्भव होगा। कोई रोज़गार बदलना चाहे तो उसके लिए भी स्वतंत्र रहेगा। दादू ने उल्टे बाबा को ही रुक जाने के लिए के लिए तैयार कर लिया। जोगेन मंडल के हवाले से बाबा को समझाते हुए दादू बोले, "जोगेन मंडल चाहते हैं कि बंगाली हिन्दू ही नहीं पंजाबी हिन्दू भी किसी भी तरह के ख़तरे की आशंकाओं से मुक्त रहें। हालात जल्द सामान्य हो जाएँगे।"

बाबा पर दादू की बातों का असर था याकि वे उस राह को ख़ुद ही खोज सके थे कि परिवार के दूसरे लोगों से क्या कहा जाए, जिससे वे वहीं रुके रह सकें।

घर-बाड़ी छोड़-छाड़कर जाते हुए भी ठाकुरदा के भीतर चिन्ताएँ अनन्त थीं। ठाकुरदा ही क्यों, सुबलनाथ बागची भी मन ही मन ठाकुरदा की-सी चिन्ताओं के साथ थे, लेकिन वकालत के पेशे में होने के कारण ठाकुरदा की तरह की निराशा में नहीं घिरे थे बल्कि उनके दिमाग़ में तो ज़मीन-जायदाद को ठिकाने लगाने की तमाम योजनाएँ चल रही थीं। चिन्ताओं में कुछ था तो यही कि ठिकाने लगाने का वक़्त उनके पास नहीं था। सौदा-व्यवहार की योजना को अंजाम तो कलकत्ता में रहते हुए भी बनाया जा सकता था, लेकिन उस सारे काम में लगने वाले समय तक मालिकाना को कैसे कायम रखें?

मौक़े की नज़ाक़त को समझते हुए बाबा ने बीच का रास्ता निकाला था, "मैं और रुक्मी कुछ दिन यहीं रुकते हैं। सब कुछ ऐसे ही छोड़-छाड़कर निकलना ठीक नहीं होगा। न जाने कौन दख़ल करके बैठ जाए? स्थितियाँ बदली तो फिर जैसा भी होगा, निर्णय ले लिया जाएगा।"

बाबा की सलाह सबको भा गई थी। जेठा मोशाय, वकील बाबू ने झट-से बातों का सिरा अपने हाथ में ले लिया।

"इस दौरान नीरेन्द्र कोई ग्राहक ढूँढ़कर सौदा भी ठीक-ठाक कर लेगा।" तय हो गया कि चाहे तो नीरेन्द्र अपनी बऊ के साथ कुछ दिन रुक जाए और तब तक ज़मीन-जायदाद की देखरेख करे, जब तक हालात सामान्य हों। वकीली दिमाग़ अब और भी तेज़ी-से चलने की स्थिति में था।

"तब एक काम करना नीरेन, ध्यान रखना कि किसी को भी इस बात का पता न लगे कि हम लोग कहाँ जा रहे हैं? कोई पूछे तो कहना कि माँ-बा की इच्छा है कि सब लोग देशाटन कर आएँ। ज़्यादा ही खुर-पेंच करने वाले को बोल देना कि अभी तो पद्मा पार आने-जाने में वैसी कोई रोक टोक है नहीं, लेकिन क्या मालूम कल क्या हो जाए? इसलिए माँ-बाबा की इच्छाओं को सम्मान तो करना ही होगा न?"

ठाकुरदा के भीतर आस्वस्ति का भाव अब भी चुक रहा था। उसे पुख़्ता करने के लिए सुबलनाथ बागची ने ठाकुरदा के सामने ही बाबा को ज़िम्मेदारी दे दी कि केवल अपने ससुर टुकू मंडल को इतना बता दें कि हालात के ठीक होते ही हम लोग वापिस लौटेंगे।

"वैसे ज़्यादा कुछ तो उस नमो को भी नहीं बताना क्योंकि इन लोगों के पेट

में बात पचती नहीं। बस, इतना ही कहना कि तू हमें कलकत्ता से गाड़ी पकड़वा कर वापिस लौट आएगा। कहीं कलकत्ता से आगे की गाड़ी मिलने में समय न लग जाए, इसलिए तब तक सारी ज़मीन-जायदाद की सार-सँभाल तुझे ही करनी है। फ़सल को कोठार में ठीक से रखवा दे। मज़ूदरों के मेहनताने के लिए कुछ नक़द रूपये बाबा ही टुकू मंडल के हाथ में दे देंगे।"

बाबा के रुक जाने से एक आश्वस्ति सभी के मन में घर कर रही थी कि ज़ोर-ज़बरदस्ती घर-बाड़ी दख़ल होने से बच जाएगा। एक हद तक निश्चिन्तता की साँस लेते हुए परिवार के बाक़ी लोग कलकत्ता के लिए रवाना होने की तैयारियों में जुट गए।

परिमल घोष से मदद मिल जाने वाली आश्वस्ति की रेखा जिस शख़्स के कारण सुबलनाथ बागची के भीतर जन्म ले रही थी, उसका नाम वह अपनी जुबान पर लाने से पहले मौन साधना चाहते थे। उन कठिन हालातों में भी वे कितने ही वर्षों के मौन को तोड़ने से बच जाना चाहते रहे। वह सम्बन्ध ही ऐसा था कि यदि विवाह से पूर्व थोड़ी-सी भी भनक लग गई होती तो परिवार के लोग तो हो सकता है, कोई पर निकाल कर रिश्ते से कन्नी काट ही लेते। विवाह से पूर्व यदि सुबलनाथ बागची को ही पता लग गया होता तो रिश्ते के लिए वह ख़ुद मना कर देता बल्कि मना ही नहीं करते, रिश्ता कराने वाले को झिड़ककर सीधे-सीधे ही कह देता, "कसाइयों के रिश्तेदार के साथ सम्बन्ध बनाकर मैं अपने को जात-बाहर हो जाने दूँ क्या?"

सुबलनाथ बागची को मालूम था कि कलकत्ता बाज़ार में एक मीट की दुकान है , जिसके बोर्ड पर मोटे-मोटे अक्षर में दुकान मालिक का नाम पाठा चटर्जी लिखा है। वह दुकान ही तो अचलेन्द्र चटर्जी के भतीजे की है।

अचलेन्द्र चन्द चट्टोपाध्याय बनारस विश्वविद्यालय में दर्शन का प्राचार्य था। उसकी विद्वता का सम्मान ब्रिटिश हाकिम तक किया करते थे, लेकिन बंगाली भद्र समाज के बीच अचलेन्द्र चट्टोपाध्याय का सम्मान भी इस कारण से ही कमतर था कि उसके काकू का सबसे बड़ा लड़का खस्सी का व्यवसाय करने लगा था। कसाई के धन्धे में रमे रहने वाले बिष्णुचन्द चट्टोपाध्याय का भाई कितना भी बड़ा हो जाए, तो भी कुलीनता का सम्मान नहीं पा सकता था।

वकील साहब को मालूम ही तब हुआ, जब एक रोज़ पत्नी के मुँह से यूँ ही अचलेंद्र मामू का नाम निकल आया। वह अपने को सँभाल नहीं पाई थीं। अख़बार की एक ख़बर में छपे मामू के नाम को पढ़कर वह उस नियंत्रण को कायम नहीं रख सकी, जिसे किसी भी दूसरे के सामने उद्घाटित नहीं किया जा सकता था। ख़ुशी की उस ख़बर ने उसे चहकने को मजबूर कर दिया था। ब्रिटिश हुकूमत एक बंगाली मानुष को सम्मानित कर रही थी। पुरस्कार की उस ख़बर ने निखिल बंगाल को उल्लास से भर दिया था। पत्नी ने उसी आवेश में चहकते हुए ही पति को बताया था, "यह जो अचलेंद्र चटर्जी हैं, मेरे मामा हैं।" वकील साहब के लिए वह बात किसी ऐसे रहस्य से कम नहीं थी, जिसके खुलने से आदमी के भीतर भय व्याप्त जाता है। जो बात उन्हें सीना गर्व से फुलाने वाली हो सकती थी, वही बात परिवार और रिश्तेदारों के बीच सारे सम्मान को ग़र्क कर सकती थी। ख़ामोशी के साथ वे पत्नी को घूरते रहे। पत्नी को अचानक से अहसास हुआ कि उससे अनर्थ हो गया, लेकिन अब कुछ किया भी नहीं जा सकता था। गिड़गिड़ाते हुए वह पति के पाँवों में पड़ गई। "स्वामी, यह बात परिवार में किसी को भी न बताना।"

वकील साहब नासमझ बनते हुए कहा, "क्यों, क्या जो अभी तुमने बताया वह झूठ है फिर?"

पत्नी अपने पर नियंत्रण नहीं रख पाई और उस सच्चाई से वह परदा भी उसने ख़ुद उठा दिया, जिसकी एक झलक सुबलनाथ को पहले से थी। "न गो स्वामी, न तो सेटा मिथ्या, न एकटा अन्नो कोथा मिथ्या—कलकत्ता यूनिबर्सिटी पासे जेटा माँसेर दुकान आच्छे, बड़े मामूर छोट्टो छेले ओखाने बोसे। ओई दादा दुकानेर मालिक।" (नहीं स्वामी, न तो वह झूठ है और न यह झूठ कि कलकत्ता यूनिवर्सिटी के पास जो मांस की दुकान है, बड़े मामा का लड़का उसको चलाता है)

पत्नी ने जो कहा, उसे सुनने के साथ ही एक गम्भीर क़िस्म की ख़ामोशी ने सुबलनाथ बागची को घेर लिया। क्षण भर को लगा, मानो किसी ने उस भद्रता को ही छीन लिया हो, जिसने उन्हें परिवार के भीतर भी कुलीनों में कुलीन हो जाने का अवसर दिया हुआ था। कुलीन परिवार की मेय (लड़की) से विवाहित होने के कारण परिवार में जो रुतबा वे हासिल कर पाए, यदि यह बात परिवार के लोगों को मालूम हो गई तो सब बनी-बनाई मिनट में मिट जाएगी। नीरेन्द्र की बऊ की तो जो गत है परिवार में, वह भी अपनी बनी रहेगी कि नहीं, इस पर सोच पाना ही कठिन है। उसे तो नाक-भौं सिकोड़कर सबने स्वीकार कर ही लिया है,

पर अपना तो धर्म ही भ्रष्ट हो जाएगा। एक तरह का सामाजिक भय उन्हें सताने लगा। तय कर चुके थे कि झूठी शान के लिए भी कभी अचलेंद्र चटर्जी का नाम जुबां पर नहीं आने देंगे, बेशक उस विद्वता का डंका चाहे देश में ही नहीं, विदेश में भी पिट रहा हो। हालाँकि ऐसा करते हुए वे अपने मन पर भारी पत्थर रखने को मजबूर थे।

कलकत्ता में वे सीधे परिमल घोष के पास पहुँचे थे। सुबलनाथ बागची को अपने दोस्त परिमल घोष पर यक़ीन था और उम्मीद थी कि कॉलेज के दिनों की यादें परिमल के भीतर भी ज़िन्दा ही होंगी। वे जानते थे कि कि अपनी सूझ-बूझ से परिमल घोष ज़रूर कोई-न-कोई रास्ता निकलवा सकेगा। मुवक्किलों की सुविधा के लिए परिमल घोष बिना नागा शाम को अपने दफ़्तर में बैठता था। फ़ौजदारी के मुक़दमे लड़ने में उसके जैसा जानकार वकील पूरे कलकत्ते में दूसरा नहीं था। ज़्यादातर गुंडे-बदमाश उसके मुवक्किल थे। अपने ही तरह के उजड्ड क़िस्म के मुवक्किलों की बदौलत ही उसकी रोज़ी-रोटी चलती थी, लेकिन उसकी ख़ूबी थी कि हर तरफ से फँसे हुए अपराधी को भी वह अक्सर राहत दिलवा पाने में कामयाब रहता था। यही कारण था कि वह कभी ख़ाली नहीं रहता था। अपराधियों की दुनिया में उसके लिए बहुत इज़्ज़त थी। इलाक़े भर के छँटे हुए बदमाश बिना किसी मामले के भी उससे मिलने के अवसर तलाशते हुए अक्सर भेंटने आते रहते थे।

वह शाम का वक़्त था। जान बाज़ार का गुंडा सुरेला पंजाबी उस वक़्त परिमल घोष के पास मौजूद था। कॉर्नवालिस बस्ती में रहनेवाला उसका दोस्त टुन्नू चौधरी भी साथ ही था। किसी मामले में महीने भर की जेल काटने के बाद वकील परिमल घोष उनकी बेल करवाने में तो सफल हो पाया था, लेकिन आजादी की वेला से पहले ही घट चुके दंगों व कलकत्ता-क़त्लेआम के घटना-क्रम के दौरान लूट-पाट और हत्या के मामलों में दोनों के ख़िलाफ़ पुलिस में रिपोर्ट दर्ज़ हुई थी। पुलिस से बचते-बचाते ही वे जहाँ-तहाँ फिर रहे थे। उसी सम्बन्ध में सलाह लेने के लिए वकील परिमल घोष के पास पहुँचे थे।

अपने सहपाठी सुबलनाथ बागची को बदहवास-सी अवस्था में देखकर परिमल घोष को यह अनुमान लगाना मुश्किल नहीं रहा कि ठौर-ठिकाने की तलाश में भटकता हुआ ही वह उस तक पहुँचा होगा। बिना हिचके उसने दोस्त को हौसला रखने की उम्मीद दी। भरोसे के अपने आलम्बों को खड़ा करते हुए ही उसने सुरेला पंजाबी और टुन्नू चौधरी के विस्तृत परिचय से सुबलनाथ को अवगत करा देना

उचित समझा था। धार्मिक एकता की कड़ी को जोड़ते हुए बदमाशों ने भी सुबलनाथ बागची को हमवतनी मानने में कतई गुरेज नहीं किया।

"चिन्ता न करो, दादा। परिमल दादा से न तो हम बाहर हैं और न ही पाठादा।"

दीवानचन्द चट्टोपाध्याय की शौर्य गाथाओं के क़िस्से सुरेला पंजाबी और टुन्नू चौधरी की जुबां पर थे। राहत और भरोसे के उन क़िस्सों को सुनना सुबलनाथ बागची को हौसला दे रहा था। अपने आका दीवानचन्द चट्टोपाध्याय को वे 'दीवान पाठा' के नाम से पुकार रहे थे। सुरेला पंजाबी और टुन्नू चौधरी के क़िस्से इस बात के गवाह बन रहे थे कि दीवान पाठा के नाम से ख्याति अर्जित कर चुके उस युवक की आस-पास के इलाक़े में कैसी तूती बोलती होगी। हिन्दुओं के रक्षक के रूप में भद्र लोग दीवानचन्द चट्टोपाध्याय को एक सम्मानित नागरिक की हैसियत देने लगे थे। दंगा-फ़साद और आगज़नी में माहिर व्यक्ति भी 'नायक' की तरह स्थापित हो सकता है, सुबलनाथ बागची यह विचार करने की स्थिति में नहीं थे। ऐसी स्थिति में दीवान पाठा के अलावा कोई दूसरा विकल्प सूझ भी नहीं रहा था। दीवान पाठा के नायक हो जाने पर उन्हें अचम्भा भी नहीं था। धन, मान एवं प्राण की रक्षा के लिए भाग कर कलकत्ता पहुँचने वाले कितने ही लोगों से दीवान पाठा की शोहरत गाथा वे अलग-अलग सुन चुके थे। बदमाशों की बातचीत से सुबलनाथ बागची को मालूम हो चुका था कि दीवान पाठा ने बाग़ बाज़ार के बीच ही एक दुकान पर क़ब्ज़ा करके अपने बैठने का ठिया बनाया हुआ था। पहचान के लिए सुबलनाथ बागची को सिर्फ़ दुकानों के बोर्ड पढ़ने थे—'आपद-बिपद राष्ट्रीय राहत केन्द्र'।

सुरेला पंजाबी ने एक रिक्शा बुलाया और सुबलनाथ बागची को पाठादा के पास जाने को बोलकर वह अपने साथी टुन्नू चौघरी के साथ दूसरी दिशा को निकल गया। सुबलनाथ बागची 'आपद-बिपद राष्ट्रीय राहत केन्द्र' के ठीक सामने थे। उनके आश्चर्य का ठिकाना न रहा। क़द-काठी और चेहरे-मोहरे से भद्र, आँखों में काले रंग का चश्मा चढ़ाए और घनी दाढ़ी वाले चेहरे के उस युवक ने पाँव छूकर ही सुबलनाथ बागची का अभिवादन किया मानो पहले से ही सुबलनाथ बागची को पहचानता हो। उस आत्मीयता के आगे तो सौ ख़ून भी माफ़ हो सकते थे। सुबलनाथ बागची के हृदय में छुपा आह्लाद का दरिया ऐसे बहने लगा मानो कोई जलस्रोत फूट पड़ा हो। दीवानचन्द चट्टोपाध्याय तो मानो इन्तज़ार ही कर रहा था। सुबलनाथा बागची को सुने बिना ही उसने स्पष्ट कह दिया था, "परिवार को लेकर सीधे चले आएँ। कोई न कोई इन्तज़ाम हो जाएगा, जँवाई बाबू।"

विभाजन के त्रासद घटना-क्रम ने अन्ततः परिवार के लोगों को सब कुछ छोड़कर निकलने के लिए मजबूर कर दिया। असहाय एवं क्षीण आवाज़ में नीरेन्द्रनाथ अपने बड़े दादा की सफलता का बखान पत्नी से कर रहे थे।

माँ ख़ामोश बुत बनी रही। शायद सोच रही हो कि क्या फ़ैसला ले? बाबा बोले जा रहे थे, "...सुबलदा का कहना है अभी काकुली के पास चलते हैं। वहाँ जाकर देखा जाएगा कि क्या होता है? यदि कोई हमारी तरह ज़रूरतमन्द उधर भी मिल गया तो बाड़ी-ज़मीन अदल-बदल कर लेंगे या जैसा भी होगा, कोई दूसरा विकल्प खोज लिया जाएगा। अभी तो पहला काम जान बचाना है।"

अचलेंद्र महाशय का नाम बाबा ने जान-बूझकर छुपा लिया था। हमेशा के उस गोपनीय रिश्ते का खुलासा माँ के सामने करने का साहस बाबा भी नहीं कर पाये थे। हालाँकि माँ के लिए अचलेंद्र महाशय भी उसी तरह किसी अनाम जगह के निवासी थे, जैसे काकुली बुआ।

माँ को तो यह भी मालूम नहीं था, कौन बुआ कहाँ ब्याही है, किसका जँवाई क्या करता है, किसके परिवार में कौन-कौन है? घर-परिवार के बीच तो माँ की स्थिति हमेशा बाहरी की ही थी। घर की दूसरी बहुओं के साथ ननदों का जैसा व्यवहार वैसा नहीं था, जैसा माँ के साथ। माँ ने तो उनके व्यवहार में अपने को उस तरह की बौदी कभी पाया ही नहीं। जेठी माँ और काकी से पीशी लोग बहुत घुल मिलकर बातें करती थीं। काकुली पीशी (बुआ) का चेहरा माँ की कल्पनाओं में आकार लेने लगा। वह किसी भी ऐसे क्षण को याद नहीं कर पा रही थी जब नफ़रत की आग से झुलसती काकुली ने कभी 'बौदी' कहकर ही पुकारा हो। असमंजस में डूबी रुक्मी से कुछ भी कहते नहीं बन पड़ रहा था।

बाबा में इतना शऊर तो था कि वे माँ की दुविधा को समझ सकते थे। यूँ भी वे परिवार के दूसरे लोगों से पूरी तरह सहमत नहीं ही थे। इस तरह अपना घर बार छोड़ कर क्यों निकलना चाहिए, उनके इस सवाल का किसी के पास कोई वाजिब जवाब नहीं था। दूसरों की देखा-देखी बेवजह मारे जाने के ख़ौफ़ के कारण माल-मत्ते को समेटना शुरू कर चुके परिवार के सदस्यों से उस वक़्त बहस-मुबाहिसा करने में लेकिन नीरेन्द्रनाथ बागची भी ख़ुद को समर्थ नहीं पा रहे थे। किसी भी गतिविधि को संचालक शक्तियों की धारिता से आंकलन करने वाले राजनैतिक आचरण ने

उन्हें जो ज्ञान दिया हुआ था, उसका ही असर था कि जान बचाकर भाग निकलने वाले परिवारों के बारे में बाबा का मत एकदम स्पष्ट था कि उन बेचारों को भी क्यों ही दोष दिया जाए? बाबा माँ से बहस-मुबाहिसा करने के पक्ष में नहीं थे। माँ की आँखों में छाई हुई लाचारी की आभा ने भी उन्हें ख़ामोश कर दिया था। वे घर से बाहर निकल गए।

तालुकदार इफ़्फ़ात हज़ारी को ख़बर लग गई थी कि इलाक़े के दूसरे लोगों की तरह बागची परिवार भी माल-असबाब के साथ कलकत्ता निकल रहा है। वह दौड़ते हुए आया था और घर के बाहर ही मिल गए नीरेन्द्रनाथ बागची पर गुस्साने लगा।

"कैसा इंकलाबी है यार बागची तू भी? दुनिया भर के डरपोकों की तरह मुट्ठी भर अमन के दुश्मनों से डर गया।"

बाबा ख़ुद को कम्युनिस्ट कहते थे, लेकिन स्वराजियों से भी उनका गहरा साथ था। इंक़लाबियों को ही कम्युनिस्ट मान लेने वालों की कमी नहीं थी। तालुकदार भी बाबा को 'इंक़लाबी' ही पुकारता था। बाबा से कुछ कहते नहीं बन रहा था। तालुकदार को समझ आ गया था, फ़ैसले की डोर वकील साहब के हाथ में होनी चाहिए। सुबलदा से बेशक कोई क़रीबी याराना नहीं था, लेकिन रोज़-रोज़ की दुआ-सलाम तो थी ही। शुभ-सकाल और शुभ-संध्या के सम्बन्ध तो घर के सभी सदस्यों से थे। परिवार के सदस्यों के हर व्यक्ति के व्यवहार को हज़ारी अच्छे से जानता-समझता था। घर के बाहर से ही वकील साहब को आवाज़ लगाने लगा, "सुबलदा...सुबलदा।"

भीतर क़ीमती सामानों को एक-एक कर गठरी में बाँधने में व्यस्त वकील साहब ने जब धौंकनी-सी आवाज़ में ख़ुद को पुकारना सुना तो एकाएक दहशत से भर गए। पुकारनेवाला किसी गहरे संकट में घिरे होने की-सी आवाज़ में पुकार रहा था। 'कौन है, किस संकट में फँसा है? कहीं बलवाई तो नहीं?' सुबलनाथ बागची के मन में कितनी आशंकाएँ एक साथ जन्म लेने लगीं। बलवाइयों की आशंका ने उनकी शिराओं में बहते रक्त को ठंडा कर दिया। तालुकदार पुकारे जा रहा था और भीतर से कोई भी जवाब नहीं आ रहा था। क्षुब्ध होता हुआ तालुकदार ऊँची आवाज़ में बाबा को ही डाँटने लगा। टूटी-टूटी-सी आवाज़ के शोर से वकील साहब के कानों में जो बातें आ रही थीं, उनसे अन्दाज़ लगाना मुश्किल था कि मामला क्या है, कौन हो सकता है और किससे झगड़ रहा है? थोड़ा ठहरकर सुनने की

कोशिश करने लगे। ख़तरे की आशंका की बजाय स्थिति आश्वस्तकारी लगी। अब वे निश्चिन्त होकर बाहर आ गए थे, लेकिन तालुकदार इफ़्फ़ात हज़ारी को देखते ही साँस हलक में अटक गई। भय और आशंका उन पर फिर हावी हो गई।

तालुकदार के साथ खड़े नीरेन्द्र को भी पहचान सकने की चेतना जहाँ-कहाँ बिला गई थी। ग़ुस्से से तमतमाता तालुकदार उन्हें हर क्षण आक्रमण को तैयार नजर आ रहा था। उनके भीतर दहशत का ऐसा ज्वार पैदा हुआ कि जुबान तालू से न चिपक गई होती तो सीधे तालुकदार के कदमों में गिरकर जान की भीख ही माँग रहे होते। तालुकदार एकतरफ़ा कोसने लगा था, "आप लोग यह क्या गुपचुप-गुपचुप कर रहे हैं, दादा? आपसे तो मुझे ऐसी उम्मीद नहीं थी, सुबलदा। क़ायदे-क़ानून के जानकार आदमी भी मूर्ख लोगों की तरह हरकत करें, फिर तो होना ही है सर्वनाश। मैं स्पष्ट कह दे रहा हूँ, कहीं नहीं जाएँगे आप लोग। किसी हराम के बच्चे की हिम्मत नहीं जो हज़ारी के अज़ीज़ों पर, हज़ारी के गाँव के बाशिन्दों पर, हाथ डाले। क़द बहुत बढ़ गया हो यदि किसी अमन के दुश्मन का, तो ध्यान रहे कि तालुकदार ने उसे छोटा करने में कोई गुरेज़ नहीं की कभी। सवाल होगा कि ऊपर से छोटा किया जाए या नीचे से? घुटना उतारने से लेकर गर्दन उतारने तक के सारे हथकंडे जानता है हज़ारी। किसी को कानोंकान ख़बर भी न होगी।"

"तुम्हें किसने कह दिया तालुकदार कि हम लोग बाड़ी छोड़कर जा रहे हैं?"

तालुकदार की बातों ने वकील साहब को उस सामान्य व्यवहार में लौटने में मदद की, जिस अन्दाज़ में वे अपने व्यवसायियों से पेश आते थे।

"कोई क्या कहेगा दादा, क्या कुछ छुपा है आज? मास्टर मोशाय, मोदीख़ाना वाले शंकर घोष, बिशम्बर कुशारी, किस-किस का नाम लूँ, आप तो सब जानते ही हैं कि सब के सब कैसे तो निकल लिए बिना कुछ बताये-जाने। जानता हूँ ग़लती उनकी नहीं, हालात की है, लेकिन मेरे लिए यह सचमुच शर्म की बात है। अरे, जब आप लोग ही नहीं रहेंगे तो काहे का तालुकदार यह हज़ारी का बच्चा भी? माँग पाकिस्तान की है, लेकिन उसका मतलब यह तो नहीं कि जो उस माँग के साथ नहीं वे अपनी जगह-ज़मीन छोड़कर भाग जाएँ। जानता हूँ दादा कि आप भी दूसरे हिन्दुओं की तरह पाकिस्तान के पक्ष में नहीं है, लेकिन मैं स्पष्ट बता दूँ कि पाकिस्तान का मतलब सिर्फ़ मुसलमानों से नहीं है। अभी यह बहस करने का वक़्त नहीं है। बस, मेरा आपसे कहना है कि दूसरों की तरह के ब्योहार की उम्मीद मैं बागची परिवार से नहीं कर सकता।"

"तुम्हारे रहते हुए हम क्यों चिन्ता करने लगेंगे, तालुकदार? फिर किसी से हमारा वैसा बैर भी नहीं। लेकिन हालात जो भी हैं, वह न तुमसे छुपे हैं न मुझसे।"

"हालात कैसे भी हों दादा, फिर भी किसी बोकाचोदा की हिम्मत नहीं कि यहाँ आँख उठाकर भी देख ले। आप कहें तो मैं कुछ लोगों को ज़िम्मेदारी सौंप देता हूँ जो यहीं रहेंगे। न हो तो मैं ख़ुद पायकारी करूँगा। देखता हूँ, कौन नमक हराम दुस्साहस करता है? मेरी बिनती है दादा, आप लोग कहीं नहीं जाएँगे।"

"नहीं, नहीं, वैसी कोई ज़रूरत नहीं अभी तो। गाँव में तो कौन हमें नहीं जानता और किसे हम नहीं जानते? तुम्हें मिथ्या भ्रम हुआ कि हम लोग जा रहे हैं। अपना घर-बार, ज़मीन-जायदाद छोड़कर निकल जाना इतना आसान भी कहाँ होता है, तालुकदार भाई?"

सुबलनाथ बागची जो कुछ कह रहे थे, तालुकदार को लग रहा था कि उसके प्रत्युत्तर में कुछ भी कह पाना सम्भव नहीं। वह ख़ामोश हो गया था और इस उम्मीद के साथ वापिस चला गया कि बागची परिवार उसके कहे पर यक़ीन कर सकेगा और ऐसा-वैसा कोई फ़ैसला नहीं लेगा। यह अलग क़िस्सा है कि न तो बागची परिवार ही रुका और न ही बदलते गए समय में तालुकदार अपनी जुबान पर कायम रह सका।

नकद धन और सम्पत्ति की गठरियाँ तो बँध ही चुकी थी। बहुत चुपके-से निकल जाने के अवसर की ही तलाश थी। वकील साहब ने सारे इन्तज़ाम कर लिए थे और इस अन्दाज़े में पूरा परिवार रवाना हो गया कि यदि किसी को ख़बर भी लग जाए तो कहा जा सके—तीर्थ यात्रा पर निकल रहे हैं, महीना-एक लग ही जाएगा लौटने में।

माँ को भी समझ नही आ रहा था कि ससुर बाड़ी के सारे लोग आख़िर इतना क्यों डर रहे हैं? होने वाले दंगे-फ़सादों से माँ वाक़िफ़ थी। लेकिन फिर भी मानती थी कि ऐसी डरने की भी क्या बात? बाबा से कोई सन्तोषजनक जवाब नहीं मिला तो माँ ने दादू टुकू मंडल से जानने की कोशिश की। वह बात जिसे दादू अपने क़रीबी दोस्त शिराज़ काकू से नहीं कह पाये, तो माँ से कैसे कह देते?

दादू ख़ामोश बने रहे बल्कि इस बात से अनभिज्ञ रहने का ही भाव चेहरे पर लाए रहे कि जैसे वे तो यह भी नहीं जानते कि बागची परिवार भी अन्य भद्र लोगों की तरह कलकत्ता निकल जाने का तय कर चुका था। हर कोई जानता था कि कोई भी भद्र मानुष गाँव छोड़ने की ख़बर दास-बिचौलिये और अपने आश्रितों को

लगने नहीं देना चाहता था। आश्रित भी जान नहीं सकते थे कि तीज-त्योहार में मिलनेवाला जामा-कपड़ा और नक़द टका के रूप में सौग़ात देने वाले मालिक सब कुछ छोड़-छाड़कर या औने-पौने दामों में बेचकर निकल भाग जाए। उन्हें तो बताया जाता कि परिवार कुछ दिनों के लिए देशाटन पर निकल रहा है। आश्रित हमेशा की तरह खेतों में खटनी करते रहते। कभी-कभार मालिक परिवार से कोई लौटता छठे-छमाही हाल-समाचार लेता। बची-खुची सम्पत्ति को ठिकाने लगाने की कोशिश करता और एक दिन मालूम चलता मालिक तो बदल गया। कोई नया मालिक—अहमद बेग़, निज़ामुल हक़ सरीखा सामने होता।

"तुम लोग पहले की तरह ही सब काज करते रहो। सब कुछ उसी तरह चलता रहेगा। चिन्ता की कोई बात नहीं।"

माँ कहाँ जानती थी दादू एक ओर अपने जँवाई बाबू को दिए हुए वचन से बँधे थे और दूसरी तरफ मालिक के वफ़ादार बँटाईदार भी बने रहने की नैतिकता से मुक्त नहीं थे। माँ की जिज्ञासा में तो एक तरह का अनजाना प्रलाप था, लेकिन शिराज़ काकू ने तो सच में ही जानने की कोशिश की थी एक रोज़ काकू से, "ऐ टूकू, बागची बाड़ी तो खुली रहेगी न, जंवाई बाबू का क्या मत है?" टुकू मंडल एकदम सचेत हो गया था। सोचने लगा कहीं शिराज़ को कोई ख़बर तो नहीं लग गई? मुझसे पूछ कर पुष्टि कर लेना चाहता हो।

"नहीं-नहीं, शिराज़दा। जँवाई बाबू सुराज़ी आदमी है। सुराज़ी आदमी इतना जल्दी हिम्मत नहीं हारता। बागची महाशय और बकील बाबू की बात अलग है, लेकिन अपने नीरेन बाबू उन्हें भी समझा लेते हैं। और फिर निकलना ही होता तो क्या अभी तक निकल न गए होते? जब इतने लोग चले गए तो इनको ही कौन रोक रहा था?"

बहुत ही सफ़ाई से टुकू मंडल उस बात को छुपा गए, जिसके लिए कुछ ही दिन पहले नीरेन्द्रनाथ बागची ने टुकू मंडल को अपने पास बुलाया था। टुकू मंडल जान रहे थे कि जँवाई बाबू ने कारिन्दा समझकर नहीं, बल्कि ससुर समझकर ही कहा, बहुत व्यक्तिगत होते हुए। नीरेन्द्रनाथ ने दादू टुकू मंडल को बुलवाया और बहुत क्षीण-सी आवाज़ में दादू के हाथ में एक मुश्त रकम पकड़ाते हुए कहा था, "यह पैसे रख लो। यहाँ सारी देखभाल तुम्हें ही करनी होगी। बाबा और दादा तय कर चुके हैं कि जब तक हालात सामान्य नहीं हो जाते, कलकत्ता में बाड़ी करके रहेंगे। रुक्मी और बच्ची का भी ध्यान रखना। मैं इन लोगों को छोड़कर आता हूँ

कलकत्ता। हो सकता है, लौटने में समय लग जाए। आपको ही देखना है, देना-लेना जो भी, जब भी, जिसका भी हो, करते रहना।" टुकू मंडल आश्चर्य चकित थे। कुछ कहते नहीं बना।

दादू ने सिर्फ़ इतना ही कहा, "शायद तीर्थाटन पर जा रहा बागची परिवार। जंवाई बाबू नहीं जा रहे। बस, कलकत्ता तक छोड़ने जाएँगे।" माँ ने दादू के कहे को सच मान लिया। मामा और दादू का होना माँ की हिम्मत बन रहा था। जोगेनदा यानी जोगेन मंडल का नाम माँ ने सुना हुआ था। जानती थी कि जोगेन मंडल क़ानून मंत्री हैं और इलाक़े-इलाक़े घूमकर लोगों को अपना गाँव-घर छोड़कर न जाने की गुहार लगाते फिर रहे हैं। दंगा-फ़साद निपटाने के लिए जिस तरह गांधी बाबा कलकत्ता से नोआख़ाली तक घूमे, जोगेनदा भी जगह-जगह जाकर धर्म के नाम पर हो रहे झगड़ों को निपटाने के लिए उसी तरह लोगों से बातें कर रहे।

दादा की उम्र नादानी की थी। दादा यह भी नहीं जानता था कि उसकी छोटी बहन बीमार है। वह अबोध दीदी भी नहीं जानती थी, ज़माने में प्रलय का ऐसा ज़लज़ला आया हुआ है कि जिसका बहाव परिवार के हर एक व्यक्ति को हिचकोले खिला रहा है। जेठा मशाय, काकू, ठाकुरदा, ठाकुर माँ, जेठी माँ, काकी माँ के साथ-साथ लटाईदा भी तीर्थाटन पर जा रहा था। दीदी स्वस्थ नहीं थी और फिर उम्र भी ऐसी नहीं थी कि माँ से अलग रह पाती। दादा को यह भी कहाँ मालूम था कि माँ की झिड़की भी वह आख़िरी बार सुन रहा था।

ठुमकते हुए जब बहन को गोद में सँभाल न पाने के कारण दादा के पाँव लड़खड़ाये थे तो ज़मीन पर गिर ही गया। छोटी बहन भाई की गोद से छिटककर दूसरी ओर जा गिरी थी और रोने लगी। माँ ने झपटकर दादा को एक ज़ोरदार चपत लगा दी। दादा रोने लगा। रोते हुए बच्चे को बाबा ने अपनी बाँहों में उठा लिया था। पुचकारने लगे। दादा चुप हो गया। बाबा की गोद से उतरकर फिर से अपनी बहन के पास चला गया। टटोल-टटोलकर देखने लगा कि बहन को चोट तो नहीं लगी? माँ भी कहाँ जानती थी कि दादा हमेशा की विदाई के क्षणों की गिनती पर था और विदाई की रस्म भी रूठा-रूठी में होगी। निकलते वक़्त लटाईदा ने ठाकुरदा की गोद से उतरना ही उचित नहीं समझा। चिपका ही रहा। उस वक़्त न तो माँ ही जानती थी और न ही वह मासूम बच्चा ही जानता था कि विदाई का वह निर्मम

क्षण था। बाबा ने ठाकुरदा को ही सम्बोधित करते हुए प्रस्ताव रखा, "छेले को भी आप अपने साथ ले जाओ।"

बाबा की बात माँ को समझ नहीं आई। वह तो रूठे हुए छेले को पुचकारने के लिए खदबदा रही थी, लेकिन लटाईदा माँ को झिड़ककर जेठी माँ के पीछे छुप गया था।

लटाईदा उस वक़्त दीदी को गोद में लेकर ठुमक रहा था। उस मासूम को क्या मालूम था कि अपनी छोटी बहन के साथ वह उस वक़्त आख़िरी बार खेल रहा था। बहन को प्यार करने के कारण ही उसे मार भी खानी पड़ी थी। दीदी, दादा से छोटी थी और पैदा होने के बाद से ही कभी स्वस्थ नहीं थी। बाद में तो मानो दादा के अनदेखेपन ने उसे ठीक ही नहीं होने दिया, चली ही गई।

अस्वस्थता के कारण बेहाल और नासमझ दीदी की गर्दन माँ के कन्धे पर लटकी हुई थी। ठाकुरदा ने दीदी को पुचकारते हुए कहा था, "तुम माँ के साथ रहना। हम जल्दी-से ही लौट आएँगे।"

लटाईदा पीछे-पीछे गाँव की सीमा तक चलती हुई माँ से दूर-दूर ही रहा। बाबा की उँगली पकड़कर दौड़ते हुए बार-बार पीछे मुड़कर माँ देखता। रुक्मी की आँखों में मौजूद भावों को पढ़ने के बाद ही बाबा ने माँ को समझाते हुए कहा, "लटाई को स्कूल-टिस्कूल में भी भर्ती देना है, अब यहाँ ऐसे में तो कुछ भी समझ नहीं आ रहा।" गाँव की सीमा पर विदा देते हुए आकुल आवाज़ में माँ ने दूर निकल रहे दादा को आवाज़ लगाई, "लटाई, लटाई।" दादा ने पीछे मुड़कर देखा। माँ को दूर ही खड़े देखकर वापिस लौटने को हुआ तो बाबा ने पकड़ लिया। माँ भी कहाँ चाहती थी कि दादा वापिस लौट ही आए? वह तो अपने भीतर की अकुलाहट को रोक न पाई थी। उस वक़्त उसके भीतर भी तो वही कथाएँ गूँज रही थीं कि हर माँ को घर से बाहर जाते हुए अपने बेटे को एक बार ज़ोर-से पुकारना ही चाहिए ताकि वक़्त की कैसी भी घड़ी में, कितनी ही विकट स्थिति में पड़ा हुआ बेटा अपनी माँ के द्वारा लगाई गई आवाज़ को सुनता रह सके। किसी भी माँ की ऐसी आवाज़ ही सन्तान की मुसीबतों को काट देती है। लटाई दा को माँ अपना पंख समझती थी।

बागची महाशय पूरे परिवार और लाव-लश्कर के साथ कलकत्ता के लिए निकल गया, सीमा पार। उस समय तक रुक्मी यह नहीं जानती थी परिवार का यूँ चले जाना, हमेशा का चले जाना हो जाएगा वरना बेटे लटाई को तो कतई नहीं ले जाने देती। परिवार के लोग जिस तरह दबे-छुपे निकल रहे थे, आशंकाओं के

बादल तो भीतर घुमड़े थे, लेकिन जाते हुए व्यक्ति के सामने अपनी अकुलाहट को शान्त रखना ही ठीक होता है, यही सोचकर आँखों में फीकी-सी मुस्कान लिये गाँव की हदबन्दी तक गई। अपने स्वामी पर उसका यक़ीन था। नीरेन्द्रनाथ ने उसके इस यक़ीन को कायम रखा और परिवार के लोगों को कलकत्ता में एक ठिकाने पर छोड़कर वापिस लौट आए थे। बाबा वापिस लौट आए थे, पर उनकी दृष्टि से बागची परिवार के बीच यह एक विभाजन ही था।

उम्मीदें न टूटें तो

बागची-बाड़ी में सूनापन छा चुका था। बड़े-बूढ़ों की खाँस-खँखार ही नहीं, बच्चों की उछल-कूद भी ख़त्म हो गई थी। एक ऐसी नीरवता व्याप्त चुकी थी, जिसके असर में पूरा गाँव सूना-सूना-सा हो गया। विभाजन की घट चुकी घटना ने जुलाहों को करघा रोक देने को मजबूर कर दिया था। वे घुग्घुओं की तरह रो रहे थे। हलिया खेतों में दिखते तो थे, लेकिन खेत बिना जुते ही बंजर, मानो हलिया बैलों को हाँकना ही भूल गए हों। कुन्द हो गई फाल भी धरती में धँसती नहीं थी और मरम्मत करने वाले लोहार अपनी अनसुलगी भट्टी के किनारे उदास बैठे रहने लगे थे। जालिया उलझे हुए जाल को ही सुलझाने का काम नहीं कर पा रहे थे तो नया जाल क्यों और कैसे बुन लेते? नावों और डोंगियों के तले फूटे हैं तो फूटे ही रहने लगे। नई पतवार गढ़ने की बजाय नदियों के बीच कमर-कमर तक डूबते हुए कैवर्त मानो जल समाधि लेने को तैयार हों। खेती-बाड़ी की सार-सँभालना करना बाबा के लिए हमेशा का काम था, लेकिन अजीब-सी उदासी में घिरे रहने लगे और रोज़मर्रा का काम भी उन्हें भारी लगने लगा था।

बाबा के स्वभाव में एक अलग क़िस्म का बदलाव माँ भी महसूस कर रही थी। गुलामी के दौर से निकली आजादी की तस्वीर ने उनको पूरी तरह से बदल दिया था। पहले जहाँ हर वक़्त स्वराज की कार्रवाइयों में सप्ताह-सप्ताह तक घर आने की फुर्सत नहीं रहती थी, अब कलकत्ता आना-जाना ही स्वराज हो गया था। बाबा ख़ुश नहीं थे, ज़मीन को बेचने से और भी नहीं। न चाहते हुए भी उन्हें वह सब करना पड़ रहा था। जेठा मोशाय और ठाकुरदा की मंशाओं के विरुद्ध जा पाने

का साहस नहीं जुटा पा रहे थे। कोई जाने कि नीरेन्द्रनाथ पुरखों की जायदाद को बेच रहा है, यह ख़याल ही उन्हें परेशान कर दे रहा था। ज़मीन बेचना मजबूरी थी, लेकिन सचेत थे कि गाँव का कोई व्यक्ति कुछ भी जान पाये।

तालुकदार हज़ारी बेतक़ल्लुफ था। कांग्रेस छोड़ देने के बाद वह लीग का समर्थक हो गया था, फिर भी बाबा के साथ उसका याराना ज्यों का त्यों रहा। बाबा कांग्रेस में थे, पर कांग्रेस में होते हुए भी तालुकदार बाबा को 'कामरेड' पुकारता था। कामरेड बागची कोई खिचड़ी लगातार पका रहा है, तालुकदार ऐसा सोच भी नहीं सकता था। वह तो इतना भर ही जानता था कि दमुरटोला से कलकत्ता तक की लगातार आवाज़ाही बिछुड़े हुए परिवार से भेंटने और हाल-सामचार को जानते-बताते रहने का ही उपक्रम होनी चाहिए। मानवीय होने की चेष्टा का आत्मीय पाठ भी रचता तो भी नीरेन को अपनी योजनाओं के बाबत मुँह खोलने को उकसा नहीं पाता था। जब माँ से ही बाबा कुछ नहीं बता रहे थे, फिर कैसे सम्भव होता कि विधर्मी तालुकदार ही उनके भीतर को जान ले? ख़बरें फिर भी कि सुनाई दे रही थीं कि नीरेन्द्रनाथ बागची ने सम्पत्ति का एक हिस्सा बेच दिया। मुख़बिर तालुकदार को बता रहे थे कि बिक्री के लिए ख़रीददार की तलाश अब भी जारी है। तालुकदार के क़रीब हो जाने की चाहत में वे उसको उकसाते, "बागची महाशय के खेत तो आपसे लगते हुए हैं, आप ही ले लो न?"

मुख़बिरों को तालुकदार की लताड़ सुननी पड़ती, लेकिन वे अपनी आदत से बाज़ नहीं आ रहे थे।

"पड़ोसी से उसकी ज़मीन बेचने को कहना अधर्म है। ख़रीदने की सोचना तो दख़ल का पाप अपने सिर मोल लेना है।" तालुकदार ऐसी बदनियती से बचना चाहता था। कब तक बचता आख़िर? रोज़-रोज़ की ख़बरें और अपने जैसे लोगों को दिन-प्रतिदिन ऐसे ही धनवान होते देख उसके भीतर हिलोर उठने ही लगी थी। नीरेन्द्रनाथ ने कुलेरधार की खास ज़मीन को बेचने के बाबत तालुकदार से सलाह माँगी थी। नीरेन्द्रनाथ के व्यवहार और अकड़ को तालुकदार अच्छे-से जानता था। "नीरेन सलाह नहीं माँग रहा, बल्कि प्रस्ताव दे रहा है", वह सोचने लगा, "कोई कांग्रेसी किसी मुस्लिम लीगी से सलाह क्यों मानने लगा?" बाबा के कहे को प्रस्ताव मानते हुए तालुकदार काकू ने थोड़ा सँभलकर बात रखनी चाही।

"कामरेड, क्या आपने भी फ़ैसला कर लिया कि वकील साहब की तरह अपना ठिकाना ही पूरी तरह से उजाड़ लेंगे?"

"नहीं-नहीं, हज़ारी। बात यह है कि...यार अब खेती-बाड़ी मुझसे देखी नहीं जा रही। पार्टी के काम के कारण फुर्सत भी मिल नहीं पा रही, यार। एक पैर इस पार तो दूसरा पैर उस पार ही धरा रहता है मेरा तो।"

"लेकिन तुम्हें मालूम है, सोना उगलने वाली ज़मीन है वो।" आत्मीयता के जल में उतर चुका तालुकदार बहुत औपचारिक भी नहीं रह गया था। "...मैं नहीं चाहता कि तुम उस ज़मीन को बेच दो। तुझसे नहीं हो रहा तो तू पार्टी का काम देख, मैं निपट लिया करूँगा यहाँ के मसलों से। अलग से कुछ करना तो है नहीं मुझे भी। काम तो कामगारों ने ही करना है। वे कर ही रहे हैं।"

"हाँ, बात तो तुम्हारी ठीक है, हज़ारी।...दरअसल वे खेत त्रिलोकी के हिस्से में आए हैं और सुबलदा ने ही त्रिलोकी को सलाह दी कि अपने खेत निकालने को बोले नीरेन्द्र को। खास ज़मीन के उन खेतों का पैसा भी अच्छा मिल ही जाएगा। सुबलदा का विचार है कि वहाँ कलकत्ते में दख़ल की गई ज़मीन पर वे एक स्कूल खोलना चाहते हैं।"

नीरेन्द्रनाथ बागची जो कुछ कह रहे थे, उसकी जाँच की जाती तो तथ्यात्मक रूप से उसे असत्य साबित नहीं किया जा सकता था, लेकिन वह पूरी तरह सत्य भी नहीं थी। दख़ल की ज़मीन के वे टुकड़े, जो तीन भाइयों के नाम पर अलग-अलग थे, संयुक्त होकर एक विशाल क्षेत्र हो जा रहे थे, स्कूल खोलने की सम्भावना बन ही सकती थी। सुबलदा और त्रिलोकी उस तरह की कई योजनाओं पर विचार-विमर्श करते ही रहते थे, लेकिन असली सच तो तथ्यों के बीच ही छुपा लिया जा रहा था कि नीरेन्द्रनाथ बागची सारी जायदाद को वाज़िब दाम में बेचकर निकल लेने का मन बनाये थे और इस आशंका से मुक्त हो जाना चाहते थे कि किसी को कानोकान ख़बर नहीं लगे। लूट की मार पड़ जाने का ख़तरा उन्हें हर क्षण सताए था।

बाबा चाहते तो एक साथ ही सब कुछ बेच-बाच सकते थे। उनका वश चलता तो वे चारेर खेतों (नदी के रेतीले विस्तार वाले) को भी कभी नहीं बेचते। उस वक़्त ऐसी कोई मुश्किल भी नहीं था। एक-एक कर ही खेतों को बेच रहे थे। जब भी ज़मीन का कोई टुकड़ा बिकता, बाबा उस रक़म को दादू के हाथ पर रखने के लिए कलकत्ता निकल जाते। उस सौदे में अच्छी रकम मिली थी। रकम लेकर ही बाबा कलकत्ता गए थे।

हत्या, आगज़नी और लूटमारी की घटनाओं ने बाबा को बेचैन कर दिया था। कलकत्ता में और ज़्यादा रुकने की मन:स्थिति उनकी थी नहीं। वकील साहब इसी

इन्तज़ार में थे कि अबकि बार नीरेन्द्र आए तो एक बार उसे भी गड़िया वाली बागान-बाड़ी दिखाने ले चलेंगे। 'घर-बाड़ी सामूहिक सलाह से ही ख़रीदनी चाहिए', इस बात पर उनका यक़ीन था। किराये के दो कमरों में पूरे परिवार का एक साथ रहना मुश्किल था। वह मकान भी दीवान पाठा की बदौलत ही मिल पाया था। ख़ासे बड़े आकार के दो कमरे उस मकान में थे। पारिवारिक घिच-पिच के बीच व्यक्तिगत स्वतंत्रता का कोई स्थान किसी के लिए भी नहीं था।

वकील बाबू लगातार दीवान पाठा के सम्पर्क में थे। दीवान पाठा ने ही बताया था कि लोकरंजन घोष की बागान-बाड़ी बिक्री के लिए उपलब्ध है। लोकरंजन घोष हावड़ा में रहता था, लेकिन हावड़ा के अलावा भी दक्षिण 24 परगना में उसकी अच्छी-ख़ासी सम्पत्ति थी। वह गड़िया वाली अपनी बागान-बाड़ी को बेचने का मन बना चुका था। बागान-बाड़ी खाल पार थी। परेशानी में जूझते और जान बचाकर जहाँ-तहाँ ठौर ढूँढ़ते लोगों की ज़रूरतों ने सम्पत्तिवानों को अवसर दे दिया था कि वे कुछ कमतर सम्पत्ति को बेच डालें। चढ़ी हुई क़ीमतों के अवसर का लाभ उठा लेने में उनका यक़ीन था।

सुबलनाथ बागची ने दीवान पाठा को अपनी ज़रूरत से अवगत कराया हुआ ही था। जैसे ही ख़बर दीवान पाठा तक पहुँची, वह सुबलनाथ बागची के पास दौड़ा चला आया था। रिश्तेदारों के बीच परिवार की पुरानी प्रतिष्ठा को पाने की लालसा मुनाफ़े से ज़्यादा बड़ी थी। दीवान पाठा हर ऐसे मौक़े को तलाशने की जुगत में रहता था, जिससे रिश्तेदारों के क़रीब आने के अवसर बढ़ते रहे। नाते-रिश्तेदारी के लोगों को वह इस बोझ से दबा देना चाहता था कि खस्सी के व्यवसाय के कारण खो चुकी प्रतिष्ठा को प्राप्त कर सके।

दीवान पाठा की ख़बर पर वकील साहब उस बागान-बाड़ी को देख चुके थे। क़ीमत के लिहाज़ से एक अड़चन उनके मन में थी वरना बागान-बाड़ी उन्हें जँच गई थी। बाड़ी को ख़रीदने का मन वे बना चुके थे। ख़रीद के बाबत उसके मालिक से मिल भी लिए थे, लेकिन मालिक जिस क़ीमत पर अड़ा था, उतनी रकम तो उस पार बिक चुकी सारी ज़मीन के पैसों को भी एक साथ कर देने से पूरी नहीं थी।

क़ीमत बेशक ज़्यादा थी, लेकिन एक ही जगह पर सारा परिवार अट सके, इस लिहाज़ से लोकरंजन घोष की बागान बाड़ी सुबलदा को जँच रही थी। माँगी जा रही क़ीमत हाथ में पड़े रुपयों के दायरे में होती तो तय ही था कि सुबलनाथ बागची सौदा तय कर चुके होते। ऐसी स्थिति में वे ख़ुद भी फँसने से बच रहे थे

कि ज़मीन-बाड़ी ख़रीदने में अंटी पूरी तरह से ढीली न हो जाए कहीं और खाने-पीने के ही लाले पड़ जाएँ। नीरेन का उन्हें बेसब्री से इन्तज़ार था। नीरेन को बाड़ी दिखाना ज़रूरी था ताकि उस पार बची हुई सम्पत्ति का वारा-न्यारा करने के लिए वह ख़ुद ही तैयार हो जाए।

कलकत्ता पहुँचते ही ज़मीन को बेचने से मिली रकम को बाबा ने दादू के हाथ में धर दिया था। रुपए हाथ में पकड़ते हुए दादू अवाक् हो गए। उन्हें इस बात की उम्मीद नहीं थी कि बेटे पुरखों की ज़मीन को बेचने की इतनी जल्दी करेंगे। हालात के सामान्य हो जाने पर वापिस लौटने की कल्पना उनके जीवन का सहारा थी। नीरेन्द्रनाथ बागची यदि यह जान रहे होते कि ठाकुरदा इस बात में सहमत नहीं हैं कि ज़मीन-जायदाद को बेच दिया जाए तो तय था कि वे तालुकदार हज़ारी की सलाह को भी मान लिये होते, लेकिन उस वक़्त दादू ने जिस तरह जेठा मशाय की राय से सहमति व्यक्त करते हुए नीरेन को झिड़का था तो मरे मन से नीरेन ने तय कर लिया था कि वह अब कतई अपनी राय नहीं देगा। ठोक-ठाक क़ीमत पर ज़मीन को बेच पाना नीरेन के मुश्किल भी नहीं था। दादू की आँखों में निराशा और हताशा की रेखाओं को पढ़ते हुए नीरेन को लगा कि जैसे कोई बड़ा अपराध उससे हो गया। नज़रें झुकाए हुए ही बाबा बुदबुदाए थे, "सुबलदा की सलाह से ही चारेर खेतों का सौदा किया है। बीरीशीरी के खेत ज्यों के त्यों हैं।"

"ठीक है, सुबल को दे दे। उसके साथ तू भी देख आ जगह-बाड़ी। चाहे तो त्रिलोकी को भी ले जाओ, तीनों देख लो अपने हिसाब से। ख़रीद होती है तो कर लो।"

निराशा भरे शब्दों की वह धीमी आवाज़ थी। हत्या, आगज़नी और लूटमारी की घटनाओं ने बाबा को बेचैन कर दिया था। कलकत्ता में और ज़्यादा रुकने की मन:स्थिति बाबा की थी नहीं। माँ और दीदी घर पर अकेले थे। जैसे-तैसे वापिस लौटने की जल्दी में थे। दंगे-फ़साद की सूचनाएँ उन्हें दहशत से भर रही थीं।

"रुक्मी अकेली है। मेय की तबियत भी ठीक नहीं। मैं वापिस लौटता हूँ। सुबलदा और त्रिलोकी को ठीक लग रहा है तो आप ही देख आओ उनके साथ। मेरे से अच्छा तो आपका देखना उचित होगा।"

"मैंने क्या देखना? हमारा समय चला गया अब। जल्दी से देख आ। फिर निकल जाना।"

ठाकुर दा के कहे को टाला नहीं जा सकता था। बाबा को रुकना पड़ा। उस

दौरान ही बागची-बाड़ी पर बलवाइयों ने हमला बोल दिया था। बलवाई जानते थे कि घर में ज़नाना-जान अकेली है। बाड़ी में मालकिन के अलावा कोई वयस्क नहीं था। गोदाम में भरे हुए अनाज पर छीना-झपटी करने की मंशा से हुए हमले का मुकाबला कौन करता? लेकिन वह अकेली जान भद्रता के उन संस्कारों से दूर थी जो डरकर सहम जाने में भलाई समझते। चीत्कार करते हुए झपट पड़ी थी। बलवाई हैरान थे और अप्रत्याशित रूप से सहम गए थे। निहत्थी महिला की चीत्कार से डरकर भाग जाने के लिए उन्होंने हमला नहीं किया था। बलवाइयों ने रस्सियों से हाथ-पाँव बाँध दिए थे। मुँह में कपड़ा ठूँस दिया ताकि आवाज़ भी न निकल सके। निहत्थी महिला के लिए बागची-बाड़ी की लूटपाट को रोकना सम्भव नहीं रहा। बलवाई गोदाम का रास्ता खोज लेना चाहते थे। गोदाम भूतल में था, इसका उन्हें अन्दाज़ा था। लेकिन कहाँ से नीचे उतरा जा सकता था, यह नहीं जानते थे। किवाड़ों को उखाड़ देने और दीवार को ढहा देने के लिए उन्हें कोई रोक नहीं सकता था। फिर ऐसे में गोदाम के रास्ते को ढूँढ़ लेना कैसे भला मुश्किल रह जाता? बोरे के बोरे अनाज की लूट हुई। लूट के माल को अपने ठिकाने तक पहुँचाने के बाद भी बलवाइयों को यह होश नहीं रहा कि बँधी हुई महिला को खोल दें। भद्र मानुषों के उस पाड़ा में आस-पास की सभी बाड़ियों में ताले पहले से ही लटके थे। ऐसे में मदद के लिए भी किसी को पुकारना व्यर्थ की कोशिश थी। वैसे ही बँधी पड़ी और भूखी-प्यासी माँ की आँतें सूख चुकी थीं।

भला हो तालुकदार काका का, जब वे अपने दोस्त नीरेन्द्रनाथ बागची के हाल समामाचर जानने के लिए बाड़ी आए। हमले की उन्हें कोई ख़बर नहीं हुई, माँ को उन्होंने यही कहा था। बागची-बाड़ी की मालकिन को उस हालत में देख वे असमंजस में पड़ गए। परायी स्त्री को हाथ कैसे लगाएँ? स्थिति को जान-समझकर वे उल्टे दौड़े और बेगम के साथ वापिस लौटे। माँ के हाथ-पाँव खोलने के बाद तालुकदार ने टुकू मंडल को बुलवा लिया। पस्त हो चुकी माँ को दादू अपनी बाड़ी लिवा ले गए, लेकिन अगले ही रोज़ माँ को चिन्ता सताने लगी कि लटाई के बाबा लौटेंगे तो बाड़ी पर ताला देखकर परेशान हो जाएँगे, बड़ोबाड़ी वापिस लौट गईं।

तमाम मुसीबतों को फलांग कर नीरेन्द्रनाथ जैसे-तैसे कलकत्ता से वापिस लौटे थे। घर पहुँचकर वे ऐसे निढाल हो गए थे, मानो कोई बड़ी जंग लड़कर लौटे हों। ऐसी जंग, जिसमें शत्रु हर क्षण हथियार लेकर पीछे दौड़ता हुआ हो और जान बचाकर भाग रहा सैनिक हाँफते-कांपते अपने कैम्प में पहुँचे। कैम्प में पहुँच जाने

के बाद भी शत्रु का भय जिसे सताता ही रहे। परिवार के लोगों की व्यवस्था कर आए थे। घर-गाँव में सब कुछ शान्त था।। देखकर आश्चर्य नहीं हुआ बल्कि हमेशा की वही आश्वस्ति उनके भीतर फैल गई, 'कहीं कुछ भी बुरा घटे, लेकिन अपने गाँव में लोगों के जो रिश्ते हैं, उनमें कोई दरार नहीं आ सकती'। हाथ-पाँव धोकर कुल्ला–पिचकारी करने के बाद इत्मीनान की साँस के साथ पद्मासन मारकर बैठ गए। माँ ने पसीने से लथपथ बाबा के चेहरे को अपने आँचल से पोंछा। बाबा के चेहरे पर ख़ामोशी की गाढ़ी लकीरें खिंची रही।

"भूख बड़ी ज़ोर की लगी है, रुक्मी। जो बना है, दे दो।" फिर अपने आप ही बोल पड़े, "न हो तो झाल-मुड़ी ही सही।"

माँ नहीं चाहती थी कि थक-थकाकर लौटे बाबा से पिछले दिनों घटी घटना का ज़िक्र तुरन्त कर दें। दीदी की तबीयत कुछ ज़्यादा ख़राब थी। दीदी को बिस्तर पर ही लिटाकर माँ खड़ी हो गई। उस मासूम बच्ची के जिस्म में उस वक़्त इतनी भी ताक़त नहीं थी कि चीख़ कर रोए। माँ का अपने पास से उठ जाने का अहसास उसे अर्धनिन्द्रा में भी हो गया था। दबी-दबी-सी आवाज़ में रोने की असफल चेष्टा करती रही।

बर्तन झनझनाया और माँ ने झटपट मूड़ी तैयार कर दी। बाबा ने मूड़ी का बर्तन अपनी ओर सरकाया था। पहला टूंगा मुँह में डालने को ही थे कि टुकू मंडल की आवाज़ सुनाई दी। टुकू मंडल रिश्ते से बेशक ससुर थे, पर बाबा हमेशा 'मंडलदा' कह कर ही सम्बोधित करते रहे। दादू के लिए भी बाबा हमेशा मालिक बाबू ही थे, लेकिन उस रोज़ दादू की आवाज़ में सम्बोधन बदला हुआ था, "बागची बाबू, बाइरे आशुन।" (बागची बाबू, बाहर आइये।), पुकारते हुए भी दादू को इस बात का भान था कि वे मालिक की बाड़ी में है और मालिक भद्र मानुष है। एक नामशुद किसी भद्र मानुष की देहरी कैसे लांघ सकता है भला? नीरेन्द्रनाथ बागची ने दरवाज़ा खोला और साँस की धौंकनी के साथ हाँफती हुई आवाज़ के पास जा पहुँचे। "बागची बाबू, वक़्त बुरा आ गया है। बेशी ख़राब। अब तो रहना भी मुश्किल है। जान बचानी है तो कलकत्ता निकल चलो। भला किया आपने जो जल्दी लौट आए। आप लोग भी सामान बाँधो, हम लोगों ने खेया का इन्तज़ाम किया हुआ है। यहाँ तो बच्ची को देखने के लिए कोई बैद्य भी नहीं। सब तो घर-बाड़ी छोड़कर चले गए। उल्टी और दस्त से बच्ची का बुरा हाल है। वहाँ कलकत्ता में तो बड़े-बड़े अस्पताल हैं। नन्ही-सी जान पर ऐसी आफ़त है और यहाँ कोई उपचार-विचार नहीं।"

किसी डरावने स्वप्न से जागनेवाला व्यक्ति जैसे मौजूद यथार्थ को अवाक् होकर ताक़ता है, फिर अपनी स्थिति के अवलोकन में नींद में जाने से पहले की स्थितियों को स्मरण करने की कोशिश करता है, बाबा ठीक उसी तरह से दादू की निगाहों में झाँक रहे थे।। गले में फँस-फँसकर आ रही दीदी के रुदन की आवाज़ को सुनने लगे थे। दीदी के रुदन में साँस की घुटन थी। बदहवास-से वे पीछे को मुड़े और झपटकर माँ की गोद से दीदी को खींच लिया। उस वक़्त दीदी माँ की गोद में थी और माँ उसकी छाती को मसल रही थी। दीदी की साँस रुक-रुककर चल रही थी। गोद में खींचते ही बाबा ने दीदी को अपनी छाती से चिपटा लिया। बाबा की बाँहों में आते ही दीदी में जाने कहाँ से इतनी ताक़त आई कि वह बच्ची ज़ोर-ज़ोर-से रोने लगी। माँ की आँखों में भरी हुई निराशा ग़ायब हो गई। दीदी का रोना उन्हें स्वास्थ्य की निशानी नजर आ रहा था। जानती थी कि रोना तो छोड़ों, दीदी तो मानो रुआँसा होना भी भूल चुकी थी। बच्चे का रोना भी एक माँ को कब आह्लाद से भर देता है, माँ की बातों में वह प्रसंग हमेशा ज़िन्दा रहा। दीदी को माँ ने फिर से अपनी बाँहों ले लिया और बाबा को मुक्त कर दिया कि वे टुकू मंडल से मुख़ातिब हो सकें।

टुकू मंडल की आशंकाओं ने बाबा के भीतर कायम विश्वास की जड़ों को थोड़ा हिला तो दिया था, लेकिन अपनी मिट्टी से पूरी तरह जकड़े रहने वाले पेड़ की तरह फिर भी वे उखड़ने को तैयार नहीं हो सकते थे। नीरेन्द्रनाथ बागची के लिए कलकत्ता प्रदेश ही था। ऐसा प्रदेश, जहाँ वक़्त ज़रूरत के वक़्त जाया तो जा सकता था, लेकिन रहना सम्भव नहीं। बेशक, सुबलदा की राय अलग थी और बाबा, दादा, छोटा भाई एवं बच्चे कलकत्ता में ही थे, लेकिन नीरेन्द्रनाथ बागची को विश्वास था कि हालात के बदलने के बाद तो सभी लौट ही आएँगे।

बागची बाबू को अपनी तरफ मुख़ातिब देख टुकू मंडल ने ड्योढ़ी से बाहर की ओर पाँव खींच लिए। क्षण भर को दादू को लगा, अरे आज यह क्या अनर्थ हो गया। सीधे बड़ोबाड़ी की सीढ़ियाँ ही चढ़ गए। इतिहास गवाह था कि बागची-बाड़ी की पवित्रता को भंग करने की हिमाकत वे कर नहीं सकते थे। कोई नामशूद्र वैसा नहीं कर सकता था। टुकू मंडल की साँस तेज़ चल रही थी। ग़लती के अहसास पर उनको संयत कर पाने में भी वह तुरन्त सक्षम नहीं हो पाया था। ड्योढ़ी तीन सीढ़ियों की ऊँचाई पर थी और टुकू मंडल उस वक़्त दूसरी सीढ़ी पर खड़े थे। तीसरी सीढ़ी के बाद फैलते हुए धरातल पर बाबा मौजूद थे। बाबा की आँखों

में वैसा कोई भाव नहीं था कि टुकू मंडल को बागची-बाड़ी के भीतर घुसने की इजाज़त नहीं। बागची परिवार के दूसरे सदस्यों के कलकत्ता चले जाने के बाद नीरेन्द्रनाथ बागची से भेंटने के वक़्त भी टुकू मंडल ने वैसी ग़लती कभी नहीं की थी। दालान में ही सब सलाह-मश्विरा निपट जाता रहा। सवाल उठाने वाले स्वतंत्र रहें कि जँवाई बाबू अपने ससुर टुकू मंडल को हाथ पकड़कर बाड़ी के भीतर क्यों नहीं ले जा पाए कभी? छोटी जाति के किसी कारिन्दे को इजाज़त ही नहीं थी कि बागची-बाड़ी की दीवारों के क़रीब से भी गुज़रे। आख़िर बागची-बूढ़ी का यही काम तो नहीं था न कि गोबर-पानी करती रहे दिन भर। 'दूर ही रहना रे नामशूद्रो, अपनी छाया से बागची-बाड़ी को अपवित्र न करना।' बागची-बूढ़ी का स्पष्ट आदेश था। "खेतों से उठाकर लाए गए अनाज को भी दालान के बाहर ही उतार दो। बोरों में भरकर गोदाम में पहुँचाने के लिए कोठरी के लाड़लों को आवाज़ मार देना, बस।"

अपने मन में उठे प्रायश्चित्त के भावों की लहर में पाँवों को पिछली सीढ़ी पर उतारते हुए ही टुकू मंडल ने फिर से गुहार लगाई थी, "अब यहाँ रहना मुश्किल है बागची महाशय। अब यहाँ से निकल लेने में ही भलाई है। चलो-चलो, आज रात को ही निकल चलो। लाँच घाट तक के लिए खेया का इन्तज़ाम हो गया है। कोई न कोई लॉच तो वहाँ से भी मिल ही जाएगी। अब तो गाँव वालों का भी भरोसा नहीं रह गया है।"

टुकू मंडल की सलाह पर नीरेन्द्रनाथ बागची थोड़ा-सा ठिठके ज़रूर, लेकिन निकल भागने के विचार को अपने पास नहीं फटकने दिया। टुकू मंडल ठानकर ही आया था कि गाँव से निकल भागने का अपना फ़ैसला दृढ़ता से रखेगा ताकि जँवाई बाबू को भी राज़ी कर सके। जँवाई-बेटी ऐसे माहौल में अकेले रहें, एक बाप का दिल यह मानने को तैयार नहीं था। टुकू मंडल ने जवाई बाबू के सामने उन आशंकाओं को रखा था जिसमें ख़ुद के ही नहीं बल्कि सगे-सम्बन्धियों के जीवन भी की सलामती का राग भी अलापा जा रहा था।

"बागची बाबू, मुल्क के हालात अब ऐसे नहीं रह गए कि यहाँ रुका जाए।" "किया भी तो कुछ नहीं जा सकता।" असहायता की डोर बागची महाशय के शब्दों से भी हिल नहीं रही थी।

"प्राण बचाने के लिए कुछ तो करना ही होगा।"

"जान का जोखिम तो हर जगह है। कलकत्ता में ही कौन-सा अमन-चैन है? हालात वहाँ भी कम मुश्किल नहीं। वही देखकर लौट रहा हूँ अभी।" नीरेन्द्रनाथ

बागची जान रहे थे कि टुकू मंडल कलकत्ता का नाम अपनी जुबान पर लाने से बच रहे थे। नीरेन्द्रनाथ ने टुकू मंडल के सामने दो टूक बात रखी थी, "आप भी कहाँ जाओगे वहाँ? अरे, मरना ही है तो अपनी मातृभूमि ही क्या बुरी? वहाँ तो तिल रखने की भी जगह नहीं। मैंने तो अपनी आँखों से देखा है। रेलवे लाइनों के किनारे के उजाड़ भी मानुषों से भर चुके हैं जबकि उन उजाड़ में रहना तो क्या, घंटे-दो घंटे गुज़ारना भी सम्भव नहीं। तेज़ घाम और पटरी के लिए बिछाए गए पत्थरों की तपन के साथ दहकते कोयलों की आँच ही झुलसा दे। धुआँ छोड़ते इंजनों के कारण तो साँस लेना भी दूभर। मल-मूत्र और गन्दगी की सड़ान्ध स्वास्थ्य को ही बिगाड़ दे।"

बागची महाशय की बातों ने टुकू मंडल को हताश कर दिया। वे अपने फ़ैसले पर अब भी दृढ़ थे। टुकू मंडल के भीतर तो ऐसी बातें भी घुमड़ रही थीं, जिनको शब्दों में ढाल दिया होता तो कटुता का बीज ज़रूर अंकुरित हो जाता, "जिनके पास बचाने को बाड़ी हो, ज़मीन हो, पुकुर हो, मबेशी हो, ब्यबसाय हो, मान हो, वे कैसे फ़ैसला ले लें इस तरह सब कुछ छोड़-छाड़ कर भाग निकलने का? भीतर पैदा हो गए कलुष को बेटी के मोह ने दबा दिया था। बात को बदलते हुए गाँव के बदल रहे हालात की जानकारी देनी चाही। नीरेन्द्रनाथ बागची जानते थे, कहाँ क्या घट रहा रहा था, लेकिन वह घटना जिसके ज़रिये टुकू मंडल जँवाईबाबू को अपना फ़ैसले पर पुनर्विचार करने को मजबूर करना चाहता था, बागची महाशय उस घटना के प्रति अपनी भूमिका पहले से तय किए थे। टुकू मंडल के मुताबिक़ मामला उस वक़्त सामने आया था, सलिल बिस्वास की लड़की मोना बिस्वास के गर्भ ठहरने की बात जब उजागर हुई थी।

"इस नज़ीर अहमद के मझले लड़के सुल्तान अहमद की गन्दी करतूत ने गाँव का माहौल बिगाड़ दिया।"

नीरन्द्रनाथ बागची के भीतर का भद्र मानुष, जो यूँ भी सजग रहता था, पूरी तरह से जागा हुआ था। अपने मातहतों के बीच उठे विवाद-झगड़े को शान्त करना वे अपना फ़र्ज़ माने बैठे थे। टुकू मंडल को सुनने के बाद नीरेन्द्रनाथ बागची ने नज़ीर अहमद को बुलवा लिया। टुकू मंडल ने जो कुछ बताया था, वे उसकी पड़ताल करना चाहते थे। नज़ीर अहमद अपने लड़के की हरकत पर शर्मिंदा था। चाहता था कि बात दब जाए। बागची महाशय के सामने उसने अपना रोना रोया था, "हमारी तो इज़्ज़त डुबो दी इस लड़के ने। आप जो सज़ा दें, मुझे मंजूर है। बस, आप तो सलिलदा से इतना कह दें कि इस बुढ़ापे में नज़ीर अहमद की मिट्‌टी पलीत क्यों

करवा रहा, भाई?" नीरेन्द्रनाथ बागची के सामने नज़ीर अहमद ऐसे गिडगिड़ा रहा था, मानो अपराधी वह ख़ुद ही हो। नालायक बेटे की हरकतों ने उसे शर्मसार कर दिया था। पहले का वक़्त होता, तो सम्भव था कि नज़ीर अहमद इस गिड़गिड़ाहट के लिए प्रस्तुत होने को भी इस धरती पर न रहा होता। किसी पोखर में डूबकर या नदी के बहाव में ख़ुद को तिरोहित कर चुका होता। मामला प्रेम-प्रसंग की आड़ में घटा था, लेकिन आरोप ज़ोर-ज़बरदस्ती का लग जाने के कारण सुल्तान अहमद घर से ही भागा हुआ था। शिकायत मोना बिस्वास के मुँह से किसी ने नहीं सुनी थी। सलिल बिस्वास की शिकायत को लोग इस तरह ही व्याख्यायित कर रहे थे कि लड़की बेचारी क्या बोलेगी? वह तो शर्म से अपना चेहरा दिखाने के काबिल नहीं रही।

नीरेन्द्रनाथ बागची को समझ नहीं आया क्या करें? खेतों में काम करने वालों के बीच इस तरह धार्मिक विभाजन वे पहली बार देख रहे थे। कोई भी निर्णय लेने से पहले तालुकदार हज़ारी की सलाहें ले लेना उन्होंने ज़रूरी समझा था। तालुकदार भी उसी तरह की चिन्ता से वाबस्ता था।

शोर बहुत ज़्यादा था कि सुल्तान अहमद को उसके किए की सज़ा दी जाए। नज़ीर अहमद को सज़ा मंजूर थी, लेकिन लड़का घर से ग़ायब हो तो वह भी क्या करे? प्रतिपक्ष के आरोप साफ़ थे, "सज़ा न कबूलनी पड़े, इसीलिए नज़ीर अहमद ने लड़के को ग़ायब कर दिया है।" वे एक स्वर में दृढ़मत थे कि ज़ोर-ज़बरदस्ती करके लड़की का जीवन ख़राब कर चुके सुल्तान अहमद को लड़की से विवाह करना ही होगा। नीरेन्द्रनाथ बागची ही नहीं, तालुकदार हज़ारी को भी लोगों की राय को मान लेना एक सुखद स्थिति लगी थी। फिर नज़ीर अहमद तो सज़ा कबूलने को तैयार ही था। बस, एक ही गुज़ारिश उसने पंचों के सामने रखी थी कि निकाह से पहले सलिलदा अपनी मेय मोना बिस्वास का नाम बदलने की इजाज़त दे दें। पंचों को फ़ैसला सुनाने में देर नहीं लगी। सुल्तान अहमद को खोज निकालने का आदेश देकर पंचायत उठ गई।

मामले को निपटाने के बाद नीरेन्द्रनाथ बागची फिर से अकेले थे। टुकू मंडल को उम्मीद थी कि अब तो बागची बाबू ज़रूर ही तैयार हो जाएँगे। उनके चेहरे पर फ़ैसले से असन्तुष्टि की एक रेखा साफ़ झलक रही थी। थकान के बोझ से भरी आवाज़ में वे टुकू मंडल से मुख़ातिब थे, "मंडलदा अभी आप चलो, शरीर अस्वस्थ लग रहा मुझे। ज्वर है शायद।"

गहरी थकान के साथ बाबा ने पास ही बिछी हुई खाट पर कमर टिका दी। माँ दीदी की तीमारदारी में थी। बच्ची को साँस लेने में तकलीफ़ ज़्यादा थी। ज्वर से शरीर तप रहा था। बाबा का मन था कि कलकत्ता की बातें करें, टुकू मंडल की आशंकाओं का विश्लेषण करें। लेकिन माँ की ख़ामोशी उन्हें कहीं से भी कुछ शुरू करने नहीं दे रही थी। माँ का सारा ध्यान बच्ची पर था। बाबा को लग रहा था माँ जान-बूझकर अबोला किए है मानो सम्पत्ति को बेचे जाने के क्षोभ में हो या फिर कोई ऐसी बात, जिसको कहने की बजाय ख़ामोश रहकर किनारा कर लेना चाहती हो। माँ और बाबा के बीच तक़रार जब-तब हो जाती थी। हो क्या जाती, बाबा ही हर वक़्त माँ को डराए रहते थे। बाबा जब ग़ुस्से से बेकाबू हो चुके होते उस वक़्त माँ ख़ामोश हो जाती। ऐसा वे जान-समझ कर बिलकुल नहीं करती थी। इसी कारण चेहरे पर दयनीय से भावों भरी ख़ामोशी के साथ अबोले में हो जाती। माँ के निर्विकार चेहरे पर दुःख उतर आता, जो उनके मिज़ाज के रंग में अपने ही तरह की दृढ़ता के साथ लगातार बना भी रहता। माँ का उस तरह से ख़ामोश हो जाना भी उतना स्वाभाविक व्यवहार होता, जितना कि उन्हीं भावों के साथ-साथ घर के कामों को ज़िम्मेदारी से करते रहना। बाबा के लिए वह ख़ामोशी बेचैन करने वाली होती। बर्दाश्त करना भी मुश्किल हो रहा होता। संवादहीनता के पक्के दुश्मन थे बाबा। उनका ग़ुस्सा न सुलझ रही स्थिति को और ज़्यादा उलझानेवाला था। उस स्थिति को बर्दाश्त करना उनके लिए फिर भी मुश्किल नहीं होता। ग़ुस्से के गुबार को वे माँ को शब्द-बाणों से प्रताड़ित करके निकाल देने के अवसर के साथ रहते। माँ तब भी ख़ामोश रहती। धारण कर ली गई लम्बी ख़ामोशी बाबा के भीतर फिर हिलोर मारने लगती। अब जो ज्वार उछाल लेता तो पहले से ज़्यादा हिंसक आवाज़ में गूँज उठते, "तुम इस वक़्त जो यह गांधी की तरह ब्योहार कर रही हो, ठीक नहीं है, रुक्मी। यह क्रूर और हिंसक तरीक़ा है।"

माँ और बाबा के निजी सम्बन्धों की ऐसी लहरों को जानना कोई ज़रूरी नहीं। बस इतना ही कि वे स्थायी भाव के झगड़े कभी नहीं हुए। अपने परिणाम में वे सिर्फ़ इस परिणति को ही प्राप्त होते कि बाबा अपने चरम पर पहुँचने के बाद स्वयं ख़ामोश हो जाते और कुछ विराम के बाद वे फिर पहले वाले नीरेन्द्र बन जाते। उतने ही आत्मीय और उतनी ही मानवीय गरिमा से भरे, जितना एक स्वराज़ी को होना चाहिए। कभी धैर्य से कुछ कहने की स्थिति सामने होती तो माँ को समझाने की चेष्टा करते कि अपने व्यवहार को बदले, लेकिन पूरे मामले में

वे एक ख़राब अध्यापक साबित होते। माँ उनको धैर्य से सुनने का प्रयत्न करती। ज़ाहिर करने के लिए कि बाबा की बातें उन्हें समझ आ रही है, वह अपनी तरफ़ से कुछ जोड़ने को होती, लेकिन बाबा की बातों की मूल भावना को पकड़ने की बजाय, कहे जा रहे शब्दों के सन्दर्भ ही पकड़ पाती और वे सन्दर्भ उन्हें ऐसा कुछ कहलवा देते, जिनका अर्थ एक स्वराज़ी-सकारात्मकता की बजाय दकियानूस धार्मिक मिज़ाज की तरह हो जाता। बस, वही क्षण फिर से आ गया होता, जब बाबा दुबारा उखड़ जाते।

दलदल में मौजूद कुमिर की तरह झपट पड़ने वाली फड़फड़ाहट के साथ बाबा कब ग़ुस्सा जाएँ, कुछ पता नहीं चलता था। माँ भी अपने स्वाभाविक मिज़ाज की मुखरता में रहने वाली स्त्री रही। बाबा के ग़ुस्साने की शुरूआत पर वह उस तरह ख़ामोश नहीं रहती थी, जैसी स्थिति के बिगड़ जाने पर हो जाती। माँ को बाबा के ग़ुस्साने का कारण भी समझ नहीं आ रहा होता था। अपने से ही अनुमान मारते हुए वह किसी पिछली बात को याद करती। उसी को दोहराने लगती। उस पुराने मसले में अपनी स्थिति और बाबा की ग़लती को जम कर कहती। बाबा और ज़्यादा भड़क जाते। उन्हें लगता कि अभी जो बात है, रुक्मी उस पर अपनी ग़लती मानने की बजाय बीते समय में हुई उनकी किसी ग़लती को हथियार बना रही है। माँ और बाबा के रिश्ते की यही सामान्य स्थिति थी, लेकिन न तो बाबा ने माँ को दीक्षित करना त्यागा और न ही माँ ने कभी बाबा के पाठ को उनके अर्थों में खोलने का प्रयास किया। बाबा की समझाइश में उनका स्वराज़ी मानस हावी रहता।

बाबा स्वराज़ी थे, लेकिन महात्मा गांधी के समर्थक नहीं रहे। एक बार माँ ने बाबा से पूछ लिया। बाबा ने सीधे-सीधे जवाब दिया। बाबा बोले, "जो अपना ही समर्थक नहीं, नीरेन्द्र बागची उसका समर्थक कैसे हो सकता है?"

बाबा का तर्क रहता कि प्रचार में तो गांधी अहिंसावादी हैं, लेकिन उनका सारा कर्म हिंसा का समर्थन है। बाबा को हिंसा से परहेज़ नहीं था। सुभाष बाबू वाला जोश उनकी रगों में दौड़ता था, लेकिन गांधी को वे जिस तरह की हिंसा से संलग्न पाते थे, उससे सख़्त ऐतराज़ रखते थे।

"रुक्मी, तू नहीं जानती गांधी जिसे अहिंसा कहते हैं, वह हिंसा का सबसे निर्मम रूप है। गांधी की दिक़्क़त है कि हिंसा उनको ख़ून-ख़राबे में ही दिखती है। ख़ून-ख़राबे का अन्त हत्या तक चला जाता है। निश्चित, यह बात ख़राब है, लेकिन

उतनी ख़राब नहीं, जितनी गांधी की अहिंसा, जो जीवन-मृत्यु की प्राकृतिक अवस्था का ही परित्याग करते हुए, ख़ामोश तरह की दृढ़ता है। ऐसी दृढ़ता, जिसमें विरोधी ठीक से जी भी न पाये। हर क्षण तड़फते रहने को मजबूर हो।" बाबा की बातों के सन्दर्भ पकड़ना माँ के लिए मुश्किल रहता।

जेठा मोशाय, काकू, ठाकरदा, ठाकुर माँ और परिवार के अन्य सदस्यों के साथ लटाईदा को कलकत्ते पठाकर लौटने के बाद बाबा मानो एकाएक बड़े धैर्यवान हो गए थे। उस दिन बिना आक्रामक हुए बाबा ने माँ से संवाद स्थापित करने की चेष्टा करते हुए बहुत धैर्य से काम लिया। हमेशा की आक्रामकता को किनारे रखते हुए बच्ची की चिन्ता में डूबी रुक्मी उन्हें बेहद भली महिला नजर आ रही थी। अपने मन के भीतर की गाँठों को खोलते हुए नीरेन्द्रनाथ बागची गांधी की अहिंसा के पाठ में छिपी हिंसा का तर्जुमा करने लगे—

"अब तू ही बता रुक्मी, लटाई ने तेरे साथ क्या किया जाते वक़्त? अबोला किए रहा तुझसे। माना कि अबोध है, बच्चा है जबकि तुमने तो उसे उसकी ग़लती पर ही पीटा था। बीमार फूली को गोद से गिरा जो दिया था उसने। तुम दूर से पुकारती रही और उसने जवाब में मुस्कराना तो दूर, तेरी तरफ मुँह भी करके नहीं दिया। कोई हिंसा तो नहीं की न उस वक़्त लटाई ने तुमसे? बस, अपनी ज़िद में रहा। बालहठ ही तो की। ऐसी ज़िद, जिसे भोलापन ही कहा जा सकता है। वह सोच सकने की उम्र में भी नहीं कि अनिश्चितता की विदाई के उन क्षणों में भी रूठे हुए क्यों रहना चाहिए बालक को अपनी माँ से। लेकिन कितना हिंसक है यह भोलापन, सोचो ज़रा? तुम्हें अब तक छलनी कर रहा होगा। तुम्हें ही नहीं, मुझे भी बेचैन किए है। ऐसी ही निर्ममता भरी बालहठवाला व्यवहार ही तो गांधी की अहिंसा है। अपने बालहठ से ही गांधी अंग्रेजो के विरुद्ध लड़ना चाहते हैं और अंग्रेजो के विरुद्ध लड़ने वाले अपने जैसे साथियों की राय से असहमत होने पर उनके सामने भी उसी बालहठ का इस्तेमाल करते हैं ताकि असहमत साथी अपनी राय बदलें और गांधी की राय के साथ चलें। गांधी स्वयं को ग़लत नहीं स्वीकार सकते। कम-से-कम दूसरे के कहने पर तो नहीं ही, वह भी सार्वजनिक तौर पर। अकेले में ख़ूब मनन करते रहते हों मानो! मनन के बाद का व्यवहार बेशक बदल लें। मानवीय बने रहने की यह क्रान्तिकारी ज़िद ही गांधी की अहिंसा है। सच कहूँ तो यह अहिंसा नहीं, हिंसा का ही एक रूप है। वह भी सबसे निर्मम रूप। विभाजन की परिणति इस हिंसा में ही है, जिसको हर कोई भुगत रहा है।"

उसी दौरान सीमा पार से गांधी जी की हत्या का सनसनीख़ेज़ समाचार वातावरण में सुनाई देने लगा। बाबा अवाक् हो गए थे। कुछ देर के लिए ऐसा लगा कि उनका शरीर अचेत हो गया। ख़ामोश हो गई दुनिया की संगत में वे भी मौन थे। अजीब-सी दहशत का वातावरण चारों ओर व्याप्त हो गया। वैसे ही ख़ामोश चेहरे के साथ बाबा ने खेतों में काम करने वाले अपने सारे कामगारों को एक जगह इकट्ठा हो जाने का बुलावा भेजा। जिन कमेरों के सिर पर साफ़े बँधे थे, उन्हें साफ़े खोलकर गंजे सिर हो जाने को कहा और बहुत ही क्षीण आवाज़ में सम्बोधित करने लगे, "गांधी जी की हत्या हो गई। पूरा हिन्दोस्तान ख़ामोश है।" एक क्षण की ख़ामोशी के साथ वे फिर कामगारों से मुख़ातिब थे, "...पूरा हिन्दोस्तान स्तब्ध और ख़ामोश है। हमें भी उस ख़ामोशी की संगत में हो जाना चाहिए।"

नीरेन्द्रनाथ बागची अब भी अपने को हिन्दुस्तान का नागरिक मानते थे। पाकिस्तान का नाम उनकी जुबान में चढ़ा ही नहीं था। एक गहरा मौन व्याप्त गया था मानो बाऊलखोला कोई निर्जन क्षेत्र हो। हर वक़्त की चिचियाट और गुर्राहटें भी ग़ायब थीं मानो पशु-पक्षी भी उस ख़ामोशी में ख़लल डालने से परहेज़ करते हुए हों।

निस्तब्ध मौन की वह लकीर दोनों तरफ खिंच गई थी। शायद अनन्त तक ही व्याप्त जाती, गर उसी वक़्त पूरे बारीसाल में हत्या, आगज़नी, लूटपाट और बलात्कारों का शोर न सुनाई दिया होता। बाबा से सहा नहीं गया। वैसे ही उफ़ान में बदल गए। अपने कामगारों में बेशक वे धार्मिक विभेद को नहीं देखते थे, लेकिन वह रेखा पूरी तरह से मिटी भी नहीं थी। बाबा के भीतर का भद्रमानुष, जो यूँ भी जब-तब उफ़ान मार ही जाता था, फुँफकार उठा था, "इन मुसलमानों ने बेड़ा गर्क कर दिया। आमरा सोनार बांगला...।"

उस रोज़ वे भी धर्म की उस जकड़न के साथ बने रहे, जिससे मुक्त होने के हर अवसर लपक लिया करते थे। चारों ओर धधक रही हिंसा की आग में उफ़ान मार रहा धर्म उनके भीतर जिस अग्नि की लपटें उठा रहा था, माँ को उनसे असहमत करने के लिए मजबूर कर रहा था। उस वक़्त माँ ख़ामोश नहीं रह सकती थी। अपने स्वामी के भीतर से उठ रही विभेदजनित लपटों का प्रतिवाद करते हुए ज़ोर से चीख़ी थी।

अन्तहीन जिरह

भौगोलिक नक्शा बदल चुका था, फिर भी कहीं-कहीं सीमाओं की टूटी-टूटी-सी रेखाएँ अभी गाढ़ी की जाने का इन्तज़ार कर रही थी। श्रेष्ठता का उन्माद पैदा करने वाली धार्मिकता तो हमेशा से ही समाज के लिए ख़तरा रही है। सत्ता के अनुयायियों का भी उसमें डूबे रहना कोई आश्चर्य की बात नहीं थी। उनकी क़दमताल इतनी दहशत भरी थी कि ख़ौफ़ का माहौल गढ़ती हिंसकता रुतबेदार होती जा रही थी। पूरब से पश्चिम तक ख़ूनी जंग जारी थी। राष्ट्र-निर्माण के बाद भाषायी विवाद एक नया पेंच था। खिंची जा चुकी विभाजन रेखाओं पर फिर से एक नया कट लगाने की शुरुआत कर दी थी। भाषाई सवाल ने जोगेन मंडल को भी क्षुब्ध कर दिया था।

राष्ट्रभाषा के सवाल पर संघर्ष का बिगुल बजाने वाले उन नायकों की जय हो, जिन्होंने धार्मिक भिन्नता के बावजूद एकजुटता को सहारा दिया था। ढाका, मैमनसिंह, खुलना, जसौर, कुमिल्ला से कलकत्ता तक का प्रत्येक बाशिन्दा एक सूत्र में मातृभाषा के सम्मान की लड़ाई लड़ना चाहता था। वे जानते थे कि भाषा एक साँस्कृतिक पहचान है। धर्म के चक्कू से भी उस पर वार करना आसान नहीं।

एक ज़लज़ला उठा था ख़ुशियों का संसार रचने की कल्पना लिए। पढ़ने-पढ़ाने की सुन्दर परम्परा का सूत्रपात करता हुआ। संघर्ष को भी उत्सव में बदलता हुआ। बेशक, समय लगे कितना ही दृढ़ता के साथ आगे बढ़ता हुआ। दिलचस्प है कि उधर धार्मिक विभेद की हिंसा का तांडव रचा जा रहा था और उसके बरक्स ही साँस्कृतिक जागरण की नदी उफ़ान ले रही थी। छात्रों के एक दल ने ढाका विश्वविद्यालय को नारों से गुंजा दिया था। बलिदानी के उस संघर्ष को बहुत ज़्यादा इन्तज़ार नहीं करना पड़ा जब वह 'इकूसे फ़रवरी' हो गया। वह साँस्कृतिक जागरण बोई मेलों का रूप धरने लेगा, इसकी कल्पना तो उस वक़्त कोई भी नहीं कर सकता था। गांधी की हत्या के शोक में डूबे नीरेन्द्रनाथ बागची के भीतर का सुराज़ी भी उस अनुगूँज पर जागने लगा था।

कितना ही कुछ एक साथ घट रहा था। सत्ता भयभीत थी। नए-नए रूप बदल रही थी। दहशत के अँधियारे बादल क़ानून एवं श्रमकल्याण मंत्री जोगेन मंडल तक के भीतर भी उतरने लगे थे। शासन की बागडोर फ़ौज ने अपने हाथों में ले ली थी और बची-खुची उन सम्भावनाओं को पूरी तरह से ध्वस्त कर दिया था, जो

जनतंत्र की बहाली का स्वप्न जगा सकती थी। असमंजस की अवस्था में रह रहे भद्र मानुषों के भीतर डर का सैलाब बहने लगा। एक ही तरह की आर्थिक स्थिति के कारण और एक तरह के काम करने वाले कामगारों के बीच जो एका थी, टूटने लगी। वे एक-दूसरे को विधर्मी की तरह पहचानने लगे थे। आर्थिक रूप से सम्पन्न और धन-मान की चिन्ता में घुलने वाले अपना बारदाना समेटने लगे। किसी दूसरी सुरक्षित जगह को तलाशने लगे। कलकत्ता की राह सबसे सुरक्षित राह दिख रही थी। जान बचाने की वह कोशिशें बास्तुहारा कैम्प होने लगीं।

बदला हुआ शासन हर उस व्यक्ति के लिए काल बनता जा रहा था, जो किसी भी तरह से सत्ता के लिए चुनौती हो सकता था। तेभागा आन्दोलन को कुचलने के लिए पुलिस जहाँ-तहाँ धरपकड़ कर रही थी। कम्युनिस्ट होना अपराध हो गया था। सत्ता के लिए मर-खप जाने को मजबूर और जनसंघर्षों में जान देने वाले सिपाहियों के बीच कोई साम्यता नहीं। व्यवस्थागत हितों की हिफ़ाज़त करते हुए आदेशों के अनुपालन में देशभक्त होने के गौरव से भरा होना राष्ट्रवादी होने का प्रमाण नहीं। लठैतों की सम्भावना को बनाये रखने वाली शासकीय चाल है। सत्ता के सिपाही के लिए राष्ट्रीय मुक्ति का युद्ध लड़ने वाले हर वक़्त के शत्रु हैं। संघर्ष करने वालों को वह आतंकी घोषित करती व्यवस्था से संचालित रहता है। व्यवस्था पोषित मध्यवर्ग अपने को राष्ट्र का रक्षक मानने के भुलावे में डूबा रहना चाहता है। सत्ता जब हमलावर होती है तो इससे फ़र्क़ नहीं पड़ता है कि युगबोध क्या है? निर्ममता के साथ आक्रमणकारी रवैया अपनाते हुए विद्रोहियों को कुचलने में कोई कसर शेष नहीं छोड़ती है।

कम्युनिस्ट इन्क़लाबियों की खोज में ही पुलिस कलशीरा गाँव में पहुँची थी। ख़बर थी कि इन्क़लाबियों ने एक पुलिस कांस्टेबल की हत्या कर दी थी। हत्यारे की खोज में पूरे गाँव पर कहर बरसा था। गाँव के गाँव खँगाले जाने लगे—क्या पुरुष, क्या स्त्री! सामने पड़ जाने वाले पर पुलिस के सिपाही ताबड़तोड लट्ठ बरसाते रहे। पुलिस की शह ने दंगाइयों को भी मनमानी करने का रास्ता दे दिया। बड़ोबाड़ी पुलिस की निगाह में थी, लेकिन कलशिरा में पुलिस के पहुँचते ही बागची बाबू बाड़ी से ग़ायब हो गए थे। पुलिस को चकमा देकर एक जगह से दूसरी जगह कैसे निकला जा सकता था, इस रास्ते को जानते थे।

"गोलपाता के जंगल के रास्ते ही निकलना, बागची बाबू।" तालुकदार हज़ारी दोस्त था। मुसीबत के वक़्त दोस्ती का फ़र्ज़ कैसे निभाया जाता है, यह जानता

था। जंगल के पार विशाल तालाब था। तालाब को पार किए बग़ैर पंचदेवता के मन्दिर घाट तक पहुँचना मुश्किल था। घाट से खेया मिलने की सम्भावना थी। शाम का वक़्त था। मन्दिर से ढोल-ढाक की आवाज़ें आ रही थीं। पोखर में हलचल थी। बदन को उछालते-डुबोते हुए नीरेन्द्रनाथ बागची पोखर के पार हो चुके थे। मैमनसिंह से ढाका, ढाका से खुलना। खुलना में भी पूरी तरह से चौकसी थी। सीमा पार निकलने के अलावा कोई दूसरा विकल्प नहीं था। उधर, पुलिस बड़ोबाड़ी के हर कोने-अतरे को खँगाल रही थी। छुपे बैठे नीरेन्द्रनाथ बागची को गिरफ़्तार करना चाहती थी। रुक्मी नहीं जानती थी कि फूली के बाबा कहाँ चले गए? पुलिस की पूछ-ताछ का कोई सन्तोषजनक जवाब देना सम्भव नहीं था। प्रताड़ना को उतावले जवानों के सामने लेकिन वह डटकर खड़ी थी। उधर, पालने पर लेटी बेटी की साँस धौंकनी-सी चल रही थी।

तालुकदार हज़ारी जानता था कि पुलिस का कहर अकेली जान पर टूट सकता है, पड़ोसी धर्म को निभाते हुए वह बागची-बाड़ी पहुँचा था। पुलिस के सामने वह कुछ इस तरह से पेश आया था मानो नीरेन्द्रनाथ बागची को पकड़वाने में मदद करना चाहता हो। पुलिस जानती थी कि तालुकदार लीगी है। उसके इशारों पर बागची-बाड़ी के तमाम गुप्त अड्डों तक को खँगाला गया। नीरेन्द्रनाथ बागची मिला नहीं। रुक्मी हैरान थी कि हमेशा का हितैषी तालुकदार भी क्या धर्म की पट्टी बाँध कर अन्धा हो चुका है? वह वक़्त भी ऐसा ही था, हर कोई धर्म की चादर ओढ़ लेने को उतावला था। चादर रुक्मी ने भी ओढ़ी हुई थी, लेकिन उसका रंग इतना गाढ़ा नहीं था कि उतारने पर भी बदन में उसके दाग़ दिखें।

पुलिस के निकल जाने के बाद जब तालुकदार ने फूली के बाबा की ख़बर दी तो वह चादर उतर ही गई थी। चारों ओर ख़बर अफ़वाह बनकर फैल रही थी कि बागची बाबू को पुलिस पकड़कर ले गई। ख़बर को सुनकर ही टुकू मंडल रात के अँधियारे में ही दौड़े चले आया था। बाप को बेटी की चिन्ता क्यों न सताती भला? रुक्मी को अपने साथ लिवा ले गए। दीदी दादू के कन्धे पर झूल रही थी। टुकू मंडल नहीं जान रहे थे कि बच्ची की साँसे बेदम हो रही थीं। दीदी की धड़कनें बन्द हो चुकी थीं। बिगड़ती अवस्था ने उस फूल को रात के अँधेरे में ही सुला दिया था। बाड़ी पहुँचकर दादू ने जब गोद से उतारा तो गले में साँस-सी अटक गई। वह नन्ही जान अपने दादू से रूठकर मौन गई हो मानो। माँ ख़ामोश थी। आँसू फूटते न थे।

बेटी की यादें और स्वामी की चिन्ता में वह तो अपने को ही भूलती जा रही हो मानो। न खाने की सुध, न सोने का ख़याल। दूर क्षितिज को ताक़ती आँखें। सीमा के दूसरी ओर कलकत्ता, हावड़ा से आ रही दंगों की ख़बरों पर भी उसका कोई ध्यान नहीं था।

धुआँ दोनों तरफ उठ रहा था। जहाँ जिसकी तादाद ज़्यादा, वहाँ वे भारी थे। मार-काट का वही मंज़र फिर से सामने था जिसको शान्त करने के लिए ही घाट में सुला दिए गए उस शान्ति के सिपाही को कलकत्ता से नोआख़ाली तक मार्च करना पड़ा था। इधर का बदला उधर लिया जा रहा था। बीमार बेटी और अकेली पत्नी की चिन्ताएँ बागची बाबू को बेचैन कर रही थीं। परिवार के लोगों के साथ होते हुए भी कलकत्ता पराया-सा लग रहा था। कितने ही बेसहारा सीमा के इस पार से उस पार तक दौड़ लगाने को मजबूर थे। सीमा पर चौकसी इसीलिए कुछ ढीली थी। दंगाइयों का साथ दे रही पुलिस को अपने से ही फुर्सत नहीं थी। तब भी ज़्यादा सुरक्षित रास्ते से प्रवेश किया जाए, नीरेन्द्रनाथ बागची इस बात के लिए सचेत थे। सचेत न होते तो तुरन्त ही लौटने की ग़लती कर लेते और पुलिस के हाथों धरे जाते।

"करीमगंज से घुसना ठीक रहेगा।" एक लम्बा समय ऊहा-पोह में बिताने के बाद नीरेन्द्रनाथ बागची निर्णय ले चुके थे। मार्ग लम्बा था, लेकिन सुरक्षित कहा जा सकता था। रेडक्लिफ़ लाइन के खिंच जाने के कारण दो राष्ट्रों के बीच बँट चुके सिलहट में करीमगंज से घुसना मुश्किल नहीं था।

युद्ध से लौटनेवाला सिपाही जल्द से जल्द घर पहुँचना चाहता है। सगे-सम्बन्धियों को गले लगकर भेंटना चाहता है। इस तरह से ही वह युद्ध के दौरान खो चुकी संवेदनाओं को दुबारा से पा रहा होता है, लेकिन घर पहुँचने का कोई उपक्रम उस वक़्त सुकून भरा नहीं रह सकता जब पहुँचने के बाद की स्थितियाँ किसी एक मोर्चे पर अपने साथी सिपाहियों के हार खा चुकने की ख़बर के रूप में हों।

फूली के न रहने की ख़बर को जानना नीरेन्द्रनाथ बागची के लिए दु:ख की खाई में जा फँसने वाली खेया के समान था। माथा ख़राब हो गया। ऐसे मनोभावों से घिर गए मानो ख़ुद के न रह पाने के कारण ही बच्ची जीवन संघर्ष में हार गई हो। रुक्मी के चेहरे पर क्लान्त रेखाएँ थीं। आँखें ख़ामोश। दुमुरटोला से लेकर कलकत्ता

तक के विस्तृत भूगोल के रास्ते घाट से परिचित नीरेन्द्रनाथ बागची के लिए मानो सब कुछ अनजाना हो गया था। सारे में विचरण करते हुए और अपने कार्यक्षेत्र को विस्तार देने में यक़ीन करने वाले नीरेन्द्रनाथ बागची को यह भान ही नहीं रहा कि वे किस समय में रह रहे थे? उनकी सामाजिक और राजनैतिक ज़िम्मेदारी क्या थी? एकदम ख़ामोश और गुमसुम। हर वक़्त दीदी की तीमारदारी पर जुटी रहने वाली माँ के लिए हमेशा ख़ालीपन असहनीय होने लगा था। माँ की की उदासी उस अकेलेपन का ही सबब नहीं थी, बाबा का अपने में डूबे रहना भी उन्हें दुःखी करने लगा था। किसी भी काम में बाबा का मन रम नहीं रहा था।

राजनैतिक परिस्थितियों ने नया मोड़ ले लिया था, लेकिन दिन भर शून्य को ताक़ते रहने की अवस्था में पहुँचे हुए नीरेन्द्रनाथ बागची पूरी तरह से तटस्थ थे। खेतिहर समुदाय के विशाल जनसमूह का प्रतीकात्मक सहारा ही टूट चुका था। जोगेन मंडल ने मंत्री पद से इस्तीफ़ा दे दिया था और जान बचाकर कलकत्ता निकल गए थे। जोगेन मंडल के क़ानून मंत्री बने रहते हुए जो जालिया, हालिया, केवर्त, नापित, पौद्र, मालो, नमो आदि जाति के लोग ख़ुद को सुरक्षित महसूस करते थे, भय खाने लगे। किसी सुरक्षित जगह पर निकल भागने की होड़-सी लग गई। हालात के सामान्य होने का भरोसा बाँधे लोगों के लिए बँटवारे के बाद के सिलहट का करीमगंज इलाक़ा ज़्यादा भरोसा दे रहा था ताकि जल्द से जल्द वापिस लौटना सम्भव हो। सलामती की चिन्ता के समय का इन्तज़ार करने वाले थोड़े कमज़ोर दिल के लोग भी दूर से दूर निकलने के लिए कुमिल्ला की राह पर थे और वहाँ से गुज़रती विभाजन की लकीर को टापकर सोनामूढ़ा, कुलुबाड़ी, बिशालगढ़, बिश्रामगंज की बसावटों में सुरक्षित हो जाने के साथ थे। टुकू मंडल ने अपने मन को समझाया था और वे कलकत्ता निकल जाने का मन बना चुके थे।

दूसरे भद्र लोगों की तरह नीरेन्द्रनाथ बागची के लिए भी जोगेन मंडल आदरणीय नहीं थे बल्कि वे भी जोगेन मंडल को एक दुश्मन की तरह ही देखते थे। विभाजन के लिए उन्हीं को ज़िम्मेदार ठहराते थे। जोगेन मंडल के मंत्री पद छोड़कर कलकत्ता निकल जाने की ख़बर के साथ जैसे ही टुकू मंडल ने जँवाई बाबू से कलकत्ता निकल चलने का विचार रखा, नीरेन्द्रनाथ बागची आग-बबूला हो उठे।

टुकू मंडल को समझ नहीं आया कि क्या कहें। नाराज हो गए मालिक के सामने किस तरह से पेश आएँ? रिश्ते की डोर के एक सिरे के साथ अपनी सम्पूर्ण चिन्ता को उमेठ देने की कोशिश करने लगे। जोगेन मंडल क़ानून मंत्री बने रहते

तो चारों ओर नदियों से आप्लावित भूगोल को छोड़कर किसी दूसरे विकल्प की तलाश टुकू मंडल को भी नहीं रहती। लेकिन जैसे भी हो, जान बचाकर निकल भागने में ही भलाई है, ऐसा उस वक़्त भी सोचते रहे।

'लेकिन इधर तो बहुत ही ख़राब समय शुरू हो चुका है न। अब तो रहना बिलकुल ही मुश्किल है। मेरी एक सलाह रहेगी आपके लिए कि आप भी अब इधर-उधर आना-जाना बन्द कर दो।"

नीरेन्द्रनाथ बागची ग़ुस्से में फनफनाते रहे। सलाह भी कैसे मान लेते फिर? बल्कि वैसा सामान्य व्यवहार भी उनका नहीं रहा, जैसे अन्य कामगारों के साथ बरतते थे। मामला क्षणिक ग़ुस्से का नहीं था। एक स्थायी क़िस्म की नाराज़गी में रहने लगे। शिराज़, हसन, हारुन, गणेश दास जैसे आत्मीय कामगार तक समझ रहे थे कि नीरेनदा दु:खी हैं। खेती-बाड़ी के काम वे कोई कोताही नहीं बरतना चाहते थे। उन खेतिहरों की बदोलत ही सब कुछ सामान्य चल रहा था। रिश्ते में भाई गणेश दास का सहारा माँ को भी था। गणेश दास माँ से बहुत बड़े थे, लेकिन माँ को बागची-बहू कहते हुए वे ऐसे पेश आते गानो बहुत ही छोटे हों। टुकू मंडल की संगत में रिश्ते नज़ाक़त को बचाते हुए गणेश दास भी नीरेन बाबू को 'जँवाई बाबू' कहकर ही पुकारते थे।

नीरेन्द्रनाथ बागची ने एक रोज़ गणेश दास को बुलाकर अपने मन को हल्का कर लेना उचित समझा। बहुत क्षीण-सी आवाज़ में गणेश दास के हाथ में एकमुश्त रकम पकड़ाते हुए बोले, "यह पैसे रख लो, गणेशदा। खेतीबाड़ी की देखभाल भी मुझसे अब नहीं हो पा रही। तुम्हें ही देखना है, देना-लेना जो भी, जब भी, जिसका भी हो, करते रहना।" गणेश दास आश्चर्य चकित थे। टुकू मंडल के रहते मालिक उसे ज़िम्मेदारी सौंपे, यह बात उन्हें कुछ जँच नहीं रही थी। कहना चाहते थे, "जँवाई बाबू, ऐसा क्यों कह रहे? आप तो पहले की तरह इशारा करते रहें, मैं किसी भी काम को पूरा करने में पीछे क्यों रहूँगा? मंडलदा के साथ कन्धे से कन्धा मिलाकर रहूँगा", लेकिन बाबा की सूरत देख कर कुछ भी कहते नहीं बना। गणेश दास को लगा मानो भाइयों के बीच जायदाद के बँटवारे का कोई मामला बागची महाशय की बदली हुई मन:स्थिति का कारण हो। कई तरह के ख़याल उनके मन में आने लगे। बिकते गए खेतों की कथा से गणेश दास अनभिज्ञ नहीं थे। सोचने लगे, 'लेकिन ऐसा है तो जंवाई बाबू ने तो यह नहीं बताया, कौन-कौन से खेत उनके जिम्मे हैं? फिर रुपए पकड़ाने का क्या मतलब? हिसाब-किताब तो उन्हें ही

रखना होगा न। हाँ, शिराज़, हसन, हारुन, बारुई या जिस-जिस को भी खेती-बाड़ी के काम को सँभालना है, उनसे रोज़-रोज़ की खट-पट मैं कर बेशक लूँगा।' लेकिन बाबा के सामने ख़ामोश रहे। शिराज़ काकू को अपने मन की बात कहकर ही उन्हें कुछ सुकून मिला था।

नीरेन्द्रनाथ बागची के व्यवहार ने टुकू मंडल को क्षुब्ध कर दिया था, लेकिन अपने मन की बात वह किसी से कह नहीं सकते थे। उनका मन था कि सब कुछ छोड़-छाड़ कर चल दें कहीं दूर। सम्पत्ति के नाम पर जो कुछ भी था, वह एक गठरी के ही औने-कौने में अँट सकता था। बहुत-से दूसरे लोगों की तरह कलकत्ता निकलने का विचार प्रबल हो उठा। कलकत्ता ही उन्हें सबसे सुरक्षित लग रहा था। लेकिन प्रदेश में जाकर कहाँ ठिकाना मिलेगा, क्या खाएँगे, ये चिन्ताएँ भी सता रही थीं। साथी कामगारों के बीच अपनी स्थिति को रखना चाहते थे, लेकिन यह हिचक बनी रही कि कहीं बात का बतंगड़ न बन जाए, किसी से कह नहीं पाये। अनिर्णय की स्थितियाँ उनको नीरेन्द्रनाथ बागची के विरुद्ध ईर्ष्या से भरने लगीं। मन की कटुता रिश्ते की डोर को भी झटक दे रही थी। मालिक और कामगार के रिश्ते में बदल दे रही थीं। सारे परिवार के निकल जाने के बावजूद नीरेन्द्रनाथ बागची के जमे रहने को अपने तरह से विश्लेषित करने लगे थे। ईर्ष्यावश ही वे यदा-कदा साथियों के बीच कहने लगे थे, "आख़िर घर-बाड़ी और ज़मीन-जायदाद का मोह सबसे बड़ा मोह होता है, भाई। जान से भी बड़ा। ऐसे थोड़ी छूटता है?" गाँव में रुके रहना का मन दादू का बिलकुल नहीं था। उनकी कोशिश लगातार थी कि साथ में निकल चलने के लिए कोई साथी तैयार हो जाए तो उसी क्षण गठरी-ठठरी बाँध लेंगे। भरोसे के साथी गणेश दास पर भी यक़ीन नहीं रह गया था। शिराज़ से उम्मीद करना बेकार था। मुसलमान तो अपने को ज़्यादा ही सुरक्षित मान रहे थे। दीदी माँ (नानी) और मामू से अपने मन की बात कहते तो उनकी तरफ़ से भी कोई भरोसे का जवाब नहीं मिलता। दीदी माँ, मामू और मामी को छोड़कर अकेले तो वे भी नहीं निकलना चाहते थे। रोज़-रोज़ की कोशिशों से दादू ने आख़िर परिवार को तैयार कर ही लिया था। खेया जुटाई जा चुकी थी।

निकलने से पहले परिवार के लोग बड़ोबाड़ी पहुँचे थे। टुकू मंडल तो बेटी से सिर्फ़ इतना कहने आए थे, "आज शाम को हम लोग मैमनसिंह निकल जाएँगे। वहाँ से घाट तक। घाट पर रोज़ के हिसाब से लॉरियाँ निकल रही हैं।" लेकिन ख़ामोश रह गए।

आलोकुठि

दर्द से कराहती रुक्मी ने बस इतना कहा था, "मेरी तबियत ठीक नहीं।"

माँ पेट से थी। एक अजीब-सी थकान माँ को घेरे रहती थी। जवाब में दादू के पास कुछ कहने को था नहीं। जान रहे थे कि ऐसी अवस्था में बेटी को छोड़कर निकला नहीं जा सकता। परिस्थितिजन्य असहायता में सिर्फ़ बुदबुदा कर रहे गए, "यदि आज रुक भी जाएँ तो आगे किसी दिन तो निकलना ही होगा। उस वक़्त तो खेया भी मिले कि न मिले?" पीड़ा से कराहती माँ ने भी बस इतना कहा, "ठीक है, जो ठाकुर की मर्ज़ी।" टुकू मंडल के लिए वह निर्णायक घड़ी ही थी। माँ की अवस्था सामान्य होती तो दादू उसी दिन दुमुरटोला छोड़ चुके होते। समय गतिमान था और आए दिन नये-नये संकट सामने थे। नामशूद्र और मुस्लिमों में जो एका दिखती थी, वह भी टूटती जा रही थी। भाषा-संस्कृति के कारण सामाजिक एका का जो तार निर्मित होता जा रहा था, धर्म का लंगड़ उस पर इतनी ज़ोर से गिरा कि माहौल में फिर से अफ़रा-तफ़री मच गई। मनुष्य की पहचान धर्म से होने लगी। अफ़वाहों का बाज़ार गर्म हो गया। जगह-जगह पोस्टर चिपकने लगे—'हिन्दुस्तान में मुस्लिमों का निर्मम क़त्ल'। कलकत्ता में किसी मुस्लिम वकील की हत्या हो जाने की ख़बरें थी। ख़बर झूठ थी कि सच, इस पर विचार करने को कोई तैयार नहीं था। अफ़वाहों ने जो मंज़र रचा, उसके कारण सिलहट ही नहीं बल्कि बारीसाल, खुलना, जसौर, फ़रीदकोट, सुलगने लगा। किसी भी स्थिति में न घबराने वाले नीरेन्द्रनाथ बागची के भीतर एक अजीब तरह की घबराहट घर करने लगी। बीरीशीरी के बागान का सौदा हो चुका था। दो दिन पहले ही हाथ में आ चुकी रकम घर में रखी थी। दंगे ओर लूटपाट की आशंका में उसके छिन जाने का ख़तरा उन्हें सताने लगा था। कहाँ छुपाएँ? कहाँ रखे? वे इसी चिन्ता में घुलते रहे। रुक्मी को भी यही भय सता रहा था कि अगर लूटपाट हो गई तो घर परिवार के लोगों के सामने स्वामी क्या मुँह दिखाएँगे?

"तुमी कलकत्ता नीये जाओ न।" (तुम इन्हें कलकत्ता ले जाओ।) "तुम्हारी तबीयत ठीक होती तो मैं ख़ुद ही कलकत्ता जाकर बाबा के हाथ पर रख आता सारी रकम।"

रुक्मी की तबीयत ख़राब न चल रही होती तो नीरेन्द्रनाथ को कलकत्ता निकलने में कोई हिचकिचाहट नहीं रहती। जहाँ-तहाँ से मिल रही ख़बरें बता रही थीं कि लोग जैसे-तैसे गाँव-घर छोड़कर भागते जा रहे थे। साफ़ दिख रहा था कि साम्प्रदायिकता कुछ और नहीं, धार्मिक रूप से फैली हुई एक अमरबेल थी, जो अपनी जड़ को ही

आश्रयदाता पेड़ में धँसा रही थी। जो सम्पत्ति की देखरेख कर रहे थे, वही उसको हड़पने के विचार से तैयार होते जा रहे थे। नीरेन्द्रनाथ बागची पशोपेश में थे। टुकू मंडल के अलावा किसी पर यक़ीन करने को मन नहीं हो रहा था, लेकिन टुकू मंडल के सामने वैसा कुछ प्रकट करने की स्थिति में थे नहीं। थक-हारकर रुक्मी की सलाह पर तुबलू मामा को बुलाने के लिए तैयार हो गए। "तुम मत बोलो, मैं बुला देती हूँ तुबलूदा को।" माँ ने रास्ता आसान कर दिया था। बड़ोबाड़ी की ज़िम्मेदारी भी तुबलू मामा को सौंपकर नीरेन्द्रनाथ बागची ने रुपयों की पोटली बाँधी और चुपचाप कलकत्ता निकल गए। किसी को कानोंकान ख़बर भी नहीं होने दी।

दंगे-फ़साद बढ़ने लगे। बढ़ते ही चले गए। लौट आने पर जान को ख़तरा था। माँ नहीं चाहती थी कि बाबा वैसे में लौट आएँ, पर यह भी तो नहीं चाहती कि कभी लौटें ही नहीं। बाबा नहीं लौटे तो, नहीं ही लौटे। गर्भ में हिलोर मारते शिशु को बानी ही तो होना था, जो अपने बाबा को चिन्हती भी कहाँ से? दुमुरटोला की ख़ामोशी में बिना उलूक ध्वनि को सुने पैदा होने वाली वह नवजात कैसे जान सकती थी कि प्रकृति विराट् है और उसकी विराट्ता का भान होने पर उसकी अभ्यर्थना की जानी चाहिए। स्वागत होना चाहिए।

बाबा के लौटने का इन्तज़ार करती माँ कहाँ जानती थी नीरेन्द्रनाथ बागची को तो ख़बर लग ही चुकी थी कि बागची बाड़ी पर फिर से हमला हुआ। अपनी जान के डर से वे लौटने की हिम्मत ही नहीं कर सकते थे। माँ हर वक़्त सोमेश्वरी के जल के प्रभाव का बखान करती। बानी को उसमें कोई सार नजर नहीं आता था। माँ कहती, "सोमेश्वरी के जल में मनुष्य तो छोड़ो, जानवर तक के स्वभाव को बदल देने की शक्ति है। कभी सुना, सोमेश्वरी के घाट पर अपनी प्यास बुझाने को उतरे किसी जंगली जानवर ने किसी पर हमला किया?" माँ अपनी धुन में बोलती रहती थी, बानी के भीतर माँ से ही सुनी हुई बातें गूँजती रहती और एक जिरह परेशान किए रहती, "जब सोमेश्वरी के जल की इतनी ही विशेषता थी तो दुमुरटोला में रहने वाले दादू और मामू के साथ तालुकदार ने ख़राब व्यवहार क्यों किया? उन्हीं के साथी मुस्लिम मज़दूरों ने तालुकदार का ही साथ क्यों दिया? बाबा ने ही दादू की बजाय गणेश मामू को ज़िम्मेदारी क्यों सौंप दी थी? कभी सुध लेने की ज़रूरत क्यों नहीं समझी नीरेन्द्रनाथ बागची ने अपनी पत्नी की, जो वैसे भी गर्भ से थी?"

अन्तहीन जिरह, जिसका जवाब देनेवाला कोई नहीं।

बानी की फ़िक्र उसके भीतर बैठानेवाला वह शख़्स श्रीकान्त ही था वरना ऐसी कोई वजह नहीं थी कि उसे बानी के जीवन में झांकना पड़ता, बानी को ढूँढ़ने के लिए उसे लोकल ट्रेनों की धक्का-मुक्की का हिस्सा होना पड़ता। स्यालदाह से चलने वाली गाड़ी दक्षिण दिशा के रास्ते कैनिंग तक पहुँचती और दूसरी उत्तर दिशा का रास्ता पकड़ते हुए हसनाबाद तक पहुँचा देती। कैनिंग हो या हसनाबाद, वे तो रेलवे स्टेशन हैं। श्रीकान्त जिस जगह का ज़िक्र करता, उस तक जाने के लिए तो फिर भी कितनी मशक्क़त करनी पड़ती। कहीं बस से, कहीं टेम्पो से, देशी तरीक़े से निर्मित ऑटो रिक्शा से और कहीं एक नदी से दूसरी नदी के नाम पर उछाल ले रहे जल को चीरती हुई दौड़ रही भोट भोटी से।

"सर। आमरा तो बास्तुहारा।" (हम बास्तुहारा है)

श्रीकान्त के होठों पर हमेशा रहने वाले इस वाक्य के वास्तविक मायने ऐसे ही जाने जा सकते थे। कौन बताता और कौन समझाता उसकी बातों के मतलब?

श्रीकान्त कहता, "मैं बास्तुहारा हूँ, रिफ्यूज़ी नहीं। पूर्वी बंगाल में अपना घर-ज़मीन छोड़कर पश्चिम बंगाल में बसने को मजबूर हुआ कोई भी व्यक्ति अपने को रिफ्यूज़ी क्यों माने जबकि आवाज़ाही की निरन्तरता पीढ़ी दर पीढ़ी रही। विभाजन की तलवार चलाने वालों की वजह से हम बास्तुहारा हुए।"

बंगाल पोस्टिंग के बाद जिस पहले व्यक्ति से उसकी मुलाक़ात हुई और थोड़ा क़रीबी सम्बन्ध बना, वह श्रीकान्त ही था। ज्वाइनिंग के लिए निकलते हुए ही स्थापना अनुभाग को वह फ़ोन कर चुकी थी और अपने केबिन का नम्बर और उसकी लोकेशन की जानकारी ले चुकी थी। केबिन छठे तल्ले पर था। लिफ़्ट पकड़कर वह सीधे केबिन में पहुँची थी। श्रीकान्त उस वक़्त केबिन के बाहर ही खड़ा था। केबिन के ऊपर लिखा नम्बर धुँधला-सा था। अंक आधा मिटा हुआ-सा था। फिर भी बताई गई संख्या की छाया-सी नजर आ रही थी। केबिन का दरवाज़ा खोलने में एक हिचकिचाहट भीतर थी। श्रीकान्त केबिन के दरवाज़े पर ही खड़ा था। दरवाज़े को उसने ही भीतर ठेल दिया था—न दुआ, न सलाम। सीट में बैठ जाने के बाद भी वह केबिन के बाहर ही रहा। वह भी कमरेनुमा केबिन का मुआयना करती रही। एक-एक स्विच को ऑन/ऑफ़ किया, कम्पयूटर को ऑन करके देखती रही। दरवाज़ा ठेलता हुआ श्रीकान्त भीतर दाख़िल हुआ। "सबई सिच्च काज कोरचे

सर। की आपनी चा-सा खाबेन?" (सभी स्विच काम कर रहे हैं। क्या आप चाय पिएँगी?) वह अपनी मातृभाषा में ही बात कर रहा था। समझना मुश्किल था। साहब के चेहरे के असमंजस को उसने भाँप लिया था। अपनी बातों का तर्जुमा करते हुए बोला, "आप चा-टा तो नहीं खाएँगी?"

"हाँ, चाय तो पियूँगी ही" हामी भरते ही श्रीकान्त ने सामने वाली अलमारी खोली, अलमारी में रखे हुए थर्मस को उठाया और चाय लेने निकल गया। सीट के सामने ही दीवार में बनी वह अलमारी उसे पहले दिखाई नहीं दी थी। अलमारी को खोलकर देखने के लिए वह उत्सुक हो गई। अलामरी में तीन ख़ाने थे। सबसे ऊपर वाले में कप-प्लेट्स, कपड़े की झाड़न आदि। कुछ और भी सामान थे। श्रीकान्त ने पहले से ही सब कुछ इश्यू करवा लिया था। बीच के ख़ाने में ब्लैंक फ़ाइल फ़ोल्डर, काग़ज़ों का एक रिम, स्टेप्लर, पिन, पोकर, पेंसिल जैसे ऑफ़िस मतलब के सामान थे। नीचेवाला ख़ाना एकदम ख़ाली था। यह उत्साहित करनेवाला नज़ारा था। ज़रूरत की सारी चीज़ें व्यवस्थित ढंग से मौजूद थीं। पिछली पोस्टिंग का अनुभव कुछ अलहदा था। ज़रूरी सामान तो छोड़ो, बैठने की सीट भी ठीक से चार-छह दिन बाद मिली। बिना सीट के इधर-उधर भटकने में अजनबी क़िस्म की वह स्थिति हतोत्साहित करने वाली थी। ऐसा ही उससे पिछली पोस्टिंग का अनुभव था। एक दिन तंग आकर स्टोर इंचार्ज को बुलवाया। फिर से अपनी ज़रूरत के सामान की लिस्ट पकड़ाने के बाद ही उन्हें पा सकना हुआ था।

श्रीकान्त थका-हारा व्यक्ति नहीं था। अपने काम का उसे हर वक़्त भान रहता था। सुपरवाइज़र ने उसे नए आने वाले अधिकारी के साथ अटैच कर दिया था। वह जानता नहीं था कि आनेवाला अधिकारी किस मिज़ाज का है? वैसे भी उसे इस बात से कोई लेना-देना नहीं था। यूँ भी वह तो कॉन्ट्रेक्टर का लेबर था, कोई नियमित कर्मचारी नहीं। जब किसी आम कर्मचारी के मिजाज से ही कोई लेना-देना नहीं तो फिर क्योंकर अधिकारियों के ही मिज़ाज की पड़ताल करता रहे? आज इस अधिकारी के साथ तो कल दूसरे अधिकारी के साथ या फिर किसी न किसी अनुभाग में ही अटैच कर दिया जा सकता था। ग़नीमत थी, ठेका किसी दूसरे कॉन्ट्रेक्टर को मिल जाने पर नौकरी बनी रहती।

"मैडम आमरा तो ठेकेदारे लोग। बीस साल हो गए दफ़्तर में।"

चौंकना स्वाभाविक था, ठेकेदार का मजदूर और बीस साल से दफ़्तर में?

"पोरे बछर जेटा ठेकदार छिलो, भालो मानुष।" (पिछले वर्ष जो ठेकदार था, भला मनुष्य था)

कितनी सहजता थी श्रीकान्त के यह कहने में कि साल 1978 की सरकार ने मेहनतकश के रोज़ी-रोज़गार के लिए यह वैसी ही अवस्था बनाई जैसे अन्य सरकारी लोग, लेकिन आलोकुठि की घटना की याद पर गुस्से से भर जानेवाला श्रीकान्त फिर क्यों उसी सरकार के ख़िलाफ़ आग बबूला हो जाता है?

"आलोकुठि तो 1979 का घटना-क्रम छिलो।"

सामान्य-सा अर्दली श्रीकान्त, जीवन के कैसे फ़लसफ़े रखता है, वह हैरान थी और इसीलिए श्रीकान्त के बिगड़ उठने पर उसके विरुद्ध किसी तरह की कार्रवाई करने की बजाय ऐसे पेश आती थी मानो श्रीकान्त उसका बॉस हो। हालाँकि बॉसिज़्म उसको भा गया होता तो उसके भीतर पूर्वोत्तर का भूगोल कभी का उस झूठे व्यवहार वाली दिल्ली का हिस्सा हो गया होता, नमामि गंगे नाम के विभाग में डेपुटेशन के दौरान जिसने कई बार उलझाया था। बीच डेपुटेशन में ही अपने मूल विभाग में लौटने की अर्ज़ी डाल दी थी। समय-बे समय फ़ोन पर कभी भी, कुछ भी आदेश दे देने वाली मिनिस्टर मैडम की जी-हुजूरी करना उसे मुश्किल लगने लगा था।

साल 47 नहीं 50 के बाद का साल था। श्रीकान्त उस वक़्त पैदा नहीं हुआ था। बाप-दादों से सुने हुए क़िस्से उसके पास थे। जानता था, कैसे जसौर, खुलना, फ़रीदकोट की रहनवारी से उजड़ना हुआ था। 47 में तो भद्र लोगों की भगदड़ थी। श्रीकान्त छोट्टो लोग था। छोट्टो लोगों का मुस्लिम लीग से गठबन्धन था। क़ानून मंत्री जोगन मंडल थे। ऐसे में क्यों भागते भला छोट्टो लोग? फिर जीवन की रग-रग में बसे भूगोल को छोड़कर कोई भागना चाहता है क्या? पर भागना तो पढ़ा ही था। बँटवारे की आग अपनी लपट को बढ़ाती चली जा रही थी। पहले-पहल जोगेन मंडल को भागना पड़ा। जा बसे कलकत्ता। कौन बचाता हमलावरों से? जान बचाओ, भाई। भागो,भागो। लेकिन भागो कहाँ?

दादू ने बाबा को, बाबा ने छाना-पोना को उठाया और चले भागने। भाग चलो कलकत्ता। हमलावर कभी भी आ सकते थे। हर और यही शोर था। भागो वरना अगला दिन तुम्हारा न होगा। नहीं तो उससे अगला, नहीं तो उससे अगला। कोमिल्ला वाले त्रिपुरा भाग गए। असम भाग गए। खुलना, जसौर से पेट्रापोल। पेट्रापोल से

बेनिपोल। बेनिपोल से बनगाँव। बारासात पहुँच गए तो समझो जान बच जाएगी। न सही घर, शरणार्थी कैम्प में सिर छुपाने को जगह मिल जाएगी।

श्रीकान्त चाहता तो उस दिन भी ख़ामोश हो जाता और कुछ भी नहीं बताता अपने बारे में, लेकिन उस दिन अख़बार की ख़बर ने श्रीकान्त को मानो नींद से जगा दिया था। अपने में ही अपनी तरह से रहनेवाला वह अर्दली अचानक ऐसे आग बबूला हो जाएगा, इसकी कल्पना वह नई-नई पोस्ट हुई अधिकारी कर ही नहीं सकती थी। मेट्रो स्टेशन की सीढ़ियाँ चढ़ते हुए अपने गन्तव्य की ओर जाने वाले गेट को ही याद रख पाना जिसके लिए कितना मुश्किल काम था। भूतल में दौड़ती कौन-सी सुरंग का मुँह किस तरफ खुलता है, ऊँची हील की चप्पलें उसकी तलाश में ही कमर दुःखा देतीं। दौड़ते हुए क़दम ग्रांड होटल के सामने लाकर खड़ा कर देते। पिछले दिन की उस ग़लती को सुधारने की कोशिशें भी सही पता कहाँ दे पाती थी। के.सी. दास के रसगुल्लों की दुकान पर पहुँचा देती। वह सही गेट, जहाँ से निकलकर हावड़ा, हाईकोर्ट, एस. बी. आई. की आवाज़ें लगाते मिनी बस के कंडक्टर-ड्राइवरों की आवाज़ सुनाई दे जाए, धर्मतल्ले का वह गेट किसी रहस्यमय गुफा का द्वार तो नहीं?

जैसे-तैसे मिनी बस तक पहुँचना और उचकर सीट पर जा बैठना, हर रोज़ की क़वायद। दफ़्तर के गेट पर क़दम रखा। ऊपर को जा रही लिफ़्ट का दरवाज़ा खुला दिखाई दिया था। ठसाठस भरी हुई लिफ़्ट में दौड़कर पहुँच जाने पर जगह निकल ही आई, लेकिन किसी अज्ञात तकनीकी गड़बड़ी के कारण लिफ़्ट का दरवाज़ा बन्द होने से इंकार करता रहा। बगल की दूसरी लिफ़्ट के नीचे पहुँचने की आवाज़ ने भीड़ को न जाने कैसी भड़भड़ाहाट में बदला कि धक्के के साथ वह भी उसमें समा गई थी। छठे तल्ले पर रुकी हुई लिफ़्ट के खुले दरवाज़ों ने धर्मतल्ले की सुरंग की याद फिर से ताज़ा कर दी। सूखे गले को तर करने की इच्छा भर ने ही नहीं बल्कि रास्ते की झुंझलाहट ने भी अख़बार में आँख गड़ाए अर्दली श्रीकान्त पर रोज़ की तरह बरसना ज़रूरी समझा हो शायद।

रोब झाड़ने का उपक्रम वह कतई नहीं था, लेकिन रोब झाड़ने की आवाज़ का सा गुरूर तो श्रीकान्त को लग ही गया था। कैसे समझाती कि उसके कुछ भी कहने का मतलब वह नहीं, जो तुम मान बैठे हो, श्रीकान्त। श्रीकान्त के सम्पर्क में आने से पहले उसने सुन्दरबन का नाम भर सुना था, देखा नहीं था। बंगाल की खाड़ी। मैंग्रो, यानी सुन्दरी का जंगल। छितराए हुए टापुओं का विस्तार। जंगलों में दौड़ते बंगाल

टाइगर और हिरणों के झुंड। आभासीय दुनिया में जानकारियों की भरमार थी। यात्रा कराने वाली एजेंसियों के पैकेज टूर वाले विज्ञापन थे। मिज़ाज के मुताबिक़ यात्रा का अन्दाज़ तो ग़ैर सैलानीपनवाला ही हो सकता था। लेकिन कैसे कहती, 'श्रीकान्त तुम साथ चलोगे?' वर्गीय मामला भर नहीं, लैंगिक भिन्नता की स्थितियाँ मुँह को सिल देने वाली थीं। व्यवहार में दोस्तानापन ही व्यक्ति के भीतर मौजूद जनतांत्रिकता का सबूत होता है। बहुत यारबाश लोग किसी के साथ भी सहज व्यवहार में होते हैं। स्त्री और पुरुष की भिन्नता भी नहीं। जाति, क्षेत्र और भाषायी श्रेष्ठता का कोई झूठा गुमान उन्हें छू नहीं सकता। मानवीय सम्बन्धों के पार जाकर, सम्पूर्ण प्रकृति के साथ दोस्ताना व्यवहार में ही जनतंत्र का सम्पूर्ण चित्र हो तो दुनिया और भी ख़ूबसूरत हो सकती है। व्यक्ति के भीतर के जनतंत्र की भनक उसके व्यवहार से प्रकट हो जाती है। किसी क्षण विशेष में उठे मन के भावों से उसे जाँचने कोशिश नहीं करनी चाहिए। मनोभावों का क्या? वे तो वातावरण के बदलाव से भी डोल जाते हैं। कोई अंकशास्त्री हो तो व्यक्ति के भीतर के जनतांत्रिकपन की गणना करने के सूत्र प्रतिपादित कर दे और शायद बताने लगे कि दोस्तानापन जनतांत्रिक मूल्यों का समानुपातिक होता है और जनतंत्र का चरम शासक विहीन दुनिया का रूप हो सकता है। श्रीकान्त यारबाश था। श्रीकान्त के यारबाश व्यवहार की परिधि पर ही वह अपने भीतर की यारबाशी की सीमा को पहचानने लगी थी।

"कैसे जा सकते हैं सुन्दरबन?"

"टूर कराने वालों की भरमार है। मोबाइल पर देख लीजिए।...जाने को तो दूसरा तरीक़ा भी है, लेकिन आपके लिए मुश्किल होगी।"

"दूसरा तरीका क्या है?"

"स्यालदा से खुलने वाली ट्रेन में सवार होकर कैनिंग पहुँच जाओ। वहाँ से बस, टैम्पो, रिक्शाभैन, भोटभोटी, जहाँ जो मिले, बदलते रहो। किसी भी टापू तक पहुँचने के लिए भोट-भोटी ही एक मात्र सहारा है। टापू के भीतर एक छोर से दूसरे छोर तक दौड़ते हैं रिक्शाभैन।" एक टापू से दूसरे टापू। यात्रा दर यात्रा। सुन्दरबन कहाँ है, जानने की उत्सुकता कम नहीं हुई। जिस जगह का ज़िक्र श्रीकान्त ने किया था, कहाँ है? कोई कुछ जानता क्यों नहीं ऐसी जगह के बारे में? श्रीकान्त की सूचना झूठ तो नहीं हो सकती। फिर कैसे ढूँढ़ा जाए उस जगह को? कैसे पहुँचा जा सकता था वहाँ तक? इस यात्रा में खोजना सम्भव नहीं तो अगली किसी यात्रा में खोजा जाएगा। सवाल था कि सैलानीपन की तरह किसी जगह को घूम आने

को 'यात्रा' कहा जा सकता है क्या? जगह भी फिर कहाँ? क्या कलकत्ता और सुन्दरबन दो अलग जगहें हैं? अलग तो बिलकुल ही नहीं। अलग ही होती तो क्यों जी रुपेन हलदार और दंडकारण्य में बसने को मजबूर कर दिए गए लोगों को भा गई होती? हाँ, दक्षिण दिशा की ओर विस्तार लेते कलकत्ता से कुछ घंटे भर की दूरी ही तो है सुन्दरबन। तब तो किसी यात्रा को दूरी के रूप में परिभाषित करते हुए यह कहना ठीक है न कि किसी डेल्टा समय में विस्थापन के अहसास को ही 'यात्रा' कहा जाना चाहिए।

"सुन्दरबन डेल्टा ही तो है, गंगा, ब्रहमपुत्र और पद्मा नदी का डेल्टा।"

तरह-तरह की लगाम बनाते जमाने की धज्जियाँ उड़ानी हो तो यारबाशी के जीवन व्यवहार को सीखना होगा—यह पढ़ने-गुनने भर की बात नहीं, बल्कि आगे का जीवन ऐसे ही जीना होगा, वह तय कर चुकी थी। फिर भी नौकरशाही के अहंकार में गुँथा उसका भीतर जब-तब शासकीय व्यवहार में उछाल ले लेता था।

"आज फिर लेट!! तुम समय से क्यों नहीं आते हो, श्रीकान्त? तुम्हारे रोज़ के रोने वाले बहानों को मैं सुन नहीं सकती। यदि ऐसा ही है तो तुम लोगों के लिए भी बायोमीट्रिक अटैंडेंस चालू करना पड़ेगा।"

"आप साहब लोग हैं, भद्र मानुष हैं। जो चाहे कर सकते हैं।"

आदमी भी ग़ज़ब, हर बात का जवाब देने में ही तत्पर रहेगा। बोलेगा भी तो ऐसा कि भीतर तक छूरा घोंप दे। तारीफ़ यह कि छुरा घोंपते हुए भी इरादा हत्या का न रखे, लेकिन ऐसे ही जवाबों में तो श्रीकान्त के भीतर की यारबाशी का द्रव घुला रहता था। उन जवाबों को सुनने के बाद ही तो मोहतरमा ख़ुद को दुरुस्त करने का अहसास हो पाता था—गहरे तक जड़ जमाए बैठे शासकीय रुआब के पौधे को काट-छांट देना चाहिए।

"श्रीकान्त, तुम्हें यह मालूम नहीं होगा कि बायोमीट्रिक पहचान उँगलियों की पोरों पर गुदे हुए चिह्न की छवि है। किसी जाति और धर्म से उसका कोई लेना-देना नहीं।"

"जाति पहचान के लिए बायोमीट्रिक पहचान नहीं, यह तो मुझे भी मालूम है, मैडम जी।...जाति की पहचान के लिए उसकी ज़रूरत भी तो नहीं। वह तो हमारे मन के भीतर के ज़ख़्मों के कारण ख़ुद ही ऐसा बर्ताव करवाए रहती है। आपने सुना तो होगा ही, वे वस्त्रों से पहचान लेते हैं।"

"तुम ऐसा क्यों कहते हो, श्रीकान्त? बायोमीट्रिक वाली बात के जवाब में

तुम्हारा यह कहना मेरी समझ की सीमा बन रहा है। थोड़ा खुलासा करो तो,... हो सकता है, तुम्हारे समझने में ही कोई चूक हो रही हो। अपने कहने-समझने के व्यवहार को तो मैं देखूँगी ही।"

"ठीक है मैडम जी, आप जब इतनी बात कह रही हैं तो मुझे भी बताने पर सन्तोष मिलेगा।...जान लीजिए ज़माना गुज़र गया, कई दशक गुज़र गए। व्याप्त ख़ामोशी को अकेले मैंने ही नहीं ओढ़ा, हर किसी ने पर्दा पड़ा रहने देना चाहा है।...(क्षण भर की ख़ामोशी) आप उस घटना को राजनैतिक रंग न देने लग जाना पर। आपको मालूम होना चाहिए कि ब्रिटिश राज के समय से ही शुरू हुई वोटों की राजनीति किसी भी मुद्दे को लपकने की फ़िराक़ में रहती है। राजनीति के इस बेहुदे उद्देश्य को इससे मतलब नहीं होता कि कहने वाले का मूल मंतव्य क्या था? उसका उद्देश्य तो सिर्फ़ वोटों का लाभ लेना होता है। याद करें, उस बंग महिला को, क्या तो नाम—जुबान पर आ-आकर कहने से पहले ही भूल जा रहा हूँ...ओ याद आया, तसलीमा। पूर्वी बंगाल में बुरे वक़्त को फैलाने वाली ताक़तों के ख़िलाफ़ ही तो उसने लिखा, लेकिन उसके लिखे को अपनी करतूतों के लिए कौन इस्तेमाल करता है?...वैसी ही बुरी ताक़तें न? समाज को बाँट देने वाले लोग तो हर जगह हैं आज भी। जैसे लोगों के ख़िलाफ़ वह लिखती रही, वैसे ही लोगों की राजनीति उसके लिखे को अपने लिए वोटों का गणित बना देती है। बदले हुए भूगोल, समय-काल और परिस्थितियों को दरकिनार कर अपने मुताबिक़ परिभाषित करना चाहती है। मेरे कहे पर यक़ीन नहीं तो ख़ुद से इस बात को जाँच लीजिए—वोटों के बहुमत से जनप्रतिनिधियों को चुनने वाली व्यवस्था ज्ञान-विज्ञान की सही समझ के बिना झूठ का ढकोसला होती है। जो प्रतिनिधि जितना अनपढ़ और वाचाल, उसके प्रशंसक उतने अविवेकी और कुतर्की पाएँगी आप। पूर्वी बंगाल भी इससे अछूता नहीं।...ओह, मैं ग़लती से पूर्वी बंगाल कह रहा जिसे, वह तो अब एक देश है।"

पूर्वी बंगाल तो वह उस वक़्त भी नहीं रह गया था, बानी के बाबा जब टीन-टप्पर उठाकर दौड़े चले आए थे। छेले को कन्धे पर बैठाए। सवाल तब भी सामने था कि कलकत्ता में कहाँ तो जाएँगे ऐसे ही?

"कलकत्ता नहीं, सोदपुर जाएँगे न।"

सुबलनाथ बागची ने अपनी अक्ल लड़ाते हुए कहा था, लेकिन सुबलनाथ बागची की राय ने आश्वस्त करने की बजाय बड़ोबाड़ी में हड़कम्प मचा दिया था।

"बेटी के घर जाकर नहीं रहूँगा मैं अब इस बुढ़ापे में...।" सुबलनाथ बागची

जिन्हें अपनी बुद्धिमत्ता पर नाज़ था, सकपका गए थे। एकबारगी यह भी नहीं सूझा कि क्या कहें आगे? रुक्मी ने उसी वक़्त सोदपुर का नाम सुना था। उसी वक़्त पहली बार रुक्मी को मालूम हुआ था कि बड़ी ननद का विवाह कलकत्ता में नहीं बल्कि सोदपुर में हुआ था।

बड़ोबाड़ी का माहौल किसी तरह शान्त हो और उनकी राय पर ठीक से विचार हो, सुबलनाथ का दिमाग़ यही जुगत लगाता रहा। दंगे-फ़साद एवं बिगड़ते हालातों की ख़बरों ने बड़ोबाड़ी में हो रही मंत्रणा को टूटने नहीं दिया। सुबलनाथ बागची ने ही अपने प्रस्ताव को संशोधित कर लिया।

"अच्छा, काकुली को मिलकर आता हूँ मैं पहले। उसके जँवाई के कई दोस्त-बन्धु हैं कलकत्ता में। " बागची महाशय को बेटे का यह प्रस्ताव भी ठीक नहीं लगा था। प्रतिकार में उनकी जुबान से कुछ फूटता कि पहले से ही सचेत सुबलनाथ बागची ने झट टोक दिया था, "...वहाँ थोड़े ही रहना है, बाबा? सोदपुर काहे को रहेंगे?...जँवाई को ही कहूँगा कि चल, कोई ठिकाना दिला कलकत्ता में। वह कोई न कोई रास्ता निकलवा देगा। फिर कौन-सा हमेशा के लिए रहना है कलकत्ता में भी? जब इधर हालत सुधर जाएँगे तो लौटना ही है। पुरखों की ज़मीन-जायदाद को छोड़कर परदेश में क्यों रहेंगे भला?"

बाजेवाला डी सिल्वा और बिप्लब दास

नीरेन्द्रनाथ बागची की नदारदगी को दो साल से भी ज़्यादा का समय हो गया था। खेती-बाड़ी टुकू मंडल ही देखता था। एक रोज़ तालुकदार ने टुकू मंडल को खेत चास करने से रोक दिया।

"टुक्कू तुम्हें मालूम है कि नहीं, ये खेत अब बागची परिवार के नहीं हैं।"

खेतों पर अपने अधिकार को जताने के लिए ही उसने साफ़ कर देना चाहा कि कलकत्ता निकलते हुए नीरेन्द्रनाथ ने मुझसे पैसे उधार लिए थे और एवज़ में खेतों को गिरवी रख दिया था।

"अब इतने दिनों तक भी जब उनमें से कोई लौटनेवाला नहीं है तो गिरवी के खेतों को मैं अपने क़ब्ज़े में ले रहा हूँ। तुम कल से किसी दूसरे के खेत चास करो।

यह खेती अब शिराज़ का परिवार चास करेगा।"

तालुकदार नहीं चाहता था कि टुकू मंडल का परिवार ही पहले की तरह खेत चास करे। टुकू मंडल अपने भीतर इतनी ताक़त महसूस नहीं करते थे कि तालुकदार से सीधे जवाब-तलब कर लेते। कमज़ोर-सी आवाज़ में उल्टा गिड़गिड़ाने ही लगे, "क्या भूल हो गई तालुकदार साहब हमसे? वर्षों से इन खेतों को चास तो हम ही कर रहे हैं।"

टुकू मंडल को लगा कि कहीं तालुकदार को तेभागा का डर तो नहीं सता रहा? तालुकदार को वह आशवस्त कर देना चाहता था, "...हमने तो तेभागा की माँग भी कभी नहीं की बागची महाशय से। फिर भी आप कह रहे हैं कि मैं चास न करूँ। ऐसा कैसे हो सकता है, तालुकदार साहब?...फिर आप तो जानते हैं, जमाई बाबू चास-टास की सारी ज़िम्मेदारी मुझे ही सौंपे हैं।"

"ठीक है, जब बागची महाशय तुझे ज़िम्मेदारी दे गए तो तू ही दे मेरी उधार की रकम दे दे और गिरवी पड़े खेतों को छुड़वा ले।"

तालुकदार ने ऐसी चुनौती पेश कर दी थी जिसका कोई भी जवाब टुकू मंडल के पास नहीं था। टुकू मंडल ने तालुकदार से यह जानने की हिम्मत भी नहीं की कि उधार की रकम कितनी है? देता कहाँ से? बहुत कम रकम ही होती चाहे। मान लिया कि तालुकदार सही ही कह रहा होगा, लेकिन खेत चास करना वह छोड़ना नहीं चाहता था। नीरेन बाबू लौटने का उसे इन्तज़ार था। तालुकदार की हरकतों ने इन्तज़ार की घड़ियों बेचैनी में बदल दिया था। उस बेचैनी का शमन तो इस पर ही निर्भर करने लगा कि नीरेननाथ बागची आएँ तो टुकूमंडल तालुकदार हज़ारी की हरकतों का कच्चा चिट्ठा खोल दे, "तालुकदार की रकम वापिस कर दो, जँवाई बाबू। मैंने चास नहीं छोड़ी है। बँटाईदार तो मैं तुम्हारा ही। तालुकदार इसीलिए तो मुझे निकाल देने की मंशा के साथ था, पर वो तालुकदार कहाँ जानता था कि चास करते रहने देने की मिन्नतें करते हुए मेरे भीतर क्या-क्या चल रहा था? बँटाईदार जिस जमींदार का, खेत पर मालिकाना उसका। इस तरह से खेती तो आज भी बागची परिवार ही हुई।"

यह चिन्ता उसे भीतर ही भीतर खाए जा रही थी कि खेतों को सुरक्षित न रख पाया तो नीरेंद्र बाबू को क्या जवाब देगा?

टुकू मंडल की ख़ामोशी पर तालुकदार ने आश्वस्ति की साँस ली। बहुत ही कोमल आवाज़ में, एक हितैषी की तरह उस चालाकी को रखने लगा जिससे खेतों

पर उसका पूरा क़ब्ज़ा हो जाए, "तुम्हारे लिए मेरी एक सलाह है। जैसे बागची साहब और दूसरे हिंदू लोग यहाँ से निकल गए और सुख-शान्तिपूर्वक कलकत्ता में रहने लगे है, तुम लोग भी चले जाओ। गाड़ी-भाड़े की समस्या हो तो मैं व्यवस्था कर देता हूँ।"

टुकू मंडल ने अनुमान लगा लिया कि तालुकदार अब बँटाईदार रहने नहीं देगा। ज़ोर-ज़बरदस्ती कर सकता है। कोई साथ देनेवाला भी तो नजर नहीं आ रहा। जिस शिराज़ से उम्मीद रहती थी, जब तालुकादार उसे ही बँटाईदार सौंपना चाहता है तो वह मेरा साथ क्यों देने लगा भला। ऐसे में खाएँगे क्या? जीवन कैसे चलेगा?

तालुकदार के प्रस्ताव को मान लेने में ही टुकू मंडल को ख़ुद का हित नजर आया। दादू चाहते थे कि रुक्मी भी साथ चले, पर माँ बड़ोबाड़ी छोड़ने को तैयार नहीं थी। माँ को लगता था कि स्वामी के न होने पर वही बड़ोबाड़ी की नुमाइन्दा तो वही है। टुकू मंडल से रिश्ता बाबा और मेय का ही था, पर विवाह के बाद तो ससुर बाड़ी ही एक मेय का आसरा होती है न। आख़िर किसके हवाले छोड़े माँ अपनी ससुर बाड़ी को?

"मैं भी चल दूँगी तो बाड़ी में चूहे, जानवर कूदने लगेंगे।"

माँ नहीं मानी। दादू, दीदी माँ, तुबलू मामू और मामी के लिए मजबूरी थी। दादू को फ़ैसला लेना ही पड़ा। तालुकदार ने खेया का इन्तज़ाम कर दिया था। जाते-जाते दादू ने माँ को आश्वस्त करने की कोशिश की, "ठीक है, रुक्मी। कलकत्ते पहुँचकर मैं नीरेनबाबू को खोजता हूँ। कहूँगा कि तुम्हें लिवा लाएँ। नीरेन बाबू भी नहीं चाहेंगे कि ऐसे माहौल में तुम यहाँ रहो। कोई भी भद्र मानुष तो लौटना नहीं चाहता है अब। सुनने में आया कि बागची परिवार ने नई बाड़ी कीन ली वहाँ।...तुम अपना और बच्ची का ख़याल रखना। गाँव में वैसे भी न जाने कहाँ-कहाँ के लोग आकर बस गए हैं। तालुकदार पर भी ज़्यादा यक़ीन नहीं करना। वह भला मानुष नहीं।"

मय परिवार दादू निकल लिये। माँ और बच्ची अकेले रह गए। अब तालुकदार का निशाना माँ थी। वह हर बार चेष्टा करता कि कैसे भी माँ को राज़ी कर ले कलकत्ता चले जाने को। एक दिन सीधे-सीधे ही माँ के सामने उसने प्रस्ताव रख दिया, "कहें तो कोई बन्दोबस्त कराऊँ जाने का?" माँ को तालुकदार की नीयत में खोट दिखा। जायदाद को हड़पने की उसकी चाल से माँ पहले ही क्षुब्ध थी। जायदाद से माँ को वैसा मोह भी नहीं था। वह तो किसी भी तरह स्वामी के पास पहुँच जाना चाहती थी। दादू और मामा लोगों के द्वारा गाँव छोड़ जाने के बाद तो

वह अपने को अकेली ही समझने लगी थी। उसी ऊहापोह की स्थिति में तालुकदार को बोल दिया कि हाँ, इन्तज़ाम करवा दें। तालुकदार ख़ुश हो गया। दुमुरटोला के मल्लिक लोगों के एक परिवार को भी तालुकदार ने तैयार कर लिया था। कलकत्ता में कोई ठौर तो उनके पास भी नहीं था, लेकिन माँ ने उनसे उस बाबत कुछ पूछा-जाँचा भी नहीं। कलकत्ता कोई कलशीरा की तरह छोटा-सा गाँव तो था नहीं, जो किसी को भी खोज लिया जाए। फिर वैसे में तो और भी मुश्किल था, जब बेघरों की भीड़ पूरे कलकत्ता में भरी पड़ी हो। मल्लिक परिवार तो तय करके चला था किसी न किसी कैम्प में जाकर शरण ले लेंगे। माँ को जब इस बात का भान हुआ तो उसके कुछ भी समझ नहीं आया कि क्या करे?

बाबा और परिवार के लोग कहाँ रहते हैं, यह भी जानती नहीं थी। काकुली पीसी कहाँ रहती है, याद करने लगी तो किसी जगह का नाम नहीं सूझा। जानने-पूछने की उस कोशिश में ही ठनठनिया कालीबाड़ी का नाम माँ को सुना-सुना-सा लगा। मल्लिक महाशय के पास ठनठनिया कालीबाड़ी की कोई जानकारी नहीं थी, लेकिन वे बीरीशीरी के रुपेन हलदार को जानते थे। शरणार्थी कैम्प में रुपेनदा हर किसी के लिए मददगार व्यक्ति था। 'उदबास्तु उन्नयन समिति' के कार्यकर्ता की हैसियत से वह हर किसी की मदद के लिए तैयार था। बीरीशीरी का नाम सुनते ही माँ को रुपेनदा बहुत क़रीबी लगने लगा। रुपेनदा ने भी इस बात की लाज रखी। माँ और बाबा के रिश्ते के बाबत उसने वहाँ रहते हुए ही सुना हुआ था। 'उदबास्तु उन्नयन समीति' उस सरकारी योजना के ख़िलाफ़ संघर्षरत थी, शरणार्थियों को जिसके तहत दंडकारण्य जैसे उबड़-खाबड़ भूगोल में पुनर्स्थापित किया जाने का प्रस्ताव था।

रुक्मी बागची अपने परिवार को खोजना चाहती थी। अपने स्वामी को खोजना चाहती थी, लेकिन मुसीबत के उस समय में भी उसके मन में ननद से मदद लेने का ख़याल नहीं आया। ननद को तो खोजना भी नहीं चाहा। अपमान के भावों की कड़ुवी यादें उस वक़्त भी ज़िन्दा थीं। ख़ुद के सम्मान का भाव प्रभावी था। किराये का कमरा लेना ज़्यादा ठीक समझा, लेकिन कहाँ?, किराये का ठिकाना मिलना इतना आसान नहीं था। वह भी तब, जब कलकत्ता का स्थानिक भद्र समाज सचेत था—जाति बदलकर किराये में रहने के उपक्रम करने वालों की कथाएँ हवाओं में थीं।

स्वामी को खोजने के लिए ठनठनिया कालीबाड़ी ही एक सन्दर्भ के रूप में रुक्मी की स्मृति में मौजूद था मानो नीरेन्द्रनाथ बागची वहीं आस-पास मिल जाएँगे।

माँ की ज़िद पर ही रुपेन हलदार ने ठनठनिया कालीबाड़ी के इलाक़े में ही किराये का ठिकाना तलाश करना शुरू किया। किराये का मकान मिलना आसान नहीं था। छोटे लोगों की छूत से जातिच्युत हो जाने की आशंका से घिरी रहने वाली भद्र मानसिकता हर किसी को सन्देह की निगाह से देखने को अभिशप्त थी। रुपेन हलदार अपने लिए नहीं, बल्कि भद्र महिला रुक्मी बागची के लिए मकान तलाश रहा था।

सवाल फिर भी था, मकान-मालिक कैसे यक़ीन करे कि वह अभागी महिला भद्रलोक प्राणी ही है? रुपेन हलदार को ही अपने आप को प्रस्तुत करना था। ख़ुद को बागची परिवार का हलिया बताकर ही वह नारायण सान्याल के विश्वास को जीतने के क़ाबिल हो सकता था। नारायण सान्याल यक़ीन कर सके, यह सोचकर ही रुपेन हलदार ने उससे कहा था कि अपनी मालकिन, बेसहारा भद्र ब्राह्मणी, रुक्मी बागची को उसके बिछुड़े हुए परिवार से भेंट करवाने के नाते ही वह मदद करना चाह रहा है। बेटी के साथ परिवार से बिछुड़ गई भद्र महिला की गाथा ने नारायण सान्याल को द्रवित कर दिया था। बारेन्द्र ब्राह्मण होने के नाते एक अपनापा उसके भीतर जाग गया। बहुत मामूली किराये पर उसने रुक्मी बागची को एक कमरे में ठौर दे दी।

मकान मालिक, नारायण सान्याल भला आदमी था। अपने नाते-रिश्तेदारों को ख़बर कर-करके वह स्वयं भी बागची परिवार की खोज-ख़बर निकालने में जुट गया जबकि वह स्वयं जानता था कि विस्तार लेते जा रहे महानगरीय कलकत्ता में किसी अनजान को खोजना आसान नहीं। फिर अपना देश छोड़कर आने वालों को खोजना तो और भी मुश्किल था। जाने कौन कहाँ ठौर पाया हो? धन-मान से सम्पन्न लोग तो कलकत्ता की भागम-भाग से निकलकर हावड़ा, हुगली, श्रीरामपुर, जहाँ ठीक-ठिकाना मिल जाए, निकलने में हिचक नहीं रहे थे। जहाँ ज़रा भी सम्भावना नजर आती, वह बागची परिवार के ठिकाने की तलाश में जुटा रहता। आसानसोल में रहने वाले एक बागची परिवार को नारायण सान्याल जानता था, लेकिन उस परिवार का ब्योरा रुक्मी द्वारा बताये जा रहे ब्योरों से मेल नहीं खाता था। रेलवे में नौकरी करने वाले श्रीमान देबब्रत बागची थे तो ओपार बंगाल के ही बाशिन्दा, लेकिन मालूम करने पर पता चला था कि असम से बदली लेकर ही वे तो बहुत आगे समय से मय परिवार आसनसोल में रह रहे थे।

रुक्मी बागची की पूछा-पाछी अपनी तरह से जारी थी। नीरेन्द्रनाथ बागची का कहीं पता नहीं लग रहा था। कालीबाड़ी के आस-पास के बाज़ार में पत्थरों पर

खुदाई करने वाले कामगारों की दुकानें थीं। छेनी-हथौड़ी की ठक-ठक उन्हें निगाह उठाने की फुर्सत ही नहीं देती थी। बिकने के लिए तैयार किसी तस्वीर का दाम पूछने वाले ग्राहक से मुख़ातिब होते हुए भी निगाहों की बजाय उनके कानों के पर्दे ही ज़्यादा सक्रिय रहते थे। आँखों पर टूटी कमानी का चश्मा टांककर ठक-ठक करते रहने वाले एक बूढे कारीगर ने अलबत्ता अपनी याद्दाश्त पर काफी ज़ोर डालने की कोशिश की थी। सुनी हुई आवाज़ों को बताए जा रहे हुलिए से मिलान करना उसके लिए भी सम्भव नहीं हुआ था। उम्मीदों से सवाल कर रही एक भ्रद महिला की मदद करने के लिए कारीगर पीछे नहीं रहना चाहता था। सड़क पार की दुकान के अपने एक साथी कारीगर को उसने पुकारा था। किसी पुराने सन्दर्भ के ज़िक्र के ज़रिये साथी की याद्दाश्त को कुरेदने लगा, लेकिन उसका साथी भी उस ग्राहक का पता बताने में असमर्थ था, मामूली-सा एक चकला ख़रीदने के लिए जो हर दुकान से दाम पूछता फिरा था। रुक्मी के बताए हुलिए को वह हू-ब-हू उस ग्राहक से मिलान कर रहा था। पूछने-जाँचने की चेष्टा करती रुक्मी हार नहीं मान सकती थी। कालीबाड़ी घाट में घंटों बैठी रहती। स्नान ध्यान के वास्ते आने-जाने वालों को देखती। फिर कभी बाज़ार के दुकानदारों के पास पहुँच जाती और तरह-तरह से उनकी यादों को कुरेदने का प्रयास करती।

श्मशान घाट एक तरह से वैरागी बना देता है, शवदाह के लिए पहुँचे मृतक के नाते रिश्तेदारों के चेहरे पर पसरी उदासी में उसे महसूसा जा सकता है। लेकिन रुक्मी के लिए श्मसान घाट जीवन की लौ धधकाने से कम नहीं था। शवों को धधकाती अग्नि की आँच भी उसे सताती नहीं थी। जाने वह कैसी आस थी जो उम्मीद जिलाए थी कि ज़रूर किसी दिन स्वामी से मिलना सम्भव होगा। जीवन-मरण में शामिल होने को ज़रूरी मानने वाले नीरेन्द्रनाथ बागची के सामाजिक व्यवहार से रुक्मी का क़रीबी वास्ता था। समय बीतता रहा। बागची परिवार की कोई भी ख़बर मिलना सम्भव नहीं हुआ। कलकत्ता कोई बीरीशीरी तो था नहीं, महानगर ठहरा। कहाँ जाए और कहाँ पूछे? अपने बाबा टुकू मंडल को खोजने का भी कोई सूत्र रुक्मी के पास नहीं था। ले-देकर बीरीशीरी का रुपेन हलदार ही रुक्मी का सहारा बनता रहा।

रुपेन हलदार को भी फुर्सत कहाँ थी? रोज़ की जद्दोजहद में उलझी पड़ी उदबास्तु उन्नय समीति का कोई भी कार्यकर्ता फुर्सत में हो भी कैसे सकता था? जबकि शरणार्थियों को ज़बरदस्ती दंडकारण्य भेजे जाने की अफ़वाहें चारों ओर थी। शरणार्थी किसी विपरीत भूगोल में जाने की बजाय बंगाल में ही सेटलमेंट करने की

बात कर रहे थे। शरणार्थी शिविरों में आन्दोलन की हलचल थी। उधर आन्दोलनरत लोगों को शिकस्त देने वाली व्यवस्था के नए-नए पैतरे सामने थे। दोल बन्द कर दिए जाने की ख़बरें सुनाई देने लगी थीं। ख़बरों को सच होने में भी समय नहीं लग रहा था। दोल में दिया जानेवाला अनाज और नकद रुपया देना एकदम-से बन्द ही कर दिया गया था। दोल पर जी रहे शरणार्थियों को पस्त कर देने की वह कुत्सित चाल थी। दोल बन्द कर दिए जाने के कारण ऐसे हालात पैदा होने लगे थे कि न चाहते हुए भी रुपेनदा को माँ से कहना पड़ा था, "रुक्मीदी सरकार अब मानने वाली नहीं है, दंडकारण्य भेज कर ही छोड़ेगी। दोल भी इसीलिए बन्द कर दिया। भूखा मानुष क्या खाएगा? अभी तो कोई उपाय नहीं दंडकारण्य जाने के अलावा।"

ज़िम्मेदारी और होशियारी रुपेन हलदार के गुण थे। बेशक रुक्मी किराये के मकान में रह रही थी, लेकिन रुपेन हलदार ने चालाकी बरतते हुए माँ-बेटी का नाम भी शरणार्थियों के रूप में लिखवाया हुआ था। सिर्फ़ दोल की रकम और राशन के लिए ही उसने ऐसा नहीं किया था, बल्कि वह जानता था कि जिस दिन कैम्प उखड़ जाएगा और पुनर्स्थापन का कोई इन्तज़ाम हो जाएगा, उस दिन वह चाहकर भी इस माँ-बेटी को अकेले छोड़कर कहीं ओर नहीं निकल सकेगा। माँ के लिए भी शोमेषवारी जीवन सूत्रों का आधार रही। सम्बन्धों की धार रही। उस धार के साथ बहने में ही वह अपने को सुरक्षित महसूस कर सकती थी। दंडकारण्य जाना होगा, यह कल्पना ही माँ को भयभीत कर दे रही थी। वह तो अपने दुमुरटोला लौटने की मासूमियत में जी रही थी। स्वामी मिल जाएँ तो हाथ पकड़कर ले चलेगी।

उम्मीद बड़ी ऊर्जावान होती है। लाख परेशानियों में घिरे होने के बावजूद उम्मीद से भरा व्यक्ति निराश नहीं हो सकता। लक्ष्य की प्राप्ति बेशक मुश्किल हो, लेकिन उम्मीदें जीवन को गतिशील बनाए रहती हैं।

संयोग कोई भाग्य का पौधा नहीं, बल्कि अंकुरित होते हुए उस बीज का नाम है जो क्रियाशीलता की ज़मीन पर फूटता है। वह एक संयोग ही था कि कलकत्ता की उस भीड़-भाड़ में बिप्लब दास नजर आए थे वरना वर्षों पहले कलकत्ता पहुँचे हुए बिप्लब दास से मिलना कैसे सम्भव होता! कलकत्ता की सड़कों पर बानी का हाथ पकड़कर टुकू मंडल की मेय रुक्मी को दौड़ते देख बिप्लबदास को भ्रम हुआ था कि कहीं वह स्वयं ही तो दुमुरटोला में नहीं?

"रुक्मी, ऐ रुक्मी!" परिचित-सी आवाज़ कानों में पड़ी तो रुक्मी ठिठक गई। मुसिबत का मारा जब किसी पराए में ही आसरा ढूँढ़ लेता हो बिप्लब काका तो

रुक्मी के अपने थे। यूँ अचानक दिखने की कल्पना तो की ही नहीं जा सकती थी।

"बिप्लब काका", रुक्मी वहीं से चिल्लाई।

सड़क के बीच दौड़ रही ट्राम की घंटी की आवाज़ न सुनाई देती तो सड़क के बीचोबीच ठिठकी हुई रुक्मी को कोई नहीं हटा सकता था। बिप्लब काका की आत्मीय आवाज़ में रुक्मी को ऐसा लगा कि मानो बाबा ही सामने खड़े हों। दौड़कर वह बिप्लब दास के पास पहुँची गई।

"ऐ, दादू को प्रणाम कर।" बानी भौचक्क-सी देखती रही। बच्ची उस दादू को चीन्हती कैसे, जो अचानक से मिल गया था। माँ की सीख ने ही अभिवादन करने को प्रेरित किया था। दादू ने नातिन को अंक में भरा और प्यार की बौछार होने लगी। राज़ी-ख़ुशी की बातों का लब्बो-लुआब इस ख़बर के रूप में था कि टुकू मंडल ने कलकत्ता छोड़ दिया और एक शरणार्थी जत्थे के साथ अंडमान चले गए। अब तो उन तक पहुँचना भी कालापानी की जेल हो जाना था। अंडमान पुनर्स्थापना के जत्थे के साथ ही पूरा परिवार कलकत्ता से निकल चुका था। गर जो बिप्लब दास के पास कोई ठौर न होती तो टुकू मंडल के साथ वह भी अंडमान निकल ही गया होता। राज़ी-ख़ुशी की बात थी कि बिप्लब दास कलकत्ता में रहकर ही दमदम स्थित बाजा दफ़्तर में काम कर रहा था। गोवा के रहने वाले श्रीमान डी सिल्वा की बदौलत ही बिप्लब दास को यह सुअवसर प्राप्त हो पाया था।

बाजा दफ़्तर में काम करनेवाला डी सिल्वा एचएमवी एनालॉग मशीन ऑपरेटर था। रिकार्डिंग के वास्ते जहाँ-तहाँ उसको जाना पड़ता था। रिकार्डिंग मशीन साथ में ले जाने के लिए उसे हर वक़्त एक सहायक की दरकार रहती थी। लगा-बँधा कोई सहायक नहीं था। हर रोज़ के हिसाब से बदल-बदलकर मिलने वाले सहायकों को उसे हमेशा समझाना पड़ता था। बावजूद समझाइसों के, मशीन के साथ किस तरह की एहतियात बरतनी है, मौक़े पर उपलब्ध हर व्यक्ति अपने-अपने तरह से ही उसे कन्धे पर लादता था। सहायकों के लिए मशीन एक ऐसा सामान भर होती, जिसे यहाँ से वहाँ पहुँचाना और वापिस लाना भर ही वे अपना काम मान रहे होते थे। सारी चिन्ता डी सिल्वा की बनी रहती, ताकि रिकार्डिंग के वक़्त मशीन में किसी तरह की ख़राबी न आ जाए। अपनी उस परेशानी को वह अक्सर प्रबन्धक के सामने रखता रहता था। प्रबन्धक की ओर से डी सिल्वा को छूट थी कि जिस दिन कोई आदमी जँच जाए, उसका नाम बता दे। कम्पनी उस आदमी को स्थायी कर्मचारी के तौर पर रख लेगी।

डी सिल्वा से बिपल्व दास की मुलाक़ात तापस चक्रवर्ती के निवास पर हुई थी। श्रीमान डी सिल्वा उस एंग्लो-इंडियन महिला का दोस्त था जो ब्रिज खेलने की शौक़ीन थी और उसी वास्ते बिजयगढ़ के तापस चक्रवर्ती के यहाँ अक्सर उसका आना-जाना रहता था। डी सिल्वा भी बहुधा उसके साथ होता। तापस चक्रवर्ती दख़ल की ज़मीन में रहने वाले शिबशंकर गुहा को बुला लेता और फिर चारों ही जमकर ब्रिज खेलते। बारीसाल का बाशिन्दा—शिबशंकर गुहा, तापस चक्रवर्ती को पहले से जानता था।

तापस चक्रवर्ती ओपार बंगाल का धनी-मानी व्यक्ति था। विभाजन की आग से बच निकलने के लिए ही उसने बहुत समय पहले ही सोनारपुर के ज़मींदार—जादव नारायण सरकार के वारिसों से जादवपुर के उस उजाड़ में ज़मीन का एक बड़ा-सा टुकड़ा ख़रीद लिया था। बाड़ी के साथ-साथ गोशाला का निर्माण कराकर अब वह मय-परिवार बारीसाल से जादवपुर आ बैठा था।

तापस चक्रवर्ती को गोशाला में काम के वास्ते एक ईमानदार और मेहनतकश आदमी की ज़रूरत थी। यूँ तो जान बचाकर कलकत्ता पहुँच रही भीड़ से एक आदमी को ढूँढ़ लेना कोई मुश्किल काम नहीं था, लेकिन उदारता के भद्र व्यवहार में तापस चक्रवर्ती ने यह बात शिबशंकर गुहा के सामने रखी थी।

शिबशंकर गुहा ख़ूबसूरत व्यक्ति था। अपनी ही तरह के बेसहारा लोगों के साथ वह भी उस वक़्त ही जादवपुर में आ जमा था, जब भूमि दख़ल के लिए उमड़ी शरणार्थी भीड़ ने ख़ाली पड़ी सैनिकों की बैरकों को ठिकाना बना लिया था। विभाजन की त्रासदी में परिस्थितिजन्यता ने ख़ाली पड़ी ज़मीनों पर छप्पर तान देने को उकसा दिया था। भूमि अधिग्रहण क़ानून इस बात की छूट देता है कि नहीं, यह क़ानूनी प्रश्न हो सकता था, लेकिन नैतिक नहीं। जीवन के लिए ज़रूरी नैतिकता जान प्राण की रक्षा थी। जानवर, धूप, पानी और जाड़े की सर्द हवाओं में रहने को मजबूर हैं, मनुष्य ने उससे बचने के रास्ते तलाशते हुए ही अपने को पशुओं से भिन्न बनाया है।

बागानों के मालिकों के लिए यूँ भी बंजर पड़ी इस धरती का मोल नहीं था। फिर यह भी ऐतिहासिक सत्य झुठलाया नहीं जा सकता कि क़ब्ज़े कोई दैवी अधिकार से हासिल नहीं हुए। विजयगढ कॉलोनी की स्थापना में आयोजित कार्यक्रम का स्वर उन शरणार्थियों को भी आश्वस्त कर रहा था, जो अभी भी कैम्पों के तंग वातावरण में अनुदान के दोल पर निर्भर थे।

द्वितीय विश्व युद्ध में अपने जौहर दिखा चुकी जोधपुर रेजीमेंट, जिसका

ठिकाना, झील से सटे जादवपुर इलाक़े में था, वहाँ से फ़ोर्ट विलियम में स्थानान्तरित हो चुकी थी। सैनिकों की ख़ाली पड़ी बैरकों पर शरणार्थियों ने क़ब्ज़ा कर लिया था। जिनको बैरकों में जगह नहीं मिली, उन्होंने बैरकों से लगती ख़ाली पड़ी ज़मीन को दख़ल कर लिया। झगड़ा-टंटा ख़ूब हुआ, लेकिन ज़मीनों के मालिक, ज़मींदार के पाले हुए गुंडों के लिए भी शरणार्थियों से निपटना मुश्किल था। कोर्ट-कचहरी हुई, पर अन्ततः जीत शरणार्थियों की ही रही। जीत की ख़ुशी का नाम बिजयगढ़, आजादी के जश्न का नाम आजादगढ़, नेताजी की प्रेरणा नेताजी नगर, तो गांधी की वैचारिकी गांधीनगर के साथ टुकड़ों-टुकड़ों में जा पसरी। जमींदारी की लायलका किनारे लगा दी गई। शरणार्थियों में जोश था। ग़ुस्सा था।

सेना की ख़ाली पड़ी बैरकों और आस-पास की ख़ाली पड़ी ज़मीनों को दख़ल करने वाली भीड़ के शोर ने ढाकुरिया के आस-पास रहने वाले मुस्लिमों को बुरी तरह से भयभीत कर दिया। हमलावारों के हमलों को झेलते हुए भी वे जान बचाने के लिए कलकत्ता छोड़ना नहीं चाहते थे। जान बचाने के लिए शरणार्थी हो जाना उन्हें स्वीकार नहीं था। शरणार्थी जीवन की मुसीबतें उनकी आँखों के सामने घट रही थीं, लेकिन बिगड़ते जा रहे हालात वातावरण को लगातार डरावना बनाते जा रहे थे और जीवन का भय उनके भीतर भी व्यापने लगा था। टीपू सुल्तान की मस्जिद के दक्षिण में पड़ने वाली बस्ती में रहने वाले गुलाम इस्लाम शाह के क़त्ल ने माहौल को दहशत से भर दिया। गुलाम इस्लाम शाह की एक बाँह को टॉलीगंज ट्राम डिपो से सटे जंगल में टाँग दिया गया। झूलते हुए दूसरे हाथ के साथ चिपका हुआ धड़ वहीं पास ही क़ब्रिस्तान के साथ सटे जंगल में बनी हज़रत मक़सूद गाज़ी उर्फ़ पगला बाबा की मज़ार के बाहर रख दिया। गुलाम इस्लाम का सिर ढाकुरिया के निर्जन में सरे आम पड़ा मिला। लूट की सम्पत्ति पर निगाह गड़ाई आँखें हत्या के ज़रिये दहशत फैलाने का उपक्रम रच रही थी। दहशत के मारे लोग जान बचाने के लिए भागने लगे।

शरणार्थी शिविर में शरण पाये बिप्लब दास को शिबशंकर गुहा ने तापस चक्रवर्ती की बाड़ी से सटे खेत के एक कोने में झोंपड़ा डलवा दिया था और उसे समझा दिया था कि तापस महाशय की गोशाला की देखरेख करे। बाग-बगीचे को हरा-भरा रखे। एवज़ में टका-पैसा और खाना, कपड़ा तापस चक्रवर्ती दे देंगे। बिप्लब दास के लिए यह राहत की बात थी। सिर छुपाने को झोंपड़ा और जीवन चलाने को काम मिल गया था। मेहनत और लगन से वह सारे काम करने लगा

था। शिबशंकर गुहा की ख़ूबी थी कि सामाजिक उत्थान के लिए जाति विभेद को मिटाने पर उसका यक़ीन था। हर वक़्त डरे-सहमे रहने वाले लोगों में आत्म विश्वास का अभाव उसे अखरता था। दख़ल की जा चुकी ज़मीन के एक कोने में ख़ाली पड़े टुकड़े में उसने जान-पहचान के दो-तीन अन्य परिवारों को भी बसा दिया था। धनी-मानी तापस चक्रवर्ती को तो हर काम के लिए नौकर-चाकरों की ज़रूरत थी। नौकर-चाकरों की बदौलत तापस चक्रवर्ती निश्चिन्त होकर ब्रिज की बाज़ियों में मशगूल रहने लगा।

जाति विभेद पर आधारित समाज की जटिलता है कि वहाँ दबे-कुचलों पर आफ़त का कहर ढाने वालों की कमी नहीं रहती है। श्रेष्ठताबोध के नशे में पगला कर वे मेहनतकश समुदायों को मानसिक रूप से प्रताड़ित करने का कोई मौक़ा हाथ से नहीं जाने देते हैं। ज़मींदार के गुंडों से निपट लेने के बाद भद्र मानसिकता को यह बात चुभने लगी थी कि शिबशंकर गुहा ने न जाने किस-किस को बाशिन्दा बना दिया। कोई कड़ा रुख़ अपनाने से पहले शिबशंकर गुहा को बता दिया गया कि वह ख़ुद से उन सबको ज़मीन से बेदख़ल हो जाने को कह दे, वरना मुश्किल होगी। शिबशंकर गुहा क्या कहता, जब उसका दोस्त रिपुदमन गांगुली भी दूसरे भद्रलोगों की जुबान बोलने लगा। वे भले मानुष, जिन्होंने दिन-रात एक करके झोंपड़े खड़े करने में मदद की, शिबशंकर गुहा उन्हीं को बेदख़ल होने के लिए कैसे कह देता भला? लेकिन बातें उनके कानों तक पहुँच ही गई थीं। शिबशंकर गुहा को उम्मीद थी कि सम्भवत: तापस चक्रवर्ती उसका साथ देगा, लेकिन अफ़सोस कि जिसका काम बिना नौकर-चाकरों के चल ही नहीं सकता था, वह भी ख़ामोश बना रहा। ऐसे ही समय में डी सिल्वा के भीतर का देवदूत जागा था। बिप्लब दास को वह अपने साथ ले गया और बाजा कम्पनी के उस अधिकारी के सामने लाकर खड़ा कर दिया, जिसने कुछ ही समय पहले कहा था कि डी सिल्वा अपने हिसाब से आदमी चुनकर बता दे, कम्पनी उसे हैल्पर के रूप में रख लेगी।

कन्धे पर मशीन उठाए बिप्लब काका डी सिल्वा के पीछे-पीछे राज भवन जा रहे थे। ठहरकर बातें करने का वक़्त नहीं था। डी सिल्वा भला मानुष था। मानवीय भावों की रग-रग पहचानता था। रुक्मी से मिलते हुए बिप्लब दास के चेहरे पर जो भाव थे, उसने पढ़ लिए थे। उस एनालॉग मशीन ऑपरेटर के भीतर की मशीन जो कुछ रिकार्ड कर चुकी थी, उसे उसी रूप में बजाना नहीं चाहती थी। सही मायने में वह एक कलाकार था और व्यवहार के स्तर पर भी कलात्मक बना रहना चाहता

था। कलात्मक सौन्दर्य को बिखेरते हुए ही वह बिप्लब दास से मुख़ातिब था, "बिप्लबदा लूँ, तुम जल्दी से मशीन पहुँचा कर लौट आओ। चाहो तो निकल लेना आज घर। राजभवन में तो यूँ भी देर लगती है ख़ूब। वापिसी में मैं वहीं से किसी को पकड़ लूँगा किसी को मशीन के लिए। मशीन वह ले आएगा। नहीं तो सामने दिन तुम आकर उठा लेना।"

कृतज्ञता से दोहरे हो रहे बिप्लब के पास कहने को कोई शब्द नहीं थे। उसका ध्यान तो रुक्मी की ओर ही लगा था। डी सिल्वा की दयालुता पर तो वह यूँ भी विभोर ही रहता था।

"रुक्मी, तू पुकुर के पास रहना। साहब ने मुझे छुट्टी दे दी है। बस! बाजा मशीन पहुँचा के आता हूँ। वहीं पर रहना तू। मैं झट गया और फट आया।"

बिप्लब काकू का यूँ अचानक मिल जाना रुक्मी को अच्छा लगा था, लेकिन माँ-बाबा के अंडमान निकल जाने की ख़बर ने भीतर से तोड़ भी दिया था। काकू का इन्तज़ार करते हुए वह इसी गम में घुली रही। सोचती रही कि माँ-बाबा और दादा-बौदी ने ख़ुद ही काला पानी की सज़ा कबूल ली!!

काले पानी की जेल से वीभत्स है काली गन्ध

रुक्मी को यह अहसास हो चुका था कि माँ-बाबा और दादा-बौदी से मुलाक़ात की सम्भावनाएँ कालेपानी की खौफ़नाक दुनिया के समुद्र में विलीन हो चुकी हैं। अब स्मृतियाँ ही शेष हैं। लेकिन स्वामी को खोजना मुश्किल नहीं होगा। बिप्लब काकू का सहारा उम्मीदें दे रहा था। हालाँकि ख़बर-सार कहीं से कुछ नहीं थी। फिर भी उसके मन में इस बात की आश्वस्ति प्रबल होती जा रही थी। दूसरे-चौथे रोज़ बिप्लब काकू टुकू मंडल की मेय रुक्मी से मिलने चले आते थे। आते ही पहला सवाल होता, "कुछ पता-ठिकाना मिला नीरेन्द्र बाबू का?" सवाल पूछते हुए यह भाव प्रबल रहता कि मानो वे आश्वस्त हों कि मुलाक़ात तो हो ही जानी थी, पर हर रोज़ की निराशा ने उनके भीतर भी स्थायी भाव को बसा लेने की जगह बनानी शुरू कर दी थी। सवाल पूछना मानो उनकी आदत का हिस्सा हो और जवाब को सुने बग़ैर निराशा में डूबने लगना उनकी स्वाभाविक प्रवृत्ति का हिस्सा। निजी जीवन

के संघर्ष में लगातार डटे रहनेवाला बिप्लब दास भी निराशा में डूब सकता है, इसकी कल्पना तो रुपेन हलदार भी नहीं कर सकता था। बिप्लब काकू का आश्रय पाकर थोड़ा सुकून महसूस करने लगी रुक्मीदी फिर से निराशा के ज्वार भाटा में न फँस जाए, इसीलिए रुपेन हलदार ने हर रोज़ चले आने को ख़ुद ही अपनी ड्यूटी में शामिल कर लिया था। बिप्लब काकू के पास मानो दूसरा कोई विषय ही नहीं था। उन्हें समझ नहीं आता कि उस हतभागी मेय से दूसरी क्या बात करे? कुछ देर वैसे ही ख़ामोश बैठे रहने के बाद उनके जुबाँ फूटती, "आमी आश्ची।" (मैं लौट कर आता हूँ)

ख़ामोशी में डूबी रुक्मी काकू का जाना देखती और अगले आगमन के इन्तज़ार की राह जोहने लगती। माहौल को अपनी उपस्थिति से पूरी तरह बदल देने में रुपेन हलदार माहिर था। आते ही बानी को चिढ़ाने लगता। हो-हल्ला शुरू हो जाता। उस हो-हल्ले के बीच ही रुक्मीदी को समिति की बातें बताना भी नहीं भूलता। सरकार के आदेशों पर चिन्ता ज़ाहिर करता।

रुपेन हलदार और बिप्लब दास की लगातार आवाज़ाही बाड़ी मालिक नारायण सान्याल के मन में सन्देह के बीज बोने लगी। भद्र मानुषों के भीतर कँटीले तने वाले पौधों से गमकते रहनेवाला बगीचा उसे चेताने लगा कि हो न हो, यह महिला उसके साथ छद्म कर रही है। कमरे के भीतर जिस वक़्त बिप्लब दास या रुपेन हलदार मौजूद होते, किसी न किसी बहाने से वह आस-पास मंडराते हुए भीतर की बातों को सुनने की कोशिश करता। लब्बो-लुआब यह कि रुक्मी की हर गतिविधि पर अब वह पैनी नजर रखने लगा। उसे लगने लगा कि वह जिस महिला को बागची परिवार की बेसहारा समझ रहा है, हो न हो, जात-बदल के साथ वह उसकी बाड़ी को अपवित्र कर रही है। शक की चादर का रंग दिन-प्रतिदिन गाढ़ा होता जा रहा था, लेकिन एक महिला पर सीधे आरोप लगाने का साहस वह फिर भी नहीं कर पा रहा था। किसी ऐसे प्रमाण की तलाश में था, जिसके सहारे सार्वजनिक तौर पर अपमानित करके उस महिला को बाड़ी से बाहर निकाल सके, जो ख़ुद को बारेन्द्र ब्राह्मणों की बहू बताकर जमी पड़ी है। उसके रंग-ढंग बदलने लगे थे। तरह-तरह से परेशानियाँ खड़ी करने की जुगत भिड़ाता रहता ताकि झूठी महिला परेशान होकर ख़ुद ही मकान ख़ाली कर दे।

नारायण सान्याल की हरकतों के कारण रुक्मी स्वयं ही क्षुब्ध होने लगी। माँ को समझ नहीं आ रहा था कि मदद के लिए तत्पर रहनेवाला नारायण सान्याल

मुसीबतों के पहाड़ क्यों खड़े करने लगा है? बात-बात में माँ से उन्हीं जानकारियों को बार-बार माँगता, जिनसे माँ और बिप्लब काकू के बीच सम्बन्धों का खुलासा हो। रुपेन हलदार सचमुच बागची परिवार का हलिया है तो उसके प्रति माँ के व्यवहार में मौजूद रहने वाले वात्सल्य की वजह?

काकुली पीशी और दादू माँ के व्यवहार की साम्यता भरा नारायण सान्याल का व्यवहार रुक्मी को चुभने लगा। वह ब्राह्मणत्व के उस शंखा (मंगलसूत्र) को उतार कर फेंक देने के लिए बेचैन होने लगी, जिसकी लाज के लिए उसे अपने क़रीबियों के सम्बन्धों को खुलासा करना ज़रूरी हो रहा था। बिप्लब काकू ने माँ को सौगन्ध न धराई होती तो ब्राह्मणत्व का प्रतीक वह शंखा हुगली के बहाव में समा गया होता, माँ ने उसे उतारकर पोटली में रख लिया, जिसकी सच्चाई के लिए उसे अपने सगे-सम्बन्धियों से दूरी बनानी पड़ रही थी। अब वह निपट नामशूद्र होकर रुक्मी चंडाल हो जाना चाहती थी। किराये के मकान में रहते हुए वैसा हो पाना सम्भव नहीं था। किराये का मकान भी अपने तरह से विशिष्ट बना देता था। कैम्प में जीवन बिताने को मजबूर लोग जानते थे कि साधन-सम्पन्नता के बिना कैम्प से अलग कोई शरणगाह नहीं बन सकती। अनुभव से उपजे ज्ञान ने रुक्मी को अहसास दिला दिया था कि विशिष्टता एक पद है, जो समय और काल के साथ ही अर्थवान होती है। ज़रूरी नहीं किसी एक समय की सामान्य बात हमेशा सामान्य ही रहे, या किसी एक समय की विशिष्टता हमेशा विशेष गद्दी पर विराजमान रहे। रुक्मी चंडाल होने के लिए तो किराये के मकान को छोड़ना होगा और कैम्प के जीवन में आसरा बनाना होगा, उपजे हुए ज्ञान को व्यावहारिक रूप में बदलने के लिए रुपेन हलदार को बुला लिया।

बाड़ी मालिक नारायण सान्याल उस वक़्त बाहर ही था, जब रुपेन हलदार रुक्मी की गृहस्थी की गठरियों को रिक्शे पर लदवाने के लिए पहुँचा था। कमरा ख़ाली करके बानी का हाथ पकड़कर बाहर आ रही रुक्मी की नजर नारायण सान्याल पर पड़ी। वह ग़ुस्से से तमतमाया हुआ था। नफ़रत की हवा में फूला हुआ गुब्बारा रुपेन हलदार पर फटने को ही हुआ कि आवाज़ की कोमलता को खो चुकी रुक्मी की ज़ुबाँ ने उसे हड़बड़ा दिया, "आपका बहुत बहुत धनबाद, दादा। ये रखो घर की चाबी। मन में मलाल न करना। इस घर में जो रही, वह आप भद्र लोगों की परम्परा की रुक्मी बागची ही थी। अपने मन से निकाल दो कि बाड़ी अशुद्ध हो गई। शुक्र मनाओ कि जो बाड़ी छोड़कर जा रही, वह रुक्मी चंडाल है।" नारायण

सान्याल के कुछ भी समझ नहीं आया। गुस्से में थरथराती और गठरियों को रिक्शे पर लादती रुक्मी से निगाहें मिला पाना उसके लिए सम्भव नहीं रहा।

शरणार्थी शिविर में बैठा हुआ पुनर्स्थापना विभाग का कर्मचारी पहले से लिखे हुए नाम को बदलने के लिए तैयार नहीं था जबकि रुक्मी बागची और रुक्मी चंडाल के अर्थ को वह अच्छे-से समझता था। उस समझ के साथ ही तटस्थता की मुद्रा में वह अपनी सरकारी डयूटी के हवाले से था। "सरकार का आदेश है अब किसी भी व्यक्ति या परिवार का नाम रजिस्टर में दर्ज़ नहीं किया जाए। बिना साहब लोगों की अनुमति के कोई नया नाम मैं दर्ज़ नहीं कर सकता। नाम बदलना भी एक नये नाम को दर्ज़ करना ही है। जिसको दिक्कत है, स्ट्रैंड रोड चला जाए दफ़्तर में। साहब लोगों से मिल ले। हाँ, नाम काटना है तो बताओ, अभी काट देता हूँ।"

'उदबास्तु उन्नय समिति' के लिए वह सबसे कठिन समय था, तय कर पाना मुश्किल था कि संघर्ष की दिशा क्या हो? दंडकारण्य पुनर्स्थापना योजना का विरोध करे? या बहुत-से वंचित रह गए लोगों का नाम रजिस्टर में दर्ज़ करवाने के लिए लड़े? एक असमंजस की स्थिति बनी हुई थी। समिति के नेताओं को समझ नहीं आ रहा था, क्या होनेवाला है? वे चिन्ताओं से घिरे थे, 'कहीं ऐसा न हो कि मदद के नाम पर मिलने वाली किसी पंगत से ही बाहर न रह जाएँ अनाम रह जा रहे शरणार्थी।' ऐसी ही ख़बरों का हल्ला चारों ओर था—पुनर्स्थापना का लाभ भी उन्हीं लोगों को मिलेगा, जिनके नाम रजिस्टर में दर्ज़ होंगे। रजिस्टर में नाम लिखवाने के लिए बेचैन लोगों की तादाद कम नहीं थी। राहत की बात थी कि रुक्मी का नाम रजिस्टर में था—रुक्मी बागची, पत्नी नीरेन्द्रनाथ बागची। शरणार्थी पहचान से महरूम रह जा रहे लोगों की तरह वह अनाम नहीं थी।

दो विपरीत दिशाओं में फँसते जा रहे संघर्ष की दिशा की राजनीति को सन्तुलन बनाने की बजाय वंचितों में वंचित के पक्ष का पाठ होना चाहिए, व्यावहारिक शिक्षा का यह पाठ ही रुपेन हलदार का राजनैतिक शिक्षण कर रहा था। नेतृत्व का पक्ष रजिस्टर में छुट जा रहे नामों के लिए चिन्तित था, लेकिन रुपेन हलदार को यह बात ही उचित लग रही थी कि 'उदबास्तु उन्नयन समिति' सिरे से दंडकारण्य पुनर्स्थापना परियोजना का ही विरोध करे और लोगों को शरणार्थी बनाकर किसी भी असंगत भूगोल के बीच में खदेड़ने की बजाय पश्चिम बंगाल के दक्षिणी-तटवर्ती क्षेत्रों में

फैले टुकड़ा-टुकड़ा भूगोल में बसाने को प्राथमिकता पर ले।

"समझने की कोशिश करो कामरेड, यदि लोगों के नाम ही रजिस्टर में दर्ज़ नहीं होंगे तो पुनर्स्थापना के लाभ से भी वह वंचित रह जाएँगे।"

"पुनर्स्थापना को लाभ और हानि के रूप में देखना मेरे लिए मुश्किल है कामरेड सेक्रेटरी। उसका सम्पूर्ण विरोध ही उस रजिस्टर को अप्रासंगिक बना सकता है, जो राष्ट्र के भीतर ही एक नागरिक को शरणार्थी पहचान से चिह्नित कर रहा। मुक़म्मिल तरीका पुनर्स्थापना परियोजना का विरोध ही हो सकता है।"

रुपेन हलदार के तर्कों के पीछे आशंका के वे घने बादल प्रभावी हो रहे थे, जिनका स्याह अँधेरा इस बात से भरा था कि वे लोग, जिनके पूर्वजों के नाम भी कोई ज़मीन कभी कहीं रही, पुनर्स्थापना के लाभ से वैसे भी वंचित किए ही जा सकते हैं। फिर इस बात के क्या मायने रह जाएँगे कि नाम रजिस्टर में था या नहीं? भद्र जीवन के संस्कारों से पल्लवित नेतृत्व के ज़ेहन में ऐसा कोई सवाल उठता भी कैसे? रुपेन हलदार की आशंकाएँ संघर्ष का केन्द्र बिन्दु हो नहीं सकती थीं। हुई भी नहीं।

"पुनर्स्थापना का विरोध कैसे कर सकते हैं, कामरेड? तुम ख़ुद ही सोचो जो अपनी मात्र भूमि से बेदख़ल हुआ हो, उसे कहीं तो पुनर्स्थापित करना होगा न? अपने गाँव-बाड़ी से बेदख़ल हो गया वह, बास्तुहारा ही तो हुआ न?" शब्दों के अर्थ कितने उलझाव पैदा कर सकते हैं, रुपेन हलदार न तो उसे सुलझा सकने में समर्थ था और न ही 'उदबास्तु उन्नयन समिति' के अपने साथियों से अलग कोई राह पकड़ सकता था। उस चिन्ता में घुलते हुए ही रुपेनदा ने माँ से कहा था, "अब तो यह भी मुसीबत कर दी कि पुनर्स्थापन कार्यालय में कोई नाम भी नहीं लिख रहा। ऐसे में लोग जाएँगे भी तो कहाँ? लड़ें भी तो कैसे? किसी दूसरे इलाक़े में जाएँ भी तो कैसे? जदि लोगों ने जल्दबाज़ी न की होती तो पथरीले पठार वाले दंडकारण्य में पटकने की बजाय सरकार ने समिति की माँग पर विचार ज़रूर किया होता। समिति की माँग एकदम स्पष्ट थी कि कलकत्ता और दूसरे शहरी क्षेत्रों में जगह नहीं भी है तो लोगों को सुन्दरबन क्षेत्र में निर्जन पड़े द्वीपों में जगह दे ही दी जाती।"

दंडकारण्य में जाने के विरोध में होते हुए भी मन से कमज़ोर लोग चोरी-चोरी, चुपके-चुपके लॉरियों में लदकर निकलते जा रहे थे, उस हताशा से ख़ुद को बरी करते हुए रुपेनदा ने माँ को कहा था, "दंडकारण्य का पथरीला उजाड़ हमारे अनुरूप नहीं। दक्षिणी बंगाल का कितना ही भू-भाग तो निर्जन द्वीपों के रूप में है। इसीलिए लड़ाई तो बन्द की नहीं जाएगी, वो तो दंडकारण्य में रहते हुए भी नहीं रुकेगी।"

संतुलन बनाकर चलना ग़ैर राजनैतिक कर्म है

सरकारी नियम-कायदों में उलझकर लड़े जाने वाले संघर्ष में लंगड़ा हो जाना लाज़िमी होता है। नियम-कायदों की इस महिमा का नाम ही तंत्र है, जहाँ पुष्ट पुट्ठे, फड़कती पेशियों और दुनिया का नाप लेने के जोश को लंगड़ा बना देने का उपक्रम सफलता पूर्वक अंजाम दिया जाता है। 'उदबास्तु उन्नयन समिति' उसी तंत्र में उलझी थी और उलझती ही जा रही थी। लंगड़े घोड़े के मुँह में लगाम डालकर दौड़ने की वह ऐसी कोशिश थी कि यह सोचना मुनासिब था, कितनी दूर तक दौड़ा जा सकता है ऐसे?

पुनर्स्थापना नीति की विसंगतियों के लिए संघर्ष में जुटी 'उदबास्तु उन्नयन समिति' सरकारी अमले की खुसर-पुसर से अनभिज्ञ थी। पूरा अमला झूठे लाभ का झांसा देकर लोगों को दंडकारण्य में पुनर्स्थापित करने में जुटा था। सरकारी मुलाज़िमों की तरह दिखते कितने ही लोग जब-तब कैम्प का दौरा करते, रजिस्टर में लोगों के नाम लिखने का उपक्रम निपटाते। सरकारी दबाव की रणनीति ने राहत के तौर पर जारी 'दोल' व्यवस्था को ही बन्द कर दिया। अनाज और नक़दी की वह मरियल व्यवस्था भी जब न रही तो विरोध करने वालों का दम टूटने लगा। 'उदबास्तु उन्नयन समिति' की समझाइसों के बावजूद पुनर्स्थापना परियोजना का ट्रक कैम्प में पहुँचता तो नेताओं को उसी वक़्त मालूम चलता कि इस खेप में कौन-कौन चल पड़ा दंडकारण्य। पुनर्स्थापना विभाग के अधिकारी पुनर्स्थापित होने को तैयार हो चुके परिवार के मुखिया का नाम अपने रजिस्टर में लिख चुकने के बाद दबे-छुपे तरह से यह भी बताते कि अमुक दिन तैयार रहें, लॉरी आएगी। अपना सामान चढ़ाकर सवार हो जाने में देरी नहीं करना। पुनर्स्थापित होने की सहमति दे चुके परिवार को दंडकारण्य पहुँचा देने में कोई देरी नहीं की जा रही थी। हर दिन के हिसाब से बदलती स्थितियाँ विरोध के जोश को कम कर देने वाली थीं।

माँ को यह बात परेशान करती थी कि जब इतने सारे लोगों को कलकत्ता और आस-पास के इलाक़े में बसाना सम्भव हो सका तो कुछ लोगों को ही अंडमान, दंडकारण्य और दूसरे प्रान्तों में क्यों भेजा जा रहा है? उन उजाड़ पड़े इलाक़ों को सँवारने की ज़िम्मेदारी कुछ बेसहारा लोगों के ऊपर ही क्यों लादी जा रही है?

पति और परिवार की ढूँढ़ा-ढाँढ़ी ने रुक्मी को बेहद थका दिया था। शरणार्थियों के जत्थे के साथ अंडमान जा चुके भाई, बाबा और परिवार के किसी भी सदस्य

से मिलने की तो कल्पना भी नहीं कर पाती थी। विस्मरण के लिए मजबूर करने वाले हालात दुःख देने वाले थे। शरणार्थी शिविर में न रहते हुए भी बास्तुहारा जीवन के स्वप्न जागृत यथार्थ की तरह थे। वह विकट यथार्थ ही उसे किराये की कोठरी में रहते हुए भी शरणार्थी शिविर में रहने वालों से अलग नहीं होने देता था। दंडकारण्य-पुनर्स्थापना उसके विस्थापन की अनवरत यात्रा का अगला पड़ाव हो रहा था जबकि पिता और पुत्री के मिलन के ख़्वाब से पोषित उसकी जिजीविषा को दंडकारण्य का ताप भी नहीं तोड़ सकता था। स्वामी की खोज में निकलने के विचार ने ही तो उसे तालुकदार की चलाकियों में फँस जाने के लिए उकसाया था। कमबख़्त समय में ज़ेहन में उठा वह विचार इस कदर परेशानी में डालनेवाला होगा, इसकी कोई कल्पना उस वक़्त वह कर नहीं पाई थी। दंडकारय का बीहड़, पथरीला, ऊबड़-खाबड़ भूगोल अपनी प्रकृति को बदल नहीं सकता था। माँ-बेटी के जीवन पर भी वह घाम की आग बरसा रहा था, लेकिन रुक्मी तो बानी को उसके बाबा से मिलाने के लिए कितनी ही कठिनाइयों से दो-दो हाथ करने को तैयार थी।

अपना देश, अपना घर

एक ओर पत्थर के साथ लोहे की टंकार सुनाई दे रही थी। दंडकारण्य के जंगल और पथरीले भूगोल ने हाथों में कुदाल, फावड़ा और गेंती जैसे औजारों को थामने के लिए हर किसी को मजबूर किया हुआ था। उपज को पैदा करने की कोशिश में धरती को उर्वरा बनाने की गेंती चलाई जा रही थीं, लेकिन अपेक्षित परिणामों को पाना बेहद कष्टप्रद था। जीवन जीने के लिए आधारभूत ज़रूरतें नाकाफ़ी थीं। पुनर्स्थापना का लड्डू चबाने में टूट जा रहे दाँतों ने 'उदबास्तु उन्नयन समिति' को मजबूर किया हुआ था कि वह अपने विरोध को जारी रखे। जीवन की सलामती के लिए बरते जाने वाले व्यवहार की वे स्थितियाँ भी उस वक़्त बेहतर नजर आ रही थीं गुलामी की ज़ंजीरों में जकड़े हुए भी, जिनके साथ होना उमंग और उल्लास से भर देता था। जान-मान की रक्षा के लिए भागते हुए भी, जिन्हें इसीलिए हर किसी ने सुरक्षित बचा लेना चाहा था। वे हुनरमन्द लोग थे। गुंथी हुई मिट्टी को छोड़कर उठ-भागने वाले कुम्हारों ने चाक पीठ पर बाँध ली थी। लुहार ने अपनी

धौंकनी नहीं छोड़ी थी, बेशक फूँकने के लिए फेफड़ों में जान छूटती जा रही थी। हड़बड़ाहट के उस माहौल में बजनिये ढाक की साज सँभाल कर पाने में असमर्थ थे, लेकिन वैसे ही छोड़कर निकलने का मन नहीं बना पाये थे। कपड़े, भांडे-बर्तनों की गठरी-ठठरी के बोझ के साथ ढाक भी कन्धों पर ढुलकती हुई-सी दौड़ती रही। बांस की खप्पिचयाँ और ताड़ के पत्तों को उखाड़कर ले जाना चाहते तो बहुत दिनों तक उन्हें उपयोग के लायक बनाये रखना मुश्किल था। जहाँ पहुँचेंगे, वहीं पेड़ों से पत्ते जुटाकर तरह-तरह की उपयोगी चीज़ें बनाने का हुनर उनके पास था, उसे कोई छीन भी नहीं सकता था। उस्तरा और शीशा सँभालना मुश्किल नहीं था। हजामती के लिए आसन की चौकी तो कहीं भी जुटाई जा सकती थी। उसे साथ लेकर चलने की कोई ज़रूरत नहीं थी। उन व्यवहारी औज़ारों की साज-सँभाल करना भी मुश्किल हो रहा था। उदासी की नींद में डूबी पड़ी वे एक-दूसरे का सहारा होते हुए ही ख़ुद को सँभाल रही थीं। उनके सृजनहारों के पास अपने से ही निपटने का वक़्त नहीं था। वे रैनबसेरे की ज़रूरी कार्रवाई को सम्पन्न कर लेने में जुटे थे।

वृक्ष, पक्षियों का रैन बसेरा हैं। क्या खेती के लिए वृक्षों को ध्वस्त कर देना ज़रूरी है?

यह सवाल नहीं, जिज्ञासाएँ थीं।

वृक्षों का काट देना, मतलब पक्षियों को बसेरा बदलने के लिए मजबूर कर देना था। मजबूरी के विस्थापन और जीवन की ज़रूरत के लिए जहाँ-तहाँ ठौर बनाना एक ही बात तो नहीं। जंगलों का घनापन, जहाँ दोपहर की तपिश भी छाँव हो, उसे कैसे और क्यों काट दिया जाए? बसेरा बना रहे, शरणार्थियों को यह समझ आ चुका था। एक निश्चित ऊँचाई तक उठी हुई झाड़-झंखाड़ को साफ़ करके ज़मीन को जोतने और बोने की अथक कार्रवाइयों ने कब उस उसर को भी उर्वरा बना दिया, इसका तो भान ही नहीं हुआ। ज़मीन उपजाऊ बना दी गई थी। उपज अच्छी होने लगी थी, लेकिन वर्ष भर के लिए फिर भी पर्याप्त नहीं। मौसम का साथ बरसात के सहारे के रूप में हो जाता तो एक की बजाय दो फ़सलों की उपज प्राप्त की जा सकती थी वरना एक फ़सल की उपज में ही गुज़र-बसर।

धरती माँ है, गर्भधारिणी है। जल की आपूर्ति हो तो अपनी सन्तानों के लिए अन्न भी उपजाती है। कठोर पथरीली भूमि में भी माँ के होने के श्रेयकर कर्म को भुला पाना मुश्किल है। जंगल, झाड़ी, घास-पात माँ के अनुराग के प्रथम संकेत हैं।

हे धरती माँ, हमें जल आपूर्ति से भरी पृथ्वी के आगोश में ले चल। तेरे कठोरतम,

पथरीले विस्तार में हमारी बखत नहीं। तूने हमें इस लायक बनने ही कहाँ दिया कि पत्थरों को फोड़कर, ढेलों को तोड़कर हम चास कर सकें। बहुत भीतर, सनसनाते जल को हम सतह पर नहीं ला सकते, माँ। हमें दलदले विस्तार का ही अभ्यास है।

खेत कभी हमारे अपने नहीं रहे।

ज़मींदारों के थे।

हम काश्तकार थे और फ़सल के मालिक ज़मींदार थे।

हमें अपनी धरती से प्यार है।

हम काश्तकार जो हुए।

हमें नदियों से प्यार है।

हम काश्तकार जो हुए।

हमें नहरों से प्यार है। हम काश्तकार जो हुए।

मलकानगिरि में पुनर्स्थापित कर दिया गया हर शख़्स रुपेन हलदार की आवाज़ पर यक़ीन करता था। रुपेन हलदार के भाषणों में ओज था। लोगों को अपने भविष्य की राह दिखाई देती थी। लोगों को एकजुट करने में ही उसका सारा दिन निकल जाता था। दिन भर भूखा-प्यासा। रुपेनदा की चिन्ता ही माँ को हर वक़्त सताती थी। जब-तब ख़ुद ही बानी को पूछने-डांटने लगती, "छेले ने कुछ खाया कि नहीं?... बानी, जा तो, उसे बुला ला। देखना, जाने कहाँ फिरड़ रहा होगा?" कोई ठिकाना होता तो रुपेनदा को तुरन्त बुलाया जा सकता था। वह तो कभी कहीं मिटिंग कर रहा होता, तो कभी कहीं। केवल उन आवाज़ों के सहारे ही उस तक पहुँचा जा सकता था, जो पूरे जंगल को गुंजा रही होती थीं। किसी पेड़ पर चढ़कर, पत्थर पर खड़े होकर, आस-पास मौजूद लोगों के साथ संवादरत होते हुए भी, वह भाषण की-सी मुद्रा में संवादरत रहता—

"प्यारे साथियो,

"हम बास्तुहारा हैं। पार्टिशन की आग ने बेशक हमें भी दर-दर के लिए भटकाया है, पर हम भी उन भद्रलोकों की तरह बास्तुहारा हैं, जो कलकत्ता और पश्चिम बंग के अन्य क्षेत्रों में बसा दिए गए। उन भद्र लोगों की तरह ही हम भी बास्तुहारा हैं, किसी पराये देश से आए हुए शरणार्थी नहीं। अपनी भूमि से विस्थापित होकर दंडकारण्य के इस ऊबड़-खाबड़ में हमें शरणार्थी बनकर नहीं रहना है। यह ऐसा

उजाड़ है जो न तो खेती-बाड़ी करने के लिए आसान है और न भूख-प्यास बुझाने के लिए। ऊबड़-खाबड़ इस धरती पर रोज़ी-रोज़गार की कोई दूसरी भी सम्भावना नहीं। जंगली जानवरों की हिंसक हुँकार तो है ही, पहले से ही जंगलों के बाशिन्दों के लिए भी हम दिक्कुओं की तरह हैं। किस-किस से तो निपटें? इस पथरीले उजाड़ का यह विस्थापना प्रोजेक्ट और कुछ नहीं, हमारी भाषा, हमारे भूगोल और हमारी संस्कृति से हमें वंचित कर देने की साज़िश है। बंगाल हमारा अपना प्रदेश है। ठीक है कि बंगाल से बाहर, दूर-दराज़ के इलाक़ों में भी हमारी तरह कुछ हमारे बंगाली भाइयों को शरणार्थी बस्तियों में बसाया गया है, लेकिन आप उन जगहों पर जाकर देखिये, उनका आस-पास हमारे तरह की विषमताओं भरा नहीं। वहाँ खाबार जल (पीने का पानी) है, हवा है, रोशनी है। बहुत खुला-खुला न सही, तब भी आपस में बैठने-बतियाने का सामुदायिक वातावरण है। और सबसे अहम बात रोज़गार के अवसरों के भौगोलिक क्षेत्र हैं। वहाँ बसाए गए भद्र मानुष हमारी तरह बेर की झाड़ियों और जंगली फलों को खाकर अपनी भूख मिटाने को मजबूर नहीं हैं। पत्थरों से भरा यह बंजर, न मोटर, न गाड़ी, आख़िर यह कैसा न्याय है? हमने ऐसा कौन-सा अपराध कर दिया जिसकी सज़ा के तौर पर हमें यहाँ लाकर पटक दिया गया है?"

बानी के लिए पिता गूलर का फूल थे, जिनका होना गूलर के पेड़ पर लगे फल के कारण ही तर्क सम्मत उपस्थिति था, वरना गूलर के फूल को देखने वाले तो किंवदन्त कथाओं के नायक ही हो सकते थे।

"गूलर के पेड़ में फूल खिलता भी है क्या?"

"गूलर का फूल काली अमावास की रात में खिलता है, बेटी। इसलिए उसे देखना आसान नहीं। कोई दिव्य पुरुष ही उसे देख सकता है क्योंकि वह तो किसी शैतान की गिरफ़्त में रहने को मजबूर होता है।

"कहते हैं, एक बार एक मछुआरे ने हमेशा के लिए अपनी खेया को तट पर लगा दिया। जाल उसी में छोड़ दिया। रोज़-रोज़ के काम से वह उकता गया गया था। सब कुछ छोड़-छाड़कर वह चटगाँव चला गया। गाँव-घर में किसी को भी नहीं बताया। शहर में वह किसी को जानता नहीं था। कहाँ जाता, कहाँ रुकता? एक गूलर के पेड़ के नीचे उसने रात बिताई। वह उसके विस्थापन की पहली रात थी। आँखों से नींद ग़ायब थी। क्षण भर को आँख लगती तो समुद्र में तैरती मछलियाँ

उसे जगा देतीं। उसका मन बेचैन हो जाता। मन होता कि कैसे भी हो-दौड़कर खेया तक पहुँच जाए, लेकिन अमावस की वह घनी काली रात डरावनी थी। उसे पेड़ के नीचे भी डर सताने लगा। डर से छुटकारा पाने के लिए ही पेड़ पर चढ़ गया। पत्तों से आच्छादित जिस डाल पर उसने बसेरा बनाया, उसके टुक पर एक चमकदार रोशनी थी। वह शैतानी रोशनी थी। पेड़ की डाल पर एक चमकदार रोशनी मानो मछुआरे को आश्चर्यचकित कर रही थी। वह डाल के अन्तिम हिस्से तक जाकर रोशनी को क़रीब से देखने के लिए उत्सुक हो गया। सिरे की ओर बढ़ती डाल लगातर पतली होती चली गई थी। लगातार आगे बढ़ते हुए उसे डाल के टूट जाने तक का भान नहीं रह गया था। गहन अन्धकार में चमकती रोशनी की चौंध मालो को उकसाए थी। सरकते हुए ही वह आगे बढ़ रहा था। हर अगला क्षण उसे पहले से थोड़ा विस्थापित कर दे रहा था। लगातार का विस्थापन डाल को झुकाता चला जा रहा था।

"अब वह रोशनी के बहुत क़रीब पहुँच गया था, इतना क़रीब कि यदि वह डाल सख्त तने की मानिन्द भी होती, तो रोशनी को छुआ जा सकता था। मछुआरे का मन भी उसे छूने के लिए ललायित हो उठा। नीचे लटकती टाँगों को उसने आहिस्ता-से ऊपर उठाया, पीछे तक फैलाया और धड़ को डाल पर झुकाते हुए जैसे ही रोशनी की तरफ हाथ बढ़ाना चाहा कि उसे ऐसा लगा, मानो पीछे कसे हुए पाँवों ने साथ छोड़ दिया है और वह फिसलकर आगे की ओर गिरने को है, लेकिन शैतान ने उसे बाँहों में भर लिया। उसके साथ ही वह रोशनी ग़ायब हो गई। सुबह वह डाल गूलर के फलों से लदी थी।

"तेरे बाबा भी गूलर का फूल हुए हैं तो ज़रूर किसी शैतानी लालसा ने ही उन्हें गिरफ़्तार किया होगा। उस शैतानी ताक़त ने ही पहले तेरे ठाकुरदा की आँखों में रोशनी का जाला डाला, फिर परिवार के सभी लोगों को रोशनी को लपकने के लिए उकसाया और सबसे आख़िर में तेरे बाबा को भी लुभाने लगा। कभी भी अपनी जगह को न छोड़नेवाला उनका मन भी हर दो-चार रोज़ बाद बाड़ी छोड़कर कलकत्ता ला पटकने लगा था। शैतान फूलों से नफ़रत करते हैं, वे उन्हें ग़ायब कर देते हैं। लेकिन यही प्रकृति है, बेटी जो शैतानी इच्छाओं को ध्वस्त करती हुई अनवरत गतिमान रहती है। बिना फूल के भी गूलर के फल उस प्रकृति की सतत् गति का ही साकार रूप है।" बानी के सवालों का कोई जवाब रुक्मी के पास नहीं था। भला हो मिथकीय आख्यानों और किंवदन्त कथाओं का, जिसने मनुष्य को

कल्पनाओं की उड़ान भरने और अव्यक्त का अभिव्यक्त करने का शऊर दिया। स्कूली शिक्षा ने नहीं, माँ-बाबा के जुबानी पाठों ने रुक्मी को दीक्षित किया हुआ था। वह सिर्फ़ इतना जानती थी कि बेटी के भीतर बाबा के लिए पैदा हो रही नफ़रत का शमन भी उसे ही करना होगा। माँ की कथा और गुज़र रहा यथार्थ बानी के भीतर उपजने वाले सवालों की संगति बैठने नहीं देता था। ख़ामोशी अपने आप घेरा डाल लेती थी। अमावस और पूर्णिमा के चक्र में घूमता समय रुक्मी को भी न जाने किस-किस तरह की स्मृतियों में उतर जाने को मजबूर कर देता था। 'पूर्णिमा की रात बीते तो अभी बहुत दिन नहीं हुए। आज तो चैत्र षष्ठी है। पोइला बैसाख के रोज़ ही स्वराज़ी बाबू ने चंडाल जीवन को जगमग बनाया था।' ख़यालों में डूबी रुक्मी को यथार्थ में लौटने के लिए मजबूर करती आवाज़ों का शोर उठ रहा था, 'निजेर बाड़ी जेते होबे, जेते होबे, जेते होबे' (अपने घर जाना होगा, जाना होगा, जाना होगा) का हरकारा लगाते समूह को जाने कैसे मालूम हो गया हो कि उदासी के घेरे में घिरी हैं माँ-बेटी। पूर्णमासी की रात ही तो 'उदबास्तु उन्नयन समिति' ने निर्णय ले लिया था, कलकत्ता चलो। सुन्दरबन चलो। शरणार्थी जीवन से मुक्ति की चाह में अपने देश को लौटने वाले उस भरोसे की बाँह थामे थे, जिसका लब्बो-लुआब उस आमंत्रण में साँस लेने लगा था, 'दस कोटि हाथ, पाँच कोटि मुख अपने वस्तुहारों भाई-बन्धुओं को पुकार रहे हैं।'

माँ के व्यक्तित्व की यह विसंगति ही कही जाएगी कि बाबा के मामले में कोमल तरह से विचार करने के बावजूद समिति के काम करने के तरीके को बहुत आलोचनात्मक तरीके से देखती रही। समिति के काम करने के ढंग को वह भद्रलोक मानसिकता से मुक्त नहीं मानती थी। माँ नहीं जानती थी कि समिति के प्रति उसकी आलोचना बानी को बाबा के प्रति भी विद्रोही बना सकती थी। जब-तब के ग़ुस्से से भरी रहने वाली बानी को वह हमेशा सिखावन देती रहती थी कि रुपेन हलदार के मुँह न लगा कर।

वैसे माँ को समिति से ज़्यादा रुपेनदा पर भरोसा था। इसीलिए इस बात से भी आँखें मूंदे रहती कि क्यों बानी जब-तब की बहसों में रुपेन हलादार के साथ उलझने लग जाती थी? बहस-मुबाहिसों का वह ऐसा आत्मीय नाता था कि रुपेनदा हर छोटी से छोटी बात पर बानी की राय लेने के लिए जब-तब उसके पास ही आने लगा। क्या तो रात और क्या दिन? पेचीदा रिश्ते की उस उलझी हुई रस्सी के किनारे पकड़ना बानी के लिए मुश्किल थे। रुपेनदा का माँ को 'रुक्मीदी' सम्बोधित

करना रिश्ते-नाते की डोर को ओर भी उलझा देता था। मन के भीतर उठने वाली द्विविधाओं से निपटने का बानी के पास एक ही रास्ता था, 'रुपेनदा, सिर्फ़ रुपेनदा हैं।' वे जो कुछ कहें, बस उनके इशारों पर वह करने को तत्पर रहना। वे कहें लोगों को ख़बर कर के आओ 'आज मीटिंग है', तो ख़बर करनी है। वे कहें भाषण देना है तो बस उसके लिए कोशिश करनी है।

सिर्फ़ ज़रूरत ही नहीं, दुनियावी प्रपंच भी भाषा का निर्माण करते रहते हैं। प्रपंचों की भी अपने तरह की रचनात्मकता होती है। फ़र्क़ सिर्फ़ यही है कि प्रपंचकर्ता उनके लिए उस तरह के क़ानूनी अधिकार से वंचित रहता है जैसे प्रतिलिपि प्राधिकार या पेटेंट क़ानून आदि, जबकि प्रपंचों की इस भूमिका से इंकार नहीं किया जा सकता कि वे न सिर्फ़ नये से नये शब्दों को सृजित करते हैं, बल्कि अवधारणा के स्तर पर मानवीय चेतना में घुसपैठ करने में भी माहिर होते हैं। धरती को सीमाओं में बाँधने वाली चालाक सत्ता ने ही किसी क्षेत्र विशेष से उजड़ने को मजबूर कर दिए लोगों को 'शरणार्थी' पुकारा है। झूठी कृपा की बारिश में विस्थापितों को मजबूर किया है कि शरणार्थी के दर्ज़े में रहें। स्वयं को बास्तुहारा कहलवाने का मामला भी क़ानूनी रूप से शरणार्थी ही कहलाएगा। झूठ का साम्राज्य न हो तो धरती कोई सम्पत्ति नहीं। खिंची हुई चौहद्दी पर आच्छादित छत के नीचे वास करने वाले का मालिकाना रहे। इतिहास गवाह है कि एक जगह से दूसरी जगह स्थानान्तरित होते जन समूहों ने एक-दूसरे से अनजानी दुनिया को भी बन्धुत्व की पहचान दी।

आलोकुठि

इससे क्या फ़र्क़ पड़ता है कि उस जगह का कोई ऐसा नाम नहीं, जिसका ज़िक्र मुश्किल से ही कभी हो जाता हो। आप तो बस 22.189148 उत्तर एवं 88.958734 पूर्व के भूगौलिक कोण (22'11'20°8"N+88°57'31.5"E) को गूगल करें। हो सकता है, निर्जन के बीच मानव निर्मितियों के कुछ धब्बे नजर आएँ। चारों और घने जंगल से घिरे और गराल नदी के किनारे स्थित चित्रों को देखकर मुगालते में न रहे कि कोई जनक्षेत्र है। वहाँ अब ऐसा कुछ भी नहीं। वैसे, जगहों के नाम बदलवाने वाली राजनीति यदि कभी सत्ताधारी हो ही जाए तो इस बात की सम्भावना

बहुत ज़्यादा है कि दुःख-दर्दों के दिखावे का झूठ उस जगह को 'आलोकुठि' पुकारने के लिए उनके एजेंडे का हिस्सा हो ही जाए। यूँ भी जगह का वास्तविक नाम बता पाने में आपकी मदद करनेवाला शायद ही कोई मिले। सूर्लू गायेन सरीखा कोई गल्पबाज़ भी मिल जाए तो भी ज़रूरी नहीं। पूरे निर्जन का नाम तो बता ही देगा, लेकिन मानव बस्तीनुमा दिखते चित्रों की जगह को वह भी नहीं बता सकता कि उस जगह को क्या कहा जाता रहा होगा? परलकोट या पखाजूर जैसी जगहों में रहने वाले सोमेन बिस्वास यदि अभी तक जीवित बचे हों और अस्वस्थता की उम्र में पहुँचने के बावजूद यदि स्मृतियों के स्तर पर गड़बड़ाए न हों, तो ज़रूर उन बातों की पुष्टि कर सकते है, जिनका कोई लिखित दस्तावेज़ नहीं। चौंकिए नहीं कि जानकारी के लिए कई सौ किलोमीटर की दूरी पर रहने वाले सोमेन बिस्वास से ही पुष्टि करने को क्यों कहा गया? दरअसल, वही ऐसा शख़्स है जो कुछ बता भी सकता है, वरना पूछने को तो आप अंडमान में रहने वाले सपन समद्दार से पूछिये, वह इतना ही कहेगा, "मुझे कुछ नहीं मालूम।" बहुत कोमल तरह से जवाब भी दे दे तो ऐसा ही कुछ कह देगा, "कुछ साल पहले मिलते तो ठाकुरदा से मिलवा देता, वे आपकी ज़रूर मदद कर देते।" हो सकता है, कोई भला मानुष आपकी मदद करने को तैयार हो तो आपको तुबलू मंडल तक ज़रूर पहुँचा देगा, "तुबलू मंडल से पूछ लो, उसे मालूम हो शायद।"

वैसे असलियत तो ऐसी है कि तुबलू मंडल के पास भी जानकारी सीमित ही होगी। पर जो भी होगी, पक्की होगी। नींबू डेरा का हर आदमी इस बात पर यक़ीन करता है। तुबलू का बाबा टुकू मंडल तो एक-एक बात जानता था, पर कुछ वर्ष पहले ही टुकू मंडल इस दुनिया से विदा ले चुके। अपनी विदाई की आख़िरी वेला में उनकी याद्दाश्त और ज्ञान भी गड़बड़ाने लगा था। उम्र का असर नहीं, दरअसल टुकू मंडल की पत्नी ने जब एक दिन कहीं से बेटी के जहाँ-तहाँ भटकने की ख़बर सुनी, तो उस दुःख को बरदाश्त नहीं कर पाई, उसके न रहने पर टुकू मंडल भी अपने में कहाँ रहने लगे।

अंडमान के लिए ठाकुरदा की रवानगी ज़ोर-ज़बरदस्ती की वजह थी। ज़ोर-ज़बरदस्ती की वे स्मृतियाँ तो पूरे अंडमान को रंगीन बनाने वाले दूसरे लोगों के भीतर भी दर्ज़ है। शरणार्थी बंगालियों का जत्था कहा गया उन्हें। उस मुश्किल घड़ी को सबने ही एक बार भी मातृभूमि से खदेड़ा जाना ही माना था। कैम्प में जीवन काटते हुए एक उम्मीद तो थी कि कहीं किसी उजाड़, बंजर पड़ी ज़मीनों

पर बसाए गए बहुत-से दूसरे शरणार्थियों की तरह वे भी जगह पा जाएँगे, लेकिन अंडमान की रवानगी ने तो उम्मीदों के तार ही काट दिए। जंगल-गाछ वही, हवा वही, वे ही नदियाँ, वही मौसम। तब भी उस जगह का मतलब तो सज़ायाफ़्ता जीवन जीना ही था। ख़ून पीने को उतरी धर्म की तलवारों से जान बचाकर भागने पर तब भी वह बेहतर विकल्प ही था। ऐसा मानते हुए ही नदी में डोलती यात्रा करना मजबूरी थी। विकल्पहीनता की मजबूरी में स्वीकारी गई स्थितियों ने सपन समद्दार की मानसिकता को अपने तरह से गढ़ा। सलीक़े के अभिवादन से पेश आए या नहीं, इसलिए भी उसे खोजना बेकार है। आपको मालूम होना चाहिए एक समय का काला पानी, जो अपने भूगोल के कारण एक विकट निर्जन और सबसे कड़ी सज़ा देने के लिए एक बड़ी जेल रहा, आज काफी हद तक आधुनिकताओं में फ़रफ़राता अंडमान है। सपन समद्दार ने तो टापू में ही जन्म लिया—नींबूडेरा का बाशिन्दा। रनगत से डिगलीपुर के बीच का एक छोड़ा-सा पड़ाव है नींबूडेरा। आपकी जिज्ञासाओं के शमन की कोशिश में सपन समद्दार नींबूडेरा बाज़ार के सारे दुकान दारों का जमघट आपके इर्द-गिर्द लगवा सकता है।

सोमेन बिस्वास के दादा को जिस वक़्त शरणार्थी जत्थे के साथ पखाजूर पठाया गया, बेचैनी तो पूरे जत्थे के भीतर भी कम नहीं थी बल्कि कुछ ज़्यादा ही थी। इसलिए कि दंडकारण्य के उस बीहड़ से लौटने के लिए चाहे गाँठ में रुपया हो या न हो, कोई साधन हो या न भी हो, तो भी पाँवों के ज़ोर से तो लौटा ही जा सकता था। लेकिन समुद्री टापू के रूप में छितराए हुए अंडमान से तो चाहकर भी लौटना मुश्किल था। सपन तो सपन, उसके पुरखे भी चित्र में दर्ज़ उस स्थान का नाम नहीं बता सकते जो गूगल करने पर मानव बस्ती के चकत्तों जैसा दिखता है। सोमेन बिस्वास के पुरखे तो अपने पाँवों के ज़ोर पर यक़ीन रखते थे। फिर हसनाबाद हो चाहे कैनिंग, यूँ भी पटरी पर दौड़ती हुई गाड़ियों में सवार होकर पहुँचना कोई मुश्किल नहीं था।

सूरज पूरब से उगे और चाहे पश्चिम में ही ठहरा रहे, उसकी रोशनी की आभा का एक मामूली-सा क़तरा भी जीवन राग बन जाता है। मुरझाकर सोई पड़ी घास में मानो जान आ जाती है, पत्तियों का रंग कुछ ज़्यादा ही हरा होकर चमकने लगता है। पौधे मचलने लगते हैं। खिली हुई कलियाँ पुष्प बनने को आतुर होने लगती हैं। पक्षी कलरव करते हैं। गिलहरी, कठफोड़वे, कव्वे, कबूतर और रूप, रंग एवं आकार की भिन्नता से भरे तमाम पक्षी अपने-अपने घोंसले से निकलकर दाना

चुगते रहते हैं। झुंड के झुंड तोते ऐसे भागे चले जाते हैं, मानो कैनिंग से कलकत्ते की और दौड़ रही लोकल को मात दे देना चाहते हों।

रोशनी का क़तरा बिखेरती वह ऐसी ही एक सुबह थी। दंडकारण्य का बच्चा-बच्चा ख़ुशी से नाच उठा था। वामा मोर्चे की जीत के समाचार ने कलकत्ता के बाशिन्दों को भी शायद उतनी ख़ुशी न किया हो, जितना ख़ुश दंडकारण्य के बाशिन्दों को कर दिया था। बंगाल में वाम की जीत देश की राजनीति के इतिहास में एक नया अध्याय लिख रही थी। समूचा दंडकारण्य सूरजमुखी का पौधा हो जाना चाहता था। शरणार्थियों को लगने लगा था मानों पुनर्स्थापना यात्रा का कोई सुखद अन्त अब होने-हाने को है। थका देने वाली चढ़ाई एवं उतराइयों के बीहड़ अब स्मृति में ठहरे हुए नहीं रह सकते थे। उस रोशनी का असर था कि रुपेन हलदार की जुबाँ विस्थापितों को जुबाँ होने लगी। वे उस सच्चाई पर यक़ीन करने लगे, जिसे रुपेन हलदार की फ़िज़ूल बकवास मानते थे। रुपेन हलदार कहता था, सुन्दरबन द्वीपों की भूमि है। सरकार चाहे तो हमें किसी निर्जन भूगोल का बाशिन्दा बनने दे। दंडकारण्य के अपरिचित भूगोल की बजाय सुन्दरबन का भूगोल हमारे पूर्व परिचित भूगोल सरीखा है। वहाँ भूमि चास करना हमारे लिए मुश्किल नहीं होगा। माछ चास कर सकते हैं। फिर भाषा शब्दों का गुच्छा भर नहीं, भूगोल है, संस्कृति है, समाज है। दंडकारण्य के जंगल और सुन्दरबन का भूगोल वनस्पति की भिन्नता में ही नहीं, बल्कि भाषा की भिन्नता में भी साँस लेता है।

रुपेन हलदार की बातें उसके दिमाग़ी ख़याल भर नहीं थीं। वे उसी तरह सत्य थे जिस तरह प्रकृति का चक्र रात के बाद दिन के उगने वाले सत्य सरीखा होता है, कहीं पर और कभी भी। शरणार्थी कैंप-जीवन रुपेन हलदार को बहुत कुछ सिखाए हुए था। प्रतिरोध की चेतना के साथ अपने भीतर को व्यक्त करना भी। अपने भीतर के एक संकोची बालक की स्मृति को वह ख़ुद भी मिलान नहीं कर सकता था। उसकी आवाज़ का असर था कि समूचा दंडकारण्य बंगाल में उदय हुई रोशनी के स्वागत में जुटने लगा था। आमंत्रण की पुकार लगाती सभाओं का सिलसिला शुरू हो चुका था। पुनर्स्थापना का सवाल मुख्य मुद्दे के रूप में सामने था। रुपेन हलदार ने मानो भीड़ के बीच से ही समाधान दे दिया था। अपनी हिम्मत के ज़ोर से ही वह उस दिन गम्भीर आवाज़ में बोला, "सुन्दरबन के जंगलों में बसेरा कर लेंगे हम। यहाँ की कठोर ऊबड़-खाबड़ सख़्त भूमि की बजाय गंगा-पद्मा के डेल्टा की दलदल हमें वैसा परेशान नहीं करेगी, कामरेड।" भीड़ के बीच से ऐसा

व्यावहारिक प्रस्ताव रखने वाले रुपेन हलदार को मंच पर बुला लिया गया था। दंडकारण्य 'उदबास्तु उन्नयन समिति' के एक मामूली-से कार्यकर्ता को उस तरह से मंच पर बुला लेना और सभा को सम्बोधित करने के लिए मौक़ा देना किसी उपहार से कम नहीं था। उसका प्रस्ताव इस कदर स्वीकार्य होगा, इसकी कल्पना तो रुपेन हलदार को भी नहीं थी। नेतागण उदार थे वरना ख़ुद से जिस बात को कह सकते थे, उसको एक साधारण कार्यकर्ता से क्यों बुलवाते? वही दिन था। उसके बाद रुपेन तो मानो बेसहाराओं को कोई दिशा-निर्देशक मिल गया हो। सभा में दिए गए आश्वासन जीवन की वास्तविकता के आश्वासन हों, इसके लिए सिर्फ़ राजनैतिक ईमानदारी पर निर्भर रहना एक मृग मरीचिका ही था।

सत्ता उलझावों का जाल है। भुलावों का तंत्र है। जीत के झूठे जश्न की रंगीन झालरें लटकाने के लिए बहुमत के जुटान का कौशल पहली शर्त है। फिर कौन बचा रह सकता है ग़र्क हो जाने से? विभ्रम में डूबा हुआ ही कोई कह सकता है कि गर जो वह एक बार सत्ता तक पहुँच जाए तो गड़बड़ियों को दुरुस्त कर लेगा। वक़्त बीतता रहा और पुनर्स्थापना की राह ताक़ती निगाहें पथराने लगीं। पुकार के वे आश्वासन कोरे दिखने लगे। दंडकारण्य के शरणार्थियों की बेचैनियाँ बढ़ने लगीं। उस बेचैनी के सामूहिक बहाव लगातार बहती गंगा-पद्मा के बहाव नहीं थे कि कोई महासागर उन्हें जज़्ब करता रहता। वे तो पुनर्स्थापना की चाह में अन्धड़ का-सा शोर मचा रहे थे। हर किसी को अधैर्य कर दे रहे थे। पुनर्स्थापना की अस्थायी स्थितियाँ खेती-बाड़ी के काम में रमने नहीं देती थीं। रहने-बसने के ठिकाने दुरुस्त करना ही जब मुश्किल हो रहा था। ऊबड़-खाबड़, पथरीली भूमि उस तरह के कामों से ही फुर्सत नहीं दे रही थी। खेती-किसानी की ओर ध्यान जाता भी कैसे? फिर खेती के लिए ज़रूरी ज़मीन को साफ़-सुथरा बनाना और इस्तेमाल होने वाले हल-बैल का इन्तज़ाम करना कठिन काम थे। रुपेन हालदार को वे क्या कहते, जबकि 'उदबास्तु उन्नयन समिति' का वह ज़िम्मेदार कार्यकर्ता भी कुछ कहने-बताने की स्थिति में नहीं था। रुपेन हलदार के व्यवहार के खुलेपन और अपनापे से हर कोई वाक़िफ़ था। कोई साथी उस पर अविश्वास नहीं कर सकता था। नैतिक ज़िम्मेदारी की भावना में डूबा रुपेन हलदार ख़ुद भी अधैर्य के आग़ोश में समाने लगा था। रुक्मीदी ही अधैर्य में डूबे रुपेन हलदार का धैर्य थी वरना बुलावे के इन्तज़ार की स्थितियों को झूठ मान रही अन्य साथियों की हताशा उसे भी डुबोने के लिए काफी होती।

ऊहापोह की उन स्थितियों के बीच ही एक ज्वार-सा उठ गया था। अप्रैल का ज़लज़ला कहना ही ठीक हो उसे। उस ज़लज़ले की रफ़्तार ऐसी थी, जिसने सीधे सुन्दरबन की राह पकड़ ली। बवंडर में डोलते शरणार्थी अपने संसाधनों को ओने-पौने दामों में बेचकर जुटाए गए पैसों के सहारे एक स्थाई और अपने अनुरूप बसेरा तलाशने के लिए मरीचझापी की ओर कूच करने लगे।

जैसे-तैसे दंडकारण्य से सांतरागाछी पहुँचने लगे थे, लेकिन आगे किधर जाना होगा, किसी को कुछ मालूम नहीं था। रुपेन हलदार दिखे तो कोई पूछे। न हो तो रुक्मीदी को ही खोजो रे। वह भद्र महिला ज़रूर जानती होगी ठिकाने का रास्ता। रुपेन हलदार को तो मरने की फुर्सत नहीं। कोई एक व्यक्ति की ज़िम्मेदारी नहीं उसकी, उसको तो सकल पृथ्वी को ही देखना था। वह नेता था। सबका ख़याल रखना था। जो भी दंडकारण्य छोड़कर पीछे लगा, सभी को साथ लेकर चलना था। सुन्दरबन पहुँचना आसान नहीं था। कौन-सा टापू होगा जबकि चारों ओर जल ही जल फैला हो? वे क्या करें, जो गफ़लत में हसनाबाद पहुँच गए?

झुंड के झुंड बकरियों ने कलकत्ता की अफ़रा-तफ़री के सारे मानक ताड़ दिए थे। दिन भर के भीड़-भड़क्के वाले कलकत्ता के शोरगुल के तो क्या कहने, लेकिन रात की नीरवता में शान्त हो जाने वाले कलकत्ता के वातावरण में ज़रूर ख़लल पड़ गया था। विभाजन के दौरान उमड़ी शरणार्थियों की भीड़ की याद रखने वाले भी भरोसे के साथ कह नहीं सकते थे कि वह अफ़रा-तफ़री उससे कम थी। झुंड की झुंड बकरियाँ और भेड़ें। कभी इधर और कभी उधर दौड़ती हुईं। कोई एक अपने झुंड से बिछुड़कर और न जाने किसी दूसरे झुंड के बीच ख़ुद को अकेला पाकर भौचक्क-सी खड़ी हो जाती। कभी इधर देखती, कभी उधर। फिर अचानक से कोई अपना गमछा, पहचाना हुआ बक्सा, गठरी दिख गई हो मानो और मिमियाती हुई उस ओर बेतहाशा दौड़ पड़ती। भीड़-भड़क्के को पार कर पहुँचना फिर भी आसान नहीं था। निगाह उठकार दौड़ते हुए अगले किसी दूसरे झुंड के बीच से रास्ता बनाना मुश्किल था। उस क्षणांश में ही ताकी गई पहचान जाने कहाँ बिला जाती? सिर्फ़ दौड़ना जारी रहता। कांख में दबे बच्चे की चीख़-पुकार जब चेता देती तो ख़ुद की असहायता मासूम की चीख़ों के आगे बहुत बौनी नजर आने लगती। कुछ देर ठहर कर, कहीं किसी ओट में विश्राम कर लेने के अलावा दूसरा कोई विकल्प नहीं था। भूख से बिलबिलाती मासूम जान के लिए विश्राम का वह क्षण ही दूध की धार हो जाता। अपने ही तरह की बिछुड़ी हुई भेड़ों से टकराते

हुए भी रुक कर साथ हो जाने की कोशिश तुरन्त नहीं हो पाती। सिर पर थामी हुई गठरी कहीं छूटती। हड़बड़ाहट की औचक उठान में फिर कोई उम्मीद नजर आती तो जुबान पर आ गया कोई क़रीबी नाम अष्टम सुर में उठता और हो-हल्ले के बीच गुम हो जाता। असहायता की पुकार में भी ख़ुद असहायता में डूबी आवाज़ें ही सहारा बन जातीं। बिछुड़े हुए होने पर भी अपने जैसी भेड़ों का झुंड ही सहारा हो रहा था। शामिल हो जाने के बाद भी निगाहें कुछ समय तक तो क़रीबियों को तलाशने की दौड़ बनती ही रहतीं।

चीख़-चिल्लाहटों की वे ध्वनियाँ असहयाता का मंज़र होने को अभिशप्त न होतीं तो तय मानिये, दुनियावी कोरस में गाया जानेवाला कोई अदभुत राग, जिसे गाए जाने की नितान्त ज़रूरत है, कभी का जन्म ले चुका होता। बिशाखा जोतदार का बिछुड़ना हर एक को याद था। सिर्फ़ अनिरबान जोतदार ही था जो यह याद नहीं कर पा रहा था और पगलाया हुआ सान्तरागाछी के बाहर डोलता रहा। गन्तव्य तक पहुँचने से पहले जगह-जगह भटकने वाले जहाँ-तहाँ रुकते और साथ हो जाते। उम्मीदों के तारों पर झूलते हुए मिलने की आस पाले रहते और जीविका के मायनों को तलाशने के लिए तरह-तरह के अनुभवों का रंग गटकते रहते।

हुजूम का हुजूम चला जा रहा था। कैनिंग, बासन्ती और आस-पास के बाशिन्दों ने मान लिया था अपनी पार्टी का राज है। पार्टी के इशारे पर ही चली आ रही उन बेसहाराओं की भीड़ की मदद करना राजनैतिक कर्म है। वे बास्तुहारा हैं। लगातार की ठोकर खाते हुए। जैसे-तैसे और जहाँ-तहाँ ठोकर खाकर अपने घर पहुँच रहे हैं। मदद की कमी नहीं थी। खेया वाले मामूली भाड़े पर जत्थे के जत्थे को इस पार से उस पार पहुँचाने लगे। हफ़्तों की यात्राएँ दिनों में और दिनों की यात्रा को घंटों में नाप देने की उनकी कोशिश हाथों को ही पतवार बना दे रही थी। मुसीबत के मारे हुए लोगों को उस ठिकाने में पहुँचाने में चूक कोई नहीं कर सकता था, जो उसी तरह से घने अन्धकार में डूबा था जैसे अन्धकार को चीर कर ख़ुद उनके पुरखों ने भी कभी रहने-सहने और जीवन यापन करने के लिए अनुकूल बना लिया था।

नदियाँ डोलती हैं जैसे खाड़ी क्षेत्र में, लोग डोल रहे थे वैसे ही। पूछते, भटकते। माँ का हाथ छुड़ाकर भागती बच्चियों की तरह इच्छामति और चुरुनि ने कुलाँचें भरनी क्या शुरू कीं कि देखते ही देखते वे सारी की सारी बच्चियाँ अपने खिलन्दड़पन में आ गईं, जो अभी तक इस इन्तज़ार में थी कि कोई पहल तो करे ऐसा करने की। बिद्याधरी, चौइतिया, बुड़ूगंगा, गराई, रायमंगल, किरतनखोला, मतला, पियाली,

सप्तमुखी—जाने कितनी तो अपने नाम को उच्चारने से पहले ही कभी इसके पीछे तो उसके पीछे समा जाती हुई। दूसरी ओर से दौड़कर आती धाली, ढूरी, कंगसा, मानू, मेघना आदि सखियों ने मानो इन्हें भी उकसा दिया हो। माँएँ चीखतीं-चिल्लातीं दौड़तीं पीछे-पीछे। किसको तो पकड़े, लेकिन वे सारी की सारी मस्तमौला ऐसी कि मानो माँ को ही पिदाने का खेल खेलने लगी हों। माँ दूर छूट जाती तो धरती को ही अपने आगोश में भर लेने को उद्यत हो जातीं। धरती को भी खेलने से कौन रोक सकता है भला? यह दिया चकमा और ऊपर को उठा दी गर्दन—मानो तैरता हुआ भूखंड। किसने की ग़लती जो धरती उठा सकी सिर, इस बात पर फिर वे हुई गुत्थमगुत्था। लो, फिर से छुपा लिया धरती ने ख़ुद को उनके झुंड में। नहीं नहीं, वह फिर उभर आई उस ओर। टापू दर टापू। अब धरती को ख़ुद को बचा लेने की मजबूरी में गाछ-वृक्षों से मदद माँगती हुई। तटों को घेरकर खड़े होने लगे सुनरी गाछ। गेउवा, गरान, केवड़ा के विशाल जंगल ही नहीं धरती को मैदान का रूप देती खागरा घास भी लटें बिखरा कर सहारा देते हुए ख़ुद को प्रस्तुत करती हुई। 'खेल जीत और हार की रौनक़ भर नहीं बेटियों', पिता ने बाँहों में भर लिया प्यारी बेटियों को। टापुओं में तब्दील धरती उचक-उचककर देखती है, पिता की बाँहों से छूटकर वापिस भागने को आतुर सखियों को। माँ शिकायत लगाए उद्दंडपन की तो पिता क्यों न हो कुपित? कभी पूरा समेट लें सबको एक साथ, फिर दूसरे ही क्षण छोड़ दे खेलने को। माँ का हाथ छुड़ाकर भागती बच्चियों की तरह इच्छामति और चुरुनि ने कुलाँचें भरनी क्या शुरू कीं कि देखते ही देखते वे सारी की सारी बच्चियाँ अपने खिलन्दड़पन में आ गईं, जो अभी तक इस इन्तज़ार में थी कि कोई पहल तो करे ऐसा करने की।

कोई खेया घाट नजर आता, तो लगने लगता कि सही रास्ते की ओर हैं। कब मतला में उतरे, कब विद्याधर में? कब गराल का बहाव दाता की ओर ले जा ले? कब इच्छामति बहा ले गई? काली ने कब ला पटका रायमंगल पर, केवल केवटों ने जाना। खेया किसी दलदल घाट पर उतार देती। फिर कोई द्वीप। फिर कोई घाट। गठरी-ठठरी के साथ, सामानों से लदे-फदे किसी द्वीप पर पहुँचते तो गरीब, बदहाल निवासियों के बीच अपने होने को देखते। उनके जीवन यथार्थ से अपने भविष्य की कल्पना करने लगते। अनजाना वातवरण भी अनजाना नहीं रह पाता। स्थानिक आत्मीयता का भाषायी अपनापा बेहद क़रीब था। सवाल फिर भी बना रहता, वह द्वीप कैसा होगा, कहाँ होगा जहाँ पहुँचना है? क्या तो नाम था, याद करने पर

मुश्किल से जुबान पर चढ़ता वह नाम—आलोकुठि। कुमिरमारी का वह उत्तरी छोर जहाँ धरती धाराओं को तिराहा बना देने के मजबूर कर देती है, जल के विरुद्ध भीतर तक घुस आई उस धरती पर सटी दलदल को ही घाट बनाया जा सकता था।

"ओई दिके एक्टा मरीचेर झोंप आच्छे दादा।" (उस तरफ एक मरीच की झाड़ियों का जंगल है बन्धु)

वे नाव खे सकते थे। जिस जगह को जानते थे, वहाँ पहुँचाने में मददगार हो सकते थे। लेकिन किसी ऐसे जवाब से आश्वस्त नहीं कर सकते थे कि आगन्तुक निश्चिन्त हो जाए। व्यवहार के अनुरूप मददगार आवाज़ में उनकी स्थानिकता किसी दूसरे साथी को भी जोड़ लेना चाहती थी, "घाट में लगी खेया पर चढ़ो। ए बिशनू, ए गोपाल डांड नियै आय (चप्पू ले आओ। जंगल जाना है।)"

यह कम बड़ी सहायता नहीं थी। कौन-सा घाट सुरक्षित है जंगल में उठने के लिए, वे जानते थे। जहाँ नदी तल उथला हो और ढलुवाँ भी, वहाँ कुमिर दिख जाए तो कोई आश्चर्य नहीं। कुछ भी नहीं मिला था और बहुत कुछ मिल जाने के से आनन्द में वे एक-दूसरे के गले मिल रहे थे। डोंगियों में माल-असबाब चढ़ाया जा रहा था। कहाँ जाना है, खेया वालों को मालूम हो तो हो, वे कुछ नहीं जानते थे। एक पीछे एक, वे खेया को बढ़ाते रहे। बहाव के विरुद्ध।

नावें रुकतीं। सवारियाँ उतर जातीं। जलधाराओं को परास्त कर टापू के रूप में उभरी हुई धरती को देखकर अनुमान लगाना मुश्किल था कि समुद्र से लिपटने से पहले जलधाराओं ने धरती की बांह पकड़नी चाही या धरती ने ही चूम लेना चाहा हो मुख बहती जलधाराओं का। जीव-जन्तु और मनुष्य तो धरती को धरती होने की गरिमा प्रदान करने के लिए मिले उपहार हैं। जहाँ जीव नहीं, वहाँ धरती नहीं। दूसरे ग्रहों की सतह को धरती कहा जाने के लिए जीवों का होना ज़रूरी है। नदी को नदी और समुद्र को समुद्र की गरिमा भी तो जलचर ही देते हैं। कवक और शैवाल की चट्टानों को भूलता नहीं है समुद्र भी।

कुमिरमारी के पूर्व में उठते हुए तट के बाद फैले जंगल का वह घना विस्तार था। हिंसक जानवरों की मौजूदगी के कारण जो हर वक़्त ख़ौफ़ पैदा किए रहता। द्वीप की ओर चढ़ती ढलान दलदली थी। पाँव रखो तो धँस जाता था और बाहर निकालने में शरीर की पूरी ताक़त को उसी पर केन्द्रित कर देना पड़ रहा था। इधर पहला पाँव जैसे-तैसे बाहर निकला कि दूसरा पाँव उसी स्थिति में फँसा होता मानो ढलान पर पसरा कुमिर टाँग को जकड़े हो। उस दलदल से निपटने का एक ही

तरीका था, कुमिर की तरह पेट के बल रेंगते हुए सरको। तभी उस सख़्त ज़मीन तक पहुँचा जा सकता था। गरान, सुन्दरी और दूसरे गाछ सिर उठाए खड़े थे। मनुष्य दो पाँवों से चलनेवाला प्राणी है। अभ्यास न हो तो तैरने, सरकने या किसी भी दूसरी तरह से, जैसा दूसरे पशु-पक्षी कर पाते हैं, गतिमान हो पाना मुश्किल है। अभ्यास के बल पर ही एक बच्चा घुटनों के बल चलते-चलते पाँवों पर खड़ा होने लगता है, चलना सीखता है। माता-पिता उँगली पकड़कर अपनी सन्तान को चलना सिखाते हैं। ज़माने के क़ायदे बताते हैं। कुमिर भी ऐसे ही परिचित होते हैं घाटों की दलदल से। क़ायदों की याद्दाशत के लिए जब-तब अपनी तोतली जुबान से सवाल पूछते हैं—ऐसे ही रेंगना और शिकार को घसीटकर गहरे जल में ले आना है न? माना कि शेरनी खेल-खेल में अपने बच्चे को शिकार करना सिखाती है, पर तैरना तो शावक को ख़ुद ही सीखना होता है, यदि घाट पर पानी पीते हुए पाँव भीतर सरक जाए तो कुमिर भीतर घसीट ही लेगा। बचाव का एक ही कारगर तरीका है—चौकन्ने रहो।

वे उजाले की तलाश में थे। बस, एक क़तरा उजाला। उजाले का जंगल मिल जाएगा, इसकी कल्पना थी ही नहीं। रोशनी की झाड़ियाँ हर तरफ थीं। चकमक पत्थर की रगड़ पौधे की छाल को तुरन्त आग पकड़ा दे रही थी। प्रकृति अपने रहस्यों को भी साक्षात् किए रहती है, देखने और परखने की निगाह चाहिए। ज्ञानी-ध्यानी लोग परीक्षणों से लगातार प्राप्त परिणामों के आधार पर उसकी परख करते हैं और व्याख्याएँ जन्म लेती हैं। मेंडलीफ़ ने आवर्त सारणी बनाई। वह अन्नतगर्भा के उन रहस्यों को खोज पाया, जिनसे मालूम चलता था कि कितने अनाम तत्व धरती के भीतर छुपे बैठे हैं। सतत विकास के साथ आगे बढ़ती दुनिया मिलने वाले तत्वों को सारणी में छूटे हुए रिक्त स्थानों पर रखती रही। अपने रहस्यों को साक्षात् करने को आतुर प्रकृति ही बताती है कि भीतरी तत्वों की आभा ही ऊपरी बनावट की विशिष्टता होती है।

"ऐ रुपेन, ऐटा देख। इसे देख तो, आलोकाठी।" रुक्मी सहसा चहक रही थी। बच्चे भी चकमक पत्थर को बालने लगे थे। अँधेरे को चीरती रोशनी से जंगल जगमगाने लगा था। आलोकाठी की मशाल जंगल को जगमग कर रही थी। रोशनी आस-पास के द्वीपों के बाशिन्दों तक भी पहुँच रही थी। वे चौंककर अपनी-अपनी झोंपड़ियों से बाहर निकल आए थे और जगमगाते हुए जंगल को देख आश्चर्य में थे। रात का अँधेरा दरिया के बहाव में तैर न रहा होता तो डोंगी में चढ़कर पतवार के ज़ोर से जंगल में पहुँच जाते। सुबह का इन्तज़ार उन्हें बेसब्रा बना रहा था।

कुमिरमारी, सातजेलिया, मोल्लाख़ाली, आमतोली के बाशिन्दे मुँह अँधेरे ही पहुँच गए। थके-हारे शरणार्थी तो उस वक़्त नंगी धरती पर जहाँ-तहाँ बेसुध सो ही रहे थे। जंगल में सन्नाटा था। सोए हुओं को उठाने की बजाय वे रात को दिखाई दी रोशनी की पड़ताल करने लगे। आलोकाठी की वे झाड़ियाँ तो उनकी देखी हुई थीं, जंगल को आबाद करने को पहुँचे हुए शरणार्थी जिन्हें ख़ुशी के साथ सुलगा रहे थे। उन जलती हुई टहनियों को चाहे तो मशाल की तरह भी उठाया जा सकता था। रोशनी की ज़रूरत के लिए झुकाकर अँधेरे में ख़ुद को राह दिखाई जा सकती थी। कोई धुँआ नहीं। सिर्फ़ रोशनी की लौ। निपट अँधेरे को चीर सकने वाली रोशनी। रात के अँधेरे अब ख़त्म कर देना होगा। रोशनी की यह आलोकाठी बचाई जानी चाहिए। साँसो के उतार-चढ़ाव के साथ ज्वार-भाटे की निरन्तरता में मस्त डोलता समुद्र नदियों को आगोश में भर लेने से पहले ख़ूब झूला झूलाता है। नदियाँ, जो समुद्र को पूरे वेग से पीछे धकेलते हुए उसे उसकी सीमाओं की पहचान कराने के लिए उतावली रहती हैं, जानती हैं कि अन्धड़ कुछ और नहीं, उमड़-घुमड़कर अपने में समेट लेने की आतुरता से भरी समुद्र की बिगड़ गई चाल है। पूनम की चांदनी रात में पगला जाने वाले समुद्र के आगे वे यूँ ही बेबस नहीं होतीं। समूची धरती को अपने में लपेट लेने की उस अराजकता के आगे तो जंगल में वास करते पशु-पक्षियों को भी जान बचाने के लिए तटों से दूर भागने की विकल्प हीनता पर इस तरफ़ से उस तरफ़, उस तरफ़ से और बहुत छोटे में बचे रह जा रहे जंगल के बीच हाँफते-दौड़ते रहने को मजबूर हो जाना पड़ता है। अपनी बाँहों को फैलाकर हर किसी को दबोच लेने को आतुर समुद्र जब ख़ुद ही थककर चूर हो जाए तो अपने में लौटता है, सिकुड़ता ही चला जाता है।

गराल नदी के शंकुवाकार तट के तिकोन से उठकर एक रास्ता आलोकाठी के जंगल तक चला जाता था। तट के किनारो को सँभालने वाले सुन्दरी, गरान, गेऊवा, केवड़ा और दूसरे गाछ-वृक्षों के पीछे आलोकाठी की झाड़ियों का साम्राज्य था। भीड़ के बीच से रावण के पुतले को देखने की चाह रखने वाले बच्चों की तरह, आलोकाठी के पौधे भी नदी के बहाव को देखने के लिए ललचाते थे। बस चले तो झुंड की झुंड आलोकाठी की झाड़ियाँ नदी तट में ही पहुँच जाएँ। शिशु नदी में न डूब जाए, ख़तरे से आशंकित माता-पिताओं की तरह गाछ-वृक्षों की शृंखलाएँ उन्हें इस तरह की छूट नहीं देती थीं। नदी के जल को देखना आलोकाठी के पौधों के लिए सम्भव नहीं था। लबालब बहाव से न उठने वाले शोर को भी वे सुन नहीं

सकते थे। बहुत कान लगाकर भी जब सुनना चाहते तो दरिया को स्वयं उठाल लेते हुए ज्वार हो जाना होता, लेकिन उठता हुआ जल भी सुदरी और गरान वृक्षों के उस अभेद्य क़िले को तोड़ नहीं पाता।

भाटे के साथ उतरते जल में बह जाने का ख़तरा भी माता-पिता उठा नहीं सकते। तटों को आन्दोलित कर बहता हुआ जल कम्पन के अहसास से डराना चाहता तो पौधों को जड़ें थामें रहतीं और पत्तियों से लदी टहनियाँ उठती तरंगों के साथ नृत्य करतीं। उसके साथ ही दिन में भी अँधेरे से घिरे रहने वाले उन पौधों के भीतर रोशनी की फुलझड़ियाँ फूटने लगतीं। हमेशा के अँधेरे को चीरने के लिए ही वे रोशनी की उन फुलझड़ियों को अपने भीतर सँजो लेते थे। चिंगारी दिखाओ तो जलकर स्वाहा हो जाने की परिणति के बावजूद भी संजाए गए उजाले को ही वे बिखेरने लगतीं। आलोकाठी के इस विशेष गुण को पहचानकर ही झाड़ियों से घिरे उस भू-भाग को रुपेन हलदार ने सभी को आदेश जारी कर दिया था—"आलोकाठी की झाड़ियों को बस आवश्यक उपयोग भर के लिए ही काटा जाए। ध्यान रहे कि पौधे जड़ से नहीं उखड़ने चाहिए।"

उस वक़्त कोई नहीं जानता था कि रुपेन हलदार के निर्देशों का ताप आलोकाठी-झाड़ वाले विस्तार के उस भूगोल को आलोकाठी के जंगल की संज्ञा से विभूषित कर देनेवाला हो जाएगा। जिस किसी को भी उजाले की ज़रूरत होती, वह ज़रूरत भर के लिए आलोकाठी की उतनी टहनियाँ काट लेता। खारे पानी के कारण बंजर पड़ी धरती पर उग आने वाली उलू की घास की शामत आनी ही थी। होगला की शामत आ गई। आलोकाठी की झाड़ियाँ तब भी इठलाती रही।

रुपेन हलदार जानता था कि आलोकाठी के उस घने जंगल में उलू की झाड़ियों वाले विस्तार भी मौजूद हैं, जहाँ रह-बसर करना सम्भव हो सकता है। संरक्षित वन क्षेत्र घोषित करने वाले रुतबेदार लोग कभी जान नहीं पाएँगे कि आलोकुठि के पौधे कैसे अपनी अकड़ के साथ उस गोल चौराहे को सौन्दर्य की आभा से दमकाते रहना चाहते थे। यदि जान गए होते तो बल प्रयोग क्यों करते? आलोकाठी के गोल चौक को पुलिस फाड़ी के लिए सबसे उपयुक्त न माना होता। झाड़ियों को साफ़ कर के फाड़ी का निर्माण हुआ और रोशनी की झाड़ियों को नष्ट कर दिया गया।

आलोकाठी के जंगल का सहारा न होता, रात को भी उजियाले दिन की तरह नहीं बदला जा सकता था। छानियों को तानना तो मुश्किल ही हो जाता। आस-पास के द्वीपों के बाशिन्दे खुलती हुई सुबह यूँ ही तो अचम्भित नहीं होत रहे। वे फटी-

फटी आँखों से ताक़ते और आश्चर्य करते—शरणार्थियों ने वीरान जंगल को कैसे इतनी जल्दी आबाद कर दिया?

योजनाबद्ध तरह से झोंपड़े तैयार करने के साथ-साथ अस्पताल, स्कूल और सार्वजनिक उपयोग की दूसरी स्थितियों को को भी खड़ा कर देना वाक़ई आसान न था। कुमिरमारी, छोटा मोल्लाख़ाली, आमतोली के लोगों को सबसे पहले ख़बर लगी थी। दरिया को पार कर वे उन कारीगरों के चेहरों को देख लेना चाहते थे, जिन्होंने उन सारी गतिविधियों को अंजाम दे दिया था। अपने ही तरह के बहुत साधारण-से दिखने वाले उन हुनरमन्दों से मिलना उन्हें अच्छा लग रहा था। अपरिचय की गाँठ टूटने लगी थी। वे एक-दूसरे के क़रीब आने लगे थे। सतजेलिया द्वीप के अपने पुराने साथियों को वे कुछ हेकड़ी के साथ बताते, "अरे ओ दयापुर वालो, तुम जो इतना इठलाते हो न कि तुम ही अपनी बस्तियों को सुन्दर बना सकते हो, ज़रा एक बार आलोकुठि आकर देखो, तुम्हें मालूम हो जाएगा कि इतने सालों के बाद भी तुम कितना पीछे हो उन मानुषों से, महीना भर पहले ही जिन्होंने आलोकुठि में कदम रखा।"

सुनने वाले क्या कहते भला? हुनरमन्दों की सराहना करने के आलावा उनके पास कोई विकल्प शेष नहीं था। सतजेलिया, गोसाबा, झड़ख़ाली, धामाख़ाली, सुदूर दक्षिण में बोख़ाली, जहाँ जिसने सुना, दौड़ा चला आया। आबाद हो चुका आलोकुठि उन्हें उकसाता। मत सोचिए कि मरिचेर झोंप होगा आस-पास, या हो सकता है जंगल में मरिच गाछ इतने ज़्यादा होंगे कि कोई दूसरा नाम सुझाने पर किसी पगले के मुँह से निकल गया होगा—आलोकुठि।

नाम बदलने की राजनीति सबसे ख़राब कला है। बेहूदगी है। वर्षों से जो एक नाम हो गया, उसे सुनते-सुनते तो निर्जीव चीज़ भी स्वयं को सजीव मानने लगती है। फिर भी बानी की स्मृतियों में जगह का नाम बदल जाने को समझना ज़रूरी है।

"अब खाट को बक्सा तो नहीं बोला जा सकता न, बेशक झूलती हुई रस्सी के कारण बान ढीली हो गई हो और बैठने पर आदमी उसके कटोरे से में डूबता हुआ नजर आए।"

'नेताजी नगर' नाम रखते हुए ही कितनी बहसें थीं? हर किसी का अपना तर्क था। सुरजू को अलोकुठी सबसे उपयुक्त लग रहा था। उसका अपना तर्क था।

"आलोकुठि कैसा रहेगा?"

आलोकुठि!!! हर किसी के चेहरे पर आश्चर्य मिश्रित प्रतिक्रिया थी।

लेकिन सुरजू को गम्भीरता से न लेने वालों ने उस दिन भी झिड़क दिया था, "सुरजू यार, तेरा तो जवाब नहीं, बात होगी गल्प कहने की तो तू जात्रा खेलने की ज़िद करने लगेगा।"

"बात होगी मोंदिरा की तो तू मौल्लाख़ाली के जियूर के बाप की कथा कहने लगेगा।"

अपने नाम के साथ 'जियूर' का नाम सुनते ही मोंदिरा शर्मा गई थी। संकोच की गाढ़ी लकीर उसके चेहरे पर उभर आई थी। रुपेनदा ने मोंदिरा को ताड़ लिया था। बात को बदल दिया, "ठीक है भाई, आप सब लोग तो नाम बदल देने के पक्ष में हो ही, इसलिए नाम तो बदला ही जाएगा, पर हमें एक बार सुरजू की बात पर भी ध्यान देना चाहिए। मुझे सुरजू की बात ज़्यादा जँच रही है।" रुपेनदा को सुरजू के पक्ष में बोलते देख हर एक को लगा था कि ज़रूर सुरजू की बात में कोई दम होगा, वरना रुपेनदा झूठ में उसका पक्ष क्यों लेता भला? बानी भीतर ही भीतर मुस्करा रही थी। बानी को लगा कि उसे भी सुरजूदा के द्वारा सुझाए गए नाम को पुष्ट तरह से रखना चाहिए।

"अरे देखते नहीं, आस-पास उगी यह घास-गाछ आलोकाठी का झाड़-झंखाड़ ही तो है। यक़ीन नहीं तो लो, मैं एक काठी देती हूँ। जलाकर देख लो।"

"हाँ, बानी कह तो ठीक रही है। चारों ओर तो आलोकाठी का जंगल ही फैला पड़ा है। सुरजू के द्वारा सुझाये नाम का एक औचित्य बन रहा।"

"मैंने तो यूँ ही बोला आलोकुठि। नहीं,...आप लोगों की बात ठीक है। न तो नेताजी नगर और न ही आलोकुठि, नाम तो वही रहने देना चाहिए जिसे लोग वर्षों से पुकार रहे। आलोकाठी का जंगल तो तब भी रहा होगा न। फिर भी लोगों ने पुकारा मरीचझांपी ही।" होगला, उलू के झोंपों से भरी उस जगह का नाम पुकारे जाने वाले नाम से बेहद भिन्न था। कोई मरिचेर झोंप वहाँ न था। मरिच। मिर्च की झाड़ियाँ। लोंका नहीं, जिसका एक मामूली-सा बीज भी तीखे स्वाद की जीभ हो जाए। मिर्च, वही, जिसका चूर्ण भोजन के स्वाद को बढ़ा दे। तेज़-पत्ता, दालचीनी के चूर्ण में मिलकर जो औषुध हो जाए। वही काली मिर्च। कालो लोंका भी नहीं। मरिच ही। किसी बैद्य से पूछो वह बताएगा क्या तो सत छुपा होता है उसके बीजों में, पर बैद्य सच का हो तो ही हिफ़ाज़त करेगा। कोई बल्लालसेन नहीं। बल्लालसेन भी बैद्य हो सकता था, पर उसने राजा होना स्वीकारा था। अपने भीतर व्याप्त अजीर्ण से परिचित होता तो सम्भव है, वैद्य बना रहता। जान रहा होता कि प्रकृति में हर तत्व अपने

तरह से औषधीय गुण धारण किए होता है। तत्वों के आनुपातिक संयोग अस्वस्थ जीवन को स्वस्थ कर सकते हैं। राजा हो जाने के कारण ही उसकी साँसों की बदबू ने वातावरण को दूषित कर दिया, समाज में अजीर्ण पैदा कर दिया। बल्लाल सेन की जय हो। जयघोष में उठती आवाज़ ने श्रेष्ठता के क़ायदे को अपनी ओर झुका लिया था—मैं क्षत्रिय, मैं सेनानायक, राज्य मेरा, मैं भी श्रेष्ठ। राज्य की साज-सँभाल की ज़िम्मेदारी लेने वाले तुम, तुम भी श्रेष्ठ, सँभाले रहो राजकाज मेरे प्यारे वैश्यो। तुम श्रेष्ठ, लेकिन मैं तुमसे भी श्रेष्ठ। धन्यभाग तुम्हारे भी मेरे कमागार सेवको। सेवा में जुटे रहो। मैं—तुम्हारा पालनहार, तुम शूद्रों को भी अपना ही मानता है। तुम्हारे बिना तो चल ही नहीं सकता जीवन का खटराग, लेकिन तुम सब मिलकर भी मेरी श्रेष्ठता को तो स्थापित नहीं कर सकते ने—मेरे सेवादार वैश्यो, शूद्रो। श्रेष्ठों में श्रेष्ठ, वेदपाठी ब्राह्मणों को बुलाओ। कहो कि बनारस के घाट ही नहीं समूचे बंगाल में भी तुम्हारी श्रेष्ठता को कोई चुनौती नहीं दे सकता उपाध्याय महाराज। बहुत यज्ञ कर लिए महाराज आपने मणिकर्णिका घाट पर। बंगदेश आपके हवन की समिधाओं से शुद्ध होना चाहता है। आओ, आसन ग्रहण करो। अपने मंत्रोच्चार से स्थापित मेरे राज्य के निवासियों की पदानुक्रम श्रेष्ठता।

"नहीं-नहीं, क्षत्रिय श्रेष्ठ बल्लाल सेन। ये घाट ही हमें रुचिकर लगते हैं।"

"विप्रवर आपकी रुचि तो समाज की संरचना को यथोचित बनाने में विश्राम पाती रही है। आप हमारे बंगदेश को मझधार में कैसे छोड़ सकते हैं? आपकी उपस्थिति से ही तो सामाजिक पदानुक्रम की व्यवस्था स्वीकार्य हो सकती है। हे मान्यवर, आपकी विवशता समझ सकता हूँ, लेकिन हमारी विवशता को समझते हुए अपने चार-छह शिष्यों को तो आप पठा ही सकते हैं। आर्यवर्जित बंगदेश में वैदिक और ब्राह्मण्यधर्म को प्रतिष्ठत करने में हमारी मदद करें।"

चार वेदपाठी उपाध्याय ब्राह्मण श्रेष्ठ चल पड़े बंगदेश। श्रेष्ठियों की श्रेष्ठता सबको स्वीकार्य हो, ऐसा कैसे हो सकता था? नाम समाजियों को तो कतई नहीं। वे नाव बनाते थे। नाव खेते थे। जाल बनाते थे। माछ पकड़ते थे। वे खेत चास करते थे। घास-पात और जंगलों को काटकर ज़मीन की उर्वरा बचाए रखते थे। बंजर ज़मीन जिनके पसीने से हरिया उठती थी। अस्वीकार का मतलब प्रतिरोध था और प्रतिरोध को जारी रखने के लिए सत्ता की पहुँच से छुपे रहना ज़रूरी भी।

दलदली धरती भरे जंगलों के भू-भाग तक नहीं पहुँच सकते थे बल्लाल सेन के सैनिक। जलधाराओं के प्रदेश से घिरे दलदले में छितरा जाओ नामसमाजियो

जसोर, खुलना, बारीसाल, फ़रीदकोट। अस्वीकार कर दो बल्ला सेन के चातुवर्ण्य को। अपने हुनर से चमकाए रखो अपने जीवन को। राज्य तुम्हारी कोई मदद नहीं करेगा, भाइयो।

उस अजीर्ण की आग ने ही धूँ-धूँ कर जला डाला आलोकुठि को। राजा बनने के बाद बल्लालसेन को अजीर्ण उठा—ख़ुद को क्षत्रिय कहलाने का। राजा तो वह हो ही गया था, लेकिन इतने भर से अपनी पीढ़ियों को श्रेष्ठ बनाये नहीं रख सकता था, जैसे नहीं रख पाए राजपाट हासिल कर लेने के बाद भी मौर्य, पाल और बहुत-से केवट राजा। वह तो सचमुच का क्षत्रिय होना चाहता था। चातुवर्ण्य की स्थापना का प्रण यूँ ही नहीं लिया।

रुपेनदा ने मोर्चा ख़ुद ही सँभाल लिया था।

"तब एक काम कर सकते हैं। हम आपस में तो जगह का नाम 'आलोकुठि' ही पुकारेंगे, लेकिन कुमिरमारी, सातजेलिया, गोसाबा या और भी द्वीपों के लोग जो पहले से ही इस जगह को 'आलोकुठि' के नाम से जानते हैं, उनके लिए असुविधा न हो, इसलिए उनसे बात करते हुए नाम का कोई सन्दर्भ आ जाए तो वही रहने देंगे।" "हाँ, यह बात ठीक है। पुराने बाशिन्दों की भावनाओं का भी आदर बना रहे और एक नई शुरूआत को भी सम्मान मिल सके।" सुरजू ने तुरन्त रुपेनदा का समर्थन किया। बिष्णु प्रिया, बाला और वे चुलबुली लड़कियाँ जो अपने बाबा-दादा के आदेशों के चलते आलोकाठी की टहनियों से बिखेरने वाली रोशनी को अपने खेल में शामिल कर पाने में असमर्थ थीं, चहक उठीं।

"रुपेनदा, अमाके काजेर आज्ञा दो न।"

"जाओ एक टहनी काट लाओ।" बानी की स्मृतियाँ आलोकाठी की रोशनी में चमकती रहती थीं। आलोकुठि किसी शहर का नाम नहीं, शहर की सम्भावनाओं से भरा एक टापू रहा, जहाँ बाँस के झुरमुटों के साथ-साथ आलोकाठी की झाड़ियाँ थीं। सूखे पत्ते ही नहीं, जिसकी टहनियाँ भी जलने पर रोशनी का झुरमुट नजर आतीं। अँधेरा घना हो तो आलोकाठी की मशाल हाथ में उठाए बढ़ते चलो। कल्पनाओं की उड़ान में शहर और जंगल गड्ड-मड्ड हुए जाते थे। जंगल भय का नहीं शक्ति का पुंज था।

जानवर ही नहीं, अला-बला की भी क्या मजाल जो पास फटक जाए। ज़मीन पर रेंगने वाले जीव से बचना तो तब भी मुश्किल रहता। शिकार को दबोचने के लिए नदी किनारे के दलदल पर अलसाये-से पड़े कुमिर के झपट पड़ने से पहले

आलोकाठी की मशाल से उठता उजाला ही सहारा होता था। दलदल पर हो रही किलबिल के साथ शिकार पर झपटने से पहले बदन को तान रहे कुमिर को देखना हो ही सकता था। सुन्दरी, गेऊवा और गरान गाछ की जड़ों से सहारा पा रही मिट्टी दलदली होने के बावजूद नदी के बहाव का मुकाबला कर सकती थी। उलू की झाड़ियाँ भी बहाव की ज़्यादियों के विरुद्ध इस तरह तन कर खड़ी रहतीं कि मिट्टी का कटाव रुक जाता। तट के किनारे के गाछों ने ही निर्जन विस्तार में उगी झाड़ियों और सुन्दरी गाछ को घने जंगल का रूप दिया हुआ था। घनेपन के उस विस्तार में मधुमक्खियाँ निश्चिन्त होकर शहद से भरे छत्ते को सँभालतीं। हिसंक जंगली जानवरों से उनको ख़तरा नहीं। चोरी करने वाले पक्षियों पर वे हमलावर बनी रहतीं। फिर भी हो जाने वाली चोरी से उनके अपने भोजन के लिए छत्ते में पर्याप्त शहद रहता। बाघ-बघेरे अपने शिकार पर झपटने के लिए स्वतंत्र होते, लेकिन चौकड़ी भरकर उनको छकाते हिरनों के झुंड को यह भय नहीं रहता कि शिकार के लिए तनी हुई किसी बन्दूक़ का भी उन्हें सामना करना है। जान बचाने के लिए वे किसी भी दिशा को दौड़ सकते थे। कोई जानवर, जाने हवा, जंगल में उगी उलू की झाड़ियों को कँपकँपा देती। अमावस्या की काली घनी रात में उठनेवाला ज्वार का पानी उलू की झाड़ियों को पट लेटा देता।

कुमिरमारी के उत्तर में गराल के पार का वह प्रतिबन्धित क्षेत्र ही है, गूगल जहाँ मानव बस्ती के साथ चकत्ते दिखाता है। आलोकाठी की झाड़ियाँ उगती भी हैं या नहीं, यह जानने के लिए भी वहाँ प्रवेश करना वर्जित है। उगती होंगी भी तो उन्हें इस रहस्य से चेतानेवाला तो कोई नहीं कि तुम्हारी लकड़ी आलोक कर सकती है। तुम उलू की झाड़ियाँ नहीं जो अपने भीतर अँधेरा छुपाए रहो।

आलोकुठि के रहनवासियों के लिए नदियों के डेल्टा पर उभरी हुई धरती कोई नया भूगोल नहीं था। नदियाँ कैसे सनसनाकर बहती हैं, वे अच्छे-से जानते थे। ज्वार-भाटा के विस्तार कहाँ रेत दर रेत जमा करके द्वीपनुमा ज़मीन को उभार देते हैं, इसका उन्हें अच्छे-से ज्ञान था। आस-पास के दूसरे द्वीपों में पहले से ही बसे लोगों से उनकी मानसिकता भी बहुत भिन्न नहीं थी। आपसदारी का गठजोड़ बन जाना स्वाभाविक था। दूसरे द्वीपों के भले लोगों ने भी वर्षों के बिछड़े अपने बन्धुओं-सा सहारा देने में कोई कसर बाक़ी नहीं रखी, लेकिन उस कठिन समय में मानो वह अपनापा भी न जाने कहाँ गुम हो चुका था? आस-पास के द्वीपों के वे लोग जो नाकेबन्दी के दौरान, चोरी-छिपे ही सही, हर तरह के मददगार बने रहे, बरसती

गोलियों से जान बचाकर भागते अपने बन्धुओं की सहायता में कहीं नहीं थे। जान का भय उन्हें अपने में समेटने को काफ़ी था। यदि आग बरसाती बन्दूक़ों का मुकाबला करने वाले हथियार आलोकुठि के बाशिन्दों के पास भी होते तो नाकेबन्दी कर देने वालों को वे अपनी एकजुटता से ही शिकस्त दे देने के हर सम्भव जतन करते।

तमाम विषमताओं के बावजूद आपसदारी की मानवीय प्रवृत्ति उनके भीतर आस जगाए रहती थी। जीने की लालसा को उनके भीतर से मिटा पाना मुश्किल था। मददगारी में उठे हुए हाथ उन्हें सपनों में भी तसल्ली देते रहते थे। दहाड़ते हुए बाघ, एक ही बार में समुचा घुड्डप कर लेने वाले कुमिर हिंसकता के बावजूद उम्मीदों के यथार्थ थे। लेकिन वे ऐसे स्वप्नदर्शी थे, हिंसा के यथार्थ से टकरा सकते थे। बेहतर भविष्य की कल्पनाओं की उड़ान भर सकते थे। सपने जहाँ न पहुँचा दें, जो न करा दे, वह कम है। नींद और सपने का अध्ययन करने वाले बताते हैं कि सपने अधूरी नींद की अवस्था होते हैं यानी व्यक्ति अपने चेतन में जागृत होता है उस वक़्त।

पतझड़ बीत चुका था। नई कोपलों ने अँखुवाना शुरू कर दिया था। नदियों के जल इस कदर पारदर्शी हो चुके थे कि अपना अक्स देखना चाहो तो बहता हुआ जल तलहटी में लुढ़कते पत्थरों को दिखाने लगता। वर्षों से पतझड़ बने मानव गाछ भी ख़ुशी के साथ अगवानी में झूमने लगे थे। ऐसी आबोहवा के उस वातावरण में वे अपनी गठरी-ठठरी सँभालते हुए लाव-लश्कर के साथ पहुँच जाना चाहते थे। भाषा, भूगोल और संस्कृति की समानता को वह अपने अनुकूल मानते थे, जो वहाँ मौजूद थी। समुद्र का किनारा नहीं, वह खाड़ी थी। जलधाराओं ने धरती को टापू में बदला हुआ था। बसावटों का संसार जहाँ बहुसाँस्कृतिक होने के बावजूद भी एकसार था। जय हो हेमिल्टन बाबा की। गोसाबा, सातजेलिया जैसी धरती पर जिसने मानव गाछों को रोपने, फलने-फूलने की स्थितियाँ पैदा कीं। सहकारिता को अंजाम दिया था। जंगल को साफ़ कर खेती योग्य भूमि के निर्माण की योजना के तहत जो जहाँ बसेरा देखता, वहीं जम जाता। कितने ही बेसहारा चले आए थे, जिनकी भावी पीढ़ियाँ हेमिल्टन की कथाओं भले ही परिचित न हों कि किस तरह का था वह सुन्दरी राज और सिर्फ़ यही मानती रहें कि गंगा और ब्रह्मपुत्र के बीच के उभारों का नाम है सुन्दरबन।

दुनिया भर के समुद्र अपनी दुम में धरती को झुलाए फिरते हैं। साँसों के उतार-चढ़ाव के साथ ज्वार-भाटे की निरन्तरता में मस्त डोलता समुद्र नदियों को आवेग में भर लेने से पहले झूला झुलाता फिरता है। द्वीपों की निर्मिति के झूठेपन

का नाम—सुन्दरबन। पद्मा और गंगा का डेल्टा। दक्षिणी बंगाल का ऐसा क्षेत्र, जहाँ जल ही जल। जल के बीच ही टापुओं की असंख्य लीला यानी जल-थल क्षेत्र। ज़्यादातर दलदली, लेकिन टापू के मध्य घने वनों से आच्छादित सख़्त भूमि। नदियों के जल पर किसी का अंकुश नहीं। वह मानव चौधराहट को चुनौती देते हुए कभी इस आँगन में तो कभी उस आँगन में डोलता रहता है। लगातार राह बदल कर मचलती, इठलाती आगे बढ़ती हुई नदियाँ अपने प्रियतम, हिन्द महासागर में समा जाने को उतावली। द्वीपों के तटबन्ध पर सुन्दरी गाछ की उलझी हुई जड़ों के खुलेपन का सुन्दर संजाल। वृक्षों के घने विस्तार का ऐसा हरापन कि चंचल मन नौंका से कूदकर झाड़ियों के भीतर जाने को ललचाने लगे बशर्ते तटों को अपनी जागीर समझने वाले कुमीर और जंगल को अपना सुरक्षित क्षेत्र मानने वाले हिंसक जानवर इजाज़त दें। जल और थल के अदभुत संयोगों से भरा दलदला विस्तार। वनस्पति और जीव-जन्तुओं की उपस्थिति का संसार। बाँध की मुँडेर के ऊपर और मुँडेर के नीचे की दो भिन्न दुनिया की कहानी से भरा। अपने स्वर, बनावट एवं उड़ान की भिन्नता से पहचाने जाने वाले साथ ही ज़हर की पोटली बाँधे सरीसृप। द्वीपों के उभार विभाजन की एक रेखा को अपने भीतर छुपाए हुए। टाँगों में टाँगे फँसाए तटों पर खड़े सुन्दरी गाछ ऐसे कि दलदल को भी छकाएँ। बूढ़े-बुजुर्गों की शक्ल वाले गाछ भी मानो तटों को सँभालने की ज़िम्मेदारी उन सींकिया पहलवान से दिखाई देते सुन्दरी गाछों को सौंप देना चाहते हों। बालों के गुच्छे-सी फैली हुई सुन्दरी गाछ की पत्तियाँ मानो उन आँखों को ढक दे रही हो, अपने भीतर के घने विस्तार में जो युवा जोड़े की चुहल से लजा जाने को तैयार हो। सामूहिक शर्म का इससे अलग बिम्ब दूसरा नहीं हो सकता। कोई कुमिर, जाने माछ, लप-लप करती दलदल में पड़ा रहे। जल और थल के आनन्द को एक साथ भोगता हुआ। न चौपायों का डर न शिकारियों की पहुँच। जब तक मन हो दलदल पर सरकते रहो। फिर जब चाहे तट बनाकर बहते जल में उतर जाओ, इठलाते हुए। भारी-भारी जड़ों और सख़्त मोटे तने वाले पेड़ जंगल के भीतरी जगहों पर, तटों पर नहीं मानो ज्वार के जल और धरती की सतह के बीच चलते रहने वाले खेल में अड़चन न डालना चाहते हों।

उमड़-घुमड़कर अपने में समेट लेने की आतुरता से भरी समुद्र की चाल के बिगड़ जाने पर उठने वाले अन्धड़ कब नदियों को भी समेट लें, कोई नहीं जानता। पूनम की चाँदनी रात के कारण पगलाए समुद्र की उछालों के आगे बेबस-सी दिखती

हुई, लेकिन हार मानने को तैयार नहीं। बेशक ऐसे वक़्त में उनकी बेबसी का आलम समुद्र की हर उछाल पर उन्हें अपने गति के विपरीत लौटने को इस कदर मजबूर कर दे कि जहाँ-तहाँ बसेरा कर रहे हिरण ही नहीं, उन पर हर वक़्त धावा बोलने को आतुर रहने वाले सिंहों की भी घिग्गी बन्ध जाए। लेकिन बहाव की ऐसी डोर जो हर मुसीबत से निपटना जानती हो। समुद्र को धकियाने के लिए उतावली होकर पूरे वेग से दौड़ते हुए उसे उसकी सीमा बताने का आतुर।

सुन्दरबन के भूगोल में ऐसा कभी नहीं हुआ कि किसी को ठिकाना न मिला हो बल्कि कठिनाइयों के उस जंगल में तो न आने की इच्छा वालों तक को लाकर बसाया गया। मेदिनीपुर के सदगोप आए, अपने कारिन्दे साथ लाए। कारिन्दो को हुक्म मिला, जंगल काटे और घर बसाएँ। ज़मीन चास करें, चाहे माछ, बस लगान देते रहें।

"ऐ, देखो यहाँ एक चौहद्दी मार दो। आलोकुठि की चौहद्दी। कोई इन झाड़ियों को बेवजह तोड़कर नुकसान नहीं पहुँचाए।" समाज व्यवस्था का सबसे पहला नियम बना था, आलोकाठी के उस जंगल में। आलोकाठी की सार-सँभाल ज़रूरी है, रुपेन हलदार ने चौहद्दी खींचकर उस क्षेत्र को चिन्हित कर दिया था।

"उधर जो वह ऊँचा गाछ है गूलर का, वहाँ निशान धरो रे। इधर बनवारी काका खड़े ही हैं।" दौड़कर तीसरी दिशा की ओर गया। "इस तरफ—यहाँ पर लगा दे रहा हूँ।" फिर दौड़कर बची हुई दिशा की ओर, "यह गरान गाछ भी आलोकुठि के भीतर ही समझो। वह जो केवड़ा गाछ दिख रहा न, वहाँ तक निशान दे दो।" और इस तरह से वह भूगोल आलोकाठी का रखवाला हो चुका था। उस घेरे से बाहर जंगल का जो भी क्षेत्र, बसावट हुआ, आलोकुठि कहलाने लगा।

आलोकुठि उम्मीदों का द्वीप था। समुद्री तूफ़ानों के क्षार में जल मग्न हो जाने की आशंकओं से निरापद। घने जंगलों से आच्छादित उसका भूगोल इस सम्भावना को उस वक़्त भी स्वयं बयान कर देता था, जब उसके निर्जन में जाने से ख़ौफ़ खाया जाता था। हिंगलगंज से इच्छामति एक ओर बहती रहती है और उपधाराएँ अपनी निरन्तरता का सुन्दरबन रचती रहती हैं। रायमंगल, विद्याधरी, झिला, कालिन्दी एवं जमुना। उपधाराओं की निरन्तरता में ही विस्तार लेता है सुन्दरबन। भूगोल के बँटवारे की कृत्रिमता को धत्ता बताती ये नदियाँ जब चाहें, उस पार और जब चाहें इस पार कूदती रहती है, दोनों ही ओर डेल्टा बनाती हुई। धरती की सतह की उस सुन्दर जगह को मानो सुन्दरी गाछ इसीलिए छुपा लेना चाहते हों कि जब चाहे तब

उछाल मार कर सब कुछ को अपने में समेट लेने वाली इन नदियों की निगाह भी न पड़े। जंगल को दक्षिण से उत्तर दिशा की ओर पार करते जाएँ तो लबालब भरी विशाल धारा को पार कर उस नदी के तट तक पहुँच सकते हैं, इतिहास ने जिसके मध्य भाग को एक आभासीय विभाजक रेखा से दो देशों में विभाजित कर दिया। ऐ पार बंगाल, ओ पार बंगाल। इस पार सुन्दरबन, उस पार सुन्दरबन। मस्त चाल से बहता जल कहाँ मानता है ऐसी किसी भी विभाजक रेखा को? इस तट से टकराया और फिर दूसरे तट को छूकर दौड़ा चला आता है।

तटबन्ध जो टूटते नहीं

दंडकारण्य से आलोकुठि पहुँचने की अन्तहीन परेशानियाँ जाने कहाँ बिला गई थीं। भटकते, पूछते, संगी-साथियों से बिछुड़ते हुए निराशओं ने कई बार ज़रूर अपना घेरा डाला था, लेकिन अब वे निराशाएँ पास फटकने की हिम्मत भी नहीं कर सकती थीं। जत्थे के जत्थे लोग आते ही जा रहे थे। पहले से पहुँचे हुए अपने बन्धु-बान्धवों को पाकर, भटक जाने वालों के भीतर की दुश्चिन्ताएँ समाप्त हो जाती थीं। किसी परिचित से अचानक मिलते ही दुनिया भर की ख़ुशी से खिलखिलाने लगते थे। तेज़ पड़ती धूप उनके चेहरों पर स्वेद कण फैला रही थी। बदन सितारों-से चमक रहे थे। जंगल का आकार गड़ते गाछ यदि चल सकते तो उसी तरह मुसीबतों के मारों के गले लिपट जाते, जैसे वे एक-दूसरे को हौसला दे रहे थे।

उस घने जंगल के बीच उगी उलू की झाड़ियों वाले विस्तार को ठिकाना मान लेने में कोई बुराई नहीं थी। स्थायी ठिकाना। अब कहीं कोई भागम-भाग नहीं। जलप्लावित पृथ्वी और माछ-भात की खनकती भाषा के अलावा अन्य कोई चाह भी तो नहीं थी। बास्तुहारा जीवन से मुक्ति तो जब मिले, तब सही। पहले तो भीतर घर जमाते जा रहे बास्तुहारा को दूर फेंकना ज़रूरी था।

पतझड़ का मौसम बीत चुका था। आती हुई पत्तियाँ फिर भी बहुत धीमी फड़फड़ाहट के साथ उछलकर किसी के सिर पर, किसी के कन्धों पर आ टपकने के उत्साह से भरी थीं। घने वृक्षों से आच्छादित जगह के कुछ हिस्से रहनवास के लिए तैयार किए जाने लगे। कई दिनों की अथक मेहनत से छानियाँ खड़ी हो चुकी

थी, मानो रात घिरी ही न हो। सुबह ही सुबह खिलती रही हो, पूरे मास। दोपहर की धूप की भी क्या मजाल, वह सुबह के उत्साह को ख़त्म कर पाई हो। ख़ूँख़ार जानवर उन अनोखे दिनों के पहले दृष्टा थे। भौचक्क। प्यास को बुझाने के लिए वे किन्हीं किनारों पर उतरते हुए भी बेचैन नहीं थे। अपने शिकार पर झपटने के लिए नई जगहों को खोजने से उन्हें आपत्ति नहीं थी। सारा वन क्षेत्र खिले हुए दिनों का लुत्फ़ ले रहा था। किसी के काम न आ सकने को अभिशप्त, लेकिन अपनी हदों में गाछ कहलाए जाने की संज्ञा से विभूषित झाड़ियाँ भी वर्षों की छटपटाहट और बेचैनी को छुपा नहीं पा रही थीं। खाड़ी से उठती हवाओं की लय के साथ मौसम डोलता जाता था और जंगल को अपना बसेरा बनाने के लिए पहुँचे हुए मेहमानों के प्रति कृतज्ञ था। सूखकर झड़ जाने वाली शाखाएँ भी अब निरर्थक तरह के जीवन वाले अन्त और माठ में विलीन होने को अभिशप्त नहीं थीं। 'हमारी शाखाओं में मधु के ढेर लगाती मधुमक्खियाँ भी हमारी देह पर यूँ ही बह जाने वाले मधु का रोना नहीं रोएँगी', सुन्दरी गाछ यदि बोल सकते तो समुद्र के लिए भी वह सब सुनना मुश्किल नहीं रहता। तमाम तरह के रत्न अपने भीतर छुपाए रखने की बजाय समुद्र भी आगन्तुकों को सारी की सारी अनमोल निधि हवाले कर देना चाहता था।

रुपेन हलदार ने सभी के लिए काम का बँटवारा कर दिया था। सोई ने एक बल्ली उठाई और पहले से गाड़ी जा चुकी बल्लियों के शीर्ष से मिलान करने लगी। एक सीध में बँधी हुई वे तीन बल्लियाँ थीं। आमने-सामने की बल्लियों को दो छोर कहा जा सकता था। सोई एक ओर के शीर्ष पर थी। बाला ने देखा तो वह सोई की मूर्खता पर दूर से ही चिल्लाई, "ए सोई, इतनी जल्दबाज़ी से बाड़ी नहीं बनती, बैन। मालूम होना चाहिए, बहुत जोश से नारकेल नहीं टूटता। एक-एक कदम चढ़ना होता है पेड़ पर। पगली, पहले बीच से बाँध तब मुख से बाँधना आसान होगा।"

छप्परों के लिए ज़रूरी बल्ली में बदल जाने के लिए गाछ-वृक्षों ने अपने को अर्पित कर दिया था। कुडुल (काटे जाने) का भय उन्हें कँपा नहीं सकता था। उनके भीतर का प्रतिरोध अतिथि धर्म निभाने की चाह में दाँ की चोट पर ख़ुद ढेर हो जाने के लिए उत्सुक था। अपने प्रियों के आगे वे ज़िद भी कैसे कर सकते थे? जानते थे कि दाँ की चोट प्रहार का सामना कर रही शाख को ध्वस्त कर सकता है। कर ही रहा था, लेकिन आवश्यकता की आपूर्ति के लिए किए जा रहे उन प्रहारों में जंगल को ध्वस्त कर देने का उन्माद और जोश नहीं था, यह समझना गाछ-वृक्षों के लिए ही नहीं, अपितु वन में मौजूद जानवरों के लिए भी मुश्किल नहीं था।

गोपाल ढोले ने उस महत्वपूर्ण काम की ज़िम्मेदारी ख़ुद से ले ली थी जिसकी सबसे पहले ज़रूरत थी।

"आवाज़ाही के लिए एक दो डोंगी तो हमारे पास होनी ही चाहिए। कब तक माँगेगे दूसरों से?"

वह डोंगी बनाने के काम में जुट गया था। उसे किसी से भी कोई मतलब नहीं था। अपने काम में रमें रहनेवाला वह अन्तरमुखी व्यक्ति था। नाव बनाने का उसे अच्छा तजुर्बा था।

सपने में बोनबीबी ने राईहरण को दर्शन दिए थे। सपने में हुए संवाद की गाथा के हवाले से ही वह ज़िद कर रहा था, "बोनबीबी ने आदेश दिया कि आलोकाठी की झाड़ियों के बाद जो गरान-गाछ है, उसको खोदा जाए तो नीचे दलदल मिलेगी। उस दलदल में एक मूर्ति डूबी हुई है, उसको बाहर निकाला जाए और पुन:स्थापित किया जाए।" राईहरण चाहता था कि बोनबीबी की मूर्ति स्थापना की जाए। बोनबीबी के महत्व की बातें उसने मोल्लाख़ाली वालों से सुन ली थीं। अपने पक्ष में कुछ साथियों को भी उसने तैयार कर लिया था। मूर्ति स्थापना के पीछे उसका तर्क उन आशंकाओं की उपज था, जिसकी सुगबुगाहट को उसने गोसाबा बाज़ार में कुछ अनजान लागों के मध्य हो रही चर्चा के दौरान सुन लिया था।

"मूर्ति स्थापित हो गई तो किसी के लिए भी उसे उठाना सम्भव नहीं रह जाएगा।"

रुपेन हलदार को राईहरण की योजना के बाबत मालूम हुआ तो वह आग बबूला हो गया। झूठे तरीके को आड़ बनाना उसे उचित नहीं लगा था। उसके ग़ुस्से की आवृत्ति क्लब के गठन के वक़्त छिड़ी उस बहस तक को छूने लगी जब दुर्गा पूजा, सरस्वती जगधात्री पूजा, काली पूजा जैसे अनुष्ठानों को सम्पन्न करने के लिए उप-कमेटियों के भी गठन किए जाने लगे थे। राईहरण के प्रस्ताव ने रुपेन हलदार के भीतर के जोगेन मंडल को जगा दिया था। दूसरे बहुत-से नामशूद्र दोस्तों की तरह वह भी जोगेन मंडल के जीवनवृत्त से प्रभावित था। इसलिए ख़ुद को किसी धार्मिक अनुष्ठान के स्वर में बदलने से परहेज़ रखता था। अपनी पहचान के नमोशूद्र व्यवहार के लिए संघर्ष की पुकार को धर्म की तरह से प्रचारित करने वाले गुरुचन्द ठाकुर के प्रति उसका मन फिर भी श्रद्धा से भरा रहता था। वह सीख ही उसे अपने इतिहास में झाँकने के लिए उकसाती रहती थी। गुलामी की बेड़ियों को तोड़ने के लिए ही गुरूचन्द ठाकुर ने अपने अनुयायियों को निर्देश दिए थे कि अपने बच्चों

को कोई भी अनपढ़ न रखे। बेशक मतुवा धर्म का प्रवर्तन किया, लेकिन कहा तो यही न, "मतुयार पक्षे कोनो पूजा–पर्व नाइ।" मतुवा के लिए कोई पूजा नहीं है। राहईहरण अपने प्रस्ताव में दृढ़ रह सकने की हिम्मत नहीं जुटा सकते थे, क्योंकि रुपेन हलदार के सुझाव आलोकुठि में रोशनी की टिमटिमाहट बनते जा रहे थे।

क़रीबी द्वीप के बाशिन्दे तक रुपेन हलदार की समझ-बूझ के कायल होते जा रहे थे। सातजेलिया के बाशिन्दे सम्भवत: गाछ-वृक्षों की कानाफूसी को सुन सकने की सिद्धि प्राप्त थे। गाछ-वृक्षों के आपसी संवाद का तर्जुमा करते हुए ही तो वे कह रहे थे, "सिर ढँकने के लिए छप्पर तो किसी को भी चाहिए। यूँ भी बाहर को झूल रही सूखी डालों को ही तो चुना जा रहा है, जो वैसे भी अशक्त हो चुकी हैं। हवा के झोंको से लटककर टूट जाना ही है। कौन-सा हरी डालों पर कहर बरपाया है? दाँ की चोट से तो मधुमक्खियों के बसेरे वाली डाल भी अछूती हैं।" असलियत के वे बयान ही चारघेरी से दयापुर, दयापुर से बासन्ती, गोसाबा तक थे।

उस ख़ुशी का जश्न मनाने में पक्षियों ने भी कोई कोताही नहीं बरती थी। कभी इस डाल तो कभी उस डाल पर फुदकते हुए कलरव कर रहे थे। उनकी आवाज़ों का शोर जंगल के घनेपन में कहीं-कहीं भटक रहे बन्धु-बान्धवों के लिए भी दिशा-निर्देश हो रहा था। खूँखार जानवरों की हुँकार भी भटके हुए पाँवों को पक्षियों के कलरव की ओर लोट जाने का इशारा करती हुई थी। जंगल का हर बाशिन्दा नये मेहमानों के स्वागत में अपने-अपने तरह से मददगार हो जाना चाहता था। मधुमक्खियाँ भौचक्क होकर अपनी ही तरह से काम का बँटवारा किए उस मानव समूह को देख रही थीं। कोई बल्ली तैयार कर रहा था, कोई उन्हें खड़ा करने के लिए गड्ढे को खोद रहा था और कोई रस्सी बँट रहा था। मधुमक्खियों का वश चलता तो वर्षों से सहेजे गए सारे के सारे मधु को टपका देती ताकि बिना खाए-पिए एकसार काम पर जुटे वे नंगे बदन मानुष कुछ ऊर्जा पा सकें। खरपतवार जैसी उगी उलू की झाड़ियों ने भी अपने उस रूप में हो जाना स्वीकार लिया था कि उनका भी इस्तेमाल हो सके। सख़्त गाछ से हमेशा की दुश्मनी ठाने बैठी उलू की झाड़ियाँ उन्हीं गाछ की डालों के संग एकमेव होने को तैयार थीं जिनके साथ उनकी वर्षों की दुश्मनी ही ऐसी थी कि जगह पर क़ब्ज़ा किए रहेगीं और सख्त गाछ को उगने ही नहीं देगीं। उलू की रस्सियों से ही पुलियाँ बँधती जा रही थी और बल्लियों की निर्मिति के सहारे दीवार और छत होते हुए वे एक पूरे परिवार को अपने भीतर समेट लेने का छप्पर होती जा रही थीं। जंगली जानवरों को अपने घनेपन में न छुपने देने के लिए उलू

की झाड़ियाँ बार-बार समुद्र से गुहार लगाती रहती थीं कि ज्वार का जल उन तक भी उलीचता रहे और भाटे के साथ उतरते जल में वे धरती पर बिछ-बिछकर अपने घनेपन को छाँटती रहें।

पछाड़ें मारकर उफनने वाले समुद्र ने भी मानो अपनी सीमाएँ तय कर लेना ज़रूरी समझ लिया था। न तो रहनवारियों के छप्पर को डुबोया और न ही दूसरी निर्मितियों तक कोई उछाल भरी। स्कूल, अस्पताल, क्लब, जैसी निमर्मितियों की संरचना करते हुए वे ऐसे नागरिक बोध से भरे थे कि ख़ुद सरकार हुए जाते थे। ज्वार-भाटा तो प्राकृतिक घटना-क्रम थे, अपनी गति से जारी रहे। समुद्र जानता था कि मछलियों को चास (खेती) करने के लिए बना जा चुके कुंड में पानी की दरकार है। ज्वार की उछाल के साथ हौदियाँ लबालब हो जातीं। प्रकृति का एक-एक अवयव अपनी सार्थकता को सिद्ध करने के लिए उतावला हुआ जा रहा था। तटबन्धों ने बेशक अपने को बाँधे रखते हुए उस धरा को टापू में तब्दील किया हुआ था, लेकिन ख़ुद को टापूपन से मुक्त करते आलोकुठि का विस्तार उन्हें भा रहा था। वश चलता तो वे भी अपने दलदले विस्तार को सख़्त भूमि में बदल देते।

"देखो रे देखो, रास्ता-घाट सब कितना सुन्दर बना दिया इन लोगों ने?" मोल्लाखली के हारुन ने सुनी गई ख़बरों की पुष्टि के लिए आलोकुठि पहुँची बोख़ाली वालों की टोली को सुनाने के लिए ही यह सब इतनी ऊँची आवाज़ में कहा, जैसे नव-निर्मितियों की उस शहरी आकृतियों को गढ़ने में मोल्लाख़ाली वालों की ही अहम भूमिका हो। आमतोली के रास्ते सन्देश ख़ाली से पहुँचे हुए बाशिन्दे आश्चर्यचकित थे कि जंगल क्षेत्र के घने विस्तार के मध्य इतनी खुली-खुली जगह, जहाँ रहनवारियों की झोंपड़ियों से लेकर स्कूल, औषधालय, क्लब सब कुछ बन गया, पहले तो उन्होंने भी कभी नहीं देखी थी। मधु इकट्ठा करने के लिए जंगल-जंगल भटकने वालों का पक्का यक़ीन था कि हो न हो, गाछ-वृक्षों को काटकर ही जगह तैयार की गई होगी, लेकिन ऐसे दावों को तुरन्त चुनौती देते हुए हँसी-ठट्ठा करने वालों की कमी नहीं थी, "मात्र तीन-चार माह में जंगल के घेरे को साफ़ करना और इतनी बड़ी जगह में बदल देना इतना ही आसान होता न तो छोटा मोल्लाखली वाले तो कबका कर चुके होते।"

"हाँ, तब तो हम छोटा मोल्लाख़ाली वालों को अपने द्वीप का नाम भी 'बड़ा मोल्लाख़ाली' रख देना पड़ता।"

हँसी का ज़बरदस्त गोला छूटता हुआ था। अपनी बातों के असर के लिए

छोटा मोल्लाख़ाली के बाशिन्दे ख़ुद पर भी हँसने को हमेशा तैयार थे। वे इस बात से अनजान नहीं थे कि दूसरे द्वीप वालों के लिए उनके द्वीप का नाम किस तरह हँसी-मज़ाक़ का नाम रहता था।

यह जानकर कि बोख़ाली वालों ने शायद हारुन की बात पर ध्यान नहीं दिया, कुमिरमारी के बाशिन्दे भी नव-निर्मितियों का श्रेय स्वयं ले लेने के लिए उत्सुक नज़र आने लगे। हारुन को चुनौती-सी देते हुए अनिरबान बिस्वास चहक उठा, "बाड़ी में जाने के लिए रास्ता-घाट बनाना तो ज़रूरी ही हुआ, हारुन। पर सीखने लायक बात तो यह है कि हारी-बीमारी से निपटने के लिए अगलों ने अस्पताल भी बना लिया।"

नामख़ाना के पराग की उत्सुकता और उत्तेजना का जवाब नहीं था। वह बार-बार चहक रहा था और चुपके-चुपके अपने साथियों के कान-कान में कुछ-कुछ कह रहा था। दूसरे द्वीप का कोई भला मानुष उसकी बात न सुन ले,हर क्षण इस बात के लिए सचेत रहते हुए वह अपने द्वीप के बन्धु के कान में चुपके-से कहता, "भाई अपने नामख़ाना में तो कितनी ही ज़मीन ख़ाली पड़ी है, हम भी क्यों नहीं बना लें एक ऐसा ही औषुध केन्द्र इन रिफ़यूज़ियों की तरह।" आलोकुठि उसे प्रेरित तो कर रहा था, लेकिन आलोकुठि के बाशिन्दों के प्रति ईर्ष्या के भाव भी उसके भीतर जन्म ले रहे थे। उनके प्रति हिकारत को व्यक्त करते हुए वह भीतर से अशान्त होता जा रहा था। पराग की ईर्ष्यालू बातें दूसरे द्वीप के बाशिन्दों के कान में फिर भी पड़ जा रही थीं। सुनने वाले के भीतर पराग के प्रति ग़ुस्सा भरता जा रहा था और एक सामूहिक झल्लाहट में वह फूट भी पड़ा था, "बेटा, पहले अपने दक्खिन राय से आज्ञा ले लेना, तब करना आलोकुठि वालों की तरह कुछ। दक्खिन राय की जोतदारी में ही तुम नामख़ाना वालों के बाप-दादा मेदिनीपुर से लाकर बसाए गए हैं।"

"आलोकुठि वालों ने अपने से हिम्मत की, जंगल पहुँचने की। किसी दक्खिन राय के जोतदार होकर जंगल साफ़ नहीं किया उन्होंने।"

शंकर गायेन भी पराग का मज़ाक़ उड़ाने में पीछे नहीं रहा। दक्खिन राय और बोनबीबी की कथा सुनाने के लिए मशहूर सूर्लू मिर्धा भी ख़ूब ज़ोर-से हँसा। हँसी ठट्ठे की उस स्थिति ने जैसे उसे फिर से आमंत्रित कर दिया हो कथा सुनाने के लिए और वह शुरू ही हो गया—

दक्खिन राय एक भद्र मानुष था। जंगलों पर उसका क़ब्ज़ा था। एक दिन उसने बाघ का रूप धर लिया। अब बाघ का रूप धरे हुए दक्खिन

राय ने अपने को जंगल का राजा घोषित करके ऐलान कर दिया कि इनसानों के साथ जंगल नहीं बाँटा जाएगा।

उस वक़्त इनसानों को मुसीबत में देखकर ही अल्लाह ने एक अनाथ लड़की को दक्खिन राय से लड़ने की ताक़त दी। वह अनाथ लड़की ही बोनबीबी थी। बोनबीनी ने दक्खिन राय से सीधे युद्ध करने की ठान ली। युद्ध शुरू करने से पहले बोनबीबी और उसका मुँहबोला भाई अल्लाह की रहम के लिए मक्का-मदीना गए। अल्लाह ने दोनों भाई-बहनों की मुट्ठी में चुटकी-चुटकी भर पवित्र माटी दी और कहा कि अपने साथ ले जाओ। माटी लेकर बोनबीबी जब द्वीपों की सीमा में प्रवेश कर रही थी, दक्खिन राय को ख़बर हो गई।

दक्खिन राय घबरा गया। पवित्र माटी सारे जंगल को ही मैदानों में न बदल सकती थी, इनसानों के रहने के लिए। दक्खिन राय ने बोनबीबी पर हमला कर देना चाहा। दक्खिन राय की माँ नारायणी एक नैतिक स्त्री थी। उसने बेटे को फटकार लगाई। बोनबीबी एक औरत है। किसी मर्द का औरत पर हाथ उठाना ठीक नहीं।

"यदि ज़रूरी है तो बोनबीबी के साथ मुझे लड़ना होगा", नारायणी ने कहा। अपनी नैतिकता के बावजूद वह बेटे के विरुद्ध नहीं हो सकती थी।

नारायणी और बोनबीबी के बीच आमतोली के जंगल में लड़ाई हुई। नारायणी समझदार औरत थी। ख़ुद को हारते देख उसने सुलह कर लेना ही उचित समझा और बोनबीबी को अपना सहयोगी मान लिया। साईं मान लिया। अपनी दोस्त।

"सूर्लूकाका, लेकिन आपकी कहानी के दक्खिन राय और हमारे असल के दक्खिन राय एक जैसे नहीं है। हमारे दक्खिन राय ने तो जंगल मानुषों के साथ ही बाँटा था।"

"बेटा, तुम नये जामने के छेले हो। तुम क्या जानो? बाघ के नाख़ून देखने के लिए कितने ही बर्ष लग जाते हैं? बालों का रंग सादा करना पड़ता है, वो भी खुले आकाश के नीचे।" "ठीक बोल रहे हो, सूर्लूदा।...अबे लड़को, सूर्लूदा तर्जुबेकार मानुष है। अपने दक्खिन रायों ने तो आज भी बाँटा हुआ है। जंगल के साथ-साथ

लोगों को भी बाँटना आता है उन्हें। इसीलिए तो बस उपज के समय ही आते हैं और अपना हिस्सा लादकर ले जाते हैं मेदिनीपुर-बाड़ी। उस वक़्त कोई कुछ नहीं बोलता, जबकि बाक़ी समय तो हर खायकर ख़ुद को ज़मीन का ऐसा मालिक मानता हैं कि मजाल है किसी की, जो उसके हिस्से में दी गई बाँट की ज़मीन पर कोई इंच भर भी घुस जाए।"

लक्ष्मीकान्तपुर का हरिहरन पात्रा, जो गल्पकार सूर्लू मिर्धा की लोकप्रियता से वाकिफ़ था, अनजानों की भीड़ में भी वाचाल हो गया। आलोकुठि की निर्मितियों के क़िस्से और उन्हें देखने की उत्सुकता में वह अकेला ही चला आया था। न तो सूर्लू मिर्धा ही हरिहरन को जानता था और न ही श्रोता समूह में ही कोई उससे परिचित था। एक अनाजन व्यक्ति के मुँह से अपने दोस्त सूर्लू मिर्धा की तारीफ़ सुनते हुए शंकर गायेन भी ख़ामोश न रह सका, "यह सच है कि हमारे दक्खिन रायों ने तो जंगल मानुषों के साथ ही बाँटा। अब यह बात अलग है कि उनकी बाँट का न्याय हमारे पुरखों को ही नहीं, बल्कि हमें भी आज तक खायकर ही बनाये है। हमारी जोतों पर उनका अधिकार है क्योंकि ज़मीनों के असल मालिक तो दक्खिन राय ही हैं।"

पहली बार मिले हरिहरन की तारीफ़ ने गल्पकार सूर्लू मिर्धा को ही जगा दिया मानो वह सुन्दरबन क्षेत्र का एक आम नागरिक नहीं, किसी बन्द गुफा से निकल आया इतिहासकार हो। वह ऐसे बोल रहा था कि मानो किसी बहुत गहरे से संगीत की धुन उठ रही हो। सुनने वालों तक को यह भान नहीं रहा कि वे तो आलोकुठि के बाशिन्दों के चमत्कार को देखने भर के लिए आए थे और अब उन्हें तो खेया पर सवार होकर लौटना भी था। गलपकार सूर्लू मिर्धा कवि भी था, यह भी तो कोई नहीं जानता था। सूर्लू मिर्धा सच में ही गाने लगा था—

तटबँध जो टूटते नहीं, धँस जाते हैं
सुन्दरी गाछ उगाते हैं
बिना विभेद किए जलचर और थलचर का आसरा हो जाते हैं

गाते-गाते वह अचानक रुक गया था और अब उसकी आवाज़ फिर से बदल गई थी। अपने पुरखों से सुने गोसाब क्षेत्र को बसाने वाले डेनियल हेमिल्टन का क़िस्सा उसकी स्मृतियों में झिलमिलाने लगा था—

भिन्नता का सम्मान और उसकी हिफ़ाज़त में सुनरी गाछ के घने जंगल दलदल को अपना घर बना लेते हैं। उनका घनापन फिर चाहे

शिकारियों का लुभाए और चाहे कोई किसी के जीवन का आसरा हो जाए।

डेनियल साहब को शिकार का शौक़ तो नहीं था, फिर भी वह ज़मींदारों का शिकारी साबित हुआ। तब भी उसे शिकारी नहीं माना जा सकता था। वह तो टापुओं का तटबँध हुआ चाहता था। असंगठित और वर्णो में बँटा हुआ समाज उसे असंख्य भेड़ों के झुंड के रूप में दिखता था। भेड़ें, जिनका कोई चरवाहा नहीं और वह लगातार भेड़ियों की चालबाज़ी का शिकार होने वाले भोलेपन के व्यवहार में है।

भेड़ियों के सरदार महाजन के रूप में थे। ईसाइयत डेनियल का दीन था और वह उपमहाद्वीप में व्याप्त बौद्ध दर्शन से प्रभावित था। भेड़ों का चरवाहा हो जाना चाहता था। यीशू हो जाना चाहता था। उसका मूल मंत्र था, ख़ुद कमाओ। ख़र्च करो ख़ुद ही। निर्माण के बेहतर विकल्पों को तलाशते रहो। यही कहा था उसने उन सभी से, जिन्हें वह गोसाबा तक ले आया था।

वह वही समय था जब 1905 का बंग-भंग लागू हो गया था। डेनियल हेमिल्टन गोसाब क्षेत्र के टापुओं को गाँवों में बदल देना चाहता था और नव निर्माण की योजना के साथ था। पहले से ही मनुष्य का आसरा बन चुके द्वीपों की बजाय उसने निर्जन-उजाड़ द्वीपों को आबाद करने की ठानी।

ग्लासगो में पैदा हुआ वह स्कॉटिश युवक सबसे पहले रोज़गार के वास्ते जहाज़रानी मैककिन एवं मैकेंज़ी का कारिंदा होकर आया था। नीरसता भरे काम को करने की बजाय उसका मन कुछ दूसरे ज़रूरी काम करने का था। स्कूली दिनों से ही सोसाइटी आन्दोलन के प्रभाव में था और वैसा ही प्रयोग करने की चाह रखता था। ब्रिटिश सरकार से डेल्टा के इस गोसाबा द्वीप के आस-पास के क्षेत्र की ज़मीन ख़रीदकर उसने अपने उन अनुभवों से हासिल ज्ञान के आधार पर सोसाइटी का प्रयोग करना चाहा। बंगभंग की घोषणा ने उसे अपने काम को अंजाम देने में ज़रूरतमन्द लोगों की कमी नहीं रहने दी। वह लोगों को क्षुद्र लालसाओं से ऊपर उठकर जीना सिखाना चाहता था, मनुष्य की तरह जीना। हेमिल्टन ऐसे ही स्वप्न देखने लगा था और उन

सपनों को साकार करना चाहता था। संसाधनों पर अधिकार सामूहिक हो। कोई किसी का शोषण न कर सके। भूमिहीनों का आह्वान करते हुए उसने अपनी कार्रवाइयों को आगे बढ़ाया। कोई जाति, कोई धर्म, कोई प्रान्त नहीं। जो भी आए, भूमिहीन की पहचान के साथ आए। मिल-जुल कर रहे और भाग-चाष करे।

वह सहकारिता आन्दोलन चलाना चाहता था। हिन्दू-मुसलमान-ईसाई अस्पृश्य अपने विवादों को मिटाकर एक बराबरी के दायरे में व्यवहार करें। समाज आपसी सामंजस्य की मूल भावना को समृद्ध करने का प्रयास करे। उसकी कोशिश एक ऐसी सांगठनिक पहल थी, जिसका सीधा वास्ता किसी तरह की राजनीतिक स्वतंत्रता से नहीं था। स्वतंत्रता का वह रास्ता तो ज़मीनी प्रबन्धन के साथ जन सहभागिता और कष्टों का निवारण करने में आपसी सहयोग की अवश्यम्भाविता को स्थापित करता था। बीमारों की सेवा, ग़रीबों के लिए आसरा और भूखों के लिए भोजन की उपलब्धता। गाँवों को स्वावलम्बी और सशक्त बनाने का सपना। डेनियल साहब कहता था, "फल की स्वतंत्रता का मतलब यह नहीं उसे पेड़ से तोड़ दिया जाए और न ही इस बात में कि उस की प्रचुरता व्याख्यान में दर्ज़ करने के लिए यूँ ही बेकार होने दी जाए।"

कौन सुनार है, कौन कर्मकार, कोई भेद नहीं। राजबंशी कौन, पौंड्र कौन और कौन चंडाल, ऐसा कोई भी विभेद यदि हेमिल्टन ने माना होता तो निश्चित ही उसकी निर्मिति की संरचना भी आस-पास के द्वीपों की सामाजिक बुनावट से भिन्न नहीं होती। वह व्यक्ति को उसके धर्म से नहीं पहचानना चाहता था। उसके समवाय क्षेत्र में शामिल होनेवाला चाहे जिसे पूजे, उसे इससे कोई ऐतराज़ नहीं था।

सभी तो मानुष हैं। बिहारी, उड़िया, या बंगाली—यह भी तो भाषायी भिन्नता है, बस। भाषाई लचक की भिन्नता में ही उसने अपने समवाय को आकार दिया। वह ख़ुद भी वैसा ही होना चाहता था जैसा भूगोल और उस भूगोल की संस्कृति जैसा। निखट बंगाली। फिर चाहे दुर्गापूजा हो, चाहे काली, सरस्वती, जगदात्री पूजा, ख़ूब उत्साह से अपने जोतदारों के साथ घुल-मिलकर त्यौहार मनाता था।

उसके पास न कंठी थी, न माला। अपने जोतदारों से कहता, "कोई शराब नहीं पियेगा"। और उसके जोतदारों ने शराब को देखना भी गवारा नहीं समझा।

उसने जोतदारों से कहा, "कोई जात-पाँत नहीं मानेगा"। उसके जोतदारों ने न तो उच्चता के झूठे श्रेष्ठताबोध को सुरक्षित रखना चाहा और न किसी तरह की नीचता को पास फटकने दिया। उसके शब्दों में जादू था। न सज़ा का प्रावधान था, न कंठी का इनाम। वह तो एक ख़ूबसूरत राह बनाता रहा, एक ख़ूबसूरत दुनिया बसाता रहा।। कोई क़र्ज़दार नहीं। जंगल को साफ़ करने और वर्षा के शुद्ध और साफ़ जल को इकट्ठा करने के लिए उसने लोगों को सामूहिक की चेतना से भर दिया। कर्ज के बोझ से दबे ग्रामीणों को उसने सहाकरिता की भावना से भर दिया था। अब वे ख़ुद कमाते, ख़र्च करते और अपने आस-पास के वातावरण निर्माण के बेहतर विकल्पों को तलाशते एवं उसके अनुसार काम करते थे। स्कूल, अस्पताल और सहकारिता आधारभूत ज़रूरतों को पूरा करने के लिए उसके विशेष कार्यक्रम हुए।

डेनियल हेमिल्टन के निर्देशों के साथ आगे बढ़ते हुए जोतदारों का प्राप्य धन नहीं, मान पर केन्द्रित होने के साथ था। प्रत्युतर में मिले लोगों के प्रेम को डेनियल हेमिल्टन अपने लाभांश के रूप में देखता था। इस अमूल्य सम्पदा को जुटाने में मिसेज़ डेनियल का उसे बड़ा सहारा था। जोतदार की मुसीबत हेमिल्टन दम्पति की मुसीबत हो जाती थी और उससे निपटने के लिए दोनों ही मुस्तैदी से जुट जाते थे। गोसाबा में लोगों ने क़दम रखा ही था और अभी जोतदारी की ज़िम्मेदारियाँ भी पूरी तरह से तय नहीं हुई थीं कि विभिन्न जगहों से स्वैच्छिक होकर पहुँचे हुए लोग मुसीबत की ज़द में आ गए। कॉलेरा के प्रकोप ने उन्हें जकड़ लिया। स्थितियों से निपटने के लिए डेनियल दम्पति ने आस-पास के क्षेत्रों के चिकित्सकों से सम्पर्क किया। उनके दवाख़ानों को ख़ाली करवा दिया और ख़ुद होकर झोंपड़ी दर झोंपड़ी में ज्वर से पीड़ितों की तीमारदारी में जुट गए। उनके मीठे बोल दवा से ज़्यादा प्रभावी हो रहे थे। उनके हाथों की छुवन में जाने कैसे जादू

का असर था कि ज्वर से पीड़ित स्वस्थ होने लगे। उसके इस तरह से पेश आने का प्रतिफल न सिर्फ़ लोगों के प्रेम और विश्वास के रूप में मिलने लगा, बल्कि अपनी जागीर में वह एक ऐसा दवाख़ाना भी खोल सका, जहाँ उस वक़्त के नामी चिकित्सक अपनी सेवाएँ देने को तत्पर रहे।

प्रकृति अपने उत्सवी अन्दाज़ में फ़िदा थी, लेकिन जानती न थी कि भविष्य का आलोकुठि तो उस वक़्त ही निशाने पर आ गया था जब छानियों की बल्लियाँ भर ही खड़ी होने लगीं थीं। यदि ख़ुद पर क़ब्ज़ा की हुई चाहतों के षड्यंत्र का भान हो गया होता तो वह षड्यंत्रकारियों पर टूट पड़ने के लिए ख़ुद को तैयार किए रहती। नहीं जानती थी कि उसको सज़ाने के लिए उमड़ पड़े शरणार्थियों को खदेड़ दिए जाने का घृणित खेल खेला जा सकता है। जगह-जगह टापू बनाकर शाखा पर शाखा होती नदियों के बहाव आक्रमणकारी नावों को डुबो ही देते।

सोनार चाँद, चाँदीर टुकड़ो, अरु भालो छेले

"मैं चली तो सियालदह से ही थी। कैनिंग पहुँचकर सोचने लगी, कहाँ जाऊँ कि सुन्दरबन हो जाऊँ? कैनिंग तो बाज़ार था। क़स्बा, जैसे सोनारपुर, नरेन्द्रपुर। लेकिन पहुँचने पर देखा, वह भूगोल वैसा ही नहीं था।"

लौटने के बाद शिकायती लहज़े में ही उसने श्रीकान्त को बताया था, ताकि श्रीकान्त को भी मालूम हो जाए कि मैडम उसके बताये आधे-अधूरे रास्ते के बावजूद ख़ुद ही ठीक-ठाक तरह से सुन्दरबन द्वीपों को देख आई थी। कहन के उस लहजे को श्रीकान्त शिकायती कैसे मान लेता? उसे तो लगा कि मैडम अनजाने भूगोल के साक्षात् होने पर आश्चर्य व्यक्त कर रही। स्वाभाविक बदलावों की सहमति में फिर से बताने लगा—

"अब तो गोसाबा को भी एक क़स्बा ही समझिए, मैडम। कभी रहा होगा जंगल, तो रहा हो। वैसे जंगल का घनापन तो शायद ही रहा हो गोसाबा में। होता तो कौन वास करता? क्योंजी, हेमिल्टन महाराज ही बंगला बनाते। वह बंगला ही गोसाबा की

पहचान है। आज तो सुन्दरबन की तहसील है गोसाबा। बाज़ार से सटा ऑटो स्टैंड है। आवाज़ मारकर बुलाने वाले मोटर रिक्शा चालक अहसास भी नहीं होने देते हैं कि आप जंगल क्षेत्र के इतने क़रीब हैं। वे जानते हैं कि सुन्दरबन को खोजनेवाला कोई सैलानी हुआ तो सीधे बंगले का पता पूछता है। कोई दस वर्ष पहले तक मतला के किनारे बसे कैनिंग से गोसाबा जाने का रास्ता भोट-भोटी का रास्ता था। आज मतला पर पुल है। बासन्ती पर पुल है। नहीं है तो विद्याधर पर। गर जो कैनिंग से पूर्व दिशा को सड़क-सड़क चलना शुरू करो तो काली डांगा स्कूल के बोर्ड पर नजर ज़रूर पड़ेगी। उसके बाद चांदख़ाली, चौकीदार मोड़, स्कूलबाड़ी, सुभाष मोड़ और फिर गोदख़ाली पहुँचने पर विद्याधर आगे बढ़ने से रोक देगी। भोटभेटी पर चढ़कर विद्याधर के पार पहुँचा जा सकता है। हुनरमन्द कारीगरों के कौशल ने मोटर वाहन की सवारी को वहाँ भी उपलब्ध कराया हुआ है। क्या केवट ही होना चाहिए एक व्यक्ति को? वैसे बंगाल के हर व्यक्ति में एक केवट ही छुपा बैठा है, मैडम। किसी भी सैलानी के सामने ख़ामोश, कोहरे की चादर में ढका हुआ। कुछ कहेगा भी तो इशारों में। उसके कहे को समझने के लिए कुछ तो स्थानिक होना ही पड़ेगा, लेकिन मैं केवट नहीं हूँ। कर्मकार हूँ। जितना जानता हूँ, ज़रूर बताऊँगा। आप जानना चाहती थी न कि आपको सेक्शन के हर व्यक्ति ने ऐसा क्यों कहा चोरी-चोरी, चुपके-चुपके कि दुर्गादास को सेक्शन में न लिया जाए..."

श्रीकान्त फिर से अपनी रौ में बहने लगा था। द्वीपों की जानकारी देते-देते पिछले हफ़्ते के अन्तिम कार्यदिवस की शाम दफ़्तर से घर जाते हुए मैडम ने सेक्शन के लोगों के उस बर्ताव पर यूँ ही पूछ लिया था, कर्मचारियों के सेक्शन ट्रांसफ़र-पोस्टिंग का ऑर्डर उसकी टेबल पर आते ही हर कोई धीमे-से केबिन में घुसा था और पोस्ट की जा रही एक महिला क्लर्क को सेक्शन में न लेने की सलाह देता रहा था। न लिए जाने के पीछे हर किसी का तर्क अपना-अपना था, जिसे बताते हुए एक लड़खड़ाहट सभी की जुबान में थी।

"...तो उसका सीधा-सा जवाब है सरकारी आदमी पर कभी-कभार पड़ जानेवाला कोई संवैधानिक फन्दा खुसफुसाहटों का कारण है वरना ऊँची आवाज़ में उच्चारित होने वाले उपनामों को कौन खुले आम नहीं सुन सकता—सोनार चाँद, चाँदीर टुकड़ो, अरु भालो छेले।"

बिल सेक्शन में पोस्टेड दुर्गादास चाहती थी कि उसकी पोस्टिंग रजिस्टरी अनुभाग में कर दी जाए तो वह भी रुपाली चटर्जी की तरह सीट पर टाँग फैलाकर

बैठे। रजिस्टरी विभाग में काम सीमित ही था। यह नहीं कि बिल सेक्शन की तरह लगे रहो सुबह से शाम तक। कई बार कोई बिल पेंडिग हो गया तो दौड़ते हुए पहुँचो एकाउँट सेक्शन, मालूम करो कि बिल क्यों नहीं निकला अभी? उस पर भी मामला यह कि जिस कर्मचारी का भी बिल पेंडिग हुआ, उसकी ही निगाह में आप निकम्मे हो गए। रुपाली चटर्जी एच.आर.डी. अनुभाग में थी, काम तो वहाँ भी भागम-भाग का था, लेकिन हिम्मत नहीं कि कोई रुपाली चटर्जी को कह सके, तुम ऐसे क्यों बैठी हो? काम क्यों नहीं करती?

रुपाली चटर्जी पिछले लगभग बीस वर्ष से एक ही सेक्शन में थी। कभी समय पर ऑफिस पहुँची हो, इस बात का रिकार्ड किसी के पास नहीं। रिकार्ड तो इस बात का भी नहीं कि ऑफ़िस छूटने के समय तक भी कभी किसी ने उसे सीट पर देखा हो, बेशक टाँग फैलाए हुए ही। मजाल क्या किसी की, जो रुपाली चटर्जी को कभी कुछ कह दे। रुपाली चटर्जी—सीनियर असिस्टेंट। साल-दो साल में असिस्टेंट स्टाफ ऑफ़िसर हो ही जाएगी। सीन्योरिटी में तीसरा ही नम्बर है, ऐसा उससे ख़फ़ा रहने वाले, पीठ पीछे बताते थे। स्टॉफ आफ़िसर ललित अधिकारी बहुत ही सज्जन व्यक्ति थे, लेकिन काम के मामले में, कड़क। ललित अधिकारी को हर कोई 'ललितदा' ही कहता रहा। रुपाली चटर्जी को वे भी कुछ नहीं कहते थे, लेकिन मजाल क्या किसी की जो ललितदा पर ऐसा-वैसा कोई आरोप लगा दे? अपने ही तरह से ख़फ़ा रहनेवाला श्रीकान्त तक उनकी तारीफ़ में बताता—

"चरित्र के एकदम पक्के हैं ललितदा। ऑफ़िस के काम के मास्टर भी। अंग्रेजी इतनी भालो कि डाइरेक्टर तो क्या डीडीजी भी पानी भरें उनकी ड्राफ़्टिंग के आगे। ग्रेज्यूएशन से लेकर मास्टर तक की पढ़ाई ललितदा ने प्रेसीडेंसी यूनिवर्सिटी से की है। वह भी उस वक़्त जब क्रान्ति की ज्वाला से धूँ-धूँ जल रहा था सारा बंगाल। पुलिस हर जवान लड़के को एक अपराधी की तरह घर के भीतर से घसीटकर लाती थी और खुल्लमखुल्ला हत्या कर देती थी। हत्या का एक अर्थ एनकाउँटर भी होता है, उसी वक़्त समाज इस नई शब्दावली से परिचित हो रहा था। लेकिन युवा जोश, हत्या से भयभीत होने की बजाय, लगातार की मुठभेड़ को जीवन का पेशा बनाने की ओर बढ़ने लगा था। उस वातावरण का असर ललितदा पर भी रहा। ज़माने भर का गुस्सा आज भी ललितदा को बेचैन किए रहता है। जब-तब किसी पर भी बिगड़ जाने में उठती लपट उनके व्यक्तित्व को निर्भीक बनाती है, लेकिन रुपाली चटर्जी के मामले में उनके भीतर का ग़ुस्सा भी बाहर आने से ख़ुद को रोके

रहता है। ज़रा-सी बात पर बिफर जाने वाली रुपाली चटर्जी को वे भी कुछ कहने से बचते रहते हैं।"

मेज़ के एक तरफ़ बैठी रुपाली चटर्जी मेज़ के दूसरी ओर रखी कुर्सी पर ऐसे पाँव पसारे रहती थी कि सामने से देखने वाले को मालूम ही नहीं हो सकता था कि उसने पाँव सामने की कुर्सी पर पसरे हुए हैं। रुपाली चटर्जी का इस तरह आराम की मुद्रा में बैठे होने का अन्दाज़ दुर्गादास को बेहद भाता था, लेकिन वह इसे ठीक भी नहीं मानती थी। इसी कारण रुपाली चटर्जी उसे पसन्द भी नहीं थी, लेकिन दफ़्तर के मामले में एक बार रुपाली चटर्जी की तरह नौकरी करके देखना उसका स्वप्न था। दिलचस्प था कि पोस्टिंग ऑर्डर का मजमून रुपाली चटर्जी की पोस्टिंग दुर्गादास की वांछित जगह, रजिस्टरी अनुभाग की बात कह रहा था और ख़ाली हुई सीट पर दुर्गादास की पोस्टिंग का ज़िक्र था। मैडम को आश्चर्य इसलिए भी ज़्यादा था कि जहाँ एक ओर हर कोई रुपाली चटर्जी के नकारेपन पर नाक-भौं सिकोड़ता था, उसके स्थानान्तरण पर ख़ुश होने की बजाय पोस्टिंग की गई दुर्गादास को न स्वीकारने की सलाह क्यों देता रहा? श्रीकान्त ने बेशक विषय परिवर्तन कर दिया था, लेकिन वह अपनी ही रो में बोले जा रहे श्रीकान्त कर्माकार को ख़ामोश होकर सुनती रही।

"जैसे मैं पौंड्र, वैसे ही दुर्गादास नामशूद्र। उसके स्वभाव में रहने वाली अकड़ हर किसी को चुभती है। वह हर वक़्त गाती रहती है कि चातुवर्ण्य से बाहर है उसका वर्ण। अवर्ण है वह।—'किसी भी तरह के पदानुक्रम से मुक्त हम नमोशूद्र न तो पौंड्र है और न ही झूठी शान ओढ़े राजवंशी। हम अवर्णों के लिए मनुष्यता की श्रेष्ठता अक्षुण्ण है। महिष्य, कपाली, राजवंशी, पौंड्र, केबवर्त, तेली, माली, भुँइमाली, कायस्थ, कुम्हार, ग्वाला, जब सबने हथियार डाल दिए, हमारे पुरखों ने चंडाल जीवन के साथ रहना ही उचित समझा। किसी वैदिक धर्म के छलावे में आकर चातुर्वण्य में शामिल होना स्वीकारा नहीं। अपनी स्वतंत्रता की क़ीमत चुकाई। वन-जंगल, खाल–बिल, नदी–नालों, दुर्गम अंचलों, जल से भी भूमियों में आश्रय लिया।...बल्लाल सेन ने जिस चंडालपन को ही चिरस्थायी रखने का बन्दोबस्त किया था, उसके विरुद्ध अपने नामसमाजी होने का बिगुल बजाते रहे।...', भद्रमानुष के शब्दों में लेकिन दुर्गादास और मेरे जैसों की पहचान एक है। एक ही उपाधि से विभूषित—'सोनार चाँद'। भद्र मानुषों के इस व्यंग्य के विरोध में हर वक़्त भृकुटि ताने रहती है दुर्गादास। वह जानती है कि व्यंग्य का विभेद 'सोनार टुकड़ों' और

हाल-हाल में विभूषित होने वाले 'अरु भालो छेले', एक ही पुस्तक के अलग-अलग अध्याय हैं। जोगेन मंडल दुर्गादास का नायक है। ओह, आपने भी नाम नहीं सुना? आपकी ग़लती नहीं। किसी ने भी नहीं सुना। जब अपनी अस्मिता के लिए मर मिटने वाले, इतिहास से श्रेष्ठता के हर विवरण को ढूँढ़ने वाले किसी बंगाली मानुष तक ने नहीं सुना, तो आपके न सुनने को गुनाह नहीं ठहराया जा सकता।—वैसे कोई भद्रमानुष तो उसका नाम सुनना भी नहीं चाहेगा। किसी बाहरी व्यक्ति के सामने स्वीकार नहीं सकता कि उसने कभी जोगेन मंडल का नाम सुना भी। बस, समझने की चेष्टा करें—क्यों?...सोचे ज़रूर कि क्यों बंगाल का बाशिन्दा जोगेन मंडल के बारे में अनजान होने का दिखावा करता है? ऐसे किसी सवाल का जवाब ही उस प्रश्न में छुपा है, जिसे दुर्गादास जब-तब पूछ लेती है—'बंगाली मानुष का अपने ही समाज के एक एतिहासिक व्यक्ति से नावाकिफ़ होना कौन-सी साँस्कृतिक विराटता का प्रदर्शन है?' आप ही बताइए, इस पर आश्चर्य व्यक्त करना गुनाह है क्या कि सामाजिक समरसता की दुहाई देने वाले वे इतिहासविद् भी, जो ईसा पूर्व के इतिहास तक को खोज निकालने में अव्वल हैं, उस शख़्स से अपरिचित कैसे रह गए, जो उनके दौर का ही जीवित पात्र हो? "बंग समाज में मानो जोगेन कोई संज्ञा ही नहीं। किसी छेले का नाम जोगेन नहीं। आवश्यकता से अधिक वाचाल कोई भद्र मानुष यदि आपको टकरा जाए तो उस संज्ञा के प्रति हिकारत और घृणा का उठा हुआ ज्वार देख पाएँगी।"

एकाएक श्रीकान्त को ख़ुद ही ख़याल आया कि बात तो किसी दूसरे विषय पर शुरू की थी मैडम ने और वह कहीं से कहीं जा पहुँचा, "ओह, मैं विषयान्तर कर गया शायद। क्या-क्या देखा आपने? सोजनेख़ाली गईं? बंगाल टाइगर देखने के लिए तो हर कोई जाता है टॉवर पर।"

"कैनिंग से उतरकर मैं तो न जाने किस रास्ते की ओर निकल गई? वो तो मुझे अचानक से अहसास हुआ, सुन्दरबन में हूँ। भोट-भोटी में सवार। जगह कौन-सी थी, भोट-भोटी के चलने की दिशा क्या थी, उसका अन्दाज़ा नहीं लगा पा रही थी। जब चारों ओर जल ही जल हो तो उसके बहाव को अलग-अलग नामों से पुकारने का मतलब ही क्या? पहचाना भी तो नहीं जा सकता। हाँ, जगह को चिह्नित करने के लिए बहाव को एक नदी का नाम दिया ही जा सकता है। नाम ही जगह का बोध करा देते हैं। इच्छामति कहे कोई और ऐ पार बंगाल, ओ पार बंगाल की ऐसी धुन वातावरण में मौजूद हो, जो खेया में चढ़कर नदी में उतर जाने को उकसा दे,

तो ठीक ही है, आप टॉकी में होंगे। कोई पुकारे मतला तो कहने की ज़रूरत नहीं, रेलवे स्टेशन कैनिंग आ गया। विद्याधर के पार तो गोसाबा है, मुझे पक्का मालूम था। भोट-भोटी किस नदी के जल को चीरती हुई आगे बढ़ रही है, यह जानना मुश्किल था। सम्भवत: धामाख़ाली। सन्देशख़ाली पर भोट-भोटी रुक गई। लोग उतरने लगे थे। लगा कि भोट-भोटी ख़ाली हो गई, लेकिन वह सच नहीं था। घाट में इन्तज़ार कर रही चढ़ने वालों की भीड़ थी। भोट-भोटी के ठीक सामने एक सुन्दर-सी बोट थी—सफेद और नीले रंग में रँगी। पुलिस का एक सिपाही उस पर बन्दूक़ लिए खड़ा था, मानो पहरा दे रहा हो। मेरी आँखों में एक ख़ौफ़ समा गया। मुझे लगने लगा कि भोट-भोटी में लादी जा रही मोटर साइकिलों का सिलसिला तुरन्त ख़त्म हो और जितना जल्दी हो, भोट-भोटी दूर निकल जाए।...मैंने ख़ुद से एकदम सटकर बैठे व्यक्ति से पूछा था, "क्या यह नदी मरीचझापी के क़रीब से जाती है? नौका का अन्तिम पड़ाव क्या उसी ओर है?" मेरा गन्तव्य तो मरीचझापी ही था और जहाँ तक पहुँचने के लिए ही पिछले कई अन्तरालों से यात्रारत थी, लेकिन अफ़सोस कि उसे मरीचझापी के बारे में कुछ भी नहीं पता था। वहाँ घटे घटना-क्रमों से भी अनभिज्ञ था। क्या हुआ? क्यों हुआ? कैसे हुआ? ये प्रश्न काल के ही भीतर समाए हुए थे।"

"कहाँ जाना चाहते हैं? सवारी की आस में बैठे मोटर वाहन वाले ज़रूर टोकेंगे। यह जानकर कि सैलानी है, पाखिरालय जाना चाहता होगा, अनुमान मारेंगे। कौन-कौन-सी जगह हैं, जहाँ सैलानी जाना पसन्द करते हैं, ख़ुद ही बताने लगेंगे। "सोजने ख़ाली में गेस्ट हाउस है।...पाखिरालय छोड़ दूँगा, वहाँ से खेया मिल जाएगी सोजनेख़ाली की।" लेकिन आलोकुठि का पता बतानेवाला मुश्किल से मिलेगा। वह तो आपको ख़ुद ही खोजना होगा। गोदख़ाली से नदी के बहाव के विपरीत दिशा को पकड़ लेना बस अबकी बार। हो सकता है, विद्याधर पर कोहरा छाया हो। किनारे खड़े होकर बस इतना ही दिखाई दे कि हिलोर लेता हुआ जल ही है हर तरफ़। कल्पनाएँ जन्म ले ही सकती हैं कि मानो धरती पर उतर आए हैं बादल। भोट-भोटी ही नहीं, सैलानी नावें भी तटों पर इन्तज़ार कर रहीं होंगी। उस धुन्ध में कोई कैसे जानेगा कि बहुत क़रीब है सुन्दरबन का जंगल। बेशक इतना भी क़रीब नहीं कि कोहरा छँटे और केवट विद्याधर के पार उतार दे।"

"बिलकुल ऐसा ही कहा था धामाख़ाली में केवट ने 'कोहरे में कैसे उतार दूँ खेया? क्या उताल तरंगों में ढुलका दूँ नैया?"

"ये तो केवटों के सामान्य बोल होते हैं, मैडम। वही केवट जो बहते हुए पानी की किसी भी हरकत को उसके रंग से पहचान लेता है। यह बिद्याधरी है, साहब। वह गराल। कोरनख़ाली का रंग इतना नीला नहीं है। रायमंगल! ख़ूब लाल रंग है। वैसे, पहले नहीं था। मेरे बाबा बताते थे, ख़ूब धवल जल बहता था रायमंगल में। इतना धवल कि बाबा तो डोंगी से ही नीचे झाँककर देख लेते थे कि इधर चिंगड़ी है कि झींगा, लेकिन अब तो रायमंगल ख़ूब लाल। कुछ दिखता नहीं।"

"मैंने उससे भी जोगने मंडल के बारे में पूछना चाहा। वह जोगन मंडल को नहीं जानता था और न ही उसे जानने की उत्सुकता थी। अपने परिचय के तौर पर ख़ुद को पोंड्र खत्री बताता था, बिलकुल वैसे ही, जैसे नामशूद्र ख़ुद को ब्राह्मण बताते और मानते हैं और राजवंशियों का तो कहना ही क्या? बस चले तो सारे के सारे बल्लाल सेन हो जाएँ।"

"मैडम, कितने ही समय से मन में अटकी हुई बता बताना चाहता हूँ—यदि पुनर्जन्म सच में होता हो तो मैं चाहूँगा कि डॉलफ़िन या किसी दूसरे समुद्री जीव के रूप में पैदा होऊँ ताकि उनकी तरह से स्वच्छ विचर सकूँ कहीं भी। मनुष्य की बनाई हुई कोई भी सीमा मेरी रुकावट न हो सके। गाऊँ बाउल गीत। मुझे दंडकारण्य के भूगोल से प्यार है। पहाड़, जंगल और उनमें निवास करने वाले वनवासियों का जीवन मेरी प्रेरणा है। किसी दुर्गम पहाड़ी चोटी पर दोस्तों के साथ चाय सुड़कने की ख़्वाहिश मुझे मनुष्य बनाए रखने का आधार बनी रहे। मलकानगिरि, नौवारंगपुर, पाखनज़ोर, बस्तर, रायपुर, उमरकोट, कांकेर, जगदलपुर—ये विस्थापितों की बस्तियाँ रहीं।... जो आप ढूँढ़ना चाहती हैं, सामाजिक सतह पर दिखने की कोई गुंजाइश नहीं। कुछ छुटपुट इधर-उधर जो कुछ छिटका होगा, अज्ञात सूत्रों के हवाले से छपी ख़बरों का मरियल रूप ही मिलेगा। शायद ही दर्ज़ हो, गोलीबारी के दौरान जान बचाकर रुपेन हलदार कलकत्ता की ओर दौड़ा चला गया था। एक अख़बार के दफ़्तर में पहुँचकर उसने अपना बयान जारी किया था। बयान देते वक़्त वह इस कदर हाँफ रहा था कि मानो उस वक़्त भी दौड़ रहा हो। साल भर के घटना-क्रम को कुछ ही क्षणों का वृत्तान्त जैसा ही समझा था अख़बार नवीस ने, जबकि गोसाबा के रास्ते कैनिंग पहुँचने और वहाँ से निकल भागने में ही रुपेन हलदार को पूरे तीन दिन लगे थे। जान बचाकर भागना क्या होता है, वह उसका अनुभव कर पाया था। विभाजन के दौरान जान बचाकर भागने वालों की बातों में जो दहशत होती है, उसे साक्षात् महसूस कर पाया था।"

आलोकुठि

"श्रीकान्त, घाट पर खड़ी पुलिस की बोट देखकर मैं तो तुम्हारी बातों के ख़यालों में ही डूबने लगी थी, जबकि जानती थी कि यहाँ कोई बलवा नहीं हो सकता। चेहरे से विधर्मी दिखने वाले मोल्लाख़ाली के बाशिन्दे की उस मासूमियत का क्या कहूँ, जिसमें मेरे साथ जुड़ाव का एक प्रेमी भाव उभर आया था।"

"वैसे पुलिस की उस बोट से किए गए हमले भी बलवे से कम नहीं थे, मैडम। उनकी आक्रामकता इस क़दर भयावह थी कि हमले से जान बच जाने के बाद भी दहशत की स्मृतियाँ बच गयों को ख़ुद ही अपने पर हमला बोल देने के लिए उकसा रही थी। अत्याचारों की बन्दूक़ शासकीय थी और क़ानून की गोलियाँ वैधता का ऐसा प्रमाण लिए थीं कि दूसरे द्वीप के निवासी भी मरते हुओं को शरण देने के हालात से ख़ौफ़ खाए थे। मैं तो इतना ही जानता हूँ कि क्षेत्र को दख़ल कर लेने वाले शरणार्थियों को ही वहाँ से बेदख़ल किया गया था।"

"'मातृभूमि' एक भ्रामक शब्द है, श्रीकान्त। वे जो काबूल और कन्धार को पार कर हिन्दुस्तान पहुँचे और यहीं के हो गए, उनकी मातृभूमि कहाँ थी? वे जिन्होंने बहुत पहले के दौर में गुफाओं में जन्म लिए और सभ्यता के विकास में चरवाहों से जीवन जिया, उनकी मातृभूमि कहाँ थी?"

"हम अपने आदि पूर्वजों के कार्यक्षेत्र को ही मातृभूमि क्यों नहीं मानें, पर? फ़रीदकोट, खुलना, जसौर में रहे हमारे आदि पूर्वज। पर हम जिन्हें पूर्वज की तरह जानते हैं, वे तो बेदख़ल ही हुए वहाँ से। उनकी सन्ततियाँ किसको अपनी मातृभूमि कहेंगी, दंडकारण्य के ऊबड़-खाबड़ में ही कटी हो जिनकी नाल?"

आमरा कौथाए जाबो

विरोधियों से निपटने और उन्हें अपने उद्‌देश्य के प्रति सहमत कर लेने में जिस व्यावहारिकता की ज़रूरत होती है, संगठनकर्ता होने के बावजूद रुपेनदा में उस गुण का अभाव था। लेकिन विरोधी भी उसके प्रति पूरी तरह कठोर रवैया अख़्तियार करने में परहेज़ करते थे तो इसीलिए कि दूसरों के प्रति रुपेन हलदार किसी तरह का कोई दुर्व्यवहार कभी नहीं कर सकता था। विराधियों से उलझना तो मानो उसका शगल ही हो। लोगों से संवाद स्थापित करने के लिए वह बार-बार साथ

बैठने के अवसर बनाता रहता था। रुपेनदा का यक़ीन इस बात पर कुछ ज़्यादा ही रहा कि जो विरोध कर रहा है, समझो उसमें वह सामाजिक सरोकार ज़्यादा घना है, जो वर्तमान को ज्यों को त्यों स्वीकारने से परहेज़ करता है। विरोध का मतलब ही एक व्यक्ति के भीतर पैदा होती बदलाव की छटपटहाट है। उसका मानना रहता कि यदि ऐसे लोगों को साथ लेकर चल सकें तो लक्ष्य तक पहुँचने का मार्ग सुगम हो सकता है।

सांगठनिक क्षमता पर उसका यक़ीन इस बात को स्वीकारने में अड़चन था कि सरकार को झुकाना मुश्किल है। वह 'आमरा बंगाल पार्टी' और 'निखिल बंग नागरिक संघ' से सम्पर्क बढ़ाने पर विश्वास करता था। शरणार्थी बंगालियों का राजनैतिक संगठन 'निखिल बंग नागरिक संघ' वह राजनैतिक समूह था, जिसका लक्ष्य सम्पूर्ण बंगला भाषी हिन्दू बहुल क्षेत्र को मिलाकर निखिल बंग प्रदेश की माँग करना था। निखिल बंग की अवधारणा के खोल में 'आमरा बंगाल पार्टी' उस मंशा को छुपाये थी, जिसके उद्देश्य मनुष्य-मनुष्य के बीच धार्मिक विभाजन को बढ़ाने वाले थे, लेकिन रुपेनदा संघ के विचार का विरोधी था। फिर भी मदद के सवाल पर वह ऐसे संगठनों से दूरी बनाने के पक्ष में नहीं था। इसके कारण ही रुपेनदा को आन्तरिक विरोध का सामना करना पड़ रहा था। आलोकुठि के वे बाशिन्दे, जिन्हें आस-पास के द्वीपों से लाकर फुल्लर मंडल ने वहाँ बसा दिया था, रुपेन हलदार के नेतृत्व का खुलेआम विरोध कर रहे थे।

सोशलिस्ट पार्टी का सदस्य फुल्लर मंडल पड़ोसी द्वीप का प्रधान था। 'उदबास्तु उन्नयन समिति' जिन राजनैतिक पार्टियों के संयुक्त तत्वाधान में काम कर रही थी, सोशलिस्ट पार्टी उसका एक घटक थी। आलोकुठि के दख़ल कार्यक्रम में फुल्लर मंडल ने शरणार्थियों का ख़ूब साथ दिया था। स्थानिक स्तर पर फुल्लर ही 'उदबास्तु उन्नयन समिति' का भरोसा था। समिति उसके नेतृत्व में ही काम कर रही थी। पार्टी के भीतर फुल्लर मंडल की छवि एक प्रतिबद्ध कार्यकर्ता की थी। शीर्ष नेतृत्व से मिले दिशा-निर्देशों के अनुपालन में उसका कोई सानी नहीं था। हर गतिविधि में उसकी सक्रिय भागीदारी शीर्ष नेताओं की निगाहों में अटकने वाली थी और इसी कारण ही महत्वपूर्ण कामों की ज़िम्मेदारियाँ सोशलिस्ट पार्टी उसे सौंपने लगी थी। पार्टी नेतृत्व को आश्वस्त करने में वह सक्षम था।

पार्टी के विस्तार की योजना के नाम पर फुल्लर मंडल ने भी आलोकुठि के उस उजाड़ में पार्टी कार्यकर्ताओं के नाम पट्टे काटने शुरू कर दिए थे। अपने

विश्वासपात्र पार्टी कार्यकर्ताओं को उसने वहाँ बसा दिया था। फुल्लर की इस हरक़त को रुपेनदा सहयोगी गतिविधि नहीं मान रहे थे। उनको लगने लगा था कि यह काम ठीक नहीं हो रहा है—जब समिति पहले से ही दूसरे द्वीपों में बसे हुओं को यहाँ लाकर बसा देगी तो जो सचमुच के बास्तुहारा हैं और दर-दर भटकने को मजबूर हैं, उनके लिए तो जगह बचेगी ही नहीं। रुपेनदा की चिन्ताओं में दंडकारण्य में छितराए हुए बास्तुहाराओं की दुनिया वास करती थी।

"जब फुल्लर सारे में ग़ैर ज़रूरतमन्दों को बसा चुका होगा तो दंडकारण्य में मारे-मारे फिर रहे बास्तुहारा कहाँ जाएँगे?"

एक रोज़ रुपेनदा ने अपनी चिन्ताएँ कुमिरमारी के पुलिन बिस्बास के सामने रखी थीं। पुलिन बिस्बास से रुपेनदा का याराना थोड़ा क़रीबी था। उस वक़्त से ही सम्बन्ध था, जब पहली-पहली बार 'उदबास्तु उन्नयन समिति' ने आलोकुठि का दौरा किया था। आलोकुठि के जंगल के घनेपन से ही नहीं, पुलिनदा से भी रुपेनदा का वह पहला परिचय था। समिति के सभी लोगों के रहने-ठहरने का इन्तज़ाम पुलिन बिस्बास ने अपने घर पर ही किया था। फुल्लर मंडल उस वक़्त एक ऐसे कार्यकर्ता के रूप में था, जिसको पुलिन बिस्बास कभी इस काम के लिए तो कभी दूसरे काम के लिए लगातार दौड़ाता रहता था। कुमिरमारी के बाशिन्दे और उस वक़्त के 'उदबास्तु उन्नयन समिति' के नेता सोमनाथ गोलदार की असमय मृत्यु हो जाने के बाद विधवा हो गई सुभाषिनी गोलादार से पुलिन बिस्बास ने विवाह किया था। पूरे कुमिरमारी में ही नहीं बल्कि हिंगलगंज, हेमनगर और हसनाबाद के इलाक़े तक पड़ने वालों गाँवों मे भी पुलिन बिस्बास की अच्छी साख थी।

फुल्लर मंडल जिस तरह से अपने विश्वासपात्रों के नाम ज़मीन के पट्टे काट रहा था, पुलिन बिस्बास को भी यह जँच नहीं रही थी। अपने मन की बात वह राईदा को बता ही चुका था। रुपेनदा को वह यह सब नहीं बता सकता था। रुपेन के व्यवहार से पुलिन बिस्बास अच्छे से वाकिफ़ था। जानता था कि यदि रुपेन को ऐसा मालूम हो गया तो तुरन्त ही फुल्लर के साथ कोई बखेड़ा खड़ा कर देगा। चुपके-से ही उसने राईदा को यह भी बता देना उचित समझा था कि आलोकुठि के लोगों ने जब से 'आमरा बांगाल पार्टी' का सहयोग लेना शुरू किया है, 'उदबास्तु उन्नयन समिति' के नेता पूरी तरह से ख़फ़ा है। पार्टी कार्यकर्ता होने के नाते पार्टी ने उसे भी आलोकुठि के लोगों से किनारा कर लेने का संकेत दिया था। बहुत दबे-ढके तरह से यह बात उसने राईदा को अलग से कही थी, "फुल्लर मंडल को

पार्टी का सपोर्ट है"। उस वक़्त रुपेनदा और आलोकुठि के कुछ और भी बाशिन्दे चारघेरी के बीरेन मृधा के घर पर बैठकर इस बात की सलाह-मश्विरा कर रहे थे कि पुलिस से कैसे निपटा जाए?

पार्टी में पुलिन बिस्बास की क्या हैसियत है, राईदा इस बात को जानता था। उधर, कई दिनों से जो बात पुलिन बिस्बास की साँसों को असुन्तलित किए हुए थी, पुलिन बिस्बास राईहरन को वह सब बता देना चाहता था, "राईदा, आप इस रुपेन को समझाओ न। अरे उसे कहो कि बिशबास रखे, मैं पार्टी से बात करूँगा। सब कुछ अच्छे से हो जाएगा। उसे मालूम होना चाहिए फ्रंट में रामदा का क्या महत्व है? जब रामदा ने ख़ुद होकर दंडकारण्य से यहाँ तक ले आने का बीड़ा उठाया है तो इतनी जल्दी नहीं करनी चाहिए। रुपेन के बोलुन कि बांगाल पार्टी के दूर धरो।" (रुपेन को बोलो कि बांगाल पार्टी से दूरी बनाये) मन की बात राईदा से कह देने के बाद पुलिन बिस्बास अपने को हल्का-सा महसूस करने लगा था।

पुलिन बिस्बास को यह मालूम था कि पार्टी के अन्य लोग तो पार्टी के इशारे पर आलोकुठि के लोगों की मदद करने से बचने लगे हैं, लेकिन उसके लिए अपने भीतर की सहज मानवीयता को त्यागना सम्भव नहीं था। पार्टी मीटिंग के दौरान होने वाली बातचीत में घृणा भरी उल्टियाँ करने वाले फुल्लर मंडल से पुलिन बिस्बास सीधे टकराने से बचना चाहता था। एक अनौपचारिक चर्चा के दौरान फुल्लर मंडल ने जब कलकत्ता से पहुँचे पार्टी नेताओं के सामने आलोकुठि की दख़ल ज़मीन पर वास कर रहे बाशिन्दों के बीच फ़र्क़ करते हुए कहा, "शरणार्थी घुसपैठियों को तो पार्टी कार्यकर्ता किसी भी तरह की मदद न दे, आप अपने से बोल दो, कामरेड", तो पुलिन बिस्बास के लिए शान्त रह पाना मुश्किल हो गया। चालाक फुल्लर ने झट-से पैंतरा बदल लिया और झूठी अफ़वाहों वाली उन्हीं बातों को दोहराने लगा, पुलिन बिस्बास के पास भी जिनके जवाब नहीं थे।

"आलोकुठि के बाशिन्दे 'आमरा बंगाल पार्टी' और 'निखिल बंग नागरिक संघ' के लगातार सम्पर्क में हैं।" अपनी राय को ज़्यादा स्पष्ट करते हुए वह केन्द्रीय नेतृत्व को रिपोर्ट देने लगा, "रुपेन हालदार पार्टी को ही नहीं, बल्कि फ्रंट को भी नुकसान पहुँचाने पर तुला है।" पुलिनदा कुछ कहें, व्यवहार के चौंकन्नेपन से समृद्ध फुल्लर मंडल ने पहले ही मुँह बन्द करवा दिया, "पुलिनदा को जाने यह बात समझ क्यों नहीं आ रही। उधर पार्टी चाहती है कि पुलिस की नाकेबन्दी एकदम चुस्त रहे। 'आमरा बंगाल पार्टी' और 'निखिल बंग नागरिक संघ' के लोग आलोकुठि में घुस

ही न सकें, पर अपने पुलिनदा की चिन्ता-भावना तो पुलिस कप्तान से ही लड़ने को तैयार हो जाए।...अरे भई जब पुलिस की नाकेबन्दी होगी तो ऐसा हो ही सकता है कि आलोकुठि में रहने वालों को भी परेशानी हो। आते-जाते हुए पुलिस-पूछताछ हो। किसी के माथे पर तो लिखा नहीं कौन आलोकुठि का बाशिन्दा और कौन बाहर से घुसकर पार्टी करना चाहता है? पुलिनदा तो चाहता कि आलोकुठि के लोगों को जहाँ-तहाँ घूमने की छूट दे दी जाए। इतना ही छूट चाहिए थी तो पहले ही सोचा होना चाहिए था—न खाबर जल अपने पास है और न अनाज। लेकिन नहीं, साले तब भी निखिल बंग-निखिलबंग करेंगे। तो मरें उसी जंगल में सड़ कर। काहे को मदद दे ऐसे में कुमिरमारी के लोग? सातजेलिया के लोग?"

पुलिन बिस्बास की बातों ने राईदा को ख़ामोश रह जाने को मजबूर कर दिया था। राईदा जानते थे कि पुलिनदा जैसे भोले और ईमानदार पार्टी कामरेड को वह इस वक़्त कैसे समझाएँ कि भाई, जिस रुपेन और आलोकुठि के बाशिन्दों को फुल्लर जैसों ने खलनायक बना दिया था, मालूम होना चाहिए उन लोगों के दम पर ही 'उदबास्तु उन्नयन समिति' ने दंडकारण्य के लोगों के बीच अपनी पैठ बनाए रखी। राईदा की ख़ामोशी के मायने पुलिन बिस्बास ने अपनी तरह से निकाल लिए थे।

"मेरी बात का यह मतलब नहीं राईदा कि कुमिरमारी के लोग फुल्लर के बहकावे में आकर आलोकुठि वालों की मदद नहीं करेंगे। सबका कहना है, पुलिस चाहे जितना नाकेबन्दी कर ले, हमारे रहते आलोकुठि के बच्चे-बूढ़ों को कोई तकलीफ़ नहीं होने देंगे। देबोजीत, कौशिक, श्रीहरन मुंडा, हर एक का यही कहना है।"

पुलिन बिस्बास की बातें सुनकर राइहरन को झटका-सा लगा। 'आमरा बंगाल पार्टी' जैसे संगठनों से सहयोग लेना ठीक नहीं, राइहरन बारुई ख़ुद भी ऐसा मानते थे और इसलिए रुपेन हालदार को बार-बार सचेत रहने को भी कहते, लेकिन आए दिन के हिसाब से जारी हो रहे सरकारी आदेशों के साथ-साथ सख़्त से सख़्त होती जा रही पुलिस नाकेबन्दी के कारण बद से बदतर होने लगी जीवन परिस्थितियों से रास्ता बनाकर चलने पर यक़ीन कर रहे रुपेन हालदार को ग़लत ठहराने की सोचना भी गुनाह था। राइहरन बारुई भी किन्तु-परन्तु के बावजूद रुपेनदा के पीछे चलने को मजबूर थे। 'मजबूर' कहना शायद ठीक न हो क्योंकि ऐसा भी नहीं था कि रुपेनदा अकेले दम पर ही सब कुछ कर रहे थे। राईदा, रंगनाथदा, सुबलदा सभी तो साथ थे। रुपेनदा के द्वारा बनाई दी जा रही योजनाओं के आधार पर कभी आलोकुठि

को सज़ाने के लिए जुट जाते तो कभी कुमिरमारी-सातजेलिया, या फिर जहाँ से जो मदद ली जा सकती, उसके लिए निकल भागते।

पर्यावरण चिन्तन की सरकारी दिशा बंगाल टाइगर की जान की हिफ़ाज़त के लिए चिन्तित थी। प्यारे टाइगर की विशेष प्रजाति को संरक्षित करना मुख्य कार्यभार हो रहा था। सीमावर्ती सुन्दरबन क्षेत्र के निर्जन पड़े द्वीपों पर पाकिस्तानी-बंगलादेशी घुसपैठिए द्वारा क़ब्ज़ा जमाने के समाचारों का अख़बारी हल्ला मचाती भद्रलोकीय चिन्ताओं का शोर चारों ओर था। आलोकुठि को प्रतिबन्धित वन क्षेत्र के रूप में चिन्हित कर लिया गया था। प्रतिबन्धित क्षेत्र में आवाजाही बाधित कर देने की ख़बरों के साथ भद्रलोकीय चिन्ताएँ अख़बारी होने लगी थीं—'जंगली जानवरों के शिकार के लिए संरक्षित वनक्षेत्र क़ानून का उल्लंघन करके घुसपैठिये जंगल को अपना अड्डा बनाना चाहते हैं। अज्ञात सूत्रों के हवाले जानकारी मिली है कि घुसपैठियों ने वहाँ स्थायी बस्तियों का निर्माण करना शुरू कर दिया है। जिस तेज़ी के साथ बस्तियों का निर्माण किया जा रहा है, उससे बाघों के जीवन को ख़तरा बढ़ गया है।' वनक्षेत्र को घुसपैठियों से मुक्त कराने के लिए बेदख़ल अभियान चालू करने चाहिए, ऐसे प्रस्तावों की झड़ी लग गई थी। घुसपैठियों को खदेड़ने के लिए तहसील गोसाबा क्षेत्र के पुलिस अधिकारी रमाकान्त भट्टाचार्य ने सीधी कार्यवाही की मुहिम को अंजाम देने का कार्यक्रम बना लिया था।

आलोकुठि की चकाचौंध से आश्चर्यचकित आस-पास के द्वीपों के बाशिन्दों को कुछ समझ नहीं आ रहा था। सुनी जा रही ख़बरें उनके लिए भी अफ़वाहें जैसी ही थीं। वे तो अलोकुठी के बाशिन्दों से प्रेरित होकर ख़ुद के ग्राम समाज को भी चमकाने के उत्साह में थे। जब-तब गप लड़ाने के आलोकुठि पहुँचना उनकी दिनचर्या का हिस्सा बना हुआ था। तुषख़ाली का गणेश मंडल, कोरनख़ाली का नूर लुहार, आमतोली का शिबनाथ बिस्बास और जहाँ-तहाँ से आलोकुठि पहुँचने वाले जगह-जगह टोलियों में गप लड़ाने वाले अचम्भे में होते कि घने जंगल को जगमग करने वाले इन ख़ूबसरत लोगों को आलोकुठि का बाशिन्दा क्यों नहीं होने दिया जा रहा? आख़िर ऐसा क्या कसूर है इन अभागों का? क्यों उन्हें द्वीप ख़ाली कर देने को कहा जा रहा? जबकि वे जानते-मानते थे कि पार्टी ही उन बेसहाराओं को स्वयं यहाँ तक लेकर आई है। कौन है जो घेराबन्दी डाल रहा? रसद की आमद में रोक लगा रहा? असहायों को भूख से तड़फने को मजबूर कर देना चाहता है? जंगल ख़ाली करके कहाँ निकल भागें वे?

"कितना सुन्दर तो सज़ा दिया जबकि इन्होंने वीरान जंगल को।"

"हस्पताल बना दिया।"

"सुन्दर रास्ता-घाट बना दिया।"

"स्कूल बना दिया।"

"चिंगड़ी जितनी भी क़ीमत नहीं माँग रहे उस पावरोटी की, जो एकदम कारख़ाने के जैसी बनी दिख रही।"

"कारख़ाने के जैसी नहीं, पावरोटी का कारख़ाना ही खोल दिया भले मानुषों ने।"

"इनकी सोहबत से तो पूरा सुन्दरबन जगमग हो सकता है।"

तरह-तरह से हर कोई अपने अन्दाज़ में था। सवाल पार्टी के होलटाइमर शिबनाथ बिस्बास से था।

"शिबूदा, तुम चटर्जीदा को बताओ न कलकत्ता जाकर।" शिबनाथ बिस्बास के पास कोई जवाब नहीं था। "कामरेड चटर्जी ने ही तो संदेश पठाया है भाई कि आमतोली वालों को कहूँ कि आलोकुठि वालों से किसी तरह का मेलजोल न रखें। उनकी कोई मदद न करे। उनकी पावरोटी न ख़रीदें। लकड़ी के वे गट्ठर भी न ख़रीदें, जिन्हें वे जंगल से बेमोल लाकर कुमिरमारी, छोटा मोल्लाख़ाली, आमतोली वालों को बेच रहे।"

"मोल तो उनकी मेहनत का है न, शिबूदा। मेहनत करके वे अपना गुजारा चला रहे हैं तो इसमें कौन-सा अनर्थ हो गया।"

"फिर जंगल को सज़ा ही रहे वे तो। क्या उनके पास गोला-बारूद है जो सुन्दरबन को उड़ा देंगें?"

"मुझे नहीं मालूम, भाई। तुम दुजनेख़ाली वाले चाहे जो कहो, मैंने तो पार्टी का सन्देश अपने आमतोली के लोगों को बताया था। पार्टी ने कुछ तो सोच-समझकर कह ही ऐसा कहने को कहा होगा न। तुम्हारी बक-बक का जवाब नहीं मेरे पास। चटर्जीदा से जाकर पूछ लो। मैं तो वही करूँगा जो पार्टी कह रही।"

'उदबास्तु उन्नयन समिति' से रुपेनदा का मन उचटने लगा था। आलोकुठि के निर्जन उजाड़ से बेदख़ल किए जाने के फ़रमान जारी हो जाने के बाद भी समिति की ख़ामोशी रुपेन हलदार को आश्चर्य में डाल रही थी। वर्षों से 'उदबास्तु उन्नयन समिति' में सक्रिय रहने वाले रुपेन हलदार को ऐसा लगने लगा था कि समिति आलोकुठि के बाशिन्दों के साथ नहीं है।

"समिति हम आलोकुठि वालों के पक्ष में नहीं हैं। हो सकता है, पार्टी ही चाहती हो कि हम यहाँ से बेदख़ल हो जाएँ वरना समिति के लोग ख़ामोश क्यों रहते? फुल्लर मंडल के आरोपों की सच्चाई को ही जानने का प्रयास क्यों नहीं करते?"

बदली हुई स्थितियों को समझ पाना रुपेनदा के लिए मुश्किल था। आलोकुठि का बाशिन्दा रुपेन हलदार पर शक तो नहीं कर सकता था, लेकिन सच्चाई का सामना करते हुए उनके मन उठते प्रश्नों के जवाब किसी के पास नहीं थे। समिति के व्यवहार को वे रुपेन हलदार के कारणों की उपज मानने के लिए भी आशंकित रहते थे, "हो न हो—रुपेन के अपने ब्यौहार के कारण ही 'उदबास्तु उन्नयन समिति' ने हम आलोकुठि के बाशिन्दों को अकेला तो नहीं छोड़ दिया कहीं?"

वैसे, लोगों के मन के भीतर उपजती आशंकाएँ स्थाई नहीं थीं क्योंकि राईदा और दूसरे लोग भी, जो रुपेनदा की तरह समिति के शीर्ष नेताओं के क़रीबी घेरे में थे, उन्हें भी लग रहा था कि समिति में उनकी बात नहीं सुनी जा रही। समिति के लोग उस वक़्त भी नदारद रहे जब पुलिस गारद के साथ पहुँचे सरकारी हाकिम ने आलोकुठि के बाशिन्दों को एक जगह इकट्ठा करके जंगल ख़ाली कर देने का हुकुम दिया था। रुपेनदा तो 'उदबास्तु उन्नयन समिति' से ही नहीं, पार्टी से भी किनारा कर चुका था। राईदा पार्टी के साथ ही थे। पुलिस गारद के साथ पहुँचे सरकारी हाकिम वाली घटना ने राईदा को भी निराश कर दिया था। घटना का विशलेषण करते हुए वे अपनी राय रखने को मजबूर थे, "पार्टी चाहती है कि जंगल में दख़ल की गई ज़मीन को जैसे भी हो, छुड़वा लिया जाए।" वे लोग, जिन्हें रुपेनदा ही ग़लत दिखता था, राईदा की सूचना पर हतप्रभ रह गए थे। आशंकाओं के बादल उनके भीतर चीत्कार उठे थे, "आमरा कौथाए जाबो?" (हम कहाँ जाएँ)

असहायता में अकस्मात् छूटी हुई वह चीत्कार आलोकुठि के बाशिन्दों की ऐसी आवाज़ थी, जिसने रुपेनदा को विचलित कर दिया था। राईदा की आवाज़ में भी तीखापन उभार लेने लगा था। रुपेनदा का ग़ुस्सा सातवें आसमान पर था, लेकिन रुपेनदा के विरुद्ध बात करने वाले अब भी पूरी तरह से ख़ामोश नहीं थे। वे मानते थे कि सिर्फ़ 'उदबास्तु उन्नयन समिति' के साथ रहकर ही सुरक्षित रहा जा सकता है। औने-कौने में वे रुपेनदा की मुख़ालफ़त कर ही रहे थे। माँ के लिए यह सब असहनीय था। वह रुपेनदा को अच्छे-से समझती थी और उसके व्यवहार को भी जानती थी। रुपेनदा से असहमत लोगों को आपस में खुसर-पुसर करते हुए देखती तो उस वक़्त सुरजू को सामने कर देती। 'हमेशा का खचेड़ू' की उपाधि से सम्मानित

सुरजू का रुपेनदा पर बड़ा भरोसा था। वह ऐसा अकेला व्यक्ति था जो असहमत होने पर कभी भी किसी की भी आलोचना कर सकता था। रुपेनदा के बारे में मनगढ़ंत बाते करने वालों से वह उलझ जाता था, "रुपेन हलदार को जानने से पहले यह जान लेना ज़रूरी है कि वह सोचता कैसे है? उसका पक्ष क्या है। उसकी निगाह में सरकार उस झाड़ का नाम है जो तमाम हिंसक जानवरों को संवैधानिक शरण देती है? मालूम होना चाहिए तुम लोगों की बातें शोषण और अत्याचारों को मान्यता प्रदान कर रही हैं। तुम्हारी न्यायिक प्रणाली हिंसा को विधि सम्मत मानने का ठप्पा लगाने की जल्दबाज़ी है। ध्यान रखना, सत्ता भीतर से हिंसक होती है। पार्टी विवेक की सारंगी से उठती लय वातावरण की आभा तो बढ़ा सकती है, जिसमें हर कुछ दमकता हुआ दिखे, लेकिन सत्ता के नुकीले उभारों का असर विवेकवान बने नहीं रहने देता है। रीठे के भीतर की चमकीली कठोरता, रीठा-फल के ऊपरी खोल की कोमल गोलाई को भी समतल कहाँ रहने देती है?"

सहमति और असहमति की आवाज़ों से परे रहने वाले रुपेनदा को हर क्षण लगता था कि सिर्फ़ धरने-प्रदर्शनों के दम पर बंगभूमि का बाशिन्दा नहीं हुआ जा सकता। दंडकारण्य के कठिन पठार को अपने लिए किसी भी तरह से अनुकूल न मानने वाले लोगों की आकांक्षाओं के साथ ही वे ख़ुद को समर्पित कर चुके थे और हर क्षण लड़ने-मरने की बातें करते।

सुख और दुःख के चक्र यदि कर्म आधारित होते तो उसकी सत्यता प्रकृति के हर जीव के लिए एक समान होनी चाहिए थी, केवल मनुष्य के लिए नहीं। प्राणी जगत् के जीवन में सुख कब आता है और दुःख को कैसे पहचानते हैं वे, ताकि और कर्मवान हो सकें। चिड़िया, कव्वा, चील बत्तख, चींटी, तिलचट्टा, हिरण, शेर, बाघ, सरीखे जीवों के जीवन में सुख क्या है और दुःख? आलोकुठि का निर्जन बाघों के लिए सुख था या हिरणों के लिए? हिरणों का दुःख क्या बाघ के दुःख से अलग होता, गर झुंड पर हमला करके अपना शिकार गटकने के बाद पानी पीने के लिए तट पर पहुँचे किसी बाघ को ही कोई कुमिर दबोच लेता और बचने की छटपटाहट करते बाघ की असहाय पुकार को भी धीरे-धीरे जलधारा में डुबोता चला जाता? हिरणों के लिए तो वह क्षण सुख का हो जाना चाहिए था, लेकिन हिरण तो उस दृश्य को देखकर और भी भयभीत हुए जाते हैं।

आलोकुठि पहुँचे हुए मानव समूहों का दुःख खत्म होने का नाम नहीं ले रहा था। सुख की चाह में दंडकारण्य से दौड़े चले आए थे। दुःख तो फिर भी खत्म

नहीं हुए। एक आस थी जो उन्हें जिलाए जाती थी। जल की चाह उन्हें ट्यूबवैल खोदने को उकसाए थी। जलावन लकड़ी के गट्ठर उठाये वे दूसरे द्वीपों तक पहुँच जा रहे थे। मेहनत करने के लिए उनकी मांसपेशियों में अतिरिक्त बल पैदा हो गया था। बच्चों के लिए स्कूल खोल कर शिक्षा का बन्दोबस्त करने में वे जुटे थे। क्या उनका कर्म चुनावी राजनीति की आँखों में किरकिरी बन गया था? अफ़सोस कि यह सब घटा तब, ज़ब राजनीति को चेहरा 'ज़मीन जोतने वाले की' जैसे नारे को हक़ीक़त में बदल देना चाहता था।

बात को थोड़ा सँभाल कर कहा जाए तो बदलाव की प्रक्रिया कुछ हद तक अपने अंजाम तक पहुँचने के रास्ते पर बढ़ चुकी थी। क़ानूनी प्रक्रिया से न सही, व्यवहार के धरातल पर तो सम्भव ही हुआ था। आस-पास के द्वीपों के लोग सलीक़े से बनी हुई आलोकुठि की झोंपड़ियों को देखते। अस्पताल को देखते? आलोकुठि के बाशिन्दों को देखते। मन में उठे ईर्ष्या जैसे भाव जाने कहाँ तिरोहित हो जाते? आत्मीय अन्दाज़ से भरी आलोकुठि की विनम्रता उन्हें भीतर तक छूने लगती। आलोकुठि के बाशिन्दों का व्यवहार उन्हें क़रीब से क़रीब हो जाने को उकसाता। अपने द्वीपों को भी वे आलोकुठि की मानिंद सज़ा लेने को प्रेरित हो जाते। स्थानिकता का गर्वीलापन उन्हें आलोकुठि के बाशिन्दों को पराया मानने से परहेज़ करने लगता। खुफ़िया तरह से हर ख़बर को दूर कलकत्ता तक पहुँचाने वाली आवाज़ का भी स्थानिक होना स्वाभाविक था। सत्ता के अंहकार में मुँह फुलाई उसकी चुप्पी के टूटने ने ही एक रोज़ अकेले गुज़र रहे रुपेन हलदार को अपनी झलक दिखाई थी, "मालूम है, यहाँ—इस जंगल में रहने की आजादी किसी को नहीं मिल सकती है। यह प्रतिबन्धित क्षेत्र है। सरकारी आदेश के मुताबिक़ तुम्हें इसे ख़ाली करना होगा।"

वह मासूमियत भरी सूचना नहीं थी। राजनीति का स्थानिक आदेश था। सत्ता का क्रूर चेहरा जिसके भीतर से झाँकता हुआ था। मासूमियत से दी जा रही सूचना खरतनाक इरादों की धमकियों की सवारी हो सकती है, रुपेन हलदार को ऐसा आभास हो गया था। लेकिन अकेले उससे निपटना सम्भव नहीं होगा, इस बात को जानता था। ख़ून-ख़राबे के साथ आतंक को काबिज़ रखने वाली कार्रवाई को ही बुद्धिमान लोगों ने अंडर्वल्ड की संज्ञा दी है। दुनियावी झंझटों में फँसे लोगों ने अव्यवस्था के ऐसे चेहरे को ही राजनीति मान लेने की ग़लती की है। क्या ही दुनिया की शक्ल हो जाए, अगर ख़ुशहाली और अमन-चैन के उद्देश्य से की जाने वाली

कार्रवाई का नाम राजनीति हो। झूठी सामूहिकता का अंडरवर्ल्ड सीमित समूह का हित साधक होता है। उससे निपटने के लिए तो विशाल जनसमूह की ताक़त की ही दरकार होती है।

जो आततायियों जैसे पेश आ रहे थे, उन्हें आततायी कह देने में कोई अनर्थ नहीं। सत्ता की ताक़त जब एक बैध को आततायी बना सकती है तो विभेदजनित रोग से भरा मानस कैसे बचा रहा सकता है, भला? काश कि इतिहास का अजीर्ण अपनी गाँठों से उनके मस्तिष्क को जकड़े न होता। कामना के ये शब्द उनकी उस भावना के पारितोषिक हैं, जिसमें उनके सत्ताधारी उद्देश्यों की चमक होनी चाहिए थी। उस रोशनी के स्नान में ही मेहनतकश आवाम का राज उनका अन्तिम लक्ष्य हो जाता तो बानी की पहचान को घुसपैठिया क़रार देने वालों का बोलबाला न होता।

दक्खिन राय का मुखौटा

बानी सपने में थी।

डोंगी पर छलाँग मारते बाघ से डरने की बजाय डोंगी से टकराकर डूबने-डूबने को हो गए प्राणी की निरीहता ने उसे बेचैन कर दिया। अपनी साथिनों के भीतर व्याप्त डर से मुक्त न होते हुए भी वह डूबते हुए निरीह प्राणी को बचाना चाहती थी। डोंगी के एक किनारे पर टिका हुआ थूथन नुकीले नाख़ूनों वाले पंजों के ज़ोर को पूरी तरह से सँभाल पाने में डोंगी को ही नदी में डुबो देनेवाला था। हताशा और निराशा में जब-तब डूब जाने वाली मानवीय उदासियों की बजाय कैसे भी जान बचाने में जुटी वह चेष्टा जंगली थी। डोंगी थोड़ा और झुक जाती तो डोंगी की सवारियों के लिए भी जीवन को बचाना बाघ की-सी दशा हो जाता।

नदी सँकरी थी।

उठी हुई जड़ों पर टिके गाछ वाले घनेपन की दलदल दोनों ओर थी। प्यास मिटाने को पहुँचे हुए बाघ ने बहुत क़रीब से गुज़र रही डोंगी को बेहद आसान शिकार समझकर छलाँग लगा दी थी। अचानक से मौत को इतने क़रीब देखकर डोंगी में बैठी मन्दिरा, झूमा और काब्या दहशत के मारे ज़ोर से चीख़ीं थीं। हवा में उछली वह चीत्कार शिकार पर झपटटा मार चुके बाघ की गति को लड़खड़ा

देने के लिए काफ़ी थी, वरना अपने शिकार को झपट लेने में पराजय का मुँह नहीं देखना पड़ता। अगले पंजे डोंगी के किनारे पर पहुँच जाने के बावजूद पकड़ बनाने में नाकामयाब रहे। डोंगी डोल उठी थी। डाँड बानी के हाथ में थी। उसके हाथ रुक गए। डूबते हुए बाघ की आँखों में उतर रहे असाहयता के भय को वह पढ़ पा रही थी। बाघ को बचा लेने की कोशिश में भी वह पूरी तरह से भयमुक्त नहीं हो सकती थी। मुँह से एक ऐसी चीत्कार निकली कि मानो साथिनों में से ही कोई एक डोंगी से उछलकर नदी में गिर गई हो। घात लगानेवाला बाघ आघात खाया हुआ था। चमकती हुई आँखें भय का सृजन करने की बजाय मदद की गुहार लगाती हुई कातरता से ताक रही थीं। मन्दिरा, झूमा और काब्या को अपनी साथिन बानी के बचपने पर ग़ुस्सा आ रहा था।

"अरी ये क्या कर रही? तू डांड चला न—देख नहीं री, डोंगी डूबने को है।"
"बानी, वो जंगली जानवर है। ऊपर से घायल। घात लगाकर हमला करनेवाला बाघ है—उसे बचाने के चक्कर में हमें क्यों उसका शिकार बनवाने पर तुली है?"

"मोन्दिरा—इधर आ न—ए तोल रे, मेरे अकेले के वश का नहीं हो रहा रे इसे तोलना। ऊपर खींचना।" मानों बानी को अहसास ही न हो कि साथिनें तो उसकी हरकत के लिए ही उसे कोस रही हैं। सबकुछ को अनसुना कर वह मन्दिरा को मदद के लिए पुकारती रही। मन्दिरा भी ऐसी कि जो एक तरफ तो ख़ुद उसकी हरकत को बचकाना मानते हुए उसे फटकार लगा रही थी, वहीं दूसरी ओर फटकारते-फटकारते भी उसके निर्देश पर जान बचाने की कोशिश में घायल हो गए शावक-बाघ को खींचकर डोंगी में चढ़ाने के लिए तैयार हो गई। डोंगी के किनारे थूथन को टिकाए बाघ को भी मानो मित्रवत् कोशिशों का अहसास हो गया था। उछाल लेती लहरों में डूबते हुए अपने शरीर को वह जितना हल्का कर सकता था, उसने उसे उतना हल्का कर दिया था। बदन, शावकपने की उम्र से बहुत आगे नहीं निकला था, कसा हुआ और हल्का था।। वज़न ज़्यादा नहीं था। दोनों सखियों के लिए उसे खींचकर डोंगी में उठा लेने में कोई ज़्यादा तकलीफ़ नहीं हुई। मौत की दहशत से भरा बाघ हर स्थिति में आँखें मूँद लेने वाले कबूतर की तरह आँखें बन्द करता, दूसरे ही क्षण खोल लेता मानो उसकी आँखें उन बालाओं को दबोच लेने के लिए लगा दी गई छलाँग पर शर्मिन्दा होना चाह रही हों, जो उस वक़्त उसे मित्रवत् तरह से बचा लेने वाली सहजता में थीं। डांड खेने की ज़िम्मेदारी काब्या ले चुकी थी। वह सबसे ज़्यादा भयभीत थी। डर और उत्सुकता के भाव नाव खेते हुए भी

उस पर हावी थे। बानी का मन हुआ कि बाघ को काब्या के छोटे भाई ताताई की तरह गोद में उठाकर खिलाए, लेकिन बाघ ताताई नहीं था और अपने वजूद से ही दहशत पैदा कर रहा था। हालाँकि हिंसकता को तिरोहित कर देने के लिए आँखों के खुलने और बन्द होने की झपकन काफ़ी थी, मानो डोंगी की सवारियों के प्रति कृतज्ञ होते हुए उन्हें आश्वस्त कर देना चाहती हो, "डरो नहीं लड़कियो, मैंने तो तुम्हें शिकार समझ कर हमला किया था और उसकी सज़ा मुझे मिल गई।" डांड झूमा ने सँभाला तो बानी बाघ को पुचकारते हुए सचमुच में प्यार करने लगी थी। बाघ की ख़ामोशी बता रही थी, भीतर कोई गहरी चोट लगी हो जैसे। बार-बार जीभ लटकाकर वह कुछ गटकने की-सी कोशिश करता रहा।

"एकदम ताताई है यह तो।"

मन्दिरा को भी काब्या का भाई ताताई ही याद आया। "ओ ताताई, क्या हुआ रे? दीदी ने मारा?" वह बाघ से वैसे ही खेल करने लगी जैसा ताताई से खेल करती थी और काब्या की पीठ में धौल जमाती जा रही थी। ताताई होता तो रोने लगता, पर बाघ ताताई नहीं था और न ही उसे काब्या के खेल करने वाली भाषा ही समझ आ रही थी। वह तो घायल जानवर की तरह पस्त था और डोंगी में आधे से ज़्यादा जगह घेरे पड़ा था।

"ताताई, ताताई, ताताई।" नाव खेती काव्या भी अब सहज होकर घायल बाघ से ठिठोली करने लगी। बाघ ख़ामोश था। बार-बार इस तरह पुकारे जाने पर बीच-बीच में अधमुँदी आँखों से पुकारने वाले की ओर देख लेता।

"ए, ए बानी, मोंदिरा, देखो तो, कैसे देख रहा मुझे?" काब्या चहकती रही।

"ग़ुस्सा आ रहा उसे, अब बार-बार 'ताताई-ताताई' मत कह। थोड़ा पीछे होकर, सँभल कर रह, उसकी पूँछ न दबे।"

सपना एक नींद भर नहीं था, दिनों-महीनों के अन्तराल को पाटता हुआ, लेकिन बहुत तेज़ गुज़र जाने वाली ट्रेन की धड़धड़ाहट की बजाय हौले-हौले पानी पर सरकती नाव की तरह चलता हुआ था। हर एक दृश्य को भरपूर तरह से देखने और महसूस करने का वक़्त देता हुआ।

ताताई आलोकुठि का बाशिन्दा हो गया मानो जंगल के जानवरों से उसका कोई वास्ता ही न हो। एक बाघिन बस्ती में रोज़ आने लगी। अपने प्यारे छौने, ताताई को ढूँढ़ने। ताताई जब मिला तो उसे पुचकारती हुई मानो मना रही हो उसे अपने साथ चलने के लिए, पर ताताई तो जैसे बानी की इजाज़त के बिना कहीं जाना ही नहीं

चाहता हो। कानों में पड़ती आवाज़-ताताई-ताताई, और बाघिन को जंगल में लौट जाने की कहकर ताताई उछलते हुए किसी पाठा की तरह बानी के पास पहुँच कर गुत्थमगुत्था होने लग जाता। जहाँ-तहाँ और जब-तब हिंसक होकर दहशत फैलाने की बजाय वह बानी के साथ साथ ऐसे चलता मानो उसकी छाया हो। बानी इशारा भर कर दे तो दुश्मनों पर छलाँग लगाकर घात मारने को आतुर। सुबह उठकर नमक मिला पान्ता भात खाते हुए जब बानी ताताई के पास आती तो उसे उम्मीद हो जाती कि उसे भी मिलेगा ही।

सपने हक़ीक़त नहीं हो सकते। यदि ऐसा होता तो ताताई के रहते आलोकुठि के उस वीराने को चारों ओर से घेराबन्दी करने वालों की हिम्मत टूटी हुई होती। बानी की एक आवाज़ पर शत्रुओं पर हमलावर हो जानेवाला ताताई भूख से बिलबिलाते लोगों पर चलाई जाने वाली गोली से पहले निशाने पर होता।

अपने आप में यह कोई अच्छी स्थिति नहीं होती, लेकिन तब श्रीकान्त कर्मकार के लिए यह साबित करना आसान हो जाता है कि 'टाइगर रिजर्व फॉरेस्ट' के नाम पर उदबास्तु और बास्तुहाराओं को आलोकुठि के इस इलाक़े से ही नहीं, पूरे बंग क्षेत्र से बेदख़ल करने का राज क्या था?

आलोकुठि की ओर उठते गराल के किनारे, बिना घाट वाले किनारे थे, लेकिन जंगली जानवर इस बात को झूठला देने में माहिर। नदी के उथले जल में प्यास बुझाते उन्हें देखने के लिए अतिरिक्त ज़ोर लगाने की ज़रूरत नहीं। जानवर, मनुष्य नहीं कि जो सन्तुलन बनाने के लिए ज़मीन को चौरस बनाकर पहले ख़तरे की आशंका से मुक्त हों और तब नदी में उतरें। दलदले पर भी अपने चौपायों के साथ खड़े होकर निश्चिन्त रहते हुए प्यास बुझा सकते थे।

टेकड़ी जैसे उस दलदले किनारे पर फैल रहे पानी को जीभ की लपेट से उदर में उतारता वह बाघ का जोड़ा था। अचानक पड़ गई निगाह में क़ैद हो गए जोड़े को देख बानी ज़ोर से चिल्लाई थी और साथिनों को आगाह किया कि नाव को दूसरे किनारे की ओर धकेलें। नाव उस पार के पेडों की पत्तियों को छूते हुए ही गुज़र रही थी। बाघ का जोड़ा नदी में झुका हुआ था। पानी पी रहा था। बानी की ज़ोरदार चीख़ के कारण नाव में मौजूद दूसरी साथिनों के भीतर भी भय की सरसराहट दौड़ गई। रोंगटे खड़े हो गए। नाव किनारे-किनारे ही चल रही थी। इतनी किनारे कि बाघ की जगह हिरन का जोड़ा होता तो अंजुरी से पानी पिला दें। बानी की चीत्कार ने बाघ के जोड़े को भी चौंका दिया। जबड़ो को भींचती गुर्राहट में

जानवर ने आँखें फाड़ीं। नाव को देखने लगा। उछाल मार लेने की चपलता में पंजे दलदल को पीछे धकेलने लगे। बाघ नदी में उतरेगा नहीं, यही सोचकर साथिनें अपने को घूरते जानवरों को मुँह चिढ़ाने लगी।

नाव को नदी की बीच धारा की ओर वे धकेल ही चुकी थीं। किसी भी ऐसे ख़तरे की ओर से आशवस्त होकर अब पूरी तरह से निश्चिन्त थीं, लेकिन अनुमान ग़लत साबित हुआ। फुर्ती के साथ उछाल ले चुका जानवर छलाँग लगा चुका था। बिना इस बात की चिन्ता किए कि शिकार को कब्जे में कर लेने के बाद वापिस कैसे लौटा जाएगा? नदी की गहराई का उसके लिए कोई मायने नहीं था। भय की चीख़ से नाव चीत्कार उठी। हमले से बच निकलने की द्विविधा में जानवर भी घबराया और शिकार उसकी पहुँच से बाहर ही रह गया। जानवर का थूथन नाव के किनारे से टकराया और नाव डोल गई। पानी में छपाक हुई और डूबने और बचने की छटपटाहट में हिंसक जीव भी कातर हो उठा। दलदल पर खड़ा बाघ अपने साथी की छटपटाहट पर असहाय था और उसकी गुर्राहट से जंगल गूँजने लगा था।

मन्दिरा उस वाकये को भूली नहीं थी, जब मोल्लाख़ाली के जियूर के बाबा को बाघ उठा ले गया था, लोगों की आँखों के सामने से। उस रोज़ जियूर भी बाबा और माँ के साथ नाव में जाल रखकर मछली पकड़ने निकला था। पीशी (बुआ) ने बाबा को किनारे की दलदल पर चढ़ रहा केकड़ा दिखाया तो केकड़ा पकड़ने के लालच में वे दलदल में ही कूद गए। जियूर की माँ का चेहरा उसे अपनी उस पीशी के चेहरे-सा दिखता था, जिन्होंने मन्दिरा के बाबा की सलाह पर भी दंडकारण्य छोड़कर सुन्दरबन चले आने में आना-कानी की थी। पीशी को दंडकारण्य में ही छोड़ कर निकल जाना मन्दिरा को अच्छा नहीं लगा था, लेकिन वह बच्ची थी। बड़ों के निर्णय को बदलना उसके लिए सम्भव नहीं था और पीशी अपने पति को छोड़कर भाई के परिवार के साथ जाने की स्थिति में नहीं थी।

जियूर की माँ को भी मन्दिरा, पीशी ही पुकारती थी, लेकिन मन ही मन। पीशी तो अक्सर ही मछली और केकड़ा पकड़ने के लिए निकलती रहती थी। जीने का कोई दूसरा विकल्प था नहीं। बाबा को बाघ उठा ले गया, लेकिन यह याद करने के बाद भी न तो पीशी ने ही और न ही जियूर ने मछली पकड़ना छोड़ा। जियूर तो घने जंगलों में घुसकर मधु संचय का काम करने में भी पीछे नहीं रहा। वही मधु जिसे संग्रह करने में गाँवों के कितने ही लोग बाघ का शिकार हो जाते थे।

मन्दिरा को जियूर के प्रति न जाने कैसा स्नेह था कि हर वक़्त सचेत करती रहती। मधु संचय के लिए तो जंगल में जाए ही नहीं, लेकिन जियूर कहाँ माननेवाला भला। उसे अपनी बोनबीबी पर यक़ीन था। उसी ने बताया कि हमारी बोनबीबी ने ही दक्खिन राय को हराकर हमें यहाँ रहने की इजाज़त दिलवाई है, वरना दक्खिन राय को तो हमसे ज़्यादा जंगल के जानवर प्रिय थे।

"दक्खिन राय चाहता ही नहीं था कि हम लोग यहाँ रहें। उसका वश चलता तो हमें मार-मारकर भगा देता।"

जब-तब जियूर की जबान में बोनबीबी का क़िस्सा रहता। मन्दिरा भी हर बार ऐसे सुनती, मानो पहली बार सुन रही हो।

दक्खिन राय एक भद्र मानुष था। जंगलों पर उसका क़ब्ज़ा था। एक दिन उसने बाघ का रूप धर लिया। अब बाघ रूप धरे हुए दक्खिन राय ने अपने को जंगल का राजा घोषित करके ऐलान कर दिया कि इनसानों के साथ जंगल नहीं बाँटा जाएगा।

उस वक़्त इनसानों को मुसीबत में देखकर ही अल्लाह ने एक अनाथ लड़की को दक्खिन राय से लड़ने की ताक़त दी। वह अनाथ लड़की ही बोनबीबी थी। बोनबीनी ने दक्खिन राय से सीधे युद्ध करने की ठान ली। युद्ध शुरू करने से पहले बोनबीबी और उसका मुँहबोला भाई अल्लाह की रहम के लिए मक्का-मदीना गए। अल्लाह ने दोनों भाई बहनों की मुट्ठी में चुटकी-चुटकी भर पवित्र माटी दी और कहा कि अपने साथ ले जाओ। माटी लेकर बोनबीबी जब द्वीपों की सीमा में प्रवेश कर रही थी, दक्खिन राय को ख़बर हो गई।

दक्खिन राय घबरा गया—पवित्र माटी कहीं सारे जंगल को ही मैंदानों में न बदल दे इनसानों के रहने के लिए। दक्खिन राय ने बोनबीबी पर हमला कर देना चाहा। दक्खिन राय की माँ नारायणी एक नैतिक स्त्री थी। उसने बेटे को फटकार लगाई। बोनबीबी एक औरत है। किसी मर्द का औरत पर हाथ उठाना ठीक नहीं। "यदि ज़रूरी है तो बोनबीबी के साथ मुझे लड़ना होगा", नारायणी ने कहा। अपनी नैतिकता के बावजूद वह बेटे के विरुद्ध नहीं हो सकती थी।

नारायणी और बोनबीबी के बीच आमतोली के जंगल में लड़ाई हुई। नारायणी समझदार औरत थी, ख़ुद को हारते देख उसने सुलह कर लेना ही उचित समझा और बोनबीबी को अपना सहयोगी मान लिया। साईं मान लिया। अपनी दोस्त।

"जैसे तू मेरी साईं", जियूर मन्दिरा के गले में बाँह पसार देता। मन्दिरा मन्द-

मन्द मुस्कराने लगती। क़िस्से का प्रवाह ऐसा कि मन्दिरा को भी मालूम न चल पाता कब जियूर ने उसे भी चुपके-से क़िस्से में शामिल कर लिया।

बोनबीबी तो सबकी साईं है, बाघ और इनसान के बीच नदी की धार। हमेशा मदद को तैयार। तुझे भी तो बोनबीबी ने भेजा है न। वरना आज कहाँ रह गया खुलना, जसौर या फिर वो दंडकारण्य ही। मैं तो बोनबीबी के मन्दिर में हाथ जोड़कर ही जंगल में घुसता हूँ, पगली। बाघ मुझ पर हमला कर ही नहीं सकता। होगला के भीतर छुपा बाघ भी मुझ पर हमला करने की बजाय उस घासनुमा झाड़ी में दुबका ही रहता है। पीछे से वार न करे, इसीलिए तो मैं मुखौटा सर के पीछे पहनकर ही जंगल में जाता हूँ।

मददगारी ही है सच्चा सुख

जब हत्यारों की पहचान ही संदिग्ध हो तो मददगार अपनी पहचान के डर से मुखरता का जोखिम कहाँ उठा सकते थे? तादाद में होने पर भी हत्याओं के संदिग्ध घटना-क्रम उन्हें मजबूर किए थे कि शत्रु को ताक़तवर मान लें। नागरिक शासन में मुखौटे का जनतंत्र सत्ता के हत्यारे रूप को छुपा लेने की बेहद बारीक बुनावट होता है। शत्रु के पक्ष में खड़ी वाचालता इतनी सम्मानित नागरिक होती है कि विरोध की किसी भी कार्रवाई को जब चाहे, तब आतंक के खाते में धकेला जा सकता है। प्रतिपक्ष में खड़ी हो सकने वाली ताक़तें लड़ने से पहले ही ख़ुद को ग़लत पक्ष में मानने की नैतिकता को अपनाने को मजबूर रहती हैं। नैतिकता के इस पाठ से मुक्त हो जाने के रूप ही भूमिगत कार्रवाई होते हैं।

हत्या करने का नशा जिनके सिर सवार, वे कैसे जानते कि प्रकृति हमेशा अपने आस-पास के प्रति समाहार का संदेश देती है। उस संदेश की संगति ही किसी भी समाज को आपसी भाईचारे के लिए प्रेरित किए रहती है। प्रकृति के संग-साथ से शिक्षित व्यक्ति दूसरे का मददगार होने में ही सच्चा सुख प्राप्त करता है।

संकेत साफ़ थे, हत्यारे जान गए थे कि मददगार मौजूद हैं। हिदायत पहले से दे दी गई थी कि किसी तरह की मदद करना किसी अपराध करने से कम न होगा। सज़ा आप तय किए रहना। ज़रूर मिलेगी। हत्यारे यह कहाँ जानते थे कि जल के

भरे हुए कलश उठा कर खेया तक लाना उन मासूम बच्चियों से कहाँ तो सम्भव हुआ होगा। निश्चित किसी ताक़तवार जान का काम होगा, वह भी कोई अकेली जान नहीं, जबकि गश्ती पुलिस चौकसी पर हो।

उन्होंने तो सिर्फ़ हासी मिर्धा को ही घाट से बच्चियों को इशारे करते हुए देखा था जब वे जल के भरे हुए कलशों को नाव में रखकर दबे पाँव कुमिरमारी के उस घाट से आलोकुठि के घाट की ओर बढ़ चुकी थीं और अच्छा-ख़ासा रास्ता भी तय कर चुकी थीं।

मौलाख़ाली का चक्कर लगाकर लौटती गश्ती पुलिस की नौका ने जो कहीं देख लिया तो जाने क्या कहर टूटे? लौटते वक़्त ही गश्ती पुलिस की निगाह पड़ गई। पुलिस रात के अँधेरे में भी गश्त पर थी। कुमिरमारी, मौल्लाख़ाली, सतजेलिया। पिछले कुछ दिनों से उनकी नौका यूँ भी आस-पास के द्वीपों के घाट तक, कभी इधर तो कभी उधर, कुछ ज़्यादा ही चक्कर काटने लगी थी।

मासूम बच्चियों पर पुलिस शायद हमलावर नहीं होगी, आलोकुठि के बाशिन्दों का यह ख़याल ग़लत साबित हुआ था। दुश्मन की गोली ने चम्पा को ही मौत की नहीं सुलाया, कुमिरमारी के त्रिलोकी मिर्धा की पत्नी हासी मिर्धा को भी ख़ून की लकीर के साथ धरती पर लेटा दिया था। चम्पा, श्यामा और तितली वय में किशोर थी। तीनों सखियाँ एक छोटी नौका में सवार होकर जल लेने निकली थीं। उनका दोष इतना ही था कि गश्ती पुलिस को चकमा देकर वे कुमिरमारी जा पहुँची थीं। जल की गागरें भर कर नौका में सवार होकर वापिस लौट रही थीं। हासी मिर्धा को चिन्ता इसी बात की थी कि बच्चियाँ जल्द से जल्द आलोकुठि के घाट लग जाएँ। चीख़ते हुए भी साथिनों की आवाज़ में दबी-दबी-सी गूँज थी।

"पगली है यह तो पूरी की पूरी...अपने आप भी पकड़ी जाएगी और उन बच्चियों को भी पकड़वाएगी।"

"अरे तू वहाँ से क्या चिल्ला रही है रे, हासी? जानती नहीं क्या, कुछ ही देर पहले पुलिस की खेया मौलाख़ाली के घाट की ओर निकली है, लौटते ही होगें वे। लौट आ, रे। तेरे साथ तो हमारा भी जीना हराम हो जाएगा।"

"बच्चियाँ पहुँच जाएँगी सलामत, वे तो वैसे भी ख़ूब दूर निकल चुकी हैं। गश्ती नौका तो इस तरफ से ही लौटेगी पगली।" वह चाँदनी रात थी। चम्पा डॉड झांप रही थी और सखियों के सुर में सुर मिलाते हुए गीत गाती जा रही थी। सन-सन बहता नीर हो, नौका हो और गीत के बोल हों तो मनुष्य के भीतर हिंसा कहाँ बची

रह सकती है? वह हैवान ही हो सकते हैं जो हमेशा के अपने हिंसकपन को ऐसे में भी बरक़रार रखें।

बच्चियाँ अभी बीच नदी में थीं। अँधेरे में डोलती खेया में भी उनकी मस्तियाँ चालू थीं। गीतों की मधुर धुन में वे गाती जा रही थीं। इतना खिलखिलाकर हँस रही थीं कि इधर घाट से उनकी चौकसी में खड़ी हासी मिर्धा तक को सुनाई पड़ रहा था। वह चिल्ला-चिल्लाकर बच्चियों को सावधान कर देना चाहती थी, "मत गाओ रे गाना, मत गाओ। अरी ओ लड़कियो, तुम नहीं जानती कि पुलिस का बाना पहनकर गश्ती में लगे जाहिलों की पूरी फौज तैनात है चारों ओर। तुम सुन क्यों नहीं रही हो रे? मत गाओ, मत गाओ।" वह यह भी कह ही देना चाहती थी, "तुम जानती नहीं वे जाहिल तो बार-बार हमारे घरों तक आकर दरवाज़े खटखटाने लगे हैं। हमारे मर्दों को ही नहीं बच्चों तक को भी धमका रहे हैं—आलोकुठि वालों की मदद करता जो भी धरा गया न, तो साफ़ समझ लो आलोकुठिवाला का तो जो होना है, हो ही रहा और आगे भी होगा, लेकिन मददगार बनने वाले का टिकट तो तुरन्त ही कटेगा। मददगारी का इतना ही मन है तो पुलिस की करो, सरकार की करो।"

उसी वक़्त दो अलग-अलग दिशाओं से निशानेबाज़ों ने अपना करतब दिखाया था। दनदनाती हुई एक गोली इधर हासी मिर्धा की छाती में धँसकर जान को ही हलक में फँसा गई। दूसरी गोली ने गीतों की लहर को ही खत्म कर दिया। चम्पा का शरीर नौका से उछलकर उस अथाह जलप्रवाह में डूब गया। कुमिरमारी के तट पर बने उसे घाट पर लाश हो गई हासी मिर्धा का शरीर निश्चेष्ट हो गया। घाट के उस वीराने में पुलिस वाले उस अकेली हासी मिर्धा को ही देख सकते थे, जबकि घाट से कुछ ही दूरी पर खड़े हुए गाछ और झोंपड़ियों की आड़ में छुपकर खड़ी हुई अन्य साथिनें जो जल के कलशों को जल्दी-जल्दी नौका में रखवाने के बाद पुलिस की निगाह से बच निकलने की अक्लमन्दी वाली थी, बच्चियों के लिए चिन्तित और बेचैन होकर उनको परले घाट पर पहुँच जाने तक का इन्तज़ार करती हासी मिर्धा पर बेहद क्रोधित हो रही थीं।

गोली की आवाज़ ने उन्हें भी सन्न कर दिया। हासी मिर्धा की चीख़ और शरीर की छटपटाहट उनकी आँखों में ठहर-सी गई। उनके कुछ भी समझ नहीं आया यह एकाएक क्या हो गया? उस अथाह जलप्रवाह से दलदल तक आवाज़ाही करता कोई कुमिर हासी मिर्धा के मृत शरीर को घसीट लेता कि उससे पहले ही कोई गाँव की ओर दौड़ी और कोई घाट की ओर। घुटी-घुटी-सी आवाज़ में पूरा कुमिरमारी

रात भर रोता रहा। उधर पछाड़ खाकर ज़मीन पर लोट-लोट जाने वाले चिल्लाहट से पूरा आलोकाठी दहाड़ता रहा। शावक को अपने निशाने से आहत कर चुके शिकारी पर हिंसक गुर्राहट के साथ हमला कर देने को आतुर बाघिन की-सी स्थिति हर किसी की थी।

नौका पर सवार घात लगाए पुलिस के सिपाहियों ने गोली दाग दी। चम्पा का शरीर नौका से उछला और गराल में डूब गया। रक्त की लाल रेखा ही कुछ देर चम्पा रही। आलोकुठि में चिल्ला-चिल्ली हुई। जंगल के जानवरों ने ही वह आवाज़ सुनी हो तो सुनी हो, वरना गश्ती पुलिस का पहरा तो आगे के दिनों में कड़े से कड़ा ही होता रहा।

ज्वार के पानी ने मृत बच्ची की लाश को मानो छुपा दिया था। यह कहना ठीक होगा, कफ़न ओढ़ा दिया, लेकिन भाटे के उतार में उसकी देह फिर से दिखाई दे रही थी। रेत में लिथड़े उसके चेहरे को पहचानना मुश्किल नहीं था। बह आए किसी मृत कछुवे की देह की तरह वह उलटी पड़ी थी। ख़ामोशी के साथ आलोकुठि के निवासी एक अकल्पनीय दृश्य के साक्षी हो रहे थे। किसी की आँखों में कोई आँसू नहीं था मानो भाटा का उतार आँसुओं को भी बहा ले गया था और रेतीली गाद किनारों पर छोड़ गया था। एक चिपचिपापन था, जिसके कारण सब कुछ धुँधला-धुँधला दिख रहा था। नदी का विस्तार और वनस्पति विहीन दलदली धरती की चमकदार सलेटी सतह।

नदी में छपाक हुई।

"ए भोला, परिमलदा को डाक रे—खेया नाम्बो।"

"दाँ निकाल रे दाँ।"

"ऐ बाप्पा, रस्सा फेंक यहाँ।"

"रुक्मीदी तुमी ऐई जागाय छाड़ो न। रुक्मीदी, तुम वहीं खड़ी रहो।"

"इधर घाट में ही रुको रे सब मेय।" रात के उस अँधियारे में छपाक-छपाक मानो किनारे की दलदल से कितने ही कुमिर एक साथ नदी में उतर रहे हों।

"तीर-धनुक तोलो दादा। पुलिस गूली करेगी।"

"चीत्कार करो रे, चीत्कार।"

"बिशनुदा के डाको रे।"

पुलिस जिस तरह से आलोकुठि की लगातार नाकेबन्दी करती जा रही है, लोगों का जीना ही नहीं, मरना भी मुहाल होने लगा था। कहीं से भी मदद मिलना मुश्किल हो गया था। आलोकुठि के बाशिन्दों की आवाजाही पर ऐसा कड़ा पहरा था कि लोग दूसरे द्वीप से मदद माँगने के लिए भी स्वतंत्र नहीं थे। किसी दूसरे द्वीप में जाने से भी रोका जाने लगा था। आलोकुठि के बाशिन्दों के लिए यह ख़बर झटका ही थी कि पार्टी और 'उदबास्तु उन्नयन समिति' ख़ुद उन्हें वहाँ से बेदख़ल कर देना चाहती है। एकबारगी वे घोर निराशा में डूब गए, लेकिन राईदा, रुपेनदा जैसे ऊर्जावान साथियों के उत्साह के साथ साँस से साँस मिलाते हुए इस बात पर दृढ़ बने रहे कि चाहे अपने आप ही सब कुछ करना पड़े, लेकिन आलोकुठि को छोड़कर अब फिर से दर-दर भटकने को तैयार नहीं होंगे। कुमिरमारी और आस-पास के दूसरे द्वीपों में रहने वाले पुलिनदा जैसे कितने ही अन्य साथियों ने मदद देने से अपने हाथ पीछे नहीं खींचे थे, लेकिन पुलिस की नाकेबन्दी बढ़ती जा रही थी। सहयोग करने वालों के लिए भी पूर्व स्थिति में बने रहना मुश्किल होने लगा था। खाने-पीने का सामान ही नहीं, जीवन रक्षक दवाओं को जुटाना भी आलोकुठि के बाशिन्दों के लिए मुश्किल हो गया। कुपोषण और भूख का शिकार होने लगे। बोमी-पेचिश के शिकार लोगों की जान तो हलक में अटकने लगी। होगला की झाड़ियों को खाया जाना सम्भव होता तो वे ही खा लेते। भला हो धरती का और उस पर बालों की तरह जहाँ-तहाँ उग जाने वाली घास का।

राइहरन बारुई पुलिन बिस्बास से इस बात पर तो सहमत नहीं थे कि आलोकुठि के लोग किसी भी दूसरे संगठन से सहयोग न लें, लेकिन रंगनाथ गोलदार से अपनी असहमति रखते हुए साफ़ कहते थे, "कुमिरमारी सबसे क़रीबी द्वीप है। मदद की पहली गुहार कुमिरमारी के बाशिन्दों से ही लगाई जा सकती है..." वे आगे पुलिन बिस्बास का नाम लें, रुपेनदा पहले ही बिलबिला जाते, "कोई खास फ़र्क़ नहीं है फुल्लर मंडल और पुलिन बिस्बास में। दोनों ही पार्टी के एक बराबर क़रीबी हैं, राईदा।"

राईदा खुलकर मदद न कर पा रहे पुलिन बिस्बास की मजबूरी का बयां इस वजह से ही करना चाहते थे, ताकि आलोकुठि के लोग इस बात पर विचार कर सकें कि मदद के नाम पर चालाकी से लोगों के बीच घुसपैठ बढ़ा रहे 'आमरा

बंगाल पार्टी' और 'निखिल बंग नागरिक संघ' के प्रति स्पष्ट रुख़ तय किया जाए और अपने लोगों को उनके झाँसे में आने से बचाया जाए। अपने मन की बात वे सीधे-सीधे रुपेन हालदार से कह देने में हिचकिचा रहे थे। जानते थे कि ऐसे में तो रुपेन हलदार न आव देखेगा न ताव और शुरू हो जाएगा एक तरफ़ से पार्टी को गाली देने के लिए। फिर चाहे पुलिन बिस्बास का नाम जुबान में चढ़े और चाहे किसी दूसरे का। रुपेनदा के सबसे क़रीबी रंगनाथ गोलदार को उन्होंने बहुत चुपके-से ही वैसा कुछ कहा था, जिस पर रुपेनदा उनसे उखड़ा हुआ रहने लगा था। राईदा का ख़याल था कि रंगलाल गोलदार ज़रूर उनकी बात को समझ लेगा और फिर रुपेन हलदार को समझाएगा, लेकिन रंगनाथ गोलदार पर तो मानो रुपेनदा का ही रंग चढ़ा हुआ हो। ऐसे भड़के कि राईहरन गोलदार पर ही आरोप लगा दिया—

"राईदा, तुम्हारी दिक़्क़त भी वही है जो पुलिन बिस्बास की। पुलिनदा को तो तुम पार्टी ही मानो, क्योंकि वह तो किसी भी स्थिति में पार्टी से बाहर नहीं सोच सकता, जबकि फुल्लर जैसे मतलब परस्त के लिए निजि स्वार्थ पहले है। मेरी यह बात गाँठ बाँध लो कि अन्तत: पुलिन बिस्बास करेगा वही, जो पार्टी चाहेगी। और पार्टी वही चाहेगी, जो फुल्लर बतायेगा।"

खाबार जल के बिना भी जब मौत अपनी बाँहों में सिमेटने लगी तो रुपेनदा ने ही ट्यूबवैल खोदने की सलाह दी थी। जब पहला-पहला जल ट्यूबवैल से निकला तो आलोकुठि के बाशिन्दों ने अंजुरी में ऐसे लिया मानो ठाकुर का प्रसाद हो। माँ ने उस वक़्त भी शोमेषवारी के जल की मिठास को याद किया।

ट्यूबवैल खोदने के सवाल पर रुपेनदा बहुत-से अपने विरोधियों को भी 'आमरा बंगाल पार्टी' से सहयोग लेने को तैयार करने में सफल हो गया था। ट्यूबवैल खोदने का काम जिस तर्जुबे की माँग करता था, 'आमरा बंगाल पार्टी' के एक जानकार साथी से रुपेनदा ने उस विधि को जान लिया था। ट्यूबवैल कैसे खोदा जा सकता है, उसके लिए क्या-क्या करना होगा, क्या–क्या औज़ार लगेंगे और काम कैसे होगा?

शोमेषवारी के जल की मिठास तो माँ ने उस दिन भी याद की जब रुपेनदा के कहने-बताने पर सबने मिलकर मेहनत की और ट्यूबवैल खोदा जा सका। नूनता जल कैसे खाया जाए? आस-पास से खाबर जल लाना, गुनाह ही क़रार कर दिया गया था।

उम्र के थोड़े-बहुत अन्तराल के कारण दादा-भाई के सम्बन्धों की तर्ज़ पर और उसी की तुक में एक-दूसरे को पुकारते-सम्बोधित करते हुए भी सुरजू अघोषित रूप

से उस दिना नेता के रूप में स्वीकार किया जा चुका था। अब आगे की कार्रवाइयाँ उसी के इशारों पर चलनी थीं, लेकिन सुरजू को ख़ुद से इसका अहसास नहीं था।

"श्यामलदा, तुम एकटा काज करो। किसी तरह ऊपर चढ़ो, वहाँ, गरारी के बगल से जगह मिल जाएगी, एक लम्बा डंडा लेकर उससे पाइप के पटरे पर ज़ोर देते रहना। इधर, मैं, आभास और प्रेमा पाइप को घुमाते हैं। तुम्हारे ज़ोर से ही पाइप ज़मीन में धँसकर सतह को काटता चला जाएगा।"

"नहीं भाई, नहीं। मुझसे नहीं होगा यह काज, तू कर। मैं, प्रेमा और आभास के साथ पाइप घुमाता हूँ।"

"ठीक है तब। बारी-बारी से काज बदलते रहेंगे। ऊपर बैठकर तो डंडे से पाइप को ठेले रखना ही है, वैसा भारी काज भी नहीं। इसलिए थोड़ी-थोड़ी देर का विश्राम प्रत्येक पाता रहेगा।" सुरजू जानता था कि अभी जो काम श्यामलदा को कठिन लगा, थोड़ी देर बाद देखेगा कि वह तो बहुत ही मज़े का है। ऊपर बैठे रहो आराम से। बस, पाइप को ठेलते रहो जबकि कोल्हू के बैल की तरह चक्कर काट रहे साथियों के पास सिर से बहकर आ रही पसीने की धार जब चूते हुए आँखों की पलक को बन्द कर दे रही हो तो इतना भी वक़्त नहीं कि एक हाथ से आँख को मल भी लें जबकि धो-पोंछने का तो सवाल ही नहीं।

वह पहला घस्सा था, जिससे पाइप को ज़मीन में हल्का-सा धँसकर आगे का रास्ता बनाना था। पाइप को कसे हुए क्लैम्प से लीवर की तरह बाहर निकली हुई बाँह को हल्का-सा धक्का देते हुए सुरजू ने जब पाइप कटर को ठीक से बैठा दिया तो आगे रहट पर काम करने वाले साथी पाइप को घुमाते रहे और सूराख़ आगे बढ़ता रहे, वह ख़ुद खम्बों के शंकुवाकार शीर्ष पर पहुँच गया और पाइप के ऊपर रखे पटरे पर धरे हुए वज़न को पाँवों के ज़ोर पर दबाए रहा। कुछ ही देर बाद उसे पाँव में खिंचाव महसूस होने लगा। उधर पाइप को धकेल रहे साथियों की आँतें भी खिंच रही थीं। ऐसा कठिन श्रम उनके अभी तक के जीवन अनुभव का हिस्सा नहीं बना था। पाइप के दक्षिणावर्त घूम के साथ श्यामल, आभास और प्रेमा साँस लेने के लिए जैसे ही रुके, उनके वामावर्त घूमने से पहले ही सुरजू ने भी पाँव बदल लिया। बीच-बीच में पाँवों की अदला-बदली के बाद भी वह ख़ुद को वैसे श्रम में नहीं पा रहा था, जिसका हिस्सा अन्य साथी पसीना-पसीना हो चुके थे।

काम पर जुटे हुए कामगारों का मन जब श्रम के उल्लास से भरा हो, एक लय उनके बदन में उठती रहती है। लय की सामूहिकता ख़ुद-ब-ख़ुद बाहर छिटककर

संगीत में तब्दील हो जाती है। उनके उल्लास का पारावार शब्दों की सीमा से परे चला जाता है, बेशक अभिव्यक्ति में वे अपनी भाषा के कुछ शब्दों को उच्चार रहे होते हैं। शब्द तो मात्र मन के उच्छवास हो जाते हैं, जो उनकी साँसों की गूँज से वातावरण में बिखरने लगते हैं। ऐसे ही क्षणों में सुरजू ने जब एक गहरी साँस छोड़ी तो कुछ शब्द गूँजने लगे, जिनकी आवृत्ति श्यामल, प्रेमा और आभास मंडल की साँसों में अर्थ विस्तार करने लगी। धरती की सतह को काट रहे पाइप को घुमाने के लिए श्यामल, प्रेमा और आभास ने अपने कन्धों का ज़ोर लगाया ही था कि सुरजू ने उन शब्द लहरियों को छेड़ दिया, "माछ पाबो, डीम पाबो, जोल पाबो—आमरा।"

दक्षिणावर्त घूर्णन का एक चक्कर पूरा हुआ। अब पाइप को वामावर्त घूमना था और सामने के लीवर की बाँह पर आभास ज़ोर लगाते हुए था। लीवर पर दिए गए धक्के के साथ उसकी साँसों ने उच्चारा—"माछ पाबो"। सामूहिक ज़ोर की आवाज़ों ने उच्चारा—"आमरा"। अब सिलसिला चल पड़ा था। कभी श्यामल तो कभी आभास पहला पद उच्चारते और उसकी लय के साथ जोड़ बैठाते हुए सामूहिकता गूँजने लगती।

माछ पाबो, डीम (डिम्ब) पाबो, जोल पाबो
आमरा
माछ पाबो
आमरा
डीम पाबो आमरा
जोल पाबो आमरा
माछ पाबो, डीम पाबो, जोल पाबो
आमरा[1]

घूमता हुआ पाइप ऊर्ध्ववातर स्थिति के साथ नीचे धँसता जा रहा था। ट्यूबवैल खोदने में जुटे श्यामल, सुरजू, प्रेमा और आभास मंडल पाइप को घुमाने में जुटे थे। रात का अँधियारा अभी पूरी तरह से मिटा नहीं था, हवा में ठंडक थी, तब भी उनके बदन पसीने से भीगे हुए थे। लेकिन उनके चेहरे पर थकान नहीं, उत्साह की आभा थी। थकान को तो उन्होंने गीत की लय से फुर्र ही कर दिया था। पौ फटने लगी थी। निद्रा के आगोश से बाहर निकलते आलोकुठि के बाशिन्दों को

1. मच्छी मिलेगी, अंडा मिलेगा, जल मिलेगा हमको

सुनाई देती गीत की लय चौंका दे रही थी। गरारी पर सरकती लोहे की चेन की गरगराहट से उठती ताल के बावजूद उनके लिए अनुमान लगाना मुश्किल था कि यह हलचल कैसी है और क्यों है? उनींदी-सी आँखों को मलते हुए वे उस जगह तक पहुँचे थे जहाँ रात भर की अथक चेष्टा से रुपेनदा ने ट्यूबवैल खोदने के लिए वह शंकुवाकार मचान बाँधा था जिसके शीर्ष से झूलती एक गरारी लटकी हुई थी। गरारी से होती हुई एक चेन को नीचे उतारकर लोहे के एक ऐसे पाइप को बाँधा गया था जिसके मुख पर धार से सुसज्जित गोल कटर बँधा हुआ था। धरती की सतह को काटने में उस लटकते हुए पाइप को चेन से जकड़े क्लेम्पों की बाँहें इतनी लम्बी थीं कि किसी भी एक बाँह को दो व्यक्ति गोलाई में धकेल सकते थे। गरारी से झूलती चेन की लम्बाई पाइप को अनन्त तक ढीला छोड़ देने में सक्षम थी। चेन का दूसरी ओर का सिरा शंकुवाकार आकृति बनाते एक खम्बे से बँधकर ज़मीन पर धागे की लच्छी की तरह लोटता हुआ था। साथियों की मदद से रुपेन हालदार ने जलाई गई आलोकाठी की लकड़ियों की रोशनी में देर रात तक काम करके अच्छे से बाँध दिया था और पसीने-पसीने हो गए शरीर में घर गई थकान को मिटाने के लिए सोने चला गया था। सभी साथी अपने-अपने घरों की ओर चल दिए थे यह सोचकर कि सुबह रुपेनदा के निर्देशों पर काम शुरू किया जाएगा। टँगे हुए पाइप को रहट की तरह घूम-घूमकर धरती में सूराख़ करना होगा। उस सूराख़ के रास्ते ही जल के स्रोत तक पाइप पहुँचाना होगा और पाइप के ऊपरी सिरे पर पम्प को फिट करके उसकी मदद से ही जल खींचना होगा। पम्प को ऊपर नीचे दोलन कराने पर धरती की सतह के बहुत गहरे मौजूद मीठा जल निकासी पाइप के रास्ते बाहर गिरने लगेगा।

ट्यूबवैल खोदने का प्रत्यक्ष अनुभव बेशक रुपेन हलदार को भी नहीं था, लेकिन कई बार खुदते हुए ट्यूबवैल को अपने देखे से वे इस नतीजे पर था कि ट्यूबवैल खोदा जा सकता है। अपने प्रस्ताव पर मिली सहमति को अंजाम तक पहुँचाने के लिए वह ख़ुद ही ज़रूरी औज़ार ख़रीदने गया था। शंकुवाकार खम्बों को बाँधने, उस पर गरारी और चेन लटकाने के बाद कटरयुक्त पाइप को बाँधते हुए उल्लासित होते हुए ही साथियों की इस शंका का समाधान उसने कर दिया था कि अब करना क्या होगा? कैसे धरती की सतह को भीतर तक चीर कर उस जगह तक पाइप को

पहुँचाना होगा, जहाँ सतह के नीचे छलछलाता सम्भावित मीठा जल है। जगह का चुनाव करते हुए वे ज़मीन की सतह के खुरदरेपन को देखकर अनुमान लगा चुका था कि नीचे कंकड़-पत्थरों वाली ज़मीन खारेपन को शोधित करने की क्षमता से ज़रूर परिपुष्ट होगी। दलदली जगहों पर उगे सुन्दरी गाछ की ऊपर निकल आई जड़ों वाले उस भूगोल में ऐसे अनुमान लगाना आसान नहीं था कि कहाँ पर मीठा जल होने की सम्भावना हो सकती है। विशालकाय वट वृक्ष को देखकर ही रुपेनदा ने अनुमान लगाया था कि ज़रूर वट वृक्ष के आस-पास की यह धरती दलदलेपन से मुक्त होनी चाहिए, वरना इतने विशाल वृक्ष का तनकर खड़े रहना सम्भव नहीं।

"दादा आपको कैसे मालूम कि यहाँ नीचे खाबार जल होगा?" आशंका रखने वालों में सुरजू अकेला नहीं था। श्यामल और प्रेमा के भीतर भी ऐसा ही प्रश्न घुमड़ रहा था, लेकिन अपनी तरफ से उन्होंने आशंका ज़ाहिर करने में सावधानी बरतना उचित समझा था और रुपेनदा के निर्देश पर दाँ से आस-पास की झाड़-झंखाड़ को हटाकर धरती को उसके चौरसपन में खुला-खुला करने में जुटे थे। सुरजू के सवाल ने मानो उनके भीतर को भी बयान कर दिया हो। कुछ वैसे ही भाव उनके चेहरों पर उभर आए थे। आस-पास खड़े पाड़ा के दूसरे लोगों के चेहरे भी प्रश्न का जवाब सुनने को उत्सुक नजर आए। रुपेनदा को पहली बार लगा कि वे एक ऐसी जटिलता में उलझ गए थे, जिसको व्यक्त करने में उन्होंने तथ्य की बजाय मन के भीतर छिपी भावनाओं का सहारा लिया। हालाँकि तथ्यों को जान-समझकर किसी भी कदम को आगे बढ़ाने पर यक़ीन करने वाले रुपेनदा ने भावना को इतना भी हावी नहीं होने दिया था कि सुन्दरी और गरान गाछ जैसी वनस्पति का हिस्सा हुई धरती में ही मीठे जल की सम्भावना देखी हो। वैसी दलदली ज़मीन तो विशाल आकार वाले वट वृक्ष की जड़ों को गहरे धँसने ही न दे। वट वृक्ष का होना ही इस बात को साबित कर रहा था कि वह जहग सख़्त होनी चाहिए और ज़मीन की सख़्त जगह का मतलब निरा मिट्टी की बजाय जल-शोधन की प्राकृतिक प्रक्रिया में सहायक होने वाले कंकड़-पत्थरों का रला मिला होना ज़रूर मौजूद था।

"भाई, दावे के साथ तो मैं भी नहीं कह सकता, लेकिन यह आस-पास के गाछ, पात इस बात का संकेत ज़रूर दे रहे कि यहाँ ज़मीन दलदली नहीं होगी। और जब दलदलापन नहीं होगा तो सतह के नीचे सामान्य तौर पर घटने वाली हर प्रक्रिया जारी होगी।"

जिस सहजता से रुपेनदा ने अनुमानों के आधार पर जल पाने की सम्भावना को

रखा था, किसी ने भी उस पर प्रश्न करना ज़रूरी नहीं समझा। वे तो इस आशंका से घिर गए कि यदि कई दिनों की मेहनत से सैकड़ों फुट नीचे पाइप पहुँचा भी दिया जाए तो ज़रूरी नहीं कि खाबर जल मिल ही जाए। नूनता जल पर ही जीवन जीने के उपक्रम करना यदि सम्भव होता, तो ट्यूबवैल खोदने का निर्णय लेने की बजाय वे उन उपक्रमों को सम्पन्न करने की प्रक्रिया को सीखना चाहते, जिससे जल में मौजूद लवण के बावजूद उसे सहज रूप में इस्तेमाल किया जा सके। ऐसे हार मानने लेने और हाथ पर हाथ धरकर बैठ जाने में उनका यक़ीन नहीं था। रुपेनदा को सम्बोधन का केन्द्र बनाकर वे आपस में एक-दूसरे से तर्क-वितर्क करते हुए कभी असहमत और दूसरे ही क्षण सहमत होते हुए, उस महती काम को कर सकने की तकात बटोरने लगे। "ठीक है रुपेनदा, तुम जुगत लगाओ, कैसे पाइप को नीचे तक पहुँचाना है, हम साथ हैं।"

"खाबार जल भी ज़रूर मिलेगा श्यामल दा, जदि हम मेहनत से काम करेंगे।"

"मिले तो मिले, न मिले तो नहीं। यह तो देखने वाले जान ही जाएँगे न कि हम कोई ऐसे वैसे नहीं कि हमारे साथ जैसे चाहे, वैसे पेश आएँ।"

"पहला सबक तो इन पुलिसियों को ही मिलेगा कि ख़ामोश होकर चुप बैठें और ज़ोर-ज़बरदस्ती करना बन्द करें ताकि लोग बाग आस-पास के द्वीपों की बस्ती में सरकार द्वारा लगाए गए ट्यूबवैल से खाबर जल ला सके।"

"जदि पाइप ज़मीन में डाल देने के बाद भी खाबर जल नहीं पाया तो पुलिस वालों को उससे क्या? वे क्यों अपने काका-बाबाओं के आदेशों से मुँह फेर कर तुम्हारे पक्ष में हो जाएँगे?"

"सुरजू यार, तेरे सवालों का जवाब तो रुपेनदा के पास नहीं तो मेरे पास क्या होगा, भाई? तू ही बोल, ट्यूबवैल खोदना है कि नहीं? नहीं खोदना है तो वैसा बोल, यह क्या कि कभी कह रहा, ज़रूरी नहीं, यहाँ खाबार जल मिले भी कि नहीं। कभी कुछ, फिर कभी कुछ।"

श्यामल के इस अप्रत्याशित आक्रमण ने सुरजू को अपराधबोध से भर दिया। अपने पक्ष को स्पष्ट करने की कोशिश में वह अपने आत्मविश्वास को बचा नहीं पा रहा था—

"मेरा कहने का, दरअसल, मैं कोई आशंका, नहीं-नहीं, मैं तो जिज्ञासा भर कर रहा था कि यदि यहाँ खाबर जल नहीं मिले तो दूसरी जगह पर ट्यूबवैल खोद कर देखा जाएगा, मतलब, हम हार कर शान्त नहीं बैठ जाएँगे।"

अपनी बात के अन्त तक पहुँचते-पहुँचते उसकी कनपटी लाल हो गई थी, लेकिन वह ख़ुद के आत्मविश्वास को लौटा पाने में सक्षम हुआ था। बावजूद तय हो जाने के कि ट्यूबवैल खोदा जाना था और रुपेनदा ज़रूरी सामान भी ख़रीद लाया था, सुरजू की जिज्ञासाएँ समाप्त नहीं हुई थीं। रात के अँधेरे में हथेली पर नारियल को रखकर वह धीरे-धीरे क़दमताल करने लगा था। उसने सुन रखा था कि ज़मीन के नीचे पानी के स्रोत की जगह पर हथेली में रखा नारियल ख़ुद-ब-ख़ुद सीधे खड़ा हो जाता है। धरती की सतह पर जल के स्रोत की पहचान करने वाले जानकार इस तरह के प्रयोग से अनुमान लगाकर बोरवैल खोदने की सलाह किसानों को देते हैं।

घने अँधेरे भरी रात में वही जाँचने के लिए सुरजू घर से निकल पड़ा था। घर से निकलते ही नारियल को उसने हथेली में रख लिया और हर एक-दो कदम के बाद रुककर देखता कि नारियल खड़ा हुआ या नहीं? चलते हुए निगाह नारियल पर होने के बावजूद उसे लगने लगता कि शायद नारियल में हलचल हुई। उसी क्षण ठहरकर खड़ा हो जाता, लेकिन नारियल हथेली पर ज्यों का त्यों पसरा हुआ था। वह फिर चलने लगता और अँधेरे में ठीक से न दिख पा रहे नारियल को फिर ठहर कर देखता। उसके कदम वट वृक्ष के नज़दीक उस जगह की तरफ थे जहाँ गाछ पात हटाया जा चुका था। आगे बढ़ते हुए उसे लगा कि हथेली पर रखे नारियल में मानो कोई हलचल हुई हो। ठिठककर रुक गया। नारियल अभी भी ज्यों का त्यों था। 'नहीं, थोड़ा-सा उठा हुआ है।' नारियल की स्थिति में उसे कुछ बदलाव-सा दिखा, लेकिन फिर उसे भ्रम मान वह आगे बढ़ने लगा। रुपेनदा ने जहाँ निशानदेही की हुई थी, वह वहीं खड़ा हुआ था। अंधेरे के बावजूद वह साफ़ देख पा रहा था कि हथेली पर नारियल एकदम सीधा खड़ा है। उसकी ख़ुशी का ठिकाना नहीं रहा। जो कुछ देख पा रहा है, वह एकदम सच है, उसको यक़ीन नहीं हो रहा था। नारियल को उसने हथेली पर लिटाना चाहा, लेकिन वह ख़ुद-ब-ख़ुद खड़ा हो जा रहा था। अब वह उस जगह से दूर हटकर वापसी के रास्ते पर लौटा और फिर से एक-एक कदम उस जगह तक चलने लगा। हथेली में लेटा हुआ नारियल हर अगले कदम पर उठता जा रहा था और निशानदेही पर पहुँचते ही एकदम सीधा खड़ा हो चुका था। ख़ुशी के पारावार में डूबा सुरजू अपने में नहीं था। अपने साथियों को सूचना दिए बग़ैर उसे चैन नहीं मिल सकता था।

रात की उस निस्तब्धता में भी अपनी तरह का आलोक था। सुरजू की आँखें उस उजाले को सोख कर दीप्त होना चाहती थीं। वह बेतहाशा दौड़ता चला जा

रहा था। जल्द से जल्द अपने प्रयोग के परिणाम से रुपेनदा को परिचित करा देना चाहता था। रुपेनदा से हो चुकी बहस ने उसके मन में अपराधबोध की ऐसी लकीर खींच दी थी कि उसको कैसे मिटाया जाए? 'लेकिन रुपेनदा ऐसा व्यक्ति नहीं, जिसने बुरा माना होगा।' एक क्षण को ऐसा सोचते हुए वह ख़ुद को अपराधबोध से मुक्त कर देना चाहता था, लेकिन दूसरे ही क्षण उसे लगता, 'पर श्यामल, प्रेमा और दूसरे तो माफ़ नहीं कर सकते', उसके भीतर विचारों की लड़ियाँ गुत्थमगुत्था हो रही थी। 'चाहे जो कोई भी कुछ कहे, पर मेरी छोटी-सी जिज्ञासा को उन लोगों ने ही तो तीखी बहस में बढ़ाया। मेरा उद्‌देश्य कोई रुपेनदा को कटघरे में खड़ा करने का तो नहीं था।'

मन भी अजीब चीज़ है जो एक पल को अहम से भर जाता है, लेकिन दूसरे ही पल विनम्रता की धूल पर लौटने लगता है। सुरजू की मन:स्थिति कुछ-कुछ ऐसी ही थी। उसे ख़ुद पता नहीं चला, कब वह श्यामल समद्दार के दरवाज़े के सामने आ खड़ा हुआ? बहुत उत्तेज़ना के उन क्षणों में भी सुरजू खुसफुसाहट की ऐसी सचेतता के साथ था कि श्यामलदा के दरवाज़े को खटखटाने पर कोई हो-हल्ला न हो। दरवाज़े की झिर्रियों में आँखें धँसाकर उसने आवाज़ दी—

"श्यामलदा, श्यामलदा!"

किसी अनहोनी की आशंका में श्यामलदा ने हड़बड़ाकर दरवाज़ा खोला और सामने खड़े सुरजू को बिना सुने एकतरफ़ा उस पर बरस पड़ा था। सुरजू के व्यवहार से वह वाकिफ़ था, 'बहुत ही खचेड़ू है। हर बात में कोई न कोई अड़ंगा लगायेगा। "तुझे जो करना है यार वो कर, चाहे मर चाहे जी, पर हमें तंग...।"

"ऐसा क्यों बोल रहे, श्यामल दा? यार, मैं तो यही बताने आया कि जल का स्रोत एकदम वहीं है जहाँ रुपेनदा ने निशान दिया है।" हाथ में पकड़े हुए नारियल को दिखाते हुए कहता रहा, "मैं अभी ठीक से जाँच करके आ रहा हूँ। चलो न श्यामलदा, एक बार तुम भी अपने से देख लो चाहे। हथेली पर रखा नारियल देखो कैसे खड़ा हो जा रहा वहाँ? उस तरह से नारियल वहीं खड़ा होता है, जहाँ ज़मीन के नीचे जल का स्रोत होता है। चलो न दा, एक बार चल कर देखो न, तब रुपेनदा और दूसरों को बताते हैं।"

"रुपेनदा दिन भर का थका है यार, उसे क्यों तंग करें? कलकत्ता से सामान लाया। पाइप बाँधा। अब उन्हें जगाना ठीक नहीं। मुझे तुझ पर, तेरे कहे पर भरोसा। तू बोल तो प्रेमा और आभास को उठाते हैं चलकर। यदि उनकी भी राय रही तो

ट्यूबवैल खोदना शुरू ही कर देते हैं न। सुबह जब तक रुपेनदा उठें, हो सकता तब तक स्रोत तक सूराख़ हो ही जाए।"

"हाँ, यह तो अच्छा रहेगा। रुपेनदा सो कर उठेगा तो कुल्ला करने के लिए एकदम ताज़ा खाबार जल देखकर चौंक ही जाएगा।"

सुरजू जिस तरह की उत्तेज़ना से भरा था, श्यामल के भीतर उससे कम उत्साह नहीं था। प्रेमा और आभास तो इसे अपने लिए अवसर ही मान रहे थे कि आलोकुठि को सज़ाने में उनका भी योगदान शामिल हो सकता है। अंधेरे को चीरती आलोकाठी की आग की रोशनी में वे काम पर जुट गए। कटर लगे पाइप के ऊर्ध्वाधर सिरे पर जो पटरा बिछा था, उस पर वज़न रखने से ही घूमता हुआ कटर ज़मीन की सतह में धँसकर काटना शुरू करेगा, सुरजू ने जब यह राय रखी तो दूसरे साथियों को लगा था कि कितना ही तो जानकार है यह सुरजू, जिसे उसके खचेड़ूपन के कारण वे बहुत ज़्यादा पसन्द नहीं करते थे।

नींद के आगोश से छिटक आए रुपेनदा को देखते ही सुरजू की आवाज़ में एक नया जोश तारी हो गया। श्यामल, प्रेमादास एवं आभास मंडल भी दुगने जोश में थे—

रुपेनदा चले आसुन[1]
जोल पाबो आमरा

संगीतमय धुन और पाइप के साथ रगड़ खाती लोहे की चेन की खनखनाहट ने आलोकुठि के प्रत्येक बाशिन्दे की नींद में ख़लल डाल दिया था। रुपेनदा के पीछे वे भी चले आ रहे थे। गीत के बोल बदल चुके थे। पसीने से चमचमाते बदन ही मानो लहर उठा रहे हों—

राईदा चले आसुन
जोल पाबा आमरा
रुक्मीदी चले आसुन
जोल पाबो आमरा

---

1. रुपेनदा चले आओ
हम जल पा जाएँगे

सबै के चले आसुन
जोल पाबो आमरा

ऐसा कैसे हो सकता था कि आने वाले लोग संगीत से एकदम निपट हों? सामूहिकता की वह आवाज़ उन्हें भी उद्वेलित कर चुकी थी—

पाबो पाबो
जोल पाबो
पाबो पाबो
माछ पाबो
पाबो पाबो
डीम पाबो

कोरस में सुरजू, श्यामल, प्रेमा और आभास थे—

माछ पाबो, डीम पाबो, जोल पाबो
आमरा

राईदा के लिए ख़ुद को रोकना सम्भव नहीं हुआ। स्वर से स्वर मिलाते हुए लीवर को धकेलते श्यामल को उसने मुक्त कर दिया था। रुक्मी के स्वर उसकी अभ्यर्थना में नया विन्यास गढ़ रहे थे—

राईदा ज़ोर ए राखुन
जोल पाबो आमरा[1]

अपनी संगीतमयी अभिव्यक्ति के साथ आभास को मुक्त करती रुक्मीदी ने लीवर की बाँह थाम ली थी। रुपेनदा के लिए भी अपने को शान्त रखना सम्भव नहीं हुआ—

रुक्मीदी ज़ोर ए राखुन
जोल पाबो आमरा

कब कौन आ जुटा और कब कौन संगीतमय हो गया, यह अनुमान लगाना ही मुश्किल था—

---

1. राई दा हिम्मत रखना
   हम जल पाएँगे

राईदा ज़ोर ए राखुन
जोल पाबो आमरा
रुक्मीदी ज़ोर ए राखुन
जोल पाबो आमरा
रुपेनदा ज़ोर ए राखुन
जोल पाबो आमरा

पाइप ज़मीन में धँसता जा रहा था और आलोकुठि के बाशिन्दों का हुजूम लोकमय हुआ जा रहा था। गोल घेरे में घूमते हुए वे गाते जा रहे थे और ट्यूबवैल खोदने में जुटे अपने साथियों का उत्साह बढ़ाते जा रहे थे—

बाघेर जीबन जोल
माछेर जीबन जोल मानुसेर
जीबन जोल गाछेर
जीबन जोल पृथ्वीरेर जीबन जोल[1]

उम्मीद की किरणें नज़र आने लगीं तो उनके उत्साह का ठिकाना न रहा—

माटी के पलटानो होबे
जोल पाबो आमरा
जंगल के सज़ानो होबे
जोल पाबो आमरा
पाखीगुलो के बचानो होबे
जोल पाबो आमरा
पुलिस के दौड़ानो होबे
जोल पाबो आमरा
खेया को लुकानो होबे
जोल पाबो आमरा[2]

1. बाघ का जीवन जल मच्छी का जीवन जल मनुष्य का जीवन जल
वृक्ष का जीवन जल पृथ्वी का जीवन जल
2. मट्टी को हटाना होगा, जल पाएँगे हम; जंगल को सहेजना होगा, जल पाएँगे हम; पक्षियों को बचाना होगा, जल पाएँगे हम, पुलिस को खदेड़ना होगा, जल पाएँगे हम; नाव को छुपाकर रखना होगा, जल पाएँगे हम।

न कोई रचनाकार, न कोई श्रोता और न ही कोई दर्शक। समवेत स्वरों की आवृत्ति में गूँजती साँसें ही सुनाई देने लगीं। वे कोई गीत नहीं गा रहे थे। सिर्फ़ अपने भीतर के उच्छवासों के साथ थे। उनकी साँसें संगीत की रस्सी पर चलते हुए लोकमय होती हुई थीं। भिन्न-भिन्न शाब्दिक अभिव्यक्तियों के बावजूद एकाग्रता का बिन्दु आलोकुठि के बाशिन्दों की जलमय इच्छा को विक्षेपित नहीं कर सकता था। प्रस्फुटित होते शब्द अपनी स्वतंत्र सत्ता स्थापित नहीं कर पा रहे थे। मन के भावों के अनुशासन में वे अपने होने और न होने के बीच डोलते हुए थे। रूढ़ अर्थों के साथ जारी उनका डोलना जल की चाह में तरल होता जा रहा था। पाइप ज़मीन में धँसता जा रहा था।

पुलिसिया वर्दी का आईन

नाकेबन्दी की स्थिति ने आलोकुठि में भुखमरी के हालात पैदा कर दिए थे। कुपोषण पाँव पसारने लगा था। लोगों के शरीर की ताक़त खत्म होती जा रही थी। तरह-तरह के रोगों ने आक्रमणकारी रूप धर लिया था। बच्चे और बूढ़े डायरिया और मलेरिया के शिकार होते जा रहे थे। उपचार के लिए औषधियाँ नहीं थीं। बीमारों की देखभाल कैसे की जाए और उपचार कैसे किया जाए, यह अपने आप में युद्ध से कम नहीं था। उलू की झाड़ियों के बीच उगने वाली जड़ी की तलाश में हर तरह की घास रोगी को खिलाई जा रही थी। जादू के-से प्रभाव पैदा होने से स्वस्थ हो जानेवाला, बेदम होने की हद तक अस्वस्थ पड़े अपने आत्मीय को तरह-तरह से उस जादू-पलांग के सत से स्वस्थ करने के उपाय करने को मजबूर था, लेकिन रोग से निज़ात मिल नहीं पा रही थी। बीमार और अशक्त हो चुके शरीर दम तोड़ने लगे थे। बिष्णु प्रिया की इकलौती बेटी, छह बरस की पारूल की साँसें थम चुकी थीं। दिबेन सरकार के बाबा, मनोरंजन सरकार को ख़ून की उल्टियाँ हो रही थीं और उसके प्राण भी अब निकले कि तब, अटके हुए थे। कभी सतजेलिया, कभी कुमिरमारी, कभी गोसाबा, जहाँ निकलना सम्भव होता, रुपेन हलदार लगातार दौड़ता जा रहा था। हर तट पर मानो उसने नावें छुपाई हों। ऐसी-ऐसी नाव, जिनको कोई देख नहीं सकता था। चौकसी करने वाले पुलिसवालों के लिए सम्भव नहीं था। वह शरीर नहीं ऊर्जा-भट्टी

था। उसके भीतर वास करती प्रेरणा के स्रोत की थाह पाना भी मुश्किल था। कहीं से दवा, कहीं से रसद और जहाँ से जो मिल सकता था, वह जुटान में लगा हुआ था। अपने भीतर के आवेगों से उसने आशंकित ख़तरों को भांप लिया था। निपटने के लिए वह स्वयं योजनाओं से भरा था। किसी सेना के कमांडर की तरह युद्ध की आशंकाओं से अपने सैनिकों को अवगत कराते हुए भी वह ज़रा भी भयभीत हुए बिना दुश्मन की चुनौती स्वीकारने के मनोबल से भरा था। आलोकुठि के बाशिन्दे उसके इशारों को समझने लगे थे। बिना सवाल किए कुछ भी करते जाने को तैयार थे। ज़हरबुझे तीर बनाए जाने लगे। हर जरूरी गतिविधि को समय से निपटाया जा सके, वह उस बवंडर की तरह आलोकुठि को कम्पाए था, जिसकी हलचल भर सुन लेने से तटवर्ती इलाक़ों में अफ़रा-तफ़री मच जाती थी। रुपेन हलदार तय कर चुका था कि अगर पुलिस किसी तरह का बल प्रयोग करे तो आलोकुठि के बाशिन्दे भी डट कर मुकाबला करें। पीछे नहीं हटें।

माँ को शोमेषवारी के जल पर यक़ीन था। माँ को भरोसा था कि रुपेन के भीतर भी शोमेषवारी जल ही बहता होगा। यक़ीनन, माँ का अनुमान ग़लत नहीं था। रुपेनदा पर माँ का भरोसा इस कदर बढ़ता जा रहा था कि कोई कह नहीं सकता था कि रुक्मी की मुसीबतें तो स्वामी की खोज का कारण थीं। माँ को ही कहाँ ध्यान रह गया था कि वह नीरेन्द्रनाथ बागची को खोजे। आलोकुठि की नाकेबन्दी और आए दिन घट रही पुलिस अत्याचारों की घटनाओं ने उसे विप्लवी बना दिया था। यह भी ध्यान कहाँ रह गया था कि रुपेनदा के ग़ुस्से की तुलना करते-करते भी वह बेटी बानी के भीतर बाबा के प्रति उपजी जिज्ञासाओं को खत्म ही नहीं कर पाई थी। किशोरपन की उम्र को फलांगकर जवानी की दहलीज पर पाँव रख रही बानी के भीतर बाबा अपराधी की तरह ही वास कर रहे थे। माँ को रुपेनदा के वे भाषण भी अपने दिल के क़रीब लगने लगे थे, जिसको आलोकुठि के बहुत-से लोग मज़ाक़ में कभी 'मुसीबत बढ़ाने वाले' भी कह ही देते थे। माँ डटकर सामने खड़ी हो जाती। "रुपेन तो हमारे दिल की बात ही कहता है।"

मज़ाक़ियों का क्या था, वे क्यों माँ की बात पर ख़ामोश हो जाते। कोई न कोई उसी वक़्त रुपेनदा से असहमति व्यक्त कर देता। उस वक़्त तो माँ के भीतर न जाने वह कौन-सी शक्ति और मेधा जाग जाती कि लगता ही नहीं एक नामालूम-से भूगोल, बीरीशीरी, की रहने वाली कोई अनपढ़ स्त्री थी। ऐसा लगता कि सांगठनिक दायरे की ज़िम्मेदारियों को निभाती कोई ऐसी कार्यकर्ता है, जो हर वक़्त साथी कामरेडों से

मुख़ातिब होना चाहती थी। किसी ऊँचे से स्थान पर चढ़कर वह रुपेनदा की तरह ही, बल्कि उनसे सुने हुए शब्दों को ठीक उन्हीं की तरह दोहराते हुए, भाषण देने लगती।

बानी को वह घटना अच्छे से याद थी जब माँ की साँस अटक गई थी और श्रीकान्त शाह दौड़ता हुआ पानी ले आया था, लेकिन लोगों ने श्रीकान्त शाह को इजाज़त नहीं दी कि वह रुक्मी को पानी पिला दे। श्रीकान्त शुनरी-शाह जाति से था। इस कारण ही उसके हाथ का पानी नामशूद्र भी पीने को तैयार नहीं थे। जाति श्रेष्ठता के इस रूप ने नामशुद्रों को भी शुनरी शाहों से श्रेष्ठ बनाया हुआ था। भट्टी में शराब उतारने वाले शुनरी जाति के शाहों को उन्होंने भी दलित क़रार दिया हुआ था। सुरापान करने वाले शुनरियों की यह दुर्गति मानवीय यंत्रणा की विचित्रता का ही परिणाम थी। भारद्वाज, कश्यप, मार्कण्डेय ऋषि, गार्गी ऋषि, शांडिल्य, नाग ऋषि, आनन्द ऋषि व बाना ऋषि जैसे अनेक गोत्रों वाली पहचान ने शुनरियों में भी विभाजन का जाति-जाल किसी जालिया केबट और हालिया केबट से कम नहीं। वे नहीं चाहते थे कि भद्र महिला को एक शुनरी अपने हाथ से पानी पिलाए, जबकि नमोशूद्र तक उसके हाथ से पानी पीने को तैयार न हों। हर तरह से साथ बनी रहने वाली रुक्मी मूर्छा की स्थिति में थी। उनके लिए वह बागची-बऊ ही थी। माँ प्यास से अकुलाती रही, लेकिन किसी ने भी श्रीकान्त शाह के द्वारा लाये गए जल को माँ के गले में नहीं उतरने दिया।

बाद में माँ जब होश में आई और उसे लोगों के व्यवहार की जानकारी मिली तो ग़ुस्से से लाल-पीली हो गई। ठीक उसी तरह, जैसे रुपेनदा की आँखें सातवें आसमान पर चढ़ जाती थीं। ग़ुस्से के उन क्षणों में भी माँ का वही रूप सामने था। लोग अवाक् होकर माँ को सुन रहे थे। "तुम मुझे विप्लवी, आतंकी, अलगाववादी कुछ भी कह सकते हो। मैं तुम्हारे कहे से अपने होने को नहीं देखना चाहती। मैं रुक्मी चंडाल हूँ। रुक्मी चंडाल ही रहना चाहूँगी। माना कि मेरा स्वामी भद्र मानुष बागची है, लेकिन अपने चंडालपन में ही मुझे मेरा सुख चाहिए। मेरी डोर आदर्श और नैतिकता को थामे है। किसी अदृश्य ताक़त के हाथ में बँधी नहीं है। कल्पनाओं से गढ़ लिए गए उसके नियम-क़ायदे मेरी कार्रवाइयों को तय नहीं करते हैं। मुझे प्रकृति पर यक़ीन है। उसकी भिन्नता को मानती हूँ। मानुषेर सारा जीबन ही भिन्नता के संघर्ष में मार-काट भरा होता है। जेई तर्क है। जीबनेर स्बाभिक अधिकार भी तभी पाया जा सकता है जब ऊँच-नीच के झूठे तख़्त भाँग दिए जाए। मानवतावादी बिचारसरणी से मेरा कोई लेना-देना नहीं। निजी स्वार्थों की आँच में ही मानवतावादी

एक तरफ़ तो प्रकृति की भिन्नता का राग अलापते हैं और दूसरी तरफ़ कहावतें गढ़ते रहते है कि 'बड़ी मछली छोटी मछली को खाती ही है'। ऐसा राग गाने वाली आवाज़ के मंसूबे प्रकृत्ति की भिन्नता का बखान नहीं हैं। उस धुँधलके को फैलाने वाली चालाकी है, जिनका लक्ष्य हर क्षण मुनाफ़ाख़ोरी होता है। मुनाफ़े की हवस के धुँए को फैलाकर ही हर किसी को अन्धा बना देना चाहते हैं। सबसे पहले और सबसे अन्तिम शत्रुओं में यदि कोई है तो यह मानसिकता ही है। इसके ख़ात्मे के साथ ही दुनिया में अमन चैन का मंज़र रचा जाएगा। अमन-चैन की दुश्मन मानसिकता को हथियारबन्द तरह से ख़त्म नहीं किया जा सकता, इस पर मेरा पूरा विश्वास है, लेकिन उसके हमलों से ख़ुद ख़त्म हो जाने की स्थिति आए, इससे पहले उस पर हमला करने के लिए हमें हथियारबन्द दस्ता तो होना ही होगा।"

रुपेनदा के ग़ुस्सैल व्यवहार के लिए माँ हर वक़्त सीख देती बानी को, "मत लगा कर मुँह इस पगलैट रुपेन के, न जाने कब दूध का उबाल हो जाए?" लेकिन उस वक़्त जो रूप माँ का था, कोई भी देख सकता था कि माँ कितना विश्वास करती थी रुपेनदा पर? करती भी क्यों नहीं? रुपेनदा था तो पहाड़ की तलहटी में बसे बीरीशीरी का गाँव बाशिन्दा। बीरीशीरी गाँव में माँ की साँस बसती थी। वहाँ से बहने वाली शोमेषवारी नदी माँ के लिए जीवन सूत्रों का आधार रही। सम्बन्धों की धार रही। जिस दिन पहली बार रुपेनदा से मुलाक़ात हुई, यह मालूम होने पर कि वह बीरीशीरी का छेले है, माँ के भीतर शोमेषवारी का जल छलछलाने लगा था। पहाड़ की तलहटी में बसे बीरीशीरी के बाशिन्दों का जीवन शोमेषवारी नदी के जल पर निर्भर था। दुर्गापुर से होकर बहने वाली शोमेषवारी नदी बीरीशीरी के बाशिन्दों के लिए भी अपना मीठा जल उलीचने में कोताही नहीं बरतती थी। बड़तला वाले भी उसके कृपापात्र बने रहते।

माँ के उस रूप ने वातावरण को सन्न कर दिया था। रुपेनदा उस वक़्त आलोकुठि में मौजूद नहीं था। होता तो यक़ीनन माँ को उस तरह से बोलते सुनकर उसका मन जलधाराओं से छप-छपा जाता। वह तो उस वक़्त गोसाबा के रास्ते कैनिंग और कैनिंग से कलकत्ता पहुँचकर अख़बारों के दफ़्तरों को खड़खड़काने निकला था।

आलोकुठि से कलकत्ता तक की भागदौड़ में जहाँ-तहाँ बिखरे पुलिसवालों को देखकर उसके लिए अनुमान लगाना मुश्किल नहीं था कि ज़ोर-ज़बरदस्ती बेदख़ली की कार्रवाई कभी भी शुरू हो सकती थी। कहाँ जाएँगे सब लोग? कहाँ रहेंगे?

अब तो वह ठिकाना भी नहीं, जो दंडकारण्य के उबड़-खाबड़ में आसरा था। ढेरों चिन्ताएँ उसे सता रही थीं। उत्तेज़ना का सागर उसके भीतर ज्वार पैदा कर रहा था। प्रकृति में एकतरफा घटने वाली अनहोनी की तरह उठते ज्वार के बाद आने वाले भाटे की कोई सम्भावना नजर नहीं आ रही थी। युद्ध के-से उस वातावरण में भी जनतंत्र को जगाए रखने वाले विचार उसका सहारा बने हुए थे। कलकत्ता में वह किसी को जानता नहीं था, फिर भी उसका विश्वास उसे दौड़ाए चला जा रहा था। उसे उम्मीद थी, अखबार उसकी बात सुनकर आलोकुठि में छेड़ दिए गए अघोषित युद्ध के विरुद्ध लिखकर सरकार को वस्तुस्थिति से अवगत कराएँगे ताकि शरणार्थियों के जीने का आधार सुरक्षित हो पाएँ। उसकी भागदौड़ बेशक निरर्थक-सी रही थी, लेकिन अनाम से अखबार में छपी एक छोटी-सी ख़बर ही उसके उत्साह को बढ़ाने में सहायक हो गई। उस उत्साह के दम पर ही उसने आलोकुठि वासियों को उम्मीदों के सपनों से भर दिया था। तमाम परेशानियों को झेलते हुए भी आलोकुठि वासियों का उत्साह जागने लगा था।

जनवरी मास के उस मधुर मौसम में मास्टर महाशय बच्चों को गणतंत्र की महत्ता बताने लगे थे। उस दिन तिरंगा लहरा रहा था और राष्ट्रगान गाते बच्चे ख़ुश थे। बारुड़ी मास्टर भी ख़ुशी के उस मौक़े को अपनी तरह से जी रहे बच्चों से यह कह कर नहीं छीन सकते थे कि 'चलो, पहाड़े सुनाओ'। उनके खेल खेलने पर चाहकर भी कोई पाबन्दी नहीं लगा सकता था। ख़ुशी का वह मौक़ा रंग में भंग हो जाएगा, इसकी तो कोई कल्पना ही नहीं कर सकता था।

बच्चों की निगाहें सातजेलिया जाने वाले घाट की ओर से आलोकुठि की ओर बढ़ती पुलिस नौका को ताकने लगी थीं। वे आश्चर्य चकित थे; पुलिस दल सीधे विद्यालय की ओर किसलिए चला आ रहा है? पुलिस की नौका के पीछे ही एक दूसरी नौका थी। वह भी घाट पर लग गई थी। हाथों में लाठी-डंडे लिए नौका सवारों का हुजूम भी पुलिस के पीछे-पीछे विद्यालय की बढ़ा चला आ रहा था। सबक याद न कर पाने वाले बच्चे भी गिन सकते थे कि वर्दी डाटकर बढ़े आ रहे वे कुल तीस सिपाही थे जबकि बिना वर्दी के उस हुजूम की गिनती करना मुश्किल था। राष्ट्रगान की समाप्ति के बाद बाँटी जा रही मिठाई की गतिविधि बाधित हो गई थी। पुलिस दल मास्टर महाशय से मुख़ातिब था। पुलिस वालों ने ही नहीं, उनके पीछे आए हुजूम ने भी मास्टर महाशय को घेर लिया था। वे मास्टर महाशय से कुछ पूछताछ कर रहे थे। दहशत से भरे बच्चे समय बीतने के साथ कुछ सामान्य होने

लगे थे, फिर भी बाल सुलभ चंचलता ग़ायब थी वरना वे उन क्षणों को मौक़े की तरह पाकर घाट पर लगी पुलिस की नौका पर चढ़ जाने के लिए दौड़ लगा चुके होते। सवाल-जवाबों की आवाज़ों का शोर बढ़ने लगा था। छुई-मुई के से प्रभावों में कँपकँपाता बचपन फिर दहशत से भरे लगा।

बढ़ते हुए शोर के साथ उठी बारुड़ी मास्टर की चीख़ मारती कराह ने बच्चों को सन्न कर दिया था। बारुड़ी मास्टर ज़मीन पर निढाल हो चुके थे। उनके सिर के इर्द-गिर्द बहता हुए लाल रक्त के चकत्तों के दिखाई देते ही बच्चों की चीख़-चिल्लाहटों ने पूरे आलोकुठि को अशान्त कर दिया था। विद्यालय की ओर दौड़े चले आ रहे निहत्थों पर पुलिस और उनके साथ आए हुए गुंडे हमलावर होकर पेश आ रहे थे। दहशत को झटक चुके बच्चों की जितनी पहुँच हो सकती थी, वे उतने वेग से हमलावरों पर पत्थरों से वार कर देना चाहते थे, लेकिन कारतूस भरी बन्दूक़ की गोलियाँ, पत्थरबाज़ी से दहशत में कहाँ आती भला? जंग जीतकर वापिस लौटती फौज की तरह हमलावर अपनी नौकाओं में लौटने लगे थे, लेकिन अपने मास्टर से प्यार करने वाले आलोकुठि के बच्चे शान्त नहीं हो सकते थे। अपनी नौका की ओर दौड़ रहे हमलावरों को मानो वे बचकर निकलने नहीं देना चाहते थे। निशाने चूक न जाएँ, वे हमलावरों के पीछे दौड़ते हुए वार कर रहे थे। नौका में सवार हो चुके हमलावरों को इस बात की भी शर्म नहीं थी कि उनकी हरकतें किस तरह से मासूमों के भीतर भी उनके लिए घृणा उपजा रही थीं। निर्लज्ज हँसी हँसते हुए वे गोलियों से पीछे को वार कर रहे थे। वेग से आती बन्दूक़ की गोली बच्चों के एक झुंड से गुज़र गई मानो बन्दूक़ें भी हमलावरों के साथ न होना चाह रही हों। उनके निशाने चूक रहे थे, लेकिन निताई मंडल के छेले पंचम की बगल से सनसनाकर निकलती वह कमबख़्त गोली पंचम की एक आँख को बाहर निकाल गई। दर्द से छटपटाता पंचम दलदले घाट पर लौटने लगा था। अपने प्यारे मास्टर बारुड़ी की हत्या करने वाले और मासूम पंचम को घायल करने वाले हमलावरों को आलोकुठि बचकर भागने नहीं दे सकता था। ज़हर बुझे तीर चलाने वाले लड़ाके डोंगियों पर सवार हो चुके थे। उनका अनुमान था कि हमलावर कुमिरमारी के किनारे-किनारे ही रायमंगल के रास्ते भागेंगे। डोंगियों को कुमिरमारी के घाट पर लगाकर वह दुश्मनों के गुज़रने की राह ताकने लगे। तेज़ गति से दौड़ती मोटर बोट में मौजूद हमलावर ख़ौफ़ज़दा था। ज़हर बुझे तीरों से वार करता आलोकुठि उन्हें इस कदर डराए था कि दरिया में जहाँ कहीं उछाल नजर आ जाता, उनकी बन्दूक़ की नलियाँ 'धाँय'

कर उठतीं। पुलिन बिस्बास की अगुवाई में कुमिरमारी के लड़ाकों का एक दस्ता भी श्रीहरन मुंडा की बाड़ी के रास्ते आलोकुठि के लड़ाकों का हमसफर होने के लिए पहुँच गया था। अपने बेटों, देबोजीत, कौशिक और श्रीहरन मुंडा को धकियाती उनकी माँ भी दहाड़ती हुई अपनी बाड़ी से बाहर निकल आई थी। कुमिरमारी के घाट पर चमकते धुनषों को देखकर हमलावर भयभीत हो गए थे। नौका को तेज़ से गति से दौड़ाने वाले चालक की साँसें हलक में अटकने लगी थीं। बगल में मौजूद अपने हमलावर साथी की बन्दूक़ को उसने उठा लिया था। 'धाँय' के साथ तेज़ निकलती गोली सीधे उस वीरांगना की छाती में धंसी थी, जो कायरों की तरह वार करने वालों को दहाड़कर अपनी गालियों से छलनी कर देना चाहती थी। पछाड़ खाकर दलदल पर रेंग रहे देबोजीत, कौशिक और श्रीहन मुंडा की माँ के शरीर ने लड़ाकों का ध्यान भंग कर दिया था। हमलावरों पर वार करने की बजाय वे माई की ओर दौड़ पड़े थे। हमलावरों के लिए वह सबसे सुखद स्थिति थी। नौका चालक ने गति को बढ़ा दिया था और सुरक्षित भाग निकलने में सक्षम हो गए थे।

बारुड़ी मास्टर और श्रीहरन मुंडा की माई की शहादत की वह कहानी गणतंत्र के जश्न का झूठ क़रार दे रही थी। आलोकुठि ही नहीं, कुमिरमारी भी गहरे सन्ताप में डूबने को मजबूर था। धारा 144 की घोषणा करते पुलिस के भोंपू ग़म में डूबे द्वीपों के बाशिन्दों को दहशत से भरने लगे थे। बारुड़ी मास्टर की हत्या ने रुपेन हलदार को भीतर से तोड़ दिया था। घायल पंचम की कराहटें निताई मंडल को अपने में नहीं रहने दे रही थी। ग़मग़ीन आवाज़ों का शोर आलोकुठि के बाशिन्दों को अशान्त किए था। कुछ ही रोज़ बाद आने वाली सरस्वती पूजा का जैसे किसी का ख़याल ही नहीं था। बेटे पंचम की बिगड़ती हालात निताई मंडल को परेशान तो कर रही थी, लेकिन संघर्ष को ही जीवन का पर्याय मानने वाले निताई मंडल को कमज़ोर नहीं बना सकती थी। निताई मंडल भीतर ही भीतर विचार मग्न थे।

बच्चे सरस्वती पूजा का पंडाल सज़ाने की ज़िद कर रहे थे। लोगों के भीतर भय व्याप्त था। गणतंत्र दिवस के रोज़ से चालू गोलीबारी ने आशंका पैदा कर दी थी कि कहीं पुलिस फिर से ही धारा 144 के उल्लंघन का आरोप लगाकर अपनी पर न उतर आए। निताई मंडल तय कर चुके थे कि बच्चों के उत्साह को वे ज़हरीले ख़यालों वाली पुलिस की ज़्यादियों के कारण ध्वस्त नहीं होने दे सकते। बारुड़ी मास्टर के न रहने के कारण बच्चे पढ़ने से वीरान हो गए थे। मास्टर के अभाव में स्कूल बन्द था। निताई मंडल ने तय कर लिया था कि अब से स्कूल मास्टर

की ज़िम्मेदारी वे ख़ुद निभाएँगे। जिसका अपना बच्चा तकलीफ़ में हो, वह दूसरे को बच्चों की चिन्ता में शामिल हो रहा हो, यह बात ही आलोकुठि की निराशा को खत्म कर देने के लिए काफ़ी थी। निताई मंडल के फ़ैसले ने निराशा में डूबते जा रहे आलोकुठि को उबरने का रास्ता दिखा दिया था। बच्चे अपने नये मास्टर निताई मंडल को पाकर ख़ुश थे। उन्हें उम्मीद थी कि अब तो सरस्वती पूजा का पंडाल भी ज़रूर ही लगेगा। बच्चों की उम्मीदें बनी रहें, मास्टर महाशय ने तपोवन संघ के ठीक सामने वाली जगह पंडाल के लिय तय कर ली।

"पूजा-अर्चना बाद की बात है, बच्चों को पहले विद्या की देवी सरस्वती से परिचित तो कराया जाए, निताईदा।" अपने ग़म से उबर कर बाहर आ चुके निताई मंडल को इस तरह स्कूल और दूसरी गतिविधियों में सक्रिय देखना रुपेन हलदार को अच्छा तो लगा, लेकिन धार्मिक अनुष्ठान के लिए की जाने वाली कार्रवाई उसे चुभ रही थी। न चाहते हुए भी वह अपने को ख़ामोश नहीं रख पाया था। रुपेन हलदार के विचारों से वाकिफ लोगों को भी उसका इस तरह पेश आना ठीक नहीं लग रहा था। मास्टर निताई मंडल के साथ मिलकर वे पंडाल सज़ाने में जुट चुके थे। जोश से भरे वे सभी युवा मस्तिष्क थे। धर्म ध्वजा फहराने की बजाय कलात्मक संस्कारों के लिए मिथकीय चरित्र और अनुष्ठान को माध्यम की तरह इस्तेमाल करना चाहते थे, बिलकुल उस तर्ज़ पर जो आधुनिक विचार के आवरण में दुर्गा पंडालों की सजधज वाली संस्कृति का रूप धरकर कुछ वर्षों से कलकत्ता को गमकाए जा रहा था। निताई मंडल की जगह, जवाब शुभोजीत धानी ने दिया था—

"वही होगा, रुपेनदा। आप अपनी चिन्ता-भावना अपने पास रखो।"

शुभोजीत के कहने में जो भाव था, उसे रुपेन हलदार ने ही नहीं पकड़ा बल्कि राईहरन गोलदार ने भी महसूस कर लिया था। हालाँकि रुपेन हलदार और राईदा के सोचने-समझने में जो अन्तर था, शुभोजीत उसी की मुखरता था, लेकिन हर वक़्त आलोकुठि के लिए बेचैन रहने वाले रुपेन हलदार के प्रति शुभोजीत का उपेक्षा के उस भाव के साथ पेश आना राईदा को अच्छा नहीं लगा था। बात बिगड़े नहीं, सँभालते हुए उन्होंने एक हल्की-सी घुड़की शुभोजीत को लगाई थी, "ए शुभोजीत, ऐसे गोल-गोल न बोल। रुपेन कोई तुम्हें कारज करने से थोड़ी रोक रहा? उसको नहीं मालूम तुम क्या कर रहे, तो अच्छे से बताओ न उसे पंडाल की थीम?"

"कुछ भी थीम रख लो राईदा चाहे, धार्मिक अनुष्ठान, धार्मिक अनुष्ठान ही होता है। जाति श्रेष्ठता के स्थापत्य उस थीम में छुप नहीं पाते हैं। बाक़ी आप लोगों

की मर्ज़ी, जो करो। मेरा कोई ऐसा विरोध नहीं कि आप पंडाल न बनाएँ। बस, यही कहना है कि संवेदना को बिखरने के लिए कला-विधाओं को साधने वाली ऐसी कोई भी गतिविधि हमारे बच्चों को कोई नया संस्कार नहीं दे सकती है। कर्मकांड को नये रूप में बरतने का सुख बेशक दे।"

झंझट-झमेले में उलझने और लोगों को रुष्ट करने की बजाय रुपेन हलदार ने वहाँ से चले जाना ही उचित समझा था। उसका ध्यान तो पुलिस की कार्रवाई पर था, जो आलोकुठि की नाकेबन्दी के लिए नये से नये तरीक़े अपनाती जा रही थी।। वह देख पा रहा था, पुलिस-प्रशासन जनहितों की हिफ़ाज़त का तंत्र नहीं, बल्कि परेशानियों के कुचक्र के पहियों को धकेलते रहने वाली ताक़तों का हल्ला था। रोज़ की पुलिसिया-गश्त ने किसी भी तरह के भ्रम को मिटाने में उसकी मदद की थी। लड़े-मरे बग़ैर पुलिस की ज़्यादतियों से निपटा नहीं जा सकता। परेशानी के समय सहारे के तौर पर दिखाई देने वाली रुक्मीदी ही उसका अन्तिम आसरा थी।

मौसम सुहावना था, लेकिन जंगल की ओर से लौटती माँ-बेटी के चेहरों पर नफ़रत के शोले भड़क रहे थे। बानी की आँखें तमतमाई हुई थीं। रुपेन हलदार को देखते हुए भी उनमें वह चमक नहीं उभरी थी, कितनी ही कठिनाइयों में भी जो हसरत के साथ मुस्कराती हुई नजर आती थी। दोनों की चाल में तेज़ी भी इस कदर थी, जैसी उससे पहले कभी नजर नहीं आई थी। ज्वार के उफ़ान-सी फुँफकार के साथ चली आ रही रुक्मीदी को देखकर रुपेन हलदार को ख़याल ही नहीं रहा वह क्यों आया था?

"क्या हुआ, रुक्मीदी?"

"अब होने को रह ही क्या गया, भाई? मेय (लड़की) जवान हो रही, यह होना ही गुनाह हो गया, बस।..."

रुक्मीदी की पहेलियों भरी बात को समझना रुपेन हलदार के लिए मुश्किल हो रहा था। कोई भी सूत्र उसके हाथ नहीं लग रहा था कि वह अनुमान लगा पाता, क्या घटा होगा? ज्वार-भाटे के बाद ढलान की ओर सरकती हुई दलदल की तरह ग़ुस्से और लाज से झुके चेहरे के साथ बानी झोंपड़ी के भीतर चली गई। आँखों में ढलक आए आँसुओं के बावजूद ग़ुस्से में भरी आवाज़ के साथ रुक्मी दी ने जो कुछ बताया, उसने रुपेन हलदार को भी आपे में नहीं रहने दिया। वश चलता तो वह उसी वक़्त पुलिस फाड़ी की ओर जाकर उस पुलिस अधिकारी का क़त्ल कर देता, जिसकी झलक ने तो रुक्मीदी के भीतर आत्मीयता जगाई, लेकिन जिसकी

हरकतों में रुक्मीदी की जवान मेय, बानी के लिए अश्लीलता के भाव थे। कद-काठी और चलने-बोलने के अन्दाज़ में नीरेन्द्रनाथ बागची की झलक को पाकर ही पेड़ पर चढ़कर सूखी डालों को झाड़ रही बेटी को माँ ने हड़बड़ाकर नीचे उतरने के लिए उकसाया था।

"ए बानी, नीचे आ, नीचे आ रे। देख-देख, बिलकुल ऐसे ही दिखते हैं तेरे बाबा। ऐसे ही चलते हैं बिलकुल, जैसे कुमिरमारी के प्रधान के साथ इधर को ही आ रहा वो पुलिसवाला।"

बाहर को निकली हुई डाल से छलाँग लगाकर बानी नीचे उतर आई थी। फुल्लर मंडल के साथ जंगल से आ रहे पुलिस अधिकारी की निगाहें वाचाल थीं। बानी के बदन पर फिसलती उसकी निगाहों में वासना का सागर उछाल ले रहा था। बानी की निगाहें शर्म से झुक गईं। रुक्मी जिस व्यक्ति में अपने स्वामी की छवि को देख पाई थी, उसकी आँखों में अपनी ही बेटी के लिए अश्लील भावों को पाकर बरदाश्त करना मुश्किल था। रुक्मी की आँखों में उभरते क्रोध के भावों को उस शख़्स ने पहचान लिया था। वर्दी में होने के बावजूद उसे अपने पुलिसिया रूप में आने में देर नहीं लगी।

"क्या कर रहे तुम लोग यहाँ? कौन हो? मालूम नहीं यह प्रतिबन्धित क्षेत्र है?"

रुक्मी कुछ कहती, पुलिस अधिकारी के साथ चल रहा फुल्लर मंडल उससे पहले ही बोल पड़ा, "ये आलोकुठि के लोग हैं, बागची साहब। वो पाकिस्तानी—रुपेन हलदार के लोग।"

फुल्लर द्वारा पुलिस अधिकारी के लिए किए सम्बोधन और और रुपेन हलदार के परिचय को सुनकर एकबारगी रुक्मी ठिठक गई। जुबान हलक में अटककर रह गई।

"आलोकुठि के लोग!!!...," पुलिस अधिकारी ने एक लम्बा अट्टहास लिया। "...कौन-सा आलोकुठि, मंडल महाशय? ज़बरदख़ल चलेगा नहीं अब। ऐ लड़की इधर आओ। तुम लोग चलो मेरे साथ। मालूम होना चाहिए, प्रतिबन्धित क्षेत्र में बिना आज्ञा प्रवेश आइन में जुर्म है। तुम लोग अपराधी हो।" पुलिस अधिकारी बानी की ओर लपका था। बानी तो पहले ही शर्म से गड़ी जा रही थी। बानी की ओर बढ़ते पुलिस अधिकारी को ललकारती रुक्मी झपटकर टूट पड़ी थी।

"साबधान। साबधान..." उसकी आवाज़ में क्रोध से फुँफकारती बाघिन की सी दहाड़ थी। "...साबधान। जो जोआन मेये को हाथ लगाया तो।" लकड़ी के

गट्ठर से खींच ली गई लाठी के साथ वह तन कर खड़ी थी। अप्रत्याशित स्थिति ने पुलिस अधिकारी को डगमगा दिया। उसे लगा कि मानो रुक्मी ने उसे धक्का दिया हो। पाँव लड़खड़ा गए। साथ चल रहे फुल्लर मंडल ने ऐसे सहारा दिया मानो गिरने से बचा रहा हो।

"अच्छा तो यह बात...!!" बौखलाए हुए पुलिस अधिकारी ने जेब से सीटी निकाली और इतनी ज़ोर से फूँक मारी कि पूरा जंगल थरथर्रा गया। सीटी की आवाज़ आलोकुठि में बनाई गई पुलिस फाड़ी के पुलिस वालों ने भी सुन ली थी। लाठी-डंडे और हथियार उठाकर वे उस ओर को भाग लिए थे, जिधर आवाज़ आई थी। पुलिस अधिकारी की सीटी ने रुक्मी को चेता दिया। जैसे भी हो, भाग निकले। बानी का हाथ पकड़कर वह आलोकुठि की ओर दौड़ पड़ी थी।

ग़ुस्से की दहाड़

पंडाल सज चुका था। अनुष्ठान में जुटे आलोकुठि के बाशिन्दे ख़ुश थे। निताई मंडल के साथ खड़ा रुपेन हलदार ख़ामोश था। पुलिस द्वारा की जा रही ज़्यादतियों से कैसे निपटा जाए, वह उस वक़्त भी विचार मग्न था। पुलिस अधिकारी के साथ घटी घटना ने बानी को अचानक से इतना वयस्क बना दिया था कि वह किसी भी सार्वजनिक जगह से ग़ायब रहने लगी थी। तरह-तरह से पुलिस के सिपाही रोज़ कोई न कोई परेशानी खड़ी करने पर आमादा थे। पुलिस नाकेबन्दी का घेरा ज़्यादा कसता जा रहा था। यह समझना मुश्किल नहीं रह गया था कि पुलिस-प्रशासन जनहितों की हिफ़ाज़त का तंत्र नहीं बल्कि परेशानियों के कुचक्र के पहियों को धकेलते रहने वाली ताक़त का हल्ला है। हालात की मार को झेलते लोग ऐसे में भी अनुष्ठान की ख़ुशियों के साथ थे, यह देखना रुपेन हलदार को अच्छा लग रहा था, लेकिन बानी की अनुपस्थिति उसे खल रही थी। भीतर के ख़ालीपन को उलटने के लिए वह बच्चों से मुख़ातिब था—

"सिर्फ़ अपनी-अपनी पाठय-पुस्तकों के साथ ठाकुर प्रतिमा के आगे नतमस्तक रहो, इतने भर से सरस्वती माँ की पूजा नहीं होती।" जीवन में कला साहित्य की ज़रूरत क्यों है और उसको हासिल करने लिए क्या-क्या करना आवश्यक है, वह

बच्चों को आख्यान बाँचना चाहता था। लेकिन उस वक़्त उसके दिमाग़ में कुछ और ही चल रहा था। राशन की कमी के कारण भूख से बिलखलते बच्चों के दुःख से निपटना ज़्यादा बड़ी चुनौती थी। दवा के अभाव में दम तोड़ते आलोकुठि वासियों का ख़याल उसकी स्थायी चिन्ता बना हुआ था। राष्ट्रीय पर्व के आयोजन वाले रोज़ से ही पुलिस ने जिस तरह से चौकसी को बढ़ा दिया था, उसके कारण हालात और भी गम्भीर होते जा रहे थे। सरस्वती पूजा पंडाल में जुटे लोगों की भीड़ पर निगाह रखे हुए पुलिस के सिपाही पूरी तरह से मुस्तैद थे। रुपेन हलदार का मानना था कि पुलिस सामाजिक-धार्मिक पर्व को बिना अवरोध के मनाने नहीं देगी, लेकिन अभी तक ऐसा कुछ भी नहीं घटा था। पूजा अनुष्ठान की प्रकिया पूर्ण हो चुकी थी। बच्चे गान गाने लगे। साज-बाज बजने लगे। बाँसुरी का स्वर ग़ायब था। प्रेमानन्द की खोज होने लगी। प्रेमानन्द ख़ूब मीठी बाँसुरी बजाता था। उसकी बाँसुरी की धुन पर दूर पाखिरालय के जंगल तक के पक्षी भी आलोकाठी के जंगल की और उड़ान भरने लगते थे। नदियों की अतल गहराई में तैरती मछलियाँ भी नदी के उस घाट के तिकोन तट पर आकर ठहर जाती थीं, जहाँ से आलोकुठि के भीतर घुसने वह गुप्त रास्ता था, पुलिस की निगाह जिस पर अभी तक भी नहीं पड़ी थी। नाकेबन्दी के बावजूद उस घाट से ही रुपेन हलदार और आलोकुठि के बाशिन्दे पुलिस की आँखों में धूल झोंकने में कामयाब थे। मदद की रसद उन रास्तों से ही पहुँचती थी। ढूँढ़ने वालों ने प्रेमानन्द को आवाज़ें देकर भी पुकार लिया था, लेकिन न तो बाँसुरी की आवाज़ ही सुनाई दी और न ही प्रेमानन्द किसी को मिला। सुरजू और रुपेन हलदार को समझने में देर नहीं लगी कि प्रेमानन्द कहाँ हो सकता है? 'निश्चित ही अपनी योजना के मुताबिक वह उस तिकोन घाट पर ही होगा।' प्रेमानन्द ने योजना बनाई हुई थी कि जब सारे लोग पंडाल में होंगे तो पुलिस की आँखों में धूल झोंकना आसान होगा। रुपेन और सुरजू को उसने तैयार किया हुआ था—

"उस वक़्त खेया लेकर कुमिरमारी जाया जा सकता है। मैं घाट पर रहूँगा, तुम लोग भी चुपके-से आ जाना। खेया लेकर निकलेंगे। पुलिन दा ने कहा है, औषुध और राशन-पानी वे पहले ही जुटा कर रखेंगे। तुरन्त ही लौट आएँगे, पुलिस से निपटने के लिए अनुष्ठानवाला दिन ज़्यादा सुरक्षित रहेगा।"

रुपेन हलदार ने देखा कि प्रेमानन्द का अनुमान एकदम सही था। पुलिस के ज़्यादातर सिपाही पूजा पंडाल से कुछ दूर ही घेरा डाले थे। सुरजू को वहाँ से निकलने का इशारा करते हुए रुपेन हलदार घाट की ओर को निकल गया। आँखों ही आँखों

में रुपेन और सुरजू के बीच हुई बातें, रुक्मीदी की निगाहों से छुपी नहीं रह सकी थीं। हर गतिविधि में बढ़-चढ़कर हिस्सा लेने वाली उस बहादुर महिला को यह समझने में देर नहीं लगी कि वे दोनों कहाँ निकल सकते थे? 'ज़रूर कोई योजना होगी।' यह सोचकर ही वह सीधे खेया-घाट पहुँच गई थी। पुलिसवाले भीड़ का क़त्ल कर सकते थे, लेकिन जोखिमों से खेलने वाले उन बहादुरों का क़त्ल करना उनके बूते की बात नहीं थी। वे ट्यूबवैल उखाड़ सकते थे, मीठे पानी के स्रोत नहीं। वे जो कुछ कर सकते थे, उसका फलक इतना विस्तृत हो सकता था कि दहशत फैला सकता था, लेकिन छोटी-सी उम्मीद को ध्वस्त करना उनके वश की बात नहीं। सुरजू, रुपेन, प्रेमा और रुक्मी जोखिमों से खेलने वाले जुझारू मानुष थे, भीड़ नहीं। एक विचार थे, मंच से दोहराया जानेवाला कोई झूठ नहीं। उनकी ध्वनि गीत की बन्दिशों और स्वर-लय में वास करती थी। घाट में मौजूद प्रेमानन्द बाँसुरी फूँक रहा था। खेया तैयार थी। प्रेमानन्द का सुझाव था, "रुक्मीदी वहीं पंडाल में रुकें हो न हो, पुलिस कोई बखेड़ा ही कर दे। कोई तो हो मामले को सँभालने के लिए।"

"लेकिन अब अकेले लौटना भी तो ठीक नहीं रुक्मीदी का। पुलिस ने देख लिया कि कहाँ से लौट रही है तो फिर सामान लेकर हमारा लौटना भी मुश्किल हो जाएगा।"

एक ही रास्ता था कि दो-दो के रूप में खेया पर चढ़ जाएँ। रुपेन ने डांड सँभाली और सुरजू को खेया में खींचकर आगे बढ़ गया। दूसरी खेया की खेवनहार रुक्मी हो गई और प्रेमानन्द दास ने बाँसुरी की तान छेड़ दी। धूप तेज़ थी, लेकिन बहती हुई हवा तपिश का अहसास नहीं होने दे रही थी। बेफिक्री भरे अन्दाज़ में चारों बहे जा रहे थे। वे नहीं जानते थे कि पुलिस अधिकारी की निगाहें तो पिछले कुछ दिनों से लगातार ही रुक्मी का पीछा कर रही थीं। पंडाल से निकलकर घाट की ओर जाते हुए भी देख लिया था, लेकिन वह जल्दबाज़ नहीं था। उसके इतमीनान के लिए नदी की जलधाराएँ भी सीमा थीं। इसीलिए तुरन्त पीछे-पीछे नहीं लगा। कुछ ठहरकर वह भी अकेला ही उस दिशा को निकल आया था। इधर वह घाट में पहुँचा था, उधर कुमिरमारी के घाट पर पुलिन बिस्बास मदद के लिए पहुँची हुई खेया में माल चढ़वा रहा था। सूंघने वाले कुत्ते की तरह तीक्ष्ण बुद्धि वाले उस पुलिसिया अधिकारी को समझने में देर नहीं लगी कि माजरा क्या था? दौड़कर वह पुलिस फाड़ी की ओर लौटा था। हथियारों से लैस पुलिस के एक दस्ते को अपने साथ लेकर उसने घाट को पूरी तरह से घेर लिया था। मदद की सामाग्री को लेकर

चल रही दोनों खेया अभी बीच दरिया में थीं कि 'धाँय' की आवाज़ के साथ छूटी हुई गोली निशाना साधती हुई सीधे डांड फटकती रुक्मी के माथे के आर-पार हो गई। प्रेमानन्द की समझ नहीं आया कि क्या हुआ? डांड के साथ झुकी हुई रुक्मी के माथे से निकली रक्त की धार पूरे चेहरे पर फैल चुकी थी। गोली की आवाज़ के साथ चौंकते हुए निकली सुरजू की चीख़ ने उफ़ान मारकर बहते दरिया को निहारते रुपेन हलदार को भी ख़ामोश कर दिया था। प्रेमानन्द ने झट-से डांड सँभाल ली थी और खेया को घाट में ले जाने की बजाय वह बहाव के साथ-साथ दौड़ाने लगा था। रक्त से भरी उस नौका पर गोलियाँ बरसना जारी रहीं। रुपेन हलदार भी प्रेमानन्द का अनुसरण करते हुए खेया को दौड़ाता रहा। गोलियों की मार से वे बेशक बाहर थे, लेकिन आलोकुठि पहुँचना मुश्किल था। न जाने वह कैसा तंत्र था, जिसने पंडाल में खलबली मचा दी थी। खुरपी, कुदाल और लाठियों के ज़ोर से लड़ने वाली भीड़ पर आँसू गैस के गोले बरसने लगे, लेकिन वह डर कर जान बचाने वालों की भीड़ नहीं थी। चीख़-चिल्लाहटों का समुद्र होता लड़ाकुओं का दस्ता था। गोलियों से ख़ौफ़ खाकर डर जाने में उनका यक़ीन नहीं था। पुलिस के सिपाहियों की हिम्मत नहीं थी, सीधे उनसे जा टकराते। वे सातजेलिया की ओर जाने वाले घाट पर आ डटे थे। जान बचाने के लिए बीच दरिया में इधर से उधर दौड़ रहे अपने जांबाज़ों को वे अकेला नहीं छोड़ सकते थे। दूर से ही हमलावर हो रहे पुलिस के सिपाहियों को एक तय सीमा में रोके रखने में वे माहिर थे।

रुक्मीदी का शरीर डोंगी में ढुलका हुआ था। भीतर से पस्त प्रेमानन्द ने डोंगी को घाट लगा दिया था। मदद की गठरियों को लादे रुपेन हलदार की खेया भी घाट पर लग गई थी। मदद के सामान को उतारने की सुध किसी को नहीं थी। खेया में बेजान पड़े रुक्मी के जिस्म ने गहरा सन्नाटा बो दिया था। समानों की गठरी का सहारा पाई डांड में ठहरे हुए सिर को उठाए, आकाश को ताक़ती रुक्मीदी की आँखों की पलकों को झुकाने की कोशिश करते हुए खेया में ही ठहर गए प्रेमानन्द को सहारे देने तक की ताक़त किसी में नहीं थी। खेया को साथ ही लगाकर हौले से प्रेमानन्द की खेया में पाँव बढ़ाते रुपेन हलदार की आँखें भीगी हुई थीं। धाड़ मार कर रोने को मजबूर सुरजू ने प्रेमानन्द दास के कन्धे को इतने क़रीब से छुआ था कि बिजली की-सी संवेदनाओं में तीनों साथियों सिर साथ आ मिले थे। गहरी सिसकारियों को भरते राइहरन गोलदार, श्यामल और आभास को पता ही नहीं लगा कि किसने उन्हें स्वत: ही रुक्मीदी के शरीर को घाट पर उतार लेने के लिए उकसा

दिया। दुःख और ग़ुस्से के मिले-जुले भावों में घाट दहाड़ रहा था। दूसरी ओर के द्वीप से रोने, चिल्लाने, पुलिस वालों को गलियाने और दहाड़ने की आवाजें थीं। आर-पार के घाटों के बीच बह रहा पानी उन दहाड़ों की कम्पन पर उछाल मार रहा था। पुलिस वाले अपनी बन्दूक़ों के साथ अपने ठिकाने में सुरक्षित लौटने में ही ख़ैर मना सकते थे।

राफ़ी राप्तान का हुनर

आलोकुठि के बांशिदों को आदेश हो गया था, 'द्वीप ख़ाली कर दें।' लेकिन वह प्रकृति का कहर नहीं था।

ज्वार के साथ उठनेवाला जल कब प्रलय की हिलोर ले ले, वैसे भी कौन जानता था? कब कौन द्वीप समुद्र हो जाए? अनिश्चितता तटीय जीवन की सार्वभौमिक सच्चाई है। ब्योला-कोला का बवंडर एक प्राकृतिक घटना-क्रम था, रोज़ के उछाल से बस्तियों में बिखेरने वाले खारेपन की बजाय, जिसने पूरे सुन्दरबन क्षेत्र को ही खारे समुद्र में समेट लेने की उछाल भरी थी। भूगोल को बाँटती अदृश्य रेखाओं का अतिक्रमण करता हुआ। क्या वार, क्या पार, लेकिन वह मारक उछाल, विभेद बरतती हुई नहीं थी। उस अन्धड़ ने तो आलोकुठि के बाशिन्दों को चेता दिया था कि अपना डेरा-डफ़रा नदी से दूर, जंगल के भीतर ले जाएँ। यह समझ दी कि गरान गाछ और बूढ़े बाँसों के झुरमुट से लगती झाड़ियों के घनेपन को साफ़ कर लें। वहाँ बसावट करें।

रुपेन हलदार के उत्साह को वह अन्धड़ भी खत्म नहीं कर सकता था। अकेले ही कलकत्ता गया था और जो भी ज़रूरी सामान था, लेकर लौटा था। लोहे के पाइप और तिरपाल। आलेकुठी में छप्पर खड़े करने के लिए जो उपयोगी हो सकता था, सब कुछ। मतला में डोल रही नाव पर रखे तिरपाल ख़ुद ही खुल जा रहे थे। डोलती हुई नाव को सँभालना मुश्किल हो रहा था। उड़ते हुए तिरपालों को साथी यात्री भी पाँवों के ज़ोर से रोक पाने में असमर्थ हो रहे थे। हवा में लहराते तिरपाल खुले पाल वाली नाव का मंज़र खड़ाकर दे रहे थे। टक्कर मारती हवा नाव की दिशा को बदल दे रही थी। नाविक सकते में था कि घाट पर कैसे लगाए? तिरपाल के

लहराते कोने, हवा को 'सटाक-सटाक' पीट रहे थे। लोहे के पाइप यदि गट्ठर में बँधे न होते तो सँभालना मुश्किल था। बंडल अच्छे से बँधा था। पाइपों के छिटक कर सरक जाने की आशंकाएँ लेकिन तब भी बनी हुई थीं। उस अकेले की क्या बिसात थी कि तूफान से टकरा पाता? तारीफ़ तो टिपली घाट के उस मल्लाह की थी, जो खेवनहार था। अन्धड़ के शुरू होते ही बीच दरिया से नौका को सही सलामत घाट पर लौटा लाया था वरना कौन ज़िन्दा बच पाता? क्योंकि अन्धड़ तो हर तरफ मौत का हाहाकार फैलाता हुआ था। कितनी ही जानें गई? कितने ही मवेशी? तटों की बसावटों का पता ही नहीं चला। सवाल पूछने वाले कितने ही समय तक पूछते रहे, कहाँ गए वे लोग और उनकी झोंपड़ियाँ? लोहा-लंगड़ लादकर चल रही नाव जब विद्याधरी में ही हिचकोले खाने लगी तो राफ़ी राप्तान को समझ आ चुका था कि बहाव के विरुद्ध जाने वाले मार्ग में आगे बढ़ना ख़तरे को आमंत्रण देना ही होगा। गोदख़ाली घाट पर वापिस लौट आने में यात्रियों ने भी शुक्र मनाया था। बरसते मेघों से बचने के लिए घाट से छिटककर खड़े हुए गाछ-वृक्ष भी कोई मदद करने में सक्षम नहीं थे। शालीनता से भीगने के लिए उनकी ओट में होने सुकून से कम नहीं था।

नौका को तट पर लौटाता मल्लाह ही जानता था उस तूफान की तीव्रता। तूफ़ानी हवाएँ उस वक़्त से ही बहनें लगीं थीं जब माल को नाव पर चढा़या जा रहा था। प्रलय की उस घड़ी से पहले ही विद्याधरी को पार कर चुके यात्रियों को भी तूफ़ान ने आगे बढ़ने से रोक दिया था। गोसाबा ही कोई अन्तिम द्वीप तो न था। उसके बाद भी तो दरिया थे, द्वीप थे। डेनियल हेमिल्टन का बंगला और उसके आस-पास का मैदान ही उस वक़्त यात्रियों की शरणगाह रहा। बन्द किवाड़ों के साथ वर्षों से उदास वह बंगला ख़ुद ही आवाज़ लगा रहा था। मदद की उतावली में ही मानो उसने अपने पाँव ऊपर उठाए हुए हों और नीचे की ख़ाली जगह पर छत बन कर छा गया हो। डेनियल महाशय के न रहने के बाद उस जागीर के ख़ैरख़्वाह और ट्रस्ट की ज़िम्मेदारी निभा रहे भद्र मानुषों के भ्रष्टाचार के कारण क़ानूनी रूप से बन्द पड़ा बंगला एक क्षण को मुस्करा उठा था। जाले और अँधेरे से भरा उसका भीतर भड़भड़ाकर द्वार को खोलने की हिमाक़त कर रहा था, लेकिन भीतर जाना कोर्ट-कचहरी का मामला हो सकता था, वह ख़ुद भी जानता था। कोर्ट-कचहरी का मतलब, मुसीबत का दुष्चक्र। बंगले की दीवारों पर चिपकी उदासी, जो लोगों के मामूली स्पर्श से भी उखड़ने के लिए आतुर थी, भीतर जाने से रुके हुए पाँवों

के कारण पपड़ी के रूप में लटकी रही। बंगले के लिए यह बात आश्वस्तकारी थी कि ज़मीनी तल के ओने-कोनों तक ठुँसे यात्रियों की मदद के लिए उसके क़रीबी मंडल पाड़ा के लोग स्वयं तत्पर थे। रास्ता—घाट में फँसे यात्रियों की मदद करने को उन्होंने अपना धर्म मान लिया था। बेसहारा लोग भूखे-प्यासे न रहें, अपने सुरक्षित अन्न-भंडारों को उन्होंने पूरी तरह से खोल दिया था। रागाबेलिया, आरामपुर और पाखिरालय के बाशिन्दों ने भी सेवादारी के उस अवसर को हाथ से नहीं जाने दिया। वर्षा और हवा के थपेड़ों के बावजूद मंडल पाड़ा वालों के साथ वे भी मदद में आ जुटे थे। तूफान के उतरने तक शरण पाये यात्री वहीं बने रहे। वह समुद्री तूफान था, कोई सत्ता द्वारा रचा गया व्यूह-चक्र नहीं।

आलोकुठि के बाशिन्दे जानते थे कि प्रकृति कोई विभेद नहीं करती। तूफान से घबराने की बजाय वे अपने साथी रुपेन हलदार की सलामती के लिए चिन्तित थे। उस वक़्त वे इस बात पर यक़ीन कैसे करते भला कि दलदल में धंसे सुन्दरी के जंगल भी जला दिए जा सकते हैं। वे तो आलोकुठि को शहर बनाने की ठाने थे। उसे आबाद करने पर आमादा थे। जंगली जानवरों का भय उन्हें सताता नहीं था। ज़लालत भरे जंगलों से बेहतर सुन्दरवन के जंगलों की ठौर उन्हें अपनी लगती थी। लेकिन प्रकृति की अपनी गति थी। तटस्थ। चक्रवाती। चक्रवाती मिज़ाज की वह गति जानती नहीं थी कि एक-सी शक्ल, एक-सी भाषा बोलने वाले शरणार्थियों और आक्रमणकारियों के बीच भी विभेद की कोई खाई है। खाई गहरी थी। द्वीप ख़ाली करने के आदेश कड़े से कड़े तरह से दाहराए जाने लगे। मुसीबतें हज़ार थीं, लेकिन जैसे-तैसे शरण पा गए शरणार्थियों के पास कोई ठौर होती, तो छोड़ते न आलोकुठि। आदेश कठोर थे और उनके अनुपालन में जुटा अमला और भी कठोर। जंगल धूँ-धूँ कर जल उठा। आग की लपटें उठने लगीं।

छटपटाता आलोकुठि शरणार्थियों को मजबूर कर रहा था, जान बचाकर भाग निकलें, लेकिन जाएँ कहाँ? फिर भी डोंगियाँ दौड़ने लगीं। दरिया में मानो तूफान आ गया। खेया को खेने वाले डांड में वह झपक कहाँ थी कि विशाल समुद्र की तरह से बहते दरिया के जल को तूफान की तेज़ी से डोला पाते। आँसू गैस के गोले थे, बन्दूक़ के निशाने थे, जो छपाक-छपाक कभी इधर तो कभी उधर बरस रहे थे। पुलिस की गोलियों के निशाने अचूक थे। नदी के मध्य पहुँची हुई डोंगी में देहें लुढ़ककर घुड़ुप हो जा रही थीं। नाव की नाव डूबती रहीं। डूबे हुओं को बचा लेने के लिए कूद जाने वाले को जब तक अपनी ग़लती का अहसास होता,

जब तक नदी उसे ही डुबा चुकी होती थी। लाशों के रूप में तैरते हुए शरीर थे। पेट में भर जाने वाले पानी से फूले हुए शरीर। उनमें जीवन लौट नहीं सकता था। गोलियों से क्षत-विक्षत हो चुकी देहों से टपकता रक्त पूरे बहाव को लाल करने लगा था।

जीने की लालसा सबसे बड़ी होती है। जीवन के संघर्ष उसके ईर्द-गिर्द ही केन्द्रित होते हैं। हर वक़्त की जद्दोजहद में रहने को मजबूर लोगों के जीवन में प्रेरणा और उत्साह के तत्व असम्भव को भी सम्भव बना देने की क्षमता अर्जित कर लेने में सहायक हो जाते हैं, लेकिन हताशा और निराशा में डूबा मानस उन्माद, अत्याचार करने को उद्यत रहता है। निराशा से उबरने का झूठ श्रेष्ठताबोध का पर्याय बनता है। प्रेरणा का अभाव धर्म और जाति विभेद को पाँव पसारने का मौक़ा देने में माहिर होता है।

"न, न, न। वह ज्वार नहीं था, मैडम। ब्योला-कोला भी नहीं। वह तो पगलाई सत्ता का झंझावात था। झंझावातों का केन्द्रबिन्दु जाँचने वाले वैज्ञानिकों के लिए मुश्किल नहीं कि उसे खोज न पाएँ। पुरातन को ही पुनर्स्थापित करने की मंशा में क़ानूनी होते वैचारिक धरातल में धँसी उसकी किल्ली से खींचे जाने वाले चाप को पहचानें। हो सकता है, समझना मुश्किल न रहे कि बहुत अच्छे ख़्यालों के बावजूद सत्ता का हिस्सा हो जाना कैसे गर्त बनाने के लिए उकसाने लगता है। सत्ता जब हमलावर होती है तो युगबोध भी पहचान नहीं पाती है। स्मृतियाँ, लेकिन अपने तरह से ज़िन्दा रहती हैं। बदल जाने वाले कैलेंडर वर्ष वाली स्मृतियों का इत्तिफ़ाक़ बेशक कई-कई घटना-क्रमों को याद कर अगस्त माह को ही मनहूस ठहराये, लेकिन वह समुद्री तूफान तो बीते अगस्त में इतिहास हो चुका था। उसकी फ़ितरत तो खाड़ीनुमा भूगोल में वास करती थी। संयोग की संगति सिर्फ़ इतनी थी कि मानो दुनिया में दहशत फैलाने वालों से प्रकृति अगस्त माह में हाथ मिलाए रहती हो।"

संयोग और दुर्योग जैसी शब्दावली को सुनने भर से ही ग़ुस्सा जानेवाला रुपेन हलदार वर्तमान के झंझावत से टकराना चाहता था। आलोकुठि के बाशिन्दे उसी तूफान के कहर के ज़द में थे।

"इतिहास लिखने वालों ने समुद्री तूफान को एक नाम दिया ब्योला-कोला। घटना-क्रम को दर्ज़ करने वाले अन्धड़ विशेष के द्वारा मची तबाही तक ही सीमित रहे।"

बेदख़ली के आदेश ने शरण पा लेने की अवस्था को भी अनिश्चित क़रार दे

दिया था। वह आदेश तो उसी दिन हो गया था जिस दिन जाता-जन्तरा छोड़कर दौड़े चले आए थे विस्थापन परियोजना के दंडकारण्य को छोड़कर। ऊसर, पथरीली ज़मीन। जानवरों का ख़ौफ़ जगाता जंगल। नदियों और दलदली ज़मीन के बाशिन्दों के लिए विकट परिस्थितियाँ थीं। चुन सकते थे अपने मन का भूगोल, तो कालापानी हो जाते, जहाँ से निकलना भी चाहें तो मुश्किल ऐसी कि पास के ही किसी दूसरे द्वीप में जाना चाहें तो जल विस्तार को पार कैसे करें?

प्रेम और घृणा से बेपरवाह आलोकुठि के बाशिन्दे एक ही भाव में थे, 'जमे रहो।' परेशानियाँ अथाह थीं। लड़े-मरे बग़ैर पुलिस की ज़्यादतियों से निपटा नहीं जा सकता, लेकिन हथियारों से लैस पुलिस के सिपाहियों से निपटना आसान नहीं था। निहत्थे तरह से तो लड़ा भी नहीं जा सकता था। लाठी, डंडे, खुरपी, कुदाल, लड़ने और जीतने का सहारा नहीं हो सकती थीं। निशाना साधकर बन्दूक़ की गोली छोड़ता शत्रु दो-दो हाथ मुठभेड़ करता हुआ नहीं था।

जीने की ज़रूरत को ज़िद नहीं कहा जा सकता। आलोकुठि की ज़िद जीने से अधिक की ज़िद थी। साँस्कृतिक सलामती के लिए और जमे रहने के आधार तैयार करते रहना। आस-पास के द्वीपों के मर्द आलोकुठि की स्त्रियों को लुभाने की चेष्टा करते, लेकिन पाते कि जितना वे उतावले थे, आलोकुठि उतना ही सौम्य। श्रमशील महिलाएँ हँसने, बोलने-बतियाने में सहजता के मानक गढ़ती थीं। आत्मीय सम्बन्ध बनाते हुए भी स्त्री-पुरुष वाले भावों को निराधार करते हुए अपने में मगन रहती थीं। पुलिस की ज़्यादतियाँ लेकिन उन पर ही भारी थीं। आलोकुठि के ज़िम्मेदारी हर कुछ को बचाने की ज़िम्मेदारी थी। हर वक़्त चौकन्नापन जमे रहने की ज़रूरत थी।

राय मंगल की ओर से गोलीबारी शुरू कर चुके पुलिस के सिपाहियों के लिए जान बचाकर भागने वालों पर निगाह रख पाना आसान था। देवयानी पर सवार पुलिस की टोली ने घेराबन्दी डाल दी थी। देवयानी को डांड से खेने वाली डोंगी नहीं समझे, मोटरबोट थी। धुकधुकाकर चलती, तेज़ गति से। नदी का जल जब हलचल भरा हो और वातावरण में मोटर के चलने से निकलने वाली धौंकनी-सी आवाज़ सुनाई पड़ रही हो, तो आलोकुठि का बच्चा–बच्चा जान लेता था कि घेरा डाले पुलिस के सिपाही खेया पर सवार होकर गश्त में निकले हैं। उस दिन देवयानी की गति इतनी ज़्यादा थी कि गराल का जल भी ख़ूब उछाल ले रहा था। यदि उस वक़्त मोटर की आवाज़ सुनाई न दे रही होती तो यह अनुमान लगाया जा सकता

था कि डॉल्फिन का कोई झुंड इधर आ गया हो या फिर ज्वार की अधिकतम उछाल का समय है। रक्त की फुहार छूटती और क्षण भर पहले ही कोई जीता-जागता दम तोड़ देता। नाव के किनारों से उछलकर रायमंगल के जल में विलीन हो जाता। रात का अँधेरा था। दरिया के बदलते हुए रंग को साफ़ देखना आसान नहीं था। रक्त की नदियाँ बहने लगीं। लाशों को न तो ढूँढ़ा जा सकता था न ही उन्हें ढूँढ़ने का स्वाँग करने की ज़रूरत थी। जलचरों की न हमलावरों से दोस्ती थी और न पीड़ितों से दुश्मनी। वे जलचर थे। नदियों में हिलोर मचाए रहने के लिए ही मानो शिकार पर झपटने के लिए तैयार रहते हों। गोलियों की अन्धाधुन्ध बौछार थी। चारों ओर फैले जल की सतह पर जान बचाने की असफल कोशिश करती डोंगियाँ थीं। डूबने वाले को बचाने के लिए भी किसी के पास अवकाश नहीं था। जब ख़ुद की ही जान के लाले पड़ रहे हो तो पहले उससे निपटें या निशाना पा गई गोली से डोंगी के किनारों पर लटककर कुमिरों को ललचाती साथी की देह को बचाने का उपक्रम करें? घाट दलदल भरे थे। चित्त लेटे रहने वाले कुमिर भी मानो नाकेबन्दी में पुलिसिया अन्दाज़ अख़्तियार कर लेना चाहते थे। नौका पर ढुलके हुई देह को बाहर की ओर झूल रहे अंगों से अपने जबड़े में दबाते और समूचे शरीर को जल में उतार लेते।

अगर जो दुश्मनों की बन्दूकों की बैरल में जंग लग गई होती तो जंगल में चमकते हुए खंडहर पर आख़िरी साँस तक रहने वाले उस शख़्स का नाम सम्भवत: प्रेमानन्द दास ही होता। उसकी बाँसुरी की तान मछलियों तक को बार-बार गराल के तट के तिकोन पर लौटाती रहती थी। मछलियों को हर वक़्त लगता, मानो आलोकुठि का जंगल उन्हें पुकार रहा। गोलियों की धाँय-धाँय के साथ जिस वक़्त प्रेमानन्द दास का शरीर क्षत-विक्षत हुआ, आलोकुठि के तट पर बाँसुरी के स्वर की मिठास नहीं बल्कि एक हिंसक आवाज़ गूँजी थी। हिंसा जिनके जीवन की नैतिकता थी, किनारे की दलदल तक ऊपर चढ़ आए वे कुमिर भी अपने खुरदरे बदन को गाद में रगड़ने लगे थे। वश चलता तो बाँसुरी की प्रिय आवाज़ को हमेशा के लिए इस धरती से विलुप्त कर देने वाले अत्याचारियों को वे भी निगल जाते। बाँसुरी को फूँकने वाले प्रेमानन्द दास के होठों पर हवा की थिरकन ग़ायब थी और रक्त की एक लकीर ने अपना डेरा जमा लिया था। मरघट का-सा सन्नाटा फैला देने वाले उस अन्तराल में ही लाल रक्त सूखने को आतुर था और काली पपड़ी की तरह जम जाना चाहता था।

उस दिन धोती ही डाटी हुई थी रुपेनदा ने, तहमद नहीं। रुपेनदा के वस्त्रों का वर्णन करने का कोई मायने नहीं। वैसे शौक़ीन नहीं रहे। धोती-कुर्ता या फिर तहमद और गंजी में ही जीवन काट दिया।

"चेहरे की बनावट, टोपी के आकार, वस्त्र–विन्यास, दाढ़ी-मूँछ, कैसी भी भिन्नता, जब चाहे निशाने पर रखी जा सकती थी। रायमंगल में डूबकर जान गँवा चुके, कितने ही अनाम आज भी निगाहों से बाहर हैं, रुपेनदा को भी उन्हीं में से एक हो जाना था।"

संकट के समय में झट किसी न किसी युक्ति को खोज लेने वाले रुपेनदा ने धोती को खोलकर बहाव में उतार दिया था। दूसरे छोर को नदी के किनारे के गाछ-वृक्षों में उलझा देना चाहता था। तटों पर उगे सुन्दरी गाछ की जड़ें दलदल के ऊपर, बाहर को निकली हुई थीं ही। पेड़ों के कंकाल-सी नजर आती जड़ों के ऊपर का हरापन, बुढ़ापे की कँपकँपाहट में मुड़ी-तुड़ी टांगों के सहारे गझिन बालों वाली बालाएँ मानो व्यायाम से हासिल देहयष्टि को धारण किया स्वस्थ किशोर और ऊर्जावान युवा। काले-भूरे रंग के आड़े-तिरछे घुमावों में एक-दूसरे में फँसकर चलने वाली जड़ो से बनने वाले जाल दलदली ज़मीन की छत का निर्माण किए हों जैसे। रिपटकर चलने वाले कुमिर ही नहीं, खूँखार चौपाए भी ऐसी दलदली खोहों में विश्राम करते हैं। कोई जानवार किस खोह में विश्राम करता हुआ न हो, इस आशंका को मन में रख लिया जाता तो तय था कि पुलिस की गोली की चपेट से बचना मुश्किल था। इतने के बावजूद नदी के दूसरे पाट पर खड़े जंगल तक पहुँचना भी आसान नहीं था। पाट ऐसा संकरा नहीं था कि एक छोर से दूसरे छोर को छू भी लें धोती के सिरे। रुपेनदा की समझ नहीं आया, अब क्या करें? साथ में मौजूद बानी ने भी अपनी धोती को तुरन्त न खोल दिया होता तो भी रुपेनदा को कोई न कोई नई तरक़ीब ज़रूर भिड़ानी पड़ती। बानी को तो वह कह ही नहीं सकता था कि तू भी अपनी धोती खोल दे, बानी। संकट की उस घड़ी में भी स्त्री को लाज-शर्म से दब जाने को मजबूर कर देनेवाला कोई कृत्य रुपेनदा कर नहीं सकता था। बानी ने ख़ुद ही अपनी धोती खोल दी थी। घाघरे और बलाउज़ में खड़ी बानी की सुन्दर, सुघड़ देह पर पड़ी रुपेन की निगाह में एक मर्दाना आत्मीय चमक उस वक़्त ही उभरी थी। स्त्रियोचित असहजता के क्षणांश में बानी भी लजा गई। रुपेनदा ने बानी की धोती का एक सिरा अपनी धोती से बाँध दिया और ज़रूरत से ज़्यादा लम्बाई पा गई उन धोतियों के दूसरे सिरे को गाछ-वृक्षों में उलझा ही दिया। ऐसे उलझाया

कि धोती ही वह सहारा हो गई, जिसके जरिये उसने न सिर्फ़ ख़ुद को डूबने से बचा लिया, बानी को भी रस्सी और बाँहों के सहारे दूसरी ओर की दल दल तक पहुँचा सकने में सफल हो गया। तीखे-गरम मौसम की वह चिपचिपी रात बेहद घनी थी। जंगली जानवरों की बजाय पुलिस के हाथों पकड़ जाने का भय घने से घने पन की ओर छुप जाने को उकसा रहा था।

टिपली-फेरीघाट का नामी नाविक था—राफ़ी राप्तान। लाहिरपुर का बाशिन्दा। बेहद भला इनसान। हर वक़्त का मददगार। इतना भला कि गश्ती पुलिसवाले भी, जिनके लिए गोसाबा-मंडल के बाशिन्दे ही, 'नम्बर एक चालबाज़' कहलाते थे, राफ़ी राप्तान पर आँख मूँदकर यक़ीन करते थे। राफी राप्तान के मिलनशील व्यवहार और तहज़ीब की मिसाल जगह-जगह की कहावत थी। लेकिन वर्दी के अहंकार में रहने वाली पुलिस के लोग उसके सुसंस्कृत व्यवहार को चापलूसी से भिन्न मानने को तैयार नहीं हो सकते थे।

ब्योला-कोला के बवंडर वाले दिन ही नहीं, उस दिन भी राफी राप्तान देवदूत बनकर सामने आया था। हमेशा की हमलावर पुलिस उस रात अपने सहयोगी गुंडों के साथ हमलावर थी। आलोकुठि के बाशिन्दे बच-बचाकर जहाँ-तहाँ छुपने को मजबूर थे। अँधेरी रात को मच गई, उस भगदड़ में रुपेन हलदार और बानी को जंगल ज़्यादा सुरक्षित लगा था। गश्ती पुलिस के घेरे से बच निकलने के लिए रुपेन हलदार ने बानी का हाथ कसकर पकड़ा हुआ था। अपनी योजना से वह बानी को आशवस्त कर देना चाहता था कि पुलिस अब उसका कुछ नहीं बिगाड़ सकती।

आभास मंडल और सुरजू ने ही रात के उस अंधेरे में बानी का दरवाज़ा खड़खड़ाया था। राइहरन गोलदार ने दोनों को ही ज़िम्मेदारी सौंपी थी, "रुपेन जहाँ भी हो, उसे कहना कि वे आज की रात आलोकुठि में न रुके।"

बानी भी कहाँ जानती थी रुपेनदा के सारे ठिकाने? आभास और सुरजू के साथ वह भी उसको खोजने निकल गई थी। क्या दिन और क्या रात? रुपेन हलदार को चैन नहीं था। रोज़-रोज़ की आक्रमणकारी पुलिस से वह सीधे मुठभेड़ करने का तैयार था, बाँसुरी की तान में मस्त रहने वाले प्रेमादास के साथ। रोज़ की तरह उस रात भी दोनों गरान की लकड़ी को चीरकर चोपड़ बनाने में जुटे थे। किसी भी सतह को चीर देने वाली कितनी ही चोपड़ वे तैयार किए हुए थे। आलोकाठी की झाड़ियों को उजाड़कर बनाई गई पुलिस फाड़ी के तम्बू पर चोपड़ को फेंका

जा सकता था। वे धारदार चोपड़ें थीं। तम्बू के अन्दर बन्दूक़ थामे अकड़ कर बैठे पुलिस वालों के सीने में धँस सकती थी। वैसे, बन्दूक़ की गोली के सामने चोपड़ की मार की क्या बिसात? फेंक कर मारी गई चोपड़ में वह गति कहाँ, जो बन्दूक़ की गोली में। अपनी ओर फेंकी गई चोपड़ को सिपाही देख सकते थे और दाएँ या बाएँ हटकर बच सकते थे, लेकिन बन्दूक़ की नाल से निकली हुई गोली से कोई कैसे बचे? सीधे निशाने पर टकरा कर ही धाँय हो।

"रुपेनदा, तुम यहाँ से निकल लो अभी। पुलिस जहाँ-तहाँ छापामारी कर रही। राईदा ने बोला कि आज आलोकुठि में न रुकना तुम।"

आभास और सुरजू की ख़बर पर प्रेमादास ने काम रोक दिया।

"रुपेनदा, तुम अभी जाओ। सुरजू और आभास ठीक कह रहे।...ए सुरजू, तू घाट तक जा। देखकर बता पुलिस तो नहीं उधर?"

"नहीं, नहीं। सुरजू तुम्हें उधर जाने की ज़रूरत नहीं, बल्कि तुम सारे लोग आज यहीं रहो, एक साथ। मैं जंगल-जंगल होते हुए कहीं भी निकल जाऊँगा।"

"मैं भी तुम्हारे साथ चलती हूँ, रुपेनदा। एक से भले दो।"

बानी ने जिस तरह से कहा था, रुपेन हलदार के लिए उसे मना कर पाना मुश्किल हुआ। दिन के उजाले में भी जो जंगल अनजान था, उसके भीतर वे अँधेरे में उतर रहे थे। अँधेरे-अँधेरे वे दोनों जंगल के भीतर ही भीतर बढ़ते गए। ढेरों विचार रुपेन हलदार के भीतर उठ रहे थे। "जंगल के साथ बहने वाली दाता नदी को पार कर लाहिरपुर पहुँच सकते हैं।"

बानी को रुपेनदा का सुझाव ठीक लग रहा था, लेकिन नदी को बिना जुगत के पार नहीं किया जा सकता था। उधर पुलिस का कहर जारी था। आलोकुठि के बाशिन्दों को समझ नहीं आ रहा था, कहाँ छुपें? कैसे बचें? पुलिस के सिपाही चारों तरफ मौजूद थे। पुलिस फाड़ी में सामान पहुँचाने के बाद टिपली फेरीघाट का नाविक राफ़ी राप्तान अपने ठिकाने को लौट रहा था। अंधेरे में दूर तक देख लेने वाली उसकी निगाहों ने रुपेन और बानी को जंगल में घुसते हुए देख लिया था।

मुसीबत में फँसे व्यक्ति की मदद के लिए तत्पर रहनेवाला वह भला मानुष मानवीय मूल्यों की मिसाल था। असहायों की रक्षा के लिए वह कुछ भी कर गुज़र सकता था। इस बात का भान तो उसे था ही कि पुलिस उस पर कभी शक नहीं करेगी। उस डेढ़ पसली के शख़्स पर पुलिस वालों का पक्का यक़ीन था कि आलोकुठि के दुश्मनों की मदद कभी नहीं करेगा।

बानी और रुपेन हलदार की मदद करना चाहता था, लेकिन मदद करने पर जोखिम था। वह जोख़िम से भी वाकिफ़ था। फिर भी मदद करने के ख़याल से भरा था। पुलिस की आँखों में धूल झोंकना जब अच्छे-अच्छों के वश में नहीं था, हर वक़्त की जी-हुजूरी में कमर को दोहरा करके पेश आने वाले उस केवट के लिए कहाँ सम्भव होता? अपनी छवि का लाभ उठाना चाहता था। वह जान रहा था कि जंगल में छुपे आलोकुठि के बाशिन्दों को बचाकर लाहिरपुर ले जाने में उसे कोई अड़चन नहीं आएगी। दृढ़ इरादों का वह मज़बूत व्यक्ति था।

'मदद करनी है तो जोखिम तो उठाना ही होगा,' उसने तय कर लिया था। नाव को घाट पर लगाकर वह जंगल में घुस गया। थोड़ी ही देर में रुपेन और बानी को ढूँढ़ने में कामयाब हो गया था। बिना अहसान जताये मददगार की तरह उसने दोनों को खेया में चढ़ाया और शान्तिगाछी जा पहुँचा। समस्या थी कि अब उन्हें कहाँ टिकाये, ताकि किसी को कानो-कान ख़बर भी न हो। 'बिशाखा जोतदार के अलावा ऐसा दूसरा कोई घर नहीं हो सकता,' उसने मन ही मन सोचा। शान्तिगाछी में रहने वाली बिशाखा जोतदार को उसने ही अपने खेत के एक कोने में बसाया हुआ था। बिशाखा जोतदार दंडकारण्य से लौटने वाले जत्थे से भटकी हुई महिला थी।

जिस दिन बिशाखा जोतदार अपने पति अनिरबान जोतदार के साथ दंडकारण्य से सान्तरागाछी रेलवे स्टेशन पहुँची थी। पति का हाथ भीड़-भड़क्के में उसके हाथ से ऐसा छूटा कि दुबारा उन हाथों को छूना भी उसके लिए सम्भव नहीं रहा। वह मनहूस घड़ी थी। अनिरबान जोतदार बिशाखा को ढूँढ़ता रहा और बिशाखा अनिरबान को। दोनों एक-दूसरे को खोजते रहे, लेकिन भीड़ के धक्के उन्हें दूर से दूर करते गए। बौराया-सा अनिरबान जोतदार कितने ही दिनों तक बिशाखा जोतदार को वहीं ढूँढ़ता रहा। बिशाखा जोतदार नहीं मिली। मिली तो सिर्फ़ भीड़ और भीड़ का रेला, जो हर दिन उसे थोड़ा-थोड़ा करके आगे खिसकाता रहा। एक दिन ठेलता हुआ आलोकुठि के जंगल तक तो ले आया, लेकिन तब तक वह भी पहलेवाला अनिरबान जोतदार कहाँ रह गया था? जैसे-तैसे अपने लोगों के बीच पहुँच जाने के बाद भी उसके चेहरे पर फैल चुकी गहन उदासी की लकीरें कम नहीं हो रही थीं। गाढ़ापन और बढ़ता जा रहा था। वह जब-तब पुलिस से उलझता रहता।

अत्याचारी पुलिस के सिपाही संवेदनहीन थे। मुसीबत के मारों के हालात पर और ज़्यादा कहर बरसाने को तैयार। लगातार की मार को सह न सकने के कारण अनिरबान जोतदार मानसिक सन्तुलन खोने लगा। पुलिस को देखता तो एक

हमलावर की तरह टूट पड़ने को होता। आलोकुठि के बाशिन्दें चिन्तित रहते कि कहीं पुलिस हमेशा ही उत्तेज़ना से भरे रहने वाले उस पगलैट की हत्या ही न कर दे। वे उसे सँभालने की कोशिश करते, लेकिन गिरफ्त से छूट जाने की जान लगा देने वाले पागल से निपटना अकेले-दुकेले के लिए सम्भव ही नहीं हो पाता था।

उधर पति को खोजती बिशाखा जोतदार भी वह बिशाखा जोतदार नहीं रह गई थी, जो पल में यह तो पल में वह काम करते हुए भी ऊर्जा से भरी रहने वाली हुई। एक दिन अपने लोगों को ढूँढ़ते-ढाँढ़ते कैनिंग रेलवे स्टेशन पर उतरी थी। मतला के रास्ते जैसे-तैसे गोसाबा पहुँची। गोसाबा के बाद भी उस अनजान आलोकुठि तक पहुँचाना कोई आसान तो था नहीं। दयापुर, सातजेलिया, चारघेरी, जाने कहाँ-कहाँ फिरती रही। कभी इस ठौर तो कभी उस ठौर। उन अस्थायी ठौरों का ही सहारा रहा कि आलोकुठि के भीतर पागलों की-सी स्थिति में जहाँ-तहाँ फिर रहे अनिरबान जोतदार को उसने खोज लिया। हालात ने उसके चेहरे की मासूमियत को भी उसी तरह छीन लिया था जैसे अनिरबान की। बदहवास-सा पागलपन उसकी आँखों में भी ठहरा रहने लगा था, लेकिन पति को पाकर वह अपने जीवन के लक्ष्य को पा चुकी थी। जीने की लालसा मानो फिर से जागृत हो चुकी हो। पति की हालात ने उसे द्रवित कर दिया। यह भय उसे ग्रसित किए रहने लगा कि मानसिक रूप से अस्वस्थ अनिरबान को पुलिस जब-तब धर सकती है। हत्या भी कर सकती है। आलोकुठि में रहने ठहरने की बजाय उसने शान्तिगाछी की उसी शरण में लौटना उचित समझा जिसका एकान्त उसे आशवस्त करता था। न तो पुलिस ही उधर दिखाई देगी और न ही उसका पागल अनिरबान हमलावर होकर उनके पीछे दौड़ेगा। जीवन की विडम्बना थी कि उस एकान्त ने अनिरबान को इतना ख़ामोश कर दिया कि एक दिन उसका जीवन ही ख़ामोश हो गया। बिशाखा जोतदार अकेली रह गई।

छुपते-छुपाते हुए रुपेन हलदार और बानी को लेकर राफी राप्तान सीधे बिशाखा जोतदार के घर जा पहुँचा था। उधर आलोकुठि को उजाड़ने में जुटी पुलिस और उसके सहयोगी गुंडे आतंक का राज कायम करने में जुटे थे। जान बचाने के लिए आलोकुठि छोड़कर भाग निकलने के अलावा कोई विकल्प किसी के पास शेष नहीं था। जिसको जिधर समझ आता, वह उस घाट दौड़ रहा था। लोगों के पीछे दौड़ने की बजाय पुलिस के लिए उस वक़्त ज़्यादा प्राथमिक काम था, आलोकुठि को उजाड़ना। वे जंगल बेदख़ल करवाना चाहते थे। बसेरों को उजाड़ कर देना

चाहते थे। झोंपड़ों पर आग के शोले बरसने लगे। चीख़, चिल्लाहटों से आलोकुठि गूँज रहा था। वे आग दर आग झोंकते जा रहे थे।

कौन जानता था कि बिशाखा जोतदार का वह घर ही अभागी बानी के जीवन की एक ठौर हो जाएगा। वही रात रुपेन और बानी के साथ की अन्तिम रात थी। अगले दिन बानी को वहीं छुपे रहने की हिदायत देता हुआ रुपेन हलदार छुप-छुपाके आलोकुठि के भीतर जाकर अपने सगे-सम्बन्धियों के हाल जानने के लिए निकला था। नहीं जानता था कि हत्याओं का तांडव रचने के बाद झोंपड़ों को जला देने का उपक्रम रचा जा चुका था। आलोकुठि को उजाड़ दिया गया था। हत्यारों ने रक्त की नदियाँ बहा देने के बाद भी साँस नहीं ली थी। झोंपड़ों में ही मौजूदों को आग में ज़िन्दा जला दिया था। जान बचाकर भाग निकलने वालों पर उनकी गोलियाँ कहर बरसाने को तैयार थीं। रुपेन तो उस हत्यारी रात का हाल जानने और अपने माता-पिता और सम्बन्धियों तक जा पहुँचने के लिए आलोकुठि के घाट पर पहुँचा था। गश्ती पुलिस की निगाह उस पर पड़ गई थी। वह बच निकलकर भागने को हुआ कि पीछे से आकर जो गोली पीठ से होती हुई आर-पार हुई, उसके तीखे दर्द के साथ ही वहीं ढुलक गया।

एक बहादुर व्यक्ति का अन्त इतनी आसानी से भी हो सकता है, इस पर अचरज न करें। अमानवीय सत्ता तो हत्या करने के बाद सब कुछ इतनी चालाकी से छुपा सकती है कि सगे-सम्बन्धी जीवन भर लापता को ढूँढ़ते रहें। रुपेन हलदार को कौन ढूँढ़ता, सिवा बानी के कौन बचा होगा उस रात के कहर से? ज़िन्दा बच निकलने वालों में बानी के सिवा कोई दूसरा शायद हो। आलोकुठि के उजड़ जाने ने ही नहीं, बल्कि रुपेन के मारे जाने की ख़बर ने भी बानी को बेसहारा कर दिया।

राफ़ी राप्तान ख़ुद ही ज़मीन का मालिक नहीं था जबकि एक बेसहारा बुढ़िया को उसने बसाया हुआ था। यह बात चारघेरी के बिष्णु दलोई को चुभती ही रहती थी। बिष्णु दलोई का वश चलता तो वह मेदनीपुर दौड़ा चला जाता, नन्दी घोष के पास। मेदनीपुर का रहनेवाला नन्दी घोष लक्ष्मीकान्तपुर का जागीरदार था। हेमिल्टन साहब के न रहने पर ट्रस्ट की ज़िम्मेदारी सँभालनेवाला जयशंकर घोष उसका रिश्तेदार था। जयशंकर बेईमानी के ऐसे-ऐसे तरीके जानता था कि जल्दी से किसी के पकड़ में ही न आएँ। उसकी करतूतें जब तक दूसरे लोगों की निगाह में आईं तब तक तो वह ट्रस्ट की बहुत-सी ज़मीन को दूर-दराज़ के जागीरदारों नाम बेचकर और उनके बदले में जागीरदारों से ज़मीन अपने नाम करवाकर ख़ुद एक जागीरदार

हो चुका था। क़ानून को हथियार मानने वालों के लिए यह भरोसे की बात थी कि वे जयशंकर के ख़िलाफ़ मुक़दमा दर्ज़ करने में सफल हुए थे। जयशंकर जेल में बन्द हो गया। अपनी करतूतों के भंडाफोड़ होने को वह बरदाश्त न कर पाया था। अस्वस्थ होकर जल्द ही मर भी गया।

राफ़ी राप्तान का परिवार जिस ज़मीन को जोतता था, वह उसी चक के अन्तर्गत थी, जिसका मालिकाना नन्दी घोष के पास था। नन्दी घोष को अपने गुमाश्ता, शिबू कर्मकार पर भरोसा था और लक्ष्मीकान्तपुर की जोतों के साथ-साथ उसने शिबु कर्मकार को ही यह ज़िम्मेदारी सौंपी हुई थी कि गोसाबा क्षेत्र की ज़मीनों की उपज का भी हिसाब-किताब सँभालता रहे। शिबु कर्मकार भी मेदनीपुर मूल का ही था। शिबु के बाबा, घोष परिवार के जोतदार थे। पीढ़ियों से उसके पुरखे अपने जमींदार घोष परिवार के जोतदार थे और दूसरे जोतदारों की तरह बीच-बीच में लक्ष्मीकान्तपुर की जागरीदारी की जोतदारी करने के लिए भी वहाँ बैठा दिए जाते थे। चापलूसी के फ़न में माहिर शिबु कर्मकार ने नन्दीघोष का विश्वास ऐसा जीता कि जोतदार के साथ-साथ गुमाश्ता बन गया। केवल चापलूसी के उस दोष के बावजूद वह व्यवहार का भला मानुष था। दूसरे जोतदारों के साथ उसका व्यवहार बहुत हेकड़ीवाला कभी नहीं रहा। अपनी पूर्व की स्थिति से प्राप्त अनुभवों से वह ताउम्र बँधा रहा। बिष्णु दलोई गया तो था राफ़ी राप्तान को ठिकाने लगवाने के लिए, लेकिन वहाँ तो मामला ही उलट गया। बिशाखा जोतदार के यहाँ बानी को देखकर शिबु कर्मकार बिशाखा पर ज़मीन दख़ल का आरोप लगाने और झोंपड़ा उखाड़ने की बजाय अपने बड़े लड़के-काजल कर्मकार के लिए बानी का हाथ माँगने लगा। एक सुन्दर, सुशील बहू की जो कल्पना उसके ज़ेहन में थी, बानी में उसे वह सब नजर आ रहा था। गहन उदासी में डूबी बानी के व्यवहार की सौम्यता उसे भा रही थी।

जीवन कोई सीधी लकीर नहीं, ख़ुशी और दुःख की अनंत गलियों में चलता रहता है। कहा नहीं जा सकता कि बिशाखा जोतदार ने यदि शिबु कर्मकार की बात को गम्भीरता से स्वीकार लिया होता तो बानी के जीवन की राह कैसी होती?

जीवन की अपनी गति होती है। इतना ही कहा जा सकता है कि हालात को मुश्किल बनाने वाले जितना प्रपंच रचते हैं, उसको बेहतर बनाने वाले उतना ही जुगत लगाते चले जाते हैं। बिशाखा जोतदार भी चाहती थी कि बानी शिबु कर्मकार के प्रस्ताव को स्वीकार कर ले। बेशक, बानी से उसका कुछ ही दिनों का साथ था, लेकिन उस अनाथ बेटी के प्रति वह ममत्व से भरी थी। राफ़ी राप्तान को वह भाई

पुकारती थी और इसी बहाने उसे बानी का मामा। उसने राफ़ी राप्तान को भी कहा कि भांजी को समझाए और शिबु कर्मकार के छेले काजल कर्मकार के संग उसके हाथ पीले कर दे। माँ और मामा के प्रति अपनत्व के बावजूद बानी ने प्रस्ताव को स्वीकार नहीं किया, तो नहीं ही किया। घट चुके हादसे के सदमे से ही वह अपने को उबार कहाँ पाई थी, जो निजी जीवन के बारे में कोई फ़ैसला ले पाती?

शिबु कर्मकार भी बानी की मन:स्थिति को समझ रहा था। बिशाखा को बानी पर दबाव न डालने का कहकर वह अपने बेटे के लिए नई बहू खोजने लगा। वह जानता था कि बानी का दु:ख तात्कालिक है, लेकिन गहरा है। उससे उबरने में समय तो लगेगा ही।